La vie volée
de Martin Sourire

DU MÊME AUTEUR

ROMANS

Le Baiser de la Nourrice, Jean-Pierre Huguet éditeur, collection « Sœurs océanes », sélection Lettres frontière, 2009.

Le Psychopompe, Jean-Pierre Huguet éditeur, collection « Noirceurs océanes », 2010.

Mausolées, Éditions Mnémos, 2013.

L'Affaire des vivants, Éditions Phébus, 2014. Prix Lettres Frontière 2016.

Les Nefs de Pangée, Éditions Mnémos, 2015. Prix Planète-SF 2016.

Noir Canicule, Éditions Phébus, 2020 ; J'ai lu, 2021.

Mon très cher cueilleur de roses, Éditions Phébus, 2022.

ESSAIS

J'habitais Roanne, Thoba's Éditions, 2012.

Réversibilités, avec Laurent Cachard, Thoba's Éditions, 2013.

POÉSIE – LIVRES D'ARTISTE

Dans les plis sinueux des vieilles capitales, photographies Yveline Loiseur, Jean-Pierre Huguet éditeur, 2011.

Les Chants plaintifs, Éditions La Petite Fabrique, eaux-fortes de Anne-Laure Héritier-Blanc, 2011.

La Joyeuse, Le Réalgar-Éditions, illustrations Winfried Veit, 2014.

Lucifer Élegie, suivi de *Nos futurs*, Éditions Sang d'Encre, illustrations Corie Bizouard, 2014.

PREMIÈRE PARTIE

En ce pays-ci

1

Les femmes ne pouvaient se retenir de le pincer aux joues et de l'embrasser. L'enfant eut pour talent premier sa bonne figure épargnée par la petite vérole, qui avait été remarquablement bénigne chez lui. Il avait de bonnes dents malgré les privations, des yeux noirs, brillant d'une douceur bovine, des boucles claires qui remuaient au moindre souffle. Surtout, il affichait un sourire permanent, comme incrusté dans les joues, qui donnait l'illusion d'une perpétuelle bonhomie. Sa grand-mère voyait dans ce rictus ineffaçable un signe vaguement démoniaque, mais le curé de la paroisse la rassurait. Allons, il est éclairé par le Ciel, nulle trace maligne dans cet enfant, cessez de vous signer et réjouissez-vous plutôt de sa bonne nature, lui répétait-il en caressant la tête blonde. D'autres s'accordaient à trouver dans ce stigmate, sinon une faveur céleste, plus sûrement un reflet du visage de sa mère. Cette figure de ravi de la crèche fit croire qu'il était stupide, son mutisme naturel confortait cette impression.

Cependant, l'enfant perdait ses parents. Il avait nombre de frères et sœurs qui n'importent pas ici. Ses père et mère n'importent pas davantage – ils n'ont pas importé dans l'Histoire, qui s'en soucie ? – il faut seulement noter que sa grand-mère se chargea de lui. Le reste de la fratrie fut dispersé entre des cousins et des voisins qui avaient besoin de bras.

On le cueillit sur le bord du chemin, près des roues du carrosse royal, ou était-ce une calèche découverte, un de ces attelages légers qui prenaient de l'Angleterre le goût de la vitesse, ou encore une énorme berline, tonitruante, à trois paires de chevaux, que rien n'arrêtait, qui fonçait dans les rues précédée de fantassins endurants ou de chiens immenses, jetés en avant-garde pour affoler la populace, l'écarter vite si elle voulait échapper à la mort aveugle, lancée au galop derrière eux. En tout cas, l'enfant parut assez bon pour que le train de la reine marque le pas.

C'était aux franges d'un petit bourg anonyme. Il y avait cet empressement de gueux accourus, comme ils font à l'entour de toute pompe (sait-on jamais, des fois qu'une bénédiction et quelques écus tomberaient des bourses, des fois que la manne fuserait parmi le crottin, semée avec une pareille désinvolture du cul des chevaux et de la paume des dames), ou comme ils s'agglutinent là seulement pour voir, tant c'est beau, tant c'est un spectacle tout cet apparat, les cavaliers chamarrés, les livrées impeccables, l'éclat des harnachements, la puissance des carrossiers, les essieux bien gras, les roues aux fers solides qui font gicler la caillasse.

Sa grand-mère était avec l'enfant devant la foule rangée au bord de la route.

Lors d'un arrêt providentiel, la reine considère la bouille de l'enfant et son sourire étrange perceptible malgré la crasse, elle est charmée, se penche entre les rires des dames vers la vieille et son rejeton. Ce n'est pas exactement son rejeton, dit la vieille, c'est son petit-fils, le plus jeune orphelin de sa famille, il doit avoir cinq ans, les parents sont morts cette année, la faim ou une maladie, on ne retiendra pas ce détail, le détail a échappé à la jeune reine concentrée sur la figure émouvante du petit qu'elle prend en pitié, ce n'est pas la première fois, la compagnie n'est pas surprise, la reine a de ces faiblesses pour les petites gens, des élans du cœur, on lui verra ainsi confier à des chirurgiens un postillon piétiné par les chevaux ou aider un vigneron blessé par un cerf, ou encore débourser un an de son traitement pour les parents des victimes d'une tragique bousculade. Elle a la conscience nette, Marie-Antoinette. Mais pas d'enfant à choyer.

Pas d'enfant, c'est le grand drame. Elle a été bien patiente avec son mari, désespère d'être grosse un jour, on médit des capacités de son époux en même temps qu'on la soupçonne d'être stérile, plus de sept années que toute l'Europe surveille sa matrice et se moque, enfin tout cela sera bientôt réglé mais elle l'ignore bien sûr, le petit pauvre est à ce moment-là un chérubin opportunément surgi, une jolie figure qu'elle pourrait gâter. Elle prend goût de l'embarquer, un gros homme rougeaud qui sue et souffle fort tend le buste hors de la voiture, agrippe l'enfant, le soulève en grimaçant, la reine dit avec gravité qu'elle va s'en occuper maintenant, que c'est Dieu qui les a mises en présence, elle et la vieille, et elle a un air de sincérité qui fait penser à la grand-mère que, en effet, l'Autrichienne n'est peut-être pas la harpie dépensière et lubrique qu'on dit, mais une bonne fée dans son nimbe de soie et de brocarts, une femme après tout, qui subit des épreuves elle aussi, et qu'elle donnera tous les soins à ce petit orphelin, et puis on ne va pas faire les difficiles. La vieille remercie, étire toute sa figure édentée et cuivrée pour bénir. En voici un de placé. Une dame fait glisser un peu d'or dans la main flétrie et le train royal repart dans la poussière. On entend les cris négligeables de l'enfant dont on a omis de demander le nom au milieu du tumulte des chevaux et voilà, le destin de Martin est en route, car la reine lui a choisi ce prénom : *Martin*.

Martin considère face à lui ces femmes inconcevables qui ébranlent dans les saccades de leurs grâces la structure de soie et de broderies qui les architecture. Elles rient, malmènent ses joues, détaillent ses misérables vêtements qu'il faudra changer, imaginent quelle tenue sera la plus seyante. Martin voudrait pleurer mais la stupéfaction l'emporte sur la détresse.

La plus empressée, la plus rieuse, celle que les autres créatures merveilleuses appellent *Madame* ou *Votre Majesté*, penche sur lui une face avenante. Martin panique, ouvre des yeux effrayés et fond en larmes. La reine tente de le consoler. Les dames de compagnie s'attendrissent, on le caresse, on le cajole, on lui dit ce n'est rien, tu verras, tu seras bien, tu ne pouvais rêver meilleur destin. Il met longtemps à se calmer, trop longtemps, et Martin ne ressent pas l'agacement que son gros chagrin a provoqué dans l'aréopage. Il a déjà acquis une réputation de sauvageté.

2

Le train royal lancé à pleine vitesse fend la bauge des ruelles, éparpille la populace devant lui. Ballotté par les secousses, Martin est précipité dans le chahut de bruits et de couleurs qui annonce le terme de quelque chose, l'oubli des siens, il tente simultanément de fixer son attention sur les créatures renversées de rires qui le harcèlent de caresses, les dents rouillées l'enveloppant de consolations nauséabondes, la femme ni laide ni belle, ni jeune ni vieille, étrange, d'un autre monde, longue, hâve et rayonnant d'inflorescences et de parures, qui l'embrasse dans un élan puis, comme révulsée, le renvoie sur les genoux d'une autre, le reprend encore parce qu'un désir soudain de le baiser l'a saisie. Martin ne peut rien déceler de ce qui advient, du sens qu'a ce bouleversement. Il est un enfant à qui manque le mot exil.

Et puis, une métamorphose se produit, un basculement de lumière. Le jour au-dessus d'eux est asphyxié par de lourdes nuées infusées d'encre, il faut rentrer avant la pluie, les fouets claquent, les chevaux accélèrent encore. Les maisons s'écrasent faîte contre faîte, les passants se muent en stries horizontales. Martin et les créatures sont propulsés dans les airs à chaque cahot, le diable a pris les rênes, on ne rit plus, on s'agrippe, les muscles des joues vibrent sous la poudre, les poitrines comprimées tremblent dans les corsages, les coiffes rigides au-dessus des crânes menacent de s'échapper. Enfin, ils franchissent d'énormes grilles, le tonnerre des attelages vient gronder sur des pavés puis s'interrompt à la lisière d'une géométrie de marbre, et l'enfant voit s'élever autour de lui des falaises orange percées de miroitements dorés.

Martin ne conservera guère de souvenirs de son entrée dans le château ; les images reçues alors ne surgiront que par bribes des années plus tard, alors qu'il en était parti et qu'il aura la liberté d'y revenir. Pour l'heure, il se trouve au milieu d'une chorale de pas pressés vers les portes, de foule écartée par des géants pour enfin rentrer à coups de cris et de bourrades parmi tout un peuple confiné dans le ventre de la bâtisse, tout un peuple avec ses remugles mêlés aux parfums incandescents des réductions de musc. L'enfant est entraîné dans des pièces dont les hauteurs dépassent ses capacités de compréhension. Dehors l'orage crève, des trombes s'abattent sur la cour, enténèbrent les grandes fenêtres. On s'active en criant partout, on allume à la hâte des bougies innombrables.

Malgré cette illumination, les salles que traverse Martin sont si vastes qu'elles demeurent des crépuscules emmurés à peine grêlés d'un crépitement maigre.

Sur un ordre, des mains épaisses viennent saisir l'enfant et l'emportent dans de nouveaux couloirs, des galeries désertes plaquées de miroirs et boursouflées de rocailles. Puis ce sont des salles obscures aux murs nus, des parois de pierres ourlées de moisissures, des portes sans décors, des escaliers étroits et raides. Une nouvelle troupe l'assaille, il ne saisit aucun visage, tout va vite. Il ne comprend pas même les mots qui sont prononcés. On jette ses vêtements du temps de la famine, on le lave, on rase ses cheveux pour l'épouiller, on le nourrit prestement, on le mitraille de conseils dont il ne retient rien, on l'installe enfin dans une chambre, quelque part dans l'une des deux mille pièces que compte le château.

Il est couché pour la première fois seul, entre des draps rafraîchis de lavande, écarquille les yeux sur ce nouveau monde tandis que la foudre crible les murs de losanges éclatants. Pour distraire son angoisse, il caresse avec insistance son crâne nu, ne se lasse pas d'écouter le bruit rêche que cela produit sous la paume. Le plus étrange est qu'il ne parvient pas à penser le moment où son corps a été soulevé, où ses mains encore tendues vers sa grand-mère ont happé le vide… Soudain, la porte s'ouvre sur un garçon d'une douzaine d'années. Martin est en apnée. La posture de l'intrus, poings sur les hanches, silhouette noire découpée dans la pénombre, le tétanise. Le garçon approche vivement de son lit. Il siffle entre ses dents : « Qu'est-ce que tu fous là, toi ? Qu'est-ce que tu viens foutre là ? » Il dégage le drap, attrape le petit par le col et le maintient ainsi, comme s'il allait l'étrangler. « Fripouille, si tu te mets entre la reine et moi… » Martin n'a presque pas le temps d'avoir peur que le garçon est déjà reparti, la porte a claqué derrière lui. Après un temps inappréciable, après que l'orage s'est éteint, Martin épuisé parvient à s'endormir.

Le lendemain, une femme vient le chercher pour le présenter au roi. Elle le couvre d'habits brodés additionnés par couches jusqu'à la paralysie. La traversée du palais est une torture, on a remplacé ses sabots par des souliers estimés d'un coup d'œil à sa taille, comme la perruque à marteaux qu'on lui a collée sur le crâne. Ça tient chaud, ça glisse, ça gratte, ça l'environne d'un nimbe poudré qui le gêne et le fait éternuer. Martin attend dans une antichambre où patientent avec lui quelques courtisans intrigués par sa présence. Les heures passent. On semble l'oublier. Martin s'allonge sur le parquet parmi ces hommes debout, droits et pâles comme des cierges ; il s'endort. Il veut faire pipi, une dame s'en aperçoit heureusement et le conduit dans une pièce d'aisances puis le ramène dans l'antichambre. Un énorme Suisse à la voix de stentor fait savoir que le roi ne recevra pas, il est parti à l'aube chasser à Meudon. On reprend Martin pour l'amener enfin à la reine qui éclate de rire, fait ôter cette perruque démodée depuis trente ans, « mais où avez-vous trouvé tel cilice ? », sinon, le rassure, le félicite de sa tenue. Martin reconnaît, assis dans un fauteuil où il semble une poupée oubliée là, le garçon qui a surgi la veille dans la chambre. La reine lui apprend alors que le garçon s'appelle Armand, qu'il est un adopté comme lui. Ils devront se considérer comme frères, désormais. Armand observe le nouveau venu entre ses paupières étrécies. La reine les cajole tous les deux, leur promet des saisons entières de jeux et de rires, puis renvoie Martin et reprend sa harpe sous les acclamations exagérées des visiteurs.

Martin vécut quelque temps, en effet, une assez agréable routine. La reine le promenait, jouait avec lui, l'exposant à cause de cela aux piques jalouses d'Armand. Tout alimentait la verve du garçon pour diminuer le mérite de Martin aux yeux de sa protectrice. « Arrête de ricaner quand on te dit des choses sérieuses », disait-il lors d'un cours d'histoire religieuse. « Tu ne peux pas te retenir de sourire, quand Sa Majesté parle de la disparition de son père ? » Mais de telles attaques produisaient l'effet contraire et la reine grondait Armand en lui rappelant ce qu'elle avait découvert : le sourire de Martin était une particularité de sa physionomie et ne trahissait rien de ses passions intimes. Armand ruminait de petites vengeances, qui s'exprimaient dans de discrets coups de pied ou des crachats dans la soupe.

3

La reine était assise sur un paon géant émeraude et bleu, les courtisans sur des dragons rouge et or, et tous chevauchaient ces monstres en lançant des rires aigus sous l'éclaboussure des feuillages. Chacun essayait avec sa lance pavoisée de décrocher des anneaux suspendus en périphérie, et le cortège fantastique tournait à toute vitesse dans la lumière. Martin était bouche bée. Assis avec les autres enfants hors du manège qui leur était interdit, il s'étourdissait au spectacle de ces joutes. La reine passait devant lui avec la célérité d'une comète. Elle était tête renversée, chapeau rejeté par l'élan du carrousel, sa robe agitée d'un mouvement contraire à sa course, soie et mousseline, ruchés frémissants, plissés et volants chahutés par les hoquets de la mécanique, cheveux et rubans défaits par les accélérations. Elle riait, pestait quand elle manquait sa cible, éclatait d'une joie enfantine quand sa lance emportait un anneau. Depuis sa place, Martin la voyait approcher de face, décrire une courbe tout près, balayer sa vue, puis tourner le dos, fuir, avant de revenir aussitôt, fonçant dans sa direction, l'évitant encore, et ainsi de suite, dans une répétition vertigineuse. L'hilarité continue et les mouvements au milieu des secousses, cette vélocité, le visage de la reine, lui rappelaient un jour pareillement chaud, tout cabossé de vitesse et déjà lointain, où son petit corps avait été aspiré dans une bruyante cavalcade pour le rendre ici, sauf et désorienté comme un naufragé.

La bonne allure d'angelot de Martin inspira un rôle à l'inauguration du parc anglo-chinois dont les travaux s'achevaient cette année-là. La reine avait rejeté les lourdes fantaisies avec temple romain, volière chinoise et bains hindous que le jardinier Claude Richard avait d'abord proposées. Elle voyait quelque chose de plus moderne, de naturaliste, d'intimiste. Elle avait visité le parc imaginé par le comte de Caraman. Il était à son goût, elle en voulut un aussi. Aux premiers temps de leur idylle, elle avait pris Martin par la main et lui avait fait parcourir au milieu de centaines d'ouvriers ce chantier énorme, lui avait fait enjamber des plates-bandes détruites, admirer la dimension des arbres arrachés et les socles de statues déplacées, contourner les serres-chaudes dépouillées de leur verrière. Elle lui avait désigné, comme elle les désignait à ses courtisans venus en troupeau derrière eux, les places des buttes et des chemins sinueux qui devaient remplacer les fastidieux alignements voulus par Louis XIV, cet ancêtre. Avec le temps, la reine espérait métamorphoser le parc entier, si l'intendant d'Angiviller ne lui discutait pas l'argent que ce grand projet réclamait. Et Martin souriait.

Pour l'inauguration du jardin, la reine avait imaginé reproduire un marché, et demandé à ses dames de jouer les vendeuses. La proposition fut follement accueillie. Les dames de la Cour s'affublèrent de costumes imitant la tenue des marchandes de quatre-saisons. S'amusant beaucoup derrière leur étal, elles proposaient légumes et fruits à des courtisans, choisis pour leur bonne humeur et leur proximité d'esprit avec la reine. Elles répétaient avec force roulades d'accents les mots des poissardes lus chez Vadé, et simulaient au mieux les gestes supposés des petites gens, tels qu'on pouvait en voir sur les gravures. Quant à Martin, il était habillé en petit pâtre et tenait en laisse une chèvre. Armand persiflait, « il a enfin trouvé quelqu'un qui le comprend ». On lançait des cris émerveillés devant ce charmant tableau et le petit avait les joues violettes à force d'être pincées, détestable manie. Martin souriait toujours, et la reine lui dit sa satisfaction à le voir si complaisant.

Pourtant, Martin a déçu. Son agréable physionomie n'a pas suffi ; on s'est progressivement lassé de lui. D'ailleurs, la reine a déjà pléthore de ces petits protégés. En plus du fameux Armand, il y a le frère de celui-ci, à qui l'on fait donner des leçons de musique, et d'autres encore, garçons ou filles, petits d'un huissier ou de femmes de chambre, petit Noir offert en cadeau, tous ceux que la bonne reine adopta, d'abord frustrée de maternité puis, dès qu'elle sera mère, soucieuse de combiner une fratrie autour de ses propres enfants (une postérité, oui ! On n'y croyait plus, il a fallu que le frère de la reine, descendu de son Autriche, renseigne son époux couronné, et voilà, le couple va produire des rejetons, comme il arrive aux plus humbles).

Martin a déçu, ou simplement est-il arrivé au mauvais moment. La reine se découvrit grosse peu après l'entrée de l'orphelin en « ce pays-ci », *Versailles*, puisque les choses méritent d'être nommées aussi bien que les êtres. Elle négligea donc de plus en plus Martin, se concentra sur Marie-Thérèse-Charlotte, la première petite vie arrachée de sa personne, première histoire accouchée sous le regard impudique des courtisans au plus près du lit de travail et de celui des badauds accourus au signal de l'accoucheur, artisans, bourgeois, commerçants, confinés dans la chambre bondée, avides et murmurant comme les gueux au bord du chemin, ou carrément grimpés sur les meubles pour *mieux voir* par-dessus l'agencement des paravents. La reine se concentra sur son propre enfant puisque le terrain politique lui était dénié, ses intrigues dénoncées, ses manœuvres fustigées.

Donc, la reine, fatiguée par sa grossesse, avait commencé à se lasser de Martin dès le premier été. Est-ce parce qu'il lui rendait mal les efforts de sa protection, est-ce parce que, plus que toute autre adoption, celle de Martin avait été un caprice brutal, presque un désir sensuel, est-ce parce que la mauvaise humeur de la reine, conséquence de ses regrets, recevait en retour un insoutenable sourire de chiot content de son sort ? En tout cas, la présence de Martin finit par la contrarier. Bien qu'elle ne puisse rien lui reprocher précisément, Martin semblait à la reine une faute incessamment rappelée, le souvenir d'un désordre, comme semblaient le souvenir des fortunes perdues au pharaon, sa réputation saccagée au bal de l'Opéra malgré la dérisoire protection du domino, les fêtes conspuées, les humeurs pour obtenir une faveur à ses protégés, dénoncées ; autant de tentatives d'exister dont le sourire énigmatique de l'enfant lui représentait la vanité avec une cruelle constance. La reine ne montra jamais d'irritation en sa présence mais enfin elle évitait sa compagnie, retardait ou négligeait les moments où elle devait s'occuper de lui, se déchargeait sur ses dames des attentions qu'elle lui portait quelques mois plus tôt et ne lui prodiguait plus les chatteries des premiers temps. Et puis, avec Martin, elle n'était parvenue à rien. Car Martin paraît imperméable à toute éducation. Martin flotte, n'abandonne aux préoccupations des autres que la trace de son sourire et, devancé par lui, ne semble s'inquiéter de rien. Martin est le sauvage irréel imaginé par Rousseau qui s'incarne soudain, et refuse de rien faire qui l'oblige à contrarier sa désinvolture. Pour tous ses petits adoptés la reine restera vigilante, paiera jusqu'au dernier moment éducation et vivres. Elle paiera pour tous sans compter, sauf pour Martin qui lui inspire des prudences, des économies (c'est bien le seul cas, diront certains). Le mutisme du garçon paralyse, son inertie décourage. On y voit de la mauvaise volonté, un mystère qui annihile les efforts et décourage les meilleures natures. On devine qu'il n'est pas franchement idiot, mais les élégantes qui forment l'entourage de la reine renoncent à lui inculquer le moindre savoir, qu'il semble perdre dans l'instant. En fait, il ennuie, il ne joue pas le jeu de l'enfant dans lequel on observerait les progrès d'un travail de civilisation.

4

Martin fut alors confié à une dame de compagnie de moindre rang, Mme de Valbelle, parce qu'elle était présente dans le carrosse le jour de son adoption fulgurante. La dame fit mine d'en être flattée mais fut terriblement vexée d'un pareil cadeau. Elle se promena avec l'enfant au sourire pendant quelque temps puis, encombrée de cette sentinelle accrochée à son panier, le laissa le plus clair de la journée à une servante nommée Colette. Colette était une fille délurée que le petit Martin gênait dans ses manœuvres. Elle parcourait les galeries pour épier les conversations, monnayait ensuite son savoir aux différentes coteries qui alimenteraient la verve des auteurs de libelles et de pamphlets. Elle se libérait du gamin en l'asseyant dans une garde-robe où il restait sans faillir sur un pot pendant des heures, ou bien en le remettant à un boutiquier patenté installé au pied de l'escalier des Princes, derrière l'étal de friandises et de poulardes découpées, odeurs nouées, sucs et miel, qui montaient sous les ors et tachaient les marbres, négligence qui ne cessait de surprendre les visiteurs étrangers. Martin était encore petit, il encombrait le commerçant qui le renvoya à Colette. Colette soupira, chercha une autre idée. L'enfant se retrouva aux cuisines. De temps en temps, un jeune homme nommé Blaise, ratier professionnel, venait le chercher et l'entraînait à sa suite. Dans les combles ou les caves, près des garde-manger, le chasseur relevait ses pièges. Martin assistait aux démonstrations fascinantes du garçon. « Regarde », disait ce dernier, et il montrait sur le sol des figures et des signes tracés à la craie, censés rendre irrépressible la séduction de ses quatre-de-chiffres. « C'est des mots magiques, des formules qui enchantent les rats et les souris. Toutes ces bêtes, c'est des cousins du diable, je connais les charmes pour les mettre à mon service. » Il le faisait s'agenouiller face à lui, bras repliés, mains levées devant les épaules, lui faisait répéter des prières au Maître des bêtes, un petit diable qui poussait les rats à goûter ses pièges. Martin obéissait. Blaise s'exaltait : « Si je voulais, je pourrais en lever une armée et la lancer sur le monde pour l'affoler. Si je voulais... » Il savourait l'impression qu'il faisait sur l'enfant, ajoutait encore de fantastiques détails pour entretenir l'aura qu'il pensait avoir aux yeux de Martin. Hors ces rares distractions, Martin restait sur une chaise près des fourneaux, au milieu de l'activité domestique. Il était assez discret pour qu'on risque de l'oublier, mais sa façon de sauter dans les bras des dames en les embrassant de toutes ses forces et sa jolie mine attiraient les gentillesses. Il mangeait bien, les cuisinières s'attendrissaient autour de sa bouille réjouie. On lui faisait goûter les crèmes. Le volume de ses joues et la brillance de leur surface augmentèrent, sculptant une tête d'amour joufflu et rose, au sourire imparable.

La reine se souvenait parfois de Martin et des soins de mère adoptive qu'elle lui devait. Elle faisait remettre à la dame censée s'en inquiéter pour elle de quoi le vêtir et payer un précepteur. Elle lui rendait visite – trop rarement – à l'impromptu, et l'enfant, sans rancune, quittait ses devoirs, se précipitait sur elle, ouvrait ses bras et l'enlaçait avec une telle force, qu'il fallait le secours du précepteur pour l'en dégager. Un soir, au terme d'une représentation théâtrale, elle croisa Mme de Valbelle et demanda des nouvelles. La dame affirma que le petit faisait des progrès inattendus, fit une révérence, volta prestement et s'en fut retrouver Colette pour s'assurer que Martin était au moins encore vivant. C'était le cas. Prudente, la dame destina une partie de la pension royale à Martin car elle redoutait un hasard qui aurait mis la reine en présence de son protégé. Bien qu'après son accouchement, la reine avait pris le prétexte d'une rougeole pour s'installer durablement à Trianon où elle pouvait rester un mois sans déroger, loin de son mari aux mains salies de graisse à serrure, il lui arrivait de passer tout de même au château, et il vaudrait mieux alors que l'enfant fût décemment habillé et sache des rudiments de maintien. Étonnamment, les efforts de Mme de Valbelle donnèrent quelques fruits. Il arrivait à Martin de répéter à la perfection des formules de présentation, d'effectuer correctement ses saluts, de laisser échapper un mot pertinent après une leçon, de lire sans heurter un morceau d'Évangile, d'apprendre des prières ; une surprise pour la dame ou son précepteur qui pensaient que leur enseignement glissait sur cette tête d'ange. Mais de tels éclairs étaient rares et dépendaient de son humeur. Hors les leçons, le temps de Martin se passait dans les jambes de la tempéramenteuse Colette qui râlait de voir ce greffon, cet emplâtre, ralentir ses opérations. Elle s'arrangeait toujours pour l'écarter.

Colette s'était entichée d'un des nombreux servants de la grande meute de chasse du roi. Tandis qu'un bosquet les accueillait, les deux amants laissèrent Martin à la garde des chiens. Martin ne fut pas déchiqueté. Sa joliesse peut-être, la bienveillance des limiers, enfin il fut accueilli parmi les échines frétillantes avec d'innocents cris d'excitation. Comme il s'y trouvait manifestement à son aise, Colette et son amant renouvelèrent leurs rencontres et, ainsi, multiplièrent les occasions où le petit se familiarisait avec la meute. Cette aptitude à se faire aimer des animaux inspira à Colette de l'envoyer à la ménagerie, mais le Suisse qui s'en occupait n'était pas d'humeur : son dromadaire venait de mourir, malgré un excellent traitement de huit bouteilles de bourgogne par jour, censé le guérir de sa mélancolie. On mêla Martin à la chasse royale où on lui reconnut un talent pour rassembler les poitevins et les bleus de Gascogne. Malgré sa taille et son jeune âge, d'un geste, d'une intonation, il dirigeait un nombre conséquent de chiens. Autour de sa petite silhouette qui dépassait à peine du groupe, et malgré ses gestes incomplets, les chiens remuaient la queue joyeusement, impatients mais attentifs à ses ordres, gueules fendues d'un sourire imité du sien. C'était extraordinaire. Les piétons de métier considéraient cette sorte de prodige avec admiration et un frisson superstitieux. S'il avait été plus âgé, Martin aurait été meneur. Le valet de limier lui promettait un bel avenir dans la vénerie. Là, il y avait de l'argent. On dépensait pour un chien huit sols et six deniers par jour, quand un soldat qui risquait sa vie coûtait six sols.

La servante trouva à employer Martin à la chapelle. Sa tête de putto au sourire céleste séduisit la théorie de prêtres qui se succédaient pour ordonner les offices quotidiens. Or, Martin était allergique à l'encens, balançait trop faiblement le brûle-parfum, agitait les sonnettes à rebours, oubliait quand s'agenouiller et se relevait en retard. On reprit son aube et rappela Colette. Elle le considéra, dépassée : « C'est pourtant pas difficile. Qu'est-ce que je vais faire d'un nigaud comme te voilà ? » Elle tenta d'autres choses, toujours dans le but, de mieux en mieux assumé, de ne plus l'avoir dans ses jupons. Comme l'enfant souriait toujours, on ne le pensait pas attristé par ces incessantes manœuvres d'éloignement.

5

Avec des dizaines d'autres femmes, Colette apporte de quoi restaurer les ouvriers qui travaillent dans le parc. Ils sont des centaines, réquisitionnés pour les préparatifs d'une fête nocturne. Martin est avec elle, seul enfant au milieu de la procession qui serpente le long de la *rivière anglaise*, à la façon de la caravane d'Abigaïl venue à la rencontre du chef de bande David. Le travail de nuit et le travail du dimanche permettent de recevoir, en plus du salaire, une bouteille de vin, une livre de pain et une demi-livre de fromage. Le château nourrit aussi pendant le jour, et ceux qui travaillent la nuit auront un très bon et copieux repas. En ces temps difficiles, la main-d'œuvre se bouscule pour bénéficier d'une telle provende. L'arrivée des paniers chargés d'offrandes est accueillie par les hommes avec des acclamations et des plaisanteries. Derrière les délicates colonnes blanches du temple de l'Amour, ils sont une dizaine, torse nu, à creuser un fossé semi-circulaire. Colette avise un homme parmi ceux-là. « Eh, Denis ! » Son âge est indéfinissable, il est peut-être un peu plus vieux que la jeune femme mais un corps usé ne signifie rien, il approche et saisit sans manière une bouteille dans le panier de Colette. Tandis qu'il se colle le goulot contre les lèvres, à l'imitation de ses camarades partout sur le chantier, Colette explique à Martin que Denis est son frère, que c'est elle qui lui a trouvé ce travail. « C'est ma foi vrai, dit Denis après une expiration chargée de vin. J'avais soif, c'est la vérité aussi. Alors, toi, tu es Martin, c'est ça ? » Colette répond oui pour le petit, tout en jetant un regard sur les mâles présents. « Monsieur l'intendant est là ? Je voudrais lui montrer cette jolie tête d'ange, je suis sûre qu'il va lui trouver une scène de pantomime, ou quelque chose à faire. » M. Mique est passé, confirme Denis, « il nous a refroidis ! Qu'on travaille pas assez vite, que le fossé doit être fini d'ici ce soir. Mais on sait, on sait qu'on lui a dit. Tu vois, c'est presque fini. Et qu'on rebouche tout ça demain matin, encore ». Indifférente aux contrariétés de son frère, Colette laisse le panier et poursuit devant elle pour trouver l'architecte de la reine, toujours sollicité pour organiser ce genre de festivités. Martin la suit en trottinant, elle ne ralentit jamais sa marche pour lui, il faut qu'il suive, cours allons, dépêche-toi.

Richard Mique était plus loin, s'agaçait à présent que l'acheminement des fagots fût si long. Il faudrait assez de bois pour illuminer le temple toute la nuit. Environ quatre mille fagots, qu'il serait nécessaire de surveiller la journée pour éviter les vols. Et lui-même passerait de temps en temps, pour surveiller ceux qui surveillent. Il vit Colette, et un gamin qui tentait de la rattraper. Elle lui fit un signe qu'il dédaigna car il discutait en cet instant avec le peintre Deschamps de l'emplacement des transparents qui allaient arriver de son atelier. Mique en avait fait réaliser plusieurs d'une dimension exceptionnelle. Les écrans de papier huilé figuraient végétation, cascades et rochers, savamment agencés de façon à produire une féerie, quand, éclairés par l'arrière, leurs contours fantastiques se révéleraient entre les arbres. Ailleurs, des centaines de mains enfouissaient des terrines où brûleraient des lampes à huile, dissimulées au regard par de petits décors peints. D'autres disposaient des lanternes de papier entre les bosquets, les accrochaient aux arbres. Des ouvriers spécialisés tapissaient de faux gazon le grand rocher factice vers le Belvédère, et certaines parties de pelouse pour que les invités s'y installent sans salir leurs précieuses toilettes. D'autres sablaient les sentiers pour que les courtisans n'abîment pas leurs souliers de soie. Peintres, sculpteurs, jardiniers, manouvriers, pompiers même, Mique orchestrait une véritable armée pour mener à bien l'une de ces fêtes somptueuses dans la tradition de celles du Roi-Soleil.

Colette enfin le rejoignit. Il la connaissait bien. « Colette, que deviens-tu ? Cet enfant… ? » Devant l'air inquiet de Mique, Colette éclata de rire et le rassura, il l'aurait vue enceinte si leurs rencontres avaient eu cette conséquence. « Vous voyez bien l'âge qu'il a voyons, monsieur. Et puis, ce n'est pas ma façon de faire. Je vous présente Martin, il n'a que ce prénom pour se faire appeler. Ne trouvez-vous pas qu'il a le plus agréable visage du monde ? » Mique fut obligé d'en convenir. C'était un homme rond et sérieux, qui usait de dureté avec ses inférieurs, savait jouer l'obéissance bénévole avec ses supérieurs, rendait de menus services à ses égaux, par précaution. Il considéra l'enfant, ses boucles de cheveux et son sourire, et confirma qu'il saurait lui trouver un rôle.

Le soir, Martin fut déshabillé, ceint d'un savant drapé de brocart, coiffé d'une perruque à boucles d'or, puis couvert d'une teinture jaune orangé. On lui souffla sur tout le corps des paillettes de laiton et d'or avec interdiction de se frotter ou de se gratter et on le posta derrière une charmille d'où il devait surveiller l'arrivée de la reine et de ses invités et, au moment opportun, surprendre par son apparition. Il eut froid, s'endormit, surgit mais en retard, éternua au moment où un feu d'artifice montait dans le ciel. La reine s'était juste détournée pour ce spectacle et ne le vit donc pas, pas plus qu'elle ne distingua la flèche du putto, envoyée dans un fourré.

Les occasions de fête ne manquaient pas, Colette insista. Mique l'intégra à la troupe de Nicolet, dite « les grands danseurs du roi », amenée de Versailles par le comte d'Artois. Il ne s'agissait pas, à son âge, de lui apprendre la science complexe du ballet mais de seulement lui faire tenir une torche. Le flambeau lui échappa, la résine menaça d'embraser les planches et les décors. On le confia à Placide, espérant qu'il lui serait utile dans le déroulement d'une de ses pantomimes mais le comédien le ramena à Colette en disant qu'il n'avait pas de temps à perdre avec cette bête ; ayant remarqué chez lui une rare souplesse, on l'envoya s'exercer auprès du « Petit Diable de Hollande », équilibriste extraordinaire, qui chuta à cause de lui pour la première fois de sa carrière. Mique le retourna avec colère à la servante.

Colette approcha Martin, colla sa tête contre son giron. Elle l'ébouriffa avec tendresse. « Tes cheveux ont bien repoussé. » Elle saisit le petit menton, souleva le visage de l'enfant et considéra son sourire inaltéré. Combiné aux yeux accablés de tristesse, cela composait une face pathétique. Elle sentit une onde douloureuse lui mollir le cœur. « On va se débrouiller, va. T'en fais pas. Il y aura toujours de quoi vivre entre ces murs pour un garçon comme toi. »

Maintenant, la reine n'évoque plus Martin et on a compris tacitement que le passage de l'étrange enfant à la Cour ressemble à un remords. Armand jubile, se garde bien d'en réveiller le souvenir, Mme de Valbelle ne reçoit plus d'argent pour lui, c'est comme s'il n'avait jamais existé, et puis elle a trouvé à s'occuper de ses terres, ne reviendra qu'en fin d'année. Aucun accord n'a été conclu mais on fait comme si Colette avait accepté de s'occuper du petit, définitivement. Qu'elle en dispose comme elle l'entend. Si le précepteur désigné par Mme de Valbelle continue par amour de son travail, de lui enseigner la lecture, exercice dans lequel le petit excelle, Martin est libre la plupart du temps. En fait, l'orphelin n'est à personne, il fait ce qu'il veut, peut-être a-t-on intuitivement compris cela. Il baguenaude la journée. Quand on le croise, on lui confie des missions. Il ne les accepte pas toutes. De tâche en tâche, il se promènera ainsi d'un bout à l'autre du domaine, puis hors du domaine de la reine, de plus en plus loin des fastes du château, de plus en plus loin du palais, toujours plus profond dans le parc. On parle d'un gamin qui avise les lièvres, se fait aider par les chiens errants. Des bûcherons l'ont délogé d'un chêne, des gardes-chasses l'ont surpris et l'ont coursé en vain dans la grande forêt close. Il inquiète ou émerveille, selon le degré de superstition. Il réapparaît, on s'occupe alors de lui, on lui donne à boire et à manger, il revient à Colette qui le change et le soigne. Il n'est pas ingrat mais repart aussitôt.

6

Les bras de Martin parmi les bras des autres. Les autres : les gueux. Ce peuple qu'un hasard a un temps dessaisi de sa petite personne. Armand jouirait à découvrir Martin, les mains ajustées au manche, tout mouillé de la boue noire soulevée par les pioches, le fer planté dans la glèbe qui s'ouvre sous les pieds nus, les mains qui refouillent cette embrassade incessamment renouvelée. Point de découragement cependant, le nombre des bras et le nombre des heures, les échines appuyées sur les han ! les sueurs qui gouttent au nez et pleuvent sur le sol, toute cette ténébreuse force va surpasser l'entêtement de la nature. C'est ainsi depuis long, c'est ainsi, qu'on les paie ou pas, les mains des hommes dépouillent la terre de ses fruits, creusent les fosses au nom des seigneurs, érigent leurs murailles et arment leurs navires. La foule française que nulle épidémie, nulle guerre, nuls froid ou famine ne parviennent à abattre, la multitude des Français toujours régénérée, arrange la glaise selon les désirs des princes. Ici de même, la terre du parc est travaillée, les cartes rebattues.

À une demi-lieue du château, pas loin du Petit Trianon, on fait un creux, on donne à ce creux des allures et des contours savamment accidentels. Mis en eau, l'étang ainsi réalisé fera un miroir complaisant à un paysage non moins artificiel, inspiré des peintures à la mode. C'est la première phase d'une composition plus vaste, un décor de plus, une chanson nouvelle. Après avoir meublé le Petit Trianon à son goût, après le parc anglo-chinois où le jardinier Claude Richard et son assistant écossais Blakie tentent d'acclimater des arbres venus de Chine ou d'Amérique (ce parc à surprises avec son carrousel un peu ridicule du jeu de bagues, son temple de l'Amour, son Belvédère, son rocher et sa cascade, son imitation d'Alpes balisée de pins, de mélèzes et de genévriers), après enfin la construction de son théâtre, la reine veut un village, un petit village, une miniature, disons un hameau, une composition digne des vues champêtres d'Hubert Robert. Les fabriques seront disposées en demi-cercle autour du plan d'eau. Elles auront des airs de maisons normandes avec toits de chaume, paille, roseaux ou tuiles selon les attributions. L'intérieur sera neuf, confortable et propre, mais l'extérieur aura quelque chose de vieilli, d'usé, qui ait une âme n'est-ce pas, des colombages fatigués, des murs lézardés, des pierres débordées, des planches abîmées, des margelles érodées, on y sentira la modeste ruine des intempéries.

Il faudra des animaux, aussi, et puis des petits bergers, oui, ce sera charmant.

« Ce sera charmant », Martin a bien entendu la phrase, prononcée par la reine lors d'une inspection, « un lieu idéal pour vous y délasser du poids de Votre Grandeur », ajouta un page à côté d'elle, ce qui la fit rire comme elle aimait quand elle se trouvait avec des familiers, démonstrativement, la tête renversée, provoquant une gêne parmi les hommes arc-boutés vers la terre. Martin et les autres en ont fini avec l'étang, ils terrassent à présent l'endroit où vont s'établir les masures en trompe-l'œil. Martin a dix ans, les habits brodés lui ont été retirés, pas d'un coup, on ne l'a pas puni. Comme lui, son costume s'est effacé des mémoires par gradations subtiles. Il a abîmé ses souliers qui le blessaient, alors il a retrouvé avec bonheur ses sabots qu'il a dû ajuster au couteau, puis des sabots plus grands, les sabots détonnaient avec les culottes et les chemises de soie, Colette les lui a retirées, a récupéré des hardes reprisées qui ne craignent ni la boue ni l'usage. Elle lui a acheté un chapeau à large bord qui protège du soleil, et un bonnet pour le froid. Martin a ajusté le costume de sa condition, la métamorphose à rebours est accomplie, papillon redevenu chenille.

Ce jour, sur la berge de l'étang qui achève de se remplir, la reine discute avec son brave lorrain d'architecte, d'une décision grave. Faut-il une église à son hameau ? Mique s'incline davantage, il fera comme on voudra. Cependant, c'est problématique, « ce pourrait paraître irrespectueux » (il n'emploie pas le mot « immoral », terme tout neuf qui sent le libertinage et les idées incendiaires). L'esthétique le réclame (mais enfin une fausse chapelle, tout de même ! avec un faux curé ? pense Mique), on en a déjà discuté, rien ne figure de ce genre sur le énième plan qu'il présente à Sa Majesté. Elle dodeline, bien sûr ce ne serait pas bien, mais ça manque au tableau, quoi. Mique désigne le clocher de la paroisse Saint-Antoine, à peine visible dans cette perspective. « Oui, après ? » s'impatiente la reine qui discerne en effet un triangle d'ardoises, là-bas, loin derrière les tilleuls. « Je veillerai à ce que la vue sur le clocher soit découverte. Il s'agit d'ouvrir la ceinture de bocages, de, de ne pas refermer... », bafouille Mique qui s'inquiète toujours d'un possible revers de fortune. Il suffirait d'un caprice pour le jeter en disgrâce, malgré les années de service, malgré sa médiocrité rassurante, la gentillesse sincère de sa reine, leur complicité d'exilés dans ce monde aux valeurs insolites, sait-on jamais, rester prudent. La reine opine et sans plus insister poursuit son tour. Le groupe approche du terrain que dégage l'équipe où se trouve Martin. Le travail s'arrête, les hommes se rangent sur le côté, chapeau bas. Martin s'éloigne discrètement, efface sa jeune silhouette derrière un rang d'ouvriers. La reine passe tout près sans le remarquer, salue poliment les hommes, demande s'ils n'ont pas trop chaud ou trop soif, s'intéresse. Les visages émaciés rougissent qu'on leur prête tant d'attention et secouent leurs grandes oreilles ; aucun n'oserait se plaindre.

Pourquoi Martin s'est-il caché ?

« Hein, pourquoi tu t'es caché ? »

C'est le soir, les hommes regagnent l'extérieur. Par groupes alentis, ils quittent le chantier au crépuscule, traversent la cour de Trianon, sortent du domaine en empruntant l'allée de Saint-Antoine ou plus loin vers l'est, dépasseront une des nombreuses grilles qui ferment l'enceinte du parc, de hautes parois de piques, consolidées ou installées cinquante ans plus tôt parce qu'on entrait là plus facilement que dans une gargote. Martin raccompagne Denis, qui travaille avec lui et conserve pour lui sa paye, en sert un peu à sa sœur quand il faut lui acheter des effets. Le gamin va rester là, par là, dans les bosquets plus loin, on ne sait où précisément. Denis arrête sa longue ossature, il reverra le petit demain mais quelque chose le tracasse. Il ne comprend pas : « Tu la connais bien, la reine, hein ? C'est le moment de se faire souvenir, non ? » Le sourire de Martin s'élève jusqu'à lui. Il écarte les bras dans un geste d'impuissance. Denis fait une moue méchante, « moi, si une reine m'avait pris sur les genoux, je peux te jurer que je serais encore agrippé à ses jupons la bouche sur le tétin, vrai, et ça jusqu'à ce que je sois trop lourd ou trop vieux, tu peux me croire ». Il s'interrompt, pousse hors de lui une toux encombrée de glaires. « Tu as pas revu ma sœur, ces jours ? » Martin dit non. Denis hoche la tête, il rumine le *non* prononcé par le petit, et le silence qui suit. Un mot de Martin, si anodin soit-il, on est obligé de s'y arrêter, d'y réfléchir à deux fois, c'est si rare. Muet à son tour, par contamination, Denis salue et s'en va.

Martin rejoint son refuge en mâchant du pain et un bout de viande séchée. La nuit se fait sur le domaine. Une nuit de campagne, sans feux. Les fenêtres du château sont hors de portée, les musiques même sont closes entre ses murs frileux. Les jours s'accourcissent. Une vapeur mouille les gazons et les feuillages. Martin longe les jardins de Trianon, contourne le joli bâtiment du Pavillon français, évite les hahas et les sauts-de-loup avec leurs hauteurs parfois intimidantes, sort ainsi du domaine de la reine, poursuit dans l'obscurité qui gagne, par les jardins du Grand Trianon, pour pénétrer enfin dans le parc sans être repéré. Il dépasse les jeunes chênes replantés après la mort de Louis XV, les séquoias et les tulipiers de Virginie que la guerre d'indépendance américaine ont mis à la mode, et franchit l'obstacle docile de halliers clairsemés pour trouver un ruisseau dont il suit le cours. La rumeur des bêtes nocturnes s'harmonise par degrés, les rainettes tintent encore mais dans un ou deux mois elles disparaîtront pour s'abriter, les sous-bois encore dégagés seront bientôt couverts de feuilles. Une journée de cheval serait nécessaire pour parcourir les dix lieues de murs qui ceignent le domaine. C'est le fief du roi ; c'est le royaume de Martin.

La vapeur s'est muée en pulpe opaque, les grands arbres sont gommés jusqu'aux premières branches. Martin pénètre cette arche de clarté. Il court pour se réchauffer et dérange un troupeau de biches qui détalent. La lune passe au-dessus des frondaisons, allume les nappes grises qu'elle nuance de réflexions d'argent. Sur une éclaircie, au creux d'une faiblesse dans la densité de la brume, un groupe sculpté se dresse, formes enchevêtrées ciselées par un faisceau de rayons pâles. Martin est arrivé. Sur un socle abîmé, s'élève un combat de fauves arrêté dans la pierre. Un lion, des loups et des chiens plus grands que nature se mêlent et s'étripent, des gueules se cherchent, des pattes se confondent, des mâchoires sont plantées dans les pelages de marbre. Sous le ventre du lion, entre les courbes confuses des bêtes, s'ouvre une niche étroite et profonde. C'est l'abri de Martin. Il s'engouffre là, rassemble sur lui les feuilles et les mousses collectées ces derniers jours, rajuste son camail – un reliquat de sa période d'enfant de chœur – et se blottit entre les pattes du fauve. Les loups et les chiens arrondissent ventres et échines pour organiser un nid protecteur. Quand les feuilles tomberont sur les allées, que du givre blanchira les sourcils des statues, l'intensité du froid le chassera, il lui faudra trouver un autre refuge. Plus près ou plus loin du château, il ne sait pas encore, mais ce sera de toute façon en ce pays-ci. Il n'imagine pas une vie hors de ces murs.

7

Le grand effeuillement ensevelit les parterres et les allées sous une brocatelle bronze et or. Partout, les journaliers ramassent les feuilles mortes et les font ruisseler sur les plantations les plus frileuses du jardin anglais, accumulent des éboulements roux entre les pelouses fanées. Les plantes annuelles sont arrachées, les plates-bandes retournées avant l'hiver. Il ne fait pas très froid encore. Le vent, qui animait jadis les ailes d'un moulin dans la vallée, se prend à la harpe des chênes, des peupliers et des tilleuls. Sa respiration enfle les ramures brunes, abat les ultimes diadèmes de végétation, transfigure la forêt close.

Martin rôde dans le parc de Chasse, au bout du Grand Canal, dans des retraites où les faisans disposent de clairières qui creusent pour eux des corbeilles de lumière. À l'affût, le sauvageon glisse d'un bosquet à l'autre, mesure son pas dans le couvert, puis traverse en courant les saignées terreuses qui étoilent le domaine.

Il a faim. Faim de viande. La fronde est son arme, silencieuse et peu encombrante, lanières de cuir au fond d'une poche. Martin s'enfonce dans les taillis, tâte les surfaces de ses pieds nus, choisit les mols amas de feuilles détrempées et corrompues, évite les places où l'automne n'a couché que de fines pelures craquantes. Il ralentit encore, des abattures qu'il est seul à reconnaître lui commandent la patience du prédateur. Il s'arrête. Deux perdrix adouées ont froissé la tendue grise, dérangées par des voix. Martin s'immobilise, souffle raccourci, yeux exorbités, tous sens en alerte. Un halètement de chien que son ouïe a repéré malgré la distance. Le vent n'a pas tourné, le limier ne devrait pas le sentir. On piétine là-bas, il y a des hommes. Martin risque un mouvement, porte son regard hors du buisson qui le cache.

Deux gardes-chasses en tricorne, fusil dans le dos, chien à la botte, encadrent un homme. Cheveux longs, barbe hirsute, veste verdâtre élimée aux épaules et râpée aux manches et aux coudes, culotte rapiécée, il ne fait pas un geste, il écoute les mots qu'on lui adresse, tête baissée. L'un des gardes-chasses maintient contre sa taille, d'une poigne puissante posée sur l'épaule, un enfant au crâne ras, bouille crasseuse, aussi pauvrement vêtu que l'homme. Équipage infortuné d'un père et de son fils, parti braconner au matin, et qui a rencontré son destin, ce jour-ci. Car la chasse est le loisir préféré et le privilège du roi, on ne tolère aucune exception. Même la noblesse ne toucherait pas un perdreau du domaine royal tombé dans son jardin, et les gardes-chasses abattent le moindre bichon en promenade, jusqu'aux pieds de sa maîtresse éplorée. Tous les terrains qui entourent Paris et Versailles sont à la seule disposition du monarque. La réserve est si vaste que le roi ne porte ses coups en certains endroits qu'une fois tous les trois ans. En attendant, les paysans affamés doivent laisser les perdrix glaner leurs semences, les lapins par milliers dévorer leur subsistance et les regarder en retour, narquois, assis sur leur derrière. On espère la chasse royale, qui va massacrer peut-être deux mille pièces d'un coup, et repartir. La faune rescapée, soulagée, poursuit alors sa paisible et infatigable reproduction.

Martin devine. Les gardes-chasses ont dû remarquer l'agrainage régulier, la pose des collets, ils n'ont rien touché pendant des jours, ont attendu le bon moment. Celui qui ne tient pas l'enfant descend de son épaule un rouleau de corde. Qu'il manipule, allonge et reprend, enroule sur lui-même, l'air de rien, comme on occupe ses mains tandis que l'esprit est employé à une agréable conversation. C'est l'effet que les voix produisent, d'ailleurs. Les échanges sont tranquilles. Il y a même des rires. Il y a aussi de petits gémissements. Les rires sont ceux des gardes, les gémissements sont ceux de l'enfant. De petits cris suppliants qui montent de sa gorge. Le père ne dit rien. Peut-être tremble-t-il. Ce n'est pas sûr. Il a des mouvements gênés des épaules, ses mains sont escamotées derrière lui, attachées sans doute. Martin ne peut discerner son regard, il ne voit qu'un visage blême, une faculté intuitive lui présente dans toute leur netteté les pensées mortifiées du père, l'avenir dévoyé de son fils, l'écrasement de sa femme et du reste de sa progéniture, le chaos qui procédera logiquement de cet instant où il a entendu derrière lui : « Ouvre-moi cette besace, canaille ! » Une perdrix, c'est les galères. Deux ou trois, ou un gibier plus conséquent, chevreuil ou cerf, c'est la mort discrète au fond des bois. L'exécution des braconniers est un meurtre impuni, récompensé même, chez certains princes qui « d'ailleurs passent pour humains ». Martin sent un vide se former dans son ventre. Il n'aime pas cette conversation de miel, versée sur l'accablement de l'homme pâle et les petits cris retenus de l'enfant. Il n'aime pas la façon dont le garde roule et enroule la corde, la longue corde. Martin en est sûr à présent, si l'homme détourne son regard, le plonge et l'arrime au sol sur un hasard de prairie, une parcelle de soleil traînant parmi les herbes, les yeux de l'enfant, eux, ne cessent de fixer les mains du garde, la façon qu'elles ont de coulisser le long du chanvre, de susciter ce bruit épouvantable, grincement rêche sur une tension, feulement soyeux sur un relâchement. Martin ne veut pas en savoir davantage, ses muscles veulent à tout prix le précipiter dans la fuite, mais la forêt autour de lui est une grotte menaçante et pleine d'échos, capable de trahir le moindre de ses mouvements. Il s'abstient, se rencogne, respire mal, voudrait rêver contre le balancement doux, la cime des arbres, suivre la trajectoire d'un merle ; les voix des hommes là-bas le rappellent à leur saleté, le convoquent et le clouent au spectacle de la peur. Il est obligé de regarder. Le petit est fasciné par la corde, le père est abîmé dans un gouffre insondable ouvert sous ses pieds, et Martin, pareillement incapable de se détourner, s'obstine, ne perd rien, assiste à la conclusion de la conversation. Le garde qui empoignait le petit l'écarte gentiment, sans brutalité, comme on fait à un enfant : « Pousse-toi, qu'il ne t'arrive rien », puis il aide son collègue. L'autre a préparé le nœud coulant. La conversation s'est tarie. Les hommes sont dans le sérieux de l'affaire. L'un cherche une bonne branche, pas trop haute, il lance la corde, râle doucement quand elle retombe au sol sans bruit, ne triomphe pas quand il parvient à la faire passer. Le père, enfin, revient à son garçon, ne le quitte plus des yeux, s'accroche à lui, sa face est livide, joues descendues, gueule affreuse, le petit ne le reconnaît pas, et la transformation de ce visage parfaitement connu en une chose mystérieuse le bouleverse, soulève à présent des sanglots dans sa poitrine. Il se met à pleurer. Le garde lui caresse la tête, il lui dit quelque chose, quelque chose de doux, d'apaisant, cela ne calme pas l'enfant qui trépigne, il ne sait pas précisément ce qui va arriver, mais l'étrangeté du moment, la dégradation physique de son père le rendent muet de terreur et d'impatience. Il ne veut pas. Il ne veut pas. Comment arrête-t-on un cauchemar dans ce monde ? Martin est secoué d'un même séisme, il presse ses mains l'une contre l'autre, les mord de toutes ses forces, écrase entre ses dents une rage infirme de parole. Le chien là-bas a écouté Martin, il a eu un sursaut, il se tourne vers sa cachette, émet un bref cri que son maître néglige. Les gardes présentent la boucle de chanvre au braconnier qui y fait entrer sa tête docile, entière, jusqu'au cou, pour bien faire. Il ne regarde plus son fils. Son fils, qui ne sait plus comment pleurer, émet une plainte continue, pitoyable, se frappe les joues à grandes claques impuissantes. Les gardes ont serré le nœud, qui blesse le cou maigre. L'homme est tourné vers des remuements qui se bousculent en lui et dont personne ne saura rien. Derrière lui, les hommes ont solidement arrimé l'extrémité de la corde à une souche, près du sol. L'opération a tendu l'appareil, et le braconnier s'est dressé sur la pointe des pieds, ses chevilles croûteuses ont émergé des sabots. Les gardes ont empoigné le toron de chanvre. Sur un accord, ils tirent de toutes leurs forces, soulèvent le braconnier qui perd ses sabots, les hommes reprennent l'effort plus loin, hissent en cadence plus haut, assurent la traction par de petits coups secs pour affermir la prise. Le corps prisonnier s'agite, les jambes se balancent dans l'air, cherchent un appui, le visage enflé pulse par les narines des plaintes écrasées, les gardes tiennent bon, serrent les mâchoires, le chien s'est couché, il attend la fin, le petit garçon suffoque, il meurt avec son père, il étouffe à son rythme, les gardes éructent, ils tirent encore sur un han ! qu'ils veulent décisif mais l'homme est toujours secoué de spasmes, tous ses muscles bataillent, toute l'aventure de sa vie refuse l'achèvement, ne lâche pas, regimbe et sursaute, un garde parvient à enrouler un, puis deux, puis trois mesures de corde autour de la souche. Ils s'écartent, attendent la fin, la tension est assez puissante et la corde assez courte pour maintenir le condamné en l'air. L'un des gardes se tourne vers l'enfant, avec une moue sévère. Terrible leçon, il en a conscience, mais si ça peut éviter à celui-là de suivre l'exemple paternel, ils auront œuvré en bons fidèles.

8

Le hameau est quasiment terminé. Des peintres peaufinent la patine des portes, façon « bois pourri ». On trace des simulacres de fissures dans la maçonnerie, on râpe un bas de vantail, on martèle un angle de pierre. La vie y apparaît. On a apporté des chèvres, des moutons et quelques vaches de Suisse – les hollandaises étant passées de mode. La volaille et le petit troupeau seront gardés par deux jeunes paysannes, Denise et Marie, toutes deux éclatantes de santé et bien charpentées, pour être visibles de loin. Au-delà des chaumières, l'architecte Mique et le jardinier Richard agrémentent le paysage, lui donnent plus de vérité en créant champs et vergers, pâtures et haies de bocage. On y cultivera orge, avoine, sarrasin et lin. Le grain sera entreposé dans la ferme, dès qu'elle sera construite. C'est la prochaine étape. Car il faudra bientôt accueillir un vrai fermier pour s'occuper de l'ensemble, quelqu'un d'expérimenté mais aussi un esprit fin, habitué aux exigences de la noblesse, à la fois paysan et courtisan en somme. Et si possible un Suisse, comme les vaches. Mique n'en a pas reçu l'ordre exprès, mais c'est une évidence : les modes de vie vantés par l'auteur de la *Belle Héloïse* se trouvent encore purs et comme natifs au pays de Rousseau. En attendant cette perle rare, Mique dessine les plans d'une ferme où le paysan et sa famille seront accueillis. La ferme sera un peu à l'écart du hameau, légèrement en hauteur.

L'architecte peut à présent contempler son œuvre. Le village, tel que voulu par la reine. C'est un bijou, un décor de rêve. Non pas une tentative de vraisemblance – personne n'est dupe, on ne saurait faire croire que ces maisons de poupées disposées artistiquement autour du plan d'eau sont un véritable lieu de vie paysanne – mais une idée, une *découverte* d'opéra peinte en fond de scène. Mique songe également à la grotte, cachée dans le paysage alpestre, au bout d'une sente rocailleuse et blessante au pied, serrée par la végétation dense, l'ombre, et les rebonds d'un torrent. Ce ventre rond, obscur et humide, presque invisible si on ne sait pas, ultime miniature. La reine n'a pas cessé de contracter l'espace autour d'elle. Depuis les immensités du château jusqu'à l'exiguïté de la grotte en passant par le boudoir du Petit Trianon puis celui du hameau, elle a constamment fui la démesure des grandes salles pour rapprocher les murs, resserrer l'entourage aussi, de plus en plus souvent, se recroqueviller, aménager un monde à sa taille, qui referme ses bras sur elle.

Le hameau, donc, et finalement, la poche fœtale et sombre de la grotte.

Les tranchées et les talus des débuts sont arasés et déjà verts et fertiles, le plan d'eau est rempli et l'herbe a poussé sur ses berges, les bâtiments sont là, les toitures terminées, les fabriques sorties de terre : la laiterie *de préparation* où l'on travaillera le lait pour la reine, la laiterie *de propreté* où Sa Majesté viendra le boire, mais aussi poulailler, lingerie, galerie, escaliers, moulin factice, maison de gardien, le tableau est bientôt achevé. Au faîte des chaumes couronnés d'iris, frémissent les battements d'ailes des colombes venues du pays de Caux, le jeu de boules est animé des rires des habitués, les pelouses sont superbes, maintenues fraîches grâce à d'innombrables arrosoirs versés au crépuscule par une multitude de jardiniers, on met la dernière main au décor intérieur de la maison de la reine. C'est charmant, dirait Sa Majesté. Mique est heureux. Il peut ici, à la vue de ce chef-d'œuvre, oublier ses soucis personnels, cet escroc qui veut se faire passer pour son frère, son frère disparu dans un combat naval contre l'Angleterre. Et voici que le charlatan réclame sa part d'héritage, une invraisemblable histoire qui dure depuis des années, est reprise dans les gazettes et lui empoisonne la vie. C'est affligeant. Là, il repaît simplement son regard de cette image bucolique inégalable, et la vie semble bonne. Après le petit bâtiment du Belvédère, élégant hommage au vieux Gabriel, il tient le hameau pour sa plus grande réussite.

Il avise Bréval, qui entretient les potagers de chaque maison dans le même esprit de réalisme qui a guidé les concepteurs du lieu. Le jardinier est en train de sarcler autour de sa petite maison, et se redresse à son approche. C'est un homme encore jeune, vigoureux et sec, qui sait changer de tablier quand la reine est annoncée. Ses légumes sont beaux, sains, épanouis. Bréval et Mique s'entendent bien. Bréval n'a pas d'orgueil ; simplement, il connaît son travail, il est sûr de son fait et personne ne l'intimide, pas même la reine quand elle lui pose des questions ou lui soumet des idées de plantations. Les réponses de Bréval sont toujours claires et argumentées, décomplexées. La reine aime sa sincérité, son respect dépourvu d'obséquiosité. Mique peut être satisfait de l'avoir choisi. Choux, choux-fleurs de Milan, artichauts, haricots verts et noirs, petits pois, sous les doigts du jardinier, tout se porte à merveille, les corbeilles où s'accumulent ses récoltes ressemblent aux opulentes compositions de Van Os.

Sur les façades, aux montants des pergolas et des tonnelles, le lierre brunit, la vigne vierge a pris en quelques jours cet étonnant aspect de gouttes de sang qui s'épanchent et la vigne domestique est dépouillée de ses dernières grappes. Bréval a l'œil sur ses petits, il désigne la hauteur où les ceps tuteurés ont été cultivés : « On s'est dépêchés de ramasser les raisins avant qu'ils disparaissent. » Mique s'étonne, demande à Bréval de s'expliquer. « C'est pas qu'il y en a beaucoup, la vigne est jeune, mais le peu qu'on a, quelqu'un le vole. Ça se produit la nuit, mais Bersy n'a rien vu et les chiens n'aboient pas. » Jean Bersy est le gardien, un Suisse embauché dès que le hameau a commencé à se garnir de meubles, de fleurs et de vergers. Un homme cauteleux, agité, qui parle menton relevé pour compenser sa petite taille et hausser artificiellement son regard, un intrigant qui s'autorise des saillies et use d'ironie pour espérer une complicité avec des personnes d'une condition plus élevée que la sienne. L'opposé de Bréval en quelque sorte, un personnage désagréable. Mais impeccable dans son rôle. D'ailleurs, le voici qui apparaît. Il voit Mique et l'invite à le rejoindre d'un geste sec et empressé, presque autoritaire, ce qui fait rioter Bréval et contrarie Mique à l'excès. Quand il est à deux pas de lui, Bersy le salue d'une inclinaison servile du buste et l'entraîne à sa suite en faisant signe d'être discret, il chuchote « Venez voir, monsieur, venez voir seulement ». Bien qu'agacé par ce ton de comploteur, Mique, intrigué, imite le pas précautionneux de son gardien. Ils vont en direction d'un appentis, derrière la maison de la reine.

« Je crois bien qu'il dort. » Mique ne voit d'abord qu'un énorme tas de peluches dans un coin. Ce sont des fibres végétales importées d'Orient, dont on tapisse habituellement les niches des chiens pour les protéger du froid, mais dont l'inventif Claude Richard a détourné la fonction. Il les fait teindre en vert et obtient ainsi une imitation de mousse, destinée au décor de la grotte. On doit les renouveler souvent et, provisoirement, on en a stocké dans ce bâtiment. Le tas de mousse artificielle remue. « Qu'est-ce que c'est que cet animal ? » prononce l'architecte à haute voix, il n'aime pas ce manège, Bersy aurait pu chasser l'intrus – le voleur de raisins probablement. Il considère avec écœurement le gardien exhiber son instinct de limier. *Faudra-t-il lui caresser la tête ?* se demande Mique, mais sa curiosité est piquée. Sous l'enchevêtrement de filasses, on a cessé de bouger. La petite bête retient sa respiration. Bersy interroge son chef du regard, que doit-il faire à présent ? Il ne s'attendait pas à ce que l'architecte joue l'inertie. Il se décide, plonge brusquement les bras dans l'accumulation de peluches. « Ah ! » il tient quelque chose, tire à lui en soufflant. Son bras s'extirpe du monticule, agrippé à une petite jambe. Bersy accouche un enfant qui ne se débat pas, se retrouve allongé, abasourdi, aux pieds de Richard Mique qui considère ce gamin en guenilles, enveloppé d'un cocon arachnéen. Bersy l'insulte et lui donne un coup de pied. Mique l'arrête, le repousse durement, il se penche. Délicatement, soulève les franges déchirées et reconnaît ce sourire inepte. « Tiens donc… Mon putto maladroit. » Mique est un brave homme, un peu veule, fasciné par les grands de ce monde, intriguant pour se faire une place au soleil, mais un brave homme, conscient de son absence de génie. S'il n'avait pas trouvé sur son parcours lorrain le prince Stanislas, si la reine Marie Leszczynska n'avait pas été polonaise comme le prince Stanislas, si la reine actuelle n'avait pas été de la branche des Lorraine par son père, s'il ne s'était pas trouvé sous la protection de Mme Adélaïde, si Marie-Antoinette n'avait pas détesté l'architecte Gabriel et ses élèves Hazon et Soufflot simplement parce qu'ils avaient la préférence du vétilleux d'Angiviller... enfin, s'il n'y avait pas eu les circonstances plutôt que son talent, Mique serait resté à Lunéville et n'aurait jamais pu pénétrer Versailles. Sauf l'allure et le statut social, il serait probablement comme Bersy, un valet attendant qu'on le flatte. C'est sans doute pourquoi ce dernier le révulse. Au spectacle du garçon brusquement extrait de sa cachette, Richard Mique s'attendrit. Il a des enfants de cet âge, tremble pour eux souvent, se sait à la merci des retournements de caractère des princes. « Comment t'appelles-tu, déjà ? » Martin dit s'appeler Martin puis se tait. Les deux hommes le surplombent, également silencieux. « Martin, n'y avait-il pas une fille qui s'occupait de toi ? » Martin approuve d'un hochement de tête. Mique l'aide à se relever et le considère, dubitatif. Bersy s'empresse, époussette le garçon, demande s'il peut faire quelque chose, se rendre utile, le petit veut peut-être un peu de pain ? Mique le congédie froidement.

« Suis-moi. » Le mutisme de Martin a deux effets opposés : soit il lance l'interlocuteur dans un épanchement qui ne cesse plus, soit il lui représente que chaque parole doit être pesée. L'architecte adhère à cet instant à la seconde catégorie, il n'ajoute rien, n'interroge pas, marche, entraîne le gamin hors du hameau. Au pied d'une grande bâtisse, l'architecte pousse une porte discrète. Martin n'a pas fait attention aux deux colonnes, tout près, en haut d'un escalier. Il ignore qu'elles marquent l'entrée du petit théâtre de la reine. Il suit l'architecte dans un couloir de service et se retrouve dans une pièce sans décor, sous le bâtiment. L'essentiel de l'espace est encombré par de magnifiques modèles réduits de paysages, posés en hauteur sur des tréteaux, et qui forment, dans la pénombre de la pièce, des îles de verdure où Martin est stupéfait de reconnaître les différentes maisons du hameau, le rocher et les jardins, restitués avec un réalisme et un soin du détail extraordinaires. Il s'y arrête, il voit comme s'il était oiseau, les lieux où il a travaillé et qu'il parcourt clandestinement lors de ses promenades nocturnes. Même l'eau étale du lac est reproduite, qui brille et reflète le paysage miniature. De minuscules cygnes y flottent, et une barque, où l'on distingue des personnages. Sur la pergola de la maison de la reine, Martin remarque une figurine qui la représente. Elle a la taille d'un insecte. « Tu n'as nulle part où dormir, n'est-ce pas ? » Le visage de Martin suggère que non. « Ces plans-reliefs vont bientôt être exposés ailleurs. En attendant, il reste tout de même assez de place pour un petit garçon. Tu peux rester là, les nuits, tu seras tranquille. Il y a une cheminée, tu n'auras plus froid. » Mique remarque les doigts bleus de Martin, il soulève un drap qui protège des bancs remisés ici pendant la mauvaise saison. Dans un grand geste il ensevelit l'enfant dessous, en solidarise deux pointes sous le menton de Martin qui ressemble alors à une nonne miniature. Il le pousse sur un fauteuil puis ouvre un coffre. Un petit garde-manger de l'architecte, quand il vient ici méditer en paix. Il en retire un peu de vin, de l'eau, du pain, des fruits parmi lesquels il choisit une pomme pas trop abîmée.

Pendant que Martin dévore le festin posé sur ses genoux, Mique s'assied et l'observe. « Tu es une petite célébrité parmi les ouvriers du parc, tu sais. On dit que les limiers les plus récalcitrants sont comme des agneaux avec toi. C'est vrai ? » Martin hausse les épaules et les sourcils sans un mot, sous-entend que si on le dit... Mique sourit. « Pour l'instant, nous n'avons que quelques bêtes, mais un jour, il y aura une ferme et toute une basse-cour, des bêtes aumailles, des vaches, des moutons et des chèvres. Il faudra une importante domesticité. Vacher, ça te plairait, Martin ? Cinquante livres le quartier ? » Martin suspend la mastication d'un gros morceau de pomme dont le jus s'exprime sur ses joues, et fait oui de la tête. Vacher, il veut bien.

9

Le temps s'étire en ce pays-ci, les hivers semblent moins rudes et les étés plus longs qu'ailleurs. Martin a onze ou douze ans, il a passé la moitié de sa vie autour du château. Les fêtes et les concerts, les ballets, les comédies, les bals, les réceptions et les chasses se succèdent. La reine a enfanté de nouveau. Cette fois, sans l'ignoble comédie de la presse publique autour d'elle. C'est un garçon, Louis-Joseph-Xavier-François, un garçon c'est-à-dire un dauphin, un cap essentiel pour les époux, il faudra compter avec eux désormais. Les liens sont resserrés entre ces deux-là et le reste – les affaires, les émeutes de famine, les réformes que les ministres successifs leur présentent comme inévitables – est bien terne en regard de cette félicité royale. Le monde déjà confiné entre les murs du château se concentre à présent sur le périmètre d'un berceau. Si le roi franchit les grilles de son domaine, c'est pour se rendre dans une forêt au plus près, une chasse pas trop éloignée dont il rentrera à la nuit, fourbu, assommé, on croira qu'il a bu, les soldats ricanent de voir cet homme flasque et lourd, qu'il faut aider à s'extraire de sa voiture.

Aux beaux jours, le hameau à présent terminé est plus que jamais le refuge de la reine. De mauvaises langues disent qu'elle y joue à la petite bergère. En vérité elle prend simplement plaisir à s'y promener, goûtant la magie ineffable d'évoluer dans un tableau vivant. Là, elle est protégée des rigidités de la Cour, de Mme de Noailles et de ses pénibles rappels à l'étiquette, des médisances surtout, des billets insultants qu'on découvre dans les couloirs et jusqu'aux appartements. Ici, dès les guérites devant Trianon, on n'entre pas sans invitation, on est entre amis choisis, on joue, on ne se lève pas quand la reine entre dans une pièce, pas plus qu'à l'arrivée du roi, on se crée l'illusion de ce que doit être, paraît-il, une vie normale. Quant à franchir Versailles, se rendre à Paris, c'est de plus en plus problématique. Sortir, c'est s'exposer. L'accueil triomphal que lui avait réservé la population en juin 1773, lors de son entrée solennelle à Paris, est loin. Elle n'était que princesse alors. La reine que cette princesse est devenue garde le souvenir cuisant de la morgue des foules, lors des relevailles après la naissance de sa fille, quelques années plus tard. Elle commence à percevoir, bien qu'elle affecte de s'en moquer, qu'on la déteste. Elle ne comprend pas pourquoi ; elle suppose que ces mesquineries n'auront qu'un temps, l'opinion publique est une nouveauté, on peut encore choisir de l'ignorer. Elle serre contre elle son pâle petit garçon, et cela suffit.

Pour d'autres raisons, Martin n'imagine pas non plus vivre à l'extérieur. Ceux qui entrent le matin et sortent le soir, passent une frontière dont ils ont seuls la clé, à ses yeux. Parfois, il quitte Trianon, emprunte l'allée bordée de grands tilleuls, approche des grilles qui marquent le seuil du palais, observe à travers elles les façades des bâtisses et la noria des voitures, écoute la rumeur industrieuse de la ville. Il discerne en elle une sorte d'hostilité, une mauvaise humeur. D'ailleurs, quand la reine n'est pas là, la visite du hameau est autorisée et Martin décèle, chez les badauds qu'il croise, un peu de cette nervosité, de cet agacement envieux dont il ressent la maturation dans ses observations du dehors. Les visiteurs charrient avec eux une colère. Au hameau, les heures ont des tours cléments. Son métier de vacher connaît des digressions, il faut chaque printemps nettoyer les rivières et lacs embourbés, aider les jardiniers qui, sous la direction du spécialiste anglais Egleton venu expressément, ne cessent de remettre en état les gazons et les pelouses, se joindre aux équipes qui réparent les chemins alpestres, épandent le compost. Les jardiniers ne sont jamais assez nombreux pour venir à bout de ces travaux, mais cela ne ressemble en rien à la frénésie de survie qui semble agiter les rues, de l'autre côté des grilles.

Martin, désormais officiellement garçon vacher, dort dans une petite pièce, aménagée pour lui contre la *porte rustique*, un portail disproportionné qu'on vient de finir et qui signalera l'entrée de la ferme côté hameau, quand elle sera achevée. Pour l'heure, les éléments s'ajoutent selon l'inspiration et les urgences. On a d'abord établi un bâtiment où se tiennent une vacherie et une écurie de chèvres et, à l'étage, deux pièces qui font office de bureaux et de greniers. On commence la construction d'un magasin, et on envisage celle d'une grange, une vraie, exploitable par le fermier qui s'installera quand tout sera terminé, d'ici un an ou deux. Hors la grange, tout est minuscule. Martin se lève, revêt dès l'aube sa tenue de paysan pittoresque, tandis que ses compagnons pénètrent dans le village factice, affublés de la livrée aux couleurs de la reine. Il mange un peu de soupe, du lait, un morceau de pain, se rince ensuite les dents au vinaigre, habitude prise lors de son passage au service de la chapelle, puis il soigne les bêtes, il brosse le bouc blanc à quatre cornes, sélectionné pour sa beauté et sa douceur. La ferme en construction possède une petite figuration animalière, pour le décor. Les chèvres et les deux vaches, Blanchette et Brunette, ont été traites et, selon les jours, Martin et les filles vont ensemble disperser ce mince troupeau dans les prés, sur les faibles élévations alentour, de façon que la reine les aperçoive au hasard de sa promenade. On veille à ménager ces sortes de surprises, que leur présence anime le paysage au détour d'une éclaircie dans les charmilles, à la façon d'un tableau de Demarne, enfin qu'ils soient là, bien en vue. Avec le temps, on est parfaitement rompu à l'exercice.

Martin a vu la reine de loin ; elle ne l'a pas reconnu. Elle passait sur un chemin, accompagnée d'une dame et d'un homme. Ils allaient en devisant aimablement, leurs pas balançaient avec ce rythme particulier que donne une conversation agréable et gaie. Des femmes marchaient en retrait, poussant devant elles une enfant de sept ans, Madame Royale, engoncée dans un costume qui la faisait presque disparaître entre les plis et les dentelles. L'une des suivantes portait un nourrisson. Martin a appris cette naissance, ce devait être une des premières sorties du dauphin. Il ne vit pas Armand. La reine tourna la tête vers lui et le petit groupe qu'il formait avec Denise et le chien de berger à leurs pieds. Martin était debout, appuyé sur son bâton que Marie avait pris soin d'agrémenter d'un faisceau de fleurs des champs, Denise s'était accroupie pour nouer autour du cou du chien un ruban bleu. Avec les vaches à leurs côtés, cela composait le plus ravissant tableau du monde. La reine désigna cette vision et les invités élevèrent le regard pour se réjouir avec elle de cette image virgilienne. Martin et Denise ne bougeaient plus, les animaux gardaient la pose comme par magie. Les visiteurs reprirent leur promenade. Martin et Denise avaient bien travaillé.

10

Le roi accompagne rarement femme et enfants dans le petit paradis pensé par la reine. Quand c'est le cas, la vie s'organise autour d'eux. Martin n'a jamais vu le roi de près, il observe le monarque depuis un champ, une haie, un abreuvoir, se divertit à suivre cet homme différent de tout ce qu'il connaît, son pas de vache paisible, tout encombré de sa majesté, s'oubliant parfois quand il se croit seul, se ressaisissant alors, reprenant de l'allure, mâchoire levée, puis s'abandonnant dans la contemplation d'un cygne qui se toilette. Il sourit peu, sauf à sa progéniture, étrécit son regard sur des détails mécaniques, fixe ses souliers quand il médite. La reine et lui, côte à côte, forment un couple de silhouettes étranges, dépareillées. Elle, base évasée vers le sol, corset étroit emboîté dans cette masse crémeuse, coiffures poussées comme des stalagmites en haut du crâne, étonnantes, pourtant loin des délires dont elle s'affuble dans les fêtes ; lui, ses culottes brillantes, éclatantes de soie, qui bouffent sur les côtés asymétriquement, au désespoir de ses tailleurs ; elle, ses bras toujours ondulant, ses robes qui font un bruit de cigales à chaque mouvement ; lui, long grand mât oscillant, alternant la précipitation et l'arrêt, jetant la pointe d'une canne devant lui, jamais exactement à la même distance de son pas, cherchant un équilibre, assurant mal l'appui qui se dérobe et l'oblige à l'ajuster, et, là-haut, sa figure étroite au sommet, pansue vers le bas, son nez fort et sans grâce, ses gros yeux et sa lèvre inférieure qui trahit une sensualité enfantine. La désolation génétique du roi a abandonné assez de terrain aux apports de la reine, pour conférer à leurs enfants une grâce qui égaie le hameau quand ils sont là. Il ne déplaît pas à Martin de les voir s'amuser. Se disputer un trajet dans la petite « voiture à chèvre » peinte de dauphins entrelacés, ou attendre de monter sur l'âne loué dans le village voisin. Ce sont des jeux que dédaignerait Martin s'ils lui étaient destinés, il n'envie pas les cris de joie du dauphin sur la balançoire, ni le sérieux comique de Madame Royale quand elle visite son jardin personnel, miniature conçue à sa mesure. Il est indifférent à leur bonheur – qu'il ne saurait nommer par ce mot, d'ailleurs. La facilité apparente de leur vie ne lui cause aucun élan jaloux. La précaution de leur marche, la faiblesse maladive du garçon, les soins dont on les entoure lui procurent une gêne, un malaise indéfinissable quand il s'imagine à leur place. À les voir corsetés dans les tenues fermement cousues qui les enlacent, il repense au temps où les mêmes pièces empêtraient ses gestes. Il se dit que chaque condition a son lot de problèmes. Peut-être ressent-il une légère morsure au ventre quand la reine entoure le dauphin de ses bras blancs, l'embrasse longuement, ou quand le roi accompagne l'un ou l'autre de ses enfants au sommet de la tour de Marlborough qui flanque la laiterie de propreté, et lui montre son domaine, et c'est tout. La morsure est faible et s'estompe sans qu'il s'en aperçoive.

« Tu es là, toi ? » Martin n'a pas entendu les pas du garçon qui maintenant le surplombe. Il tirait de l'eau pour ses bêtes et les souliers délicats n'ont pas sonné ou raclé la terre comme font les sabots, d'usage parmi les journaliers. Martin lève le regard. C'est Armand. Il a changé bien sûr, ils ne se sont pas vus depuis longtemps, leurs visages sont amincis, les cheveux sont plus sombres, ils ne ressemblent plus à de grandes poupées. Martin a toujours son sourire. Son sourire exaspérant. Armand le considère avec humeur, puis il imite le petit paysan, étire les commissures de ses lèvres dans une parodie affreuse, flagrante d'ironie : « Tu n'imagines pas ma surprise. Tout le monde te croyait mort quelque part, mangé par les bêtes. Enfin, tu es vivant. Et remis à ta juste place. » Son regard balaie le décor, trouve la petite famille qui joue avec l'attelage tiré par le bouc blanc, « Tu t'es cru arrivé, morveux. Il n'y avait pas d'avenir pour toi auprès de la reine ». Martin ne s'offusque pas de cette vérité, il se contente d'en rappeler une autre : « Pour toi non plus », dit-il, posément, toujours souriant. Armand l'empoigne, souffle par les narines une colère, arme ses poings. Les garçons roulent dans la poussière, Armand plus grand, plus âgé que Martin ; Martin, sa vitalité de faune. Les deux s'échauffent les oreilles, s'attrapent au col, déchirent les nippes, soudain veulent en finir, mettre un terme à quelque chose. Ils roulent sur un talus, frôlent l'étang, déclenchent des émeutes de volailles, Martin se retrouve buste coincé dans l'étau des cuisses d'Armand, il ne crie pas merci pour autant, reprend son souffle et va se dégager quand son adversaire le libère soudain, s'écarte même tout à fait. Martin regarde alentour ce qui a pu causer cette panique et découvre un homme immense, superbement vêtu, chapeauté et emplumé, à la veste brodée d'or et d'argent débordant de dentelles, qui les observe sans sourire.

Martin le reconnaît, la première fois qu'il le voit d'aussi près et dans une tenue de cour, pas dans un de ces costumes de fête qui imitent les pâtres de biscuit de Saxe aux couleurs de friandises, non, un homme simplement là, hésitant, gauche et emprunté, gras de figure, épais de lèvres et de bassin, posant sur les deux gamins un regard sérieux et las. Martin n'ose pas le fixer, se lève à son tour, essuie ses culottes, aplatit d'une paume ses cheveux en désordre et se range à côté d'Armand, double son attitude, tête nue baissée. L'homme les considère en silence. Les enfants ne peuvent le concevoir mais le roi est intimidé. Il voudrait leur commander de quitter cette attitude déférente, mais il reste à distance, bras inutiles, indécis. Ils ont eu le temps de saisir l'expression morte de l'homme, sa moue impénétrable où il leur est impossible de lire les souvenirs du gamin qu'il fut, battu et méprisé par son frère aîné, négligé par sa famille, rejeté ou presque ignoré par tous et qui vient de retrouver, dans la scène de bagarre qu'ils lui ont offerte, le flux de cette honte ancienne, remisée loin dans la mémoire, surgie soudain. Ce qu'ils ont devant eux, c'est la nudité de ce garçon poussé à dix-neuf ans sur un trône dont il n'avait rêvé que pour le redouter, qui s'évanouit quand il apprit qu'il était roi, reprit conscience en soupirant « quel fardeau ! », dut accepter une couronne dont il avait dit « elle me gêne » dès le sacre, et qui doit se faire obéir de tous, alors que sa piété l'enferme et que son intelligence le paralyse de doutes.

Il hoche la tête, dit avec tristesse qu'un tel spectacle n'est pas admissible à portée des enfants royaux. Armand ramasse son chapeau, murmure qu'on l'a provoqué, que le vacher a dit des saletés sur le roi et sur la reine. Martin ne sursaute pas à une telle escobarderie, crachée, de plus, par un sournois qui évite le regard, et qui a laissé filtrer un tremblement suspect dans la voix. Il constate avec soulagement que le roi ne s'en laisse pas si facilement conter, le couple royal a côtoyé Armand assez longtemps, l'enfant mangeait en leur compagnie matin et soir, avant que la reine se lasse. Quand le roi demande à Martin si c'est bien la vérité, il suffit au petit vacher de lever son visage au sourire abîmé de mélancolie et de dire simplement « non », pour que le monarque se range à cette manifestation de la sincérité la plus évidente. Il tourne alors vers Armand un regard courroucé et ennuyé. « Une fois de plus… » commence le roi, une fois de plus, nous constatons… dit-il avec beaucoup de lassitude, parce que le jeune homme ment souvent, de façon éhontée, et que ce pauvre talent fatigue son monde. Enfin, le roi lui ordonne de le suivre et ils s'éloignent. Martin retourne à ses occupations. Il voit là-bas le groupe que forment l'étrange couple, les petits autour d'eux, et Armand, dans une posture bravache, recevant un royal sermon.

Blaise a une trentaine d'années. Il a connu Martin à l'époque de ses premiers pas en ce pays-ci, quand sa figure d'angelot attendrissait encore la reine. « Tu te souviens de moi ? On allait poser les pièges tous les deux, tu enfournais les rats dans la besace… » Martin acquiesce, c'est vague, c'est loin, il a des images confuses de ce temps d'avant la forêt. La voix et l'odeur de Blaise lui rappellent quelque chose, en effet, des histoires inquiétantes, des prières sorcières et des fantômes. Blaise avait eu certain succès dans son travail, au château, il affirmait avoir une telle réputation de fléau parmi les rongeurs, que la seule hantise qu'il approche mettait le branle dans les caves et les greniers infestés. On lui avait demandé d'élargir le terrain de ses interventions, et de prévenir toute invasion à Trianon, puis, logiquement, Mique et Richard l'avaient sollicité pour endiguer la toujours possible prolifération des rongeurs au hameau.

Blaise vient la journée, promène sa maigreur un peu voûtée entre les fabriques et les chemins, devine les passages, répartit savamment ses pièges, appâte selon une grande expérience de la société des rats. Martin le surprend parfois, accroupi dans une remise, dessinant ses figures cabalistiques en murmurant les formules magiques. « Ah, c'est toi ? Tu m'as fait peur… » Martin s'interroge : Blaise s'effraie-t-il que ses prières puissent faire survenir Lucifer, ou craint-il qu'un Mique ou un autre responsable voie en lui un sorcier ? Après avoir relevé les quatre-de-chiffres chaque soir, Blaise repart vers le château pour y dormir. De temps en temps il s'attarde et décide de rester la nuit, s'invite alors dans la minuscule pièce dont Martin dispose, dans les premiers bâtiments de la future ferme. Une couche est vite aménagée, avec un ballot de paille posé sur les carreaux de terre cuite et une couverture, ils partagent un peu de tabac, enrubannent leurs rêveries de volutes parfumées. Blaise est aussi bavard que Martin est taiseux. Ces deux-là sont faits pour s'entendre, ou en tout cas l'un est fait pour entendre l'autre. L'autre parle de la Cour, donne des nouvelles de Colette et des figures dont le petit vacher a perdu le souvenir. C'est l'évocation d'un pays entrevu, comme recréé à partir d'un rêve. Sa vie antérieure semble échapper à sa propre mémoire. Enfin, Colette s'est mariée. Avec le domestique d'un comte, d'un duc ou d'un marquis, Blaise n'est plus sûr. Elle est grosse et en bonne santé.

Blaise apporte les petits livres de la Bibliothèque bleue et entonne pour les oreilles de son compagnon les récits de toutes sortes, historiques, édifiants, comiques, religieux ou pétris de superstition, l'histoire de Cartouche ou celle de Robert le Diable par exemple, les préférées de Martin, ou encore les aventures des promenades de la Guinguette, ou les meilleures pages de l'*Histoire véritable de la vie errante et de la mort subite d'un chanoine qui vit encore, écrite par le défunt lui-même*, toute une littérature qu'il achète aux colporteurs ou à des bouquinistes parisiens. De temps en temps, Blaise interrompt sa lecture pour préférer un récit vécu. Car le ratier connaît mille choses, a voyagé dans le monde, affirme parler plusieurs langues, a vu des merveilles, des féeries, des crimes. Martin aime quand il raconte des histoires de fantômes à tête coupée, des diables qui emportent des enfants, et que Blaise semble se régaler de ses récits autant que son auditeur. Martin remarque bien des redites, des effets qui s'émoussent, des rebondissements jumeaux, mais enfin, il lui arrive d'espérer toute la journée l'heure où Blaise appuiera son dos contre le mur, les fesses dans la paillasse, allumera sa pipe, et commencera « Je suis parti pour l'Amérique... » ou « J'ai appris d'une bergère l'histoire d'un loup... ». Certains soirs, l'histoire est si terrible que Martin en reste épouvanté tout le début de la nuit, s'alarme du moindre bruit, met un temps fou à trouver le sommeil. Il aime trop ces veillées pour se plaindre de ces légers déplaisirs.

« Un jour, j'avais trouvé à m'employer chez un paysan, vers Troyes. Je travaillais pour lui depuis seulement un mois, qu'il me dit : Veux-tu gagner cent fois ton quartier ? Il me versait vingt livres. Je me doutais d'un piège, mais je lui dis tout de même de marcher, et il m'annonce qu'un cordonnier qui fait aussi sorcier, en ville, sait faire apparaître le diable. Un diable complaisant, qui aime les hommes et leur procure l'argent qu'ils désirent. On met mille livres sur une table et aussitôt, il s'en trouve cent mille ! Après ça, il faut dire une prière qui empêche le diable de t'emporter. Parce que le diable aime les hommes, mais jamais tant que bien cuit dans ses flammes. Bon, je lui dis, vous savez ma misère, vu que vous l'entretenez. Je ne vais pas risquer mes pauvres sous pour me tromper dans l'énoncé, et me trouver en enfer, en sus. Non merci. Mon paysan dit que lui ne craint ni diable ni quoi, et qu'il mettra sa richesse de l'année, et reviendra fortuné, avec des gens qu'il paiera pour qu'on me bastonne à son plaisir, que je suis trop bête pour comprendre une chose aussi bonne. Je lui souhaite bien de la chance et je lui dis que j'attends de le revoir dans sa chaise à porteurs, avec ses laquais et leur bâton, et qu'on verra bien à ce moment-là. Mauvais, il revient à son histoire toute la journée, et finit par me convaincre. Pas de miser ! ça... mais d'assister à l'apparition, pour me montrer si j'ai eu raison de le moquer, esprit fort que je suis.

Et de fait, on se retrouve de nuit dans l'endroit où on présente les morts suppliciés. Il y avait trois autres paysans, et le fameux cordonnier qui connaissait l'appel au diable. Le sorcier avait reproché à mon paysan de m'avoir fait venir si je ne mettais pas d'argent, et il avait fallu que je me tienne en retrait. Je vais plus loin sans demander mon reste, et je m'assieds sur une pierre. Le cordonnier commence à faire brûler des bouts de bois pourri qui font monter une grosse fumée. Ils se mettent à tousser, je les vois à peine. Et puis le sorcier gesticule, commence à danser le sabbat, crie des psaumes horribles, du latin ou qui ressemble, et d'un coup ça gerbe des éclairs au milieu de la fumée, des explosions comme des coups de fusil et je vois tout le monde sortir de là et fuir à toutes jambes. Mon paysan passe près de moi, je demande ce qui arrive, il me crie dessus : "Je l'ai vu, Crédié, je l'ai vu !" il avait la figure tellement affreuse que j'ai senti mes poils se dresser sur tout le corps.

« Après un moment de course, mon patron s'arrête. Les autres aussi. Les paysans discutent. Ils ont laissé tout leur argent là-bas, sur une pierre que le cordonnier leur a montrée. Je leur demande à quoi ressemble leur diable. C'était un grand personnage tout noir, sorti du sol à travers les flammes, comme ça, avec des bras très longs, il lançait des étincelles par la bouche. Ils ont pris peur. "Et le sorcier ?" je demande. Personne ne s'en est inquiété, tout affolés qu'ils étaient. Je dis à mon paysan que j'ai mon idée sur qui est à bastonner dans l'histoire, et que ce sera pas moi. Les hommes reprennent courage et tout notre monde revient sur ses pas. La fumée est toujours là et avec la nuit, on n'y voit rien. Enfin, pas rassurés, on avance, et on retrouve la pierre. Nettoyée, pas plus d'argent que de cordonnier, fallait voir mes paysans ! »

Blaise sourit à ce souvenir, éloigne le tuyau de pipe de ses lèvres, qui laissent filer un mince chapelet de vapeur. Il se tourne vers Martin, dont les yeux sont agrandis par l'impatience. « Ah oui. Ce n'est pas tout à fait fini. Tu veux connaître la suite, hmm ? » Martin acquiesce avec énergie. Blaise soupire, il se résout à achever l'histoire, s'y résout comme on doit finir sa tâche, si pénible soit-elle. « Bon, je me moquais bien de mes imbéciles, j'en profitais de les voir tout déconfits, ils se juraient qu'ils iraient trouver le juge au matin, et qu'ils feraient mettre la main sur le cordonnier qui leur avait joué ce tour, avec son complice – sûrement un saltimbanque, pour si bien contrefaire l'apparition. Et puis, sans rien vouloir, je regarde le gibet… » Blaise aspire une bouffée qu'il relâche lentement. Il ne sourit plus, reprend avec un timbre affaibli, altéré de frémissements : « Je te jure sur la Croix que c'était notre cordonnier qui se trouvait là, au bout d'une corde, tout occis et sa vilaine langue sortie ! On était là penauds à se demander qui ou quoi avait bien pu aller l'accrocher si haut et si vite, quand une voix a tonné dans la nuit, tellement forte qu'on s'est aplatis comme au passage d'un boulet de canon. Et la voix surgie des enfers criait (Blaise se met à hurler, les yeux exorbités) : “Qui est le suivant ?” » Martin a un sursaut terrible et en perd sa pipe entre les cuisses, ce qui fait rire le conteur aux larmes.

11

Le souvenir vague d'un spasme s'était fondu aux sensations du réveil. Martin découvrit alors sa première pollution nocturne, rond poisseux sur la paillasse. Son fameux sourire se mêla de perplexité. À le voir ainsi mal à l'aise, figé dans la contemplation de sa literie défaite, Blaise qui se trouvait là, devina. Le bavard n'y tint pas et fit répandre la nouvelle de son échappée lubrique. On moqua gentiment Martin. Les bourrades et plaisanteries des employés du hameau l'épaulèrent dans cet étrange moment. Non pas que ce fût un événement, mais une attention particulière lui était donnée parce que Martin était le plus jeune élément de la communauté et qu'il avait conservé cette beauté angélique où s'aimantaient les bonnes grâces. Ce qui lui arrivait, les anecdotes le concernant, était redit et écouté avec attendrissement, chacun se sentait un devoir de protéger l'orphelin silencieux. Plus tard dans la matinée, il vit approcher Denise et Marie, hilares, hardies, se donnant du coude. Il les regardait sans s'inquiéter de leur attitude changée, les vaches à ses côtés n'en faisaient pas plus de cas. « Alors, mon Martin, dit l'une, tu nous as fait une carte de France ? » L'autre cependant avait posé un panier chargé de victuailles et s'était aussitôt jetée sur lui, l'avait enlacé et lui écrasait les lèvres. « Alors ? » riait l'autre, alors, alors... Laisse donc faire. Elles étaient sur lui, l'embrassaient toutes les deux à présent, l'enfouissaient sous les jupons, ça virait à la tendre lutte. « Fais voir ton petit pain. » Entre deux éclats de rire, leurs mains déboutonnèrent la braguette et se disputèrent le sexe de Martin, trop surpris pour être émoustillé. Elles s'en emparèrent, les rires énervés faisaient place à des soupirs coincés entre les lèvres, des halètements, des encouragements à faire honneur à leurs efforts « Allons mon petit Martin, allons... » Et puis, en effet, cela se produisit, il y eut une réponse, nerveuse, et Denise – ou bien était-ce Marie, les corps étaient indiscernables dans cette confusion – enfourcha le petit gaillard, roula avec lui sur l'herbe, se retrouva sur le dos. Martin, planté en elle, découvrant cette sensation inouïe, trouva facilement les mouvements prescrits par la nature, aidé en cela par Marie – disons que ce fut Marie – placée derrière lui, et qui le poussait aux reins, lui n'ayant plus qu'à s'extraire avant qu'elle l'enfonce à nouveau, et bien vite dans la régularité du balancement dont il était à présent l'unique agent, intervint la crise qui lui fit pousser un cri. Dans un rire victorieux, Denise rabattit ses jupons prestement et Marie prit sa place. « Jeune comme tu es, sûr que tu vas pas me laisser seulette. » Martin fut étonné de constater que les filles connaissaient mieux la mécanique de ses fonctions que lui-même et, en effet, se trouva en mesure de récidiver. Cela dura plus longtemps, les joues de Marie devenaient écarlates et brillantes, souffle court, cheveux collés à son front mouillé, les chairs roses secouées et les yeux soudain graves, Martin plein de nerfs et doux et douloureux et brûlant et fin comme une étrave, et Denise au côté qui faisait le guet mais jetait de fréquents coups d'œil à la scène, ajoutait ses compliments et ses encouragements à ceux de Marie, et puis, enfin, une convulsion, un tremblement partagé, une inspiration profonde, Martin évanoui, engouffré perdu dans le corps et les jupes de la bergère, elle, souffle repris, de nouveau riant, félicitant le gentil gars et le remerciant de ses bontés. Après cela, ils mangèrent le pain, le fromage et le miel qu'elles avaient apportés, tous trois pensifs, apaisés, lèvres emperlées de saveurs, bouches dépourvues de mots, membres dilués, chairs évaporées. Martin retrouvait dans ce calme reconquis la sérénité qui l'envahissait quand il se trouvait seul en compagnie de ses bêtes, les pensées rythmées par le son des mastications, du craquement des touffes d'herbe arrachées, du souffle émis par les naseaux tranquilles, le regard perdu sur la lumière des pelouses, la candeur solennelle des toits de chaume, les cris affaiblis des volailles, la rumeur du labeur des hommes, vers le lac. La saveur des heures longues.

Denise rompit le silence recueilli, c'était l'heure canoniale de Tierce. Ils prononcèrent la prière, les filles ensemble dirent le verset et Martin, en tant qu'homme et ancien enfant de chœur, énonça le capitule et l'oraison, et tout ce qui ressort du célébrant. Puis les cloches de la chapelle du château sonnèrent à toute volée. En ce jour de mars 1785, la reine avait conçu un nouvel enfant, un second garçon, prénommé Louis-Charles.

12

C'est le début de l'été, le hameau resplendit. Tout respire le soleil et le sucre des fleurs, les parfums de rose, de chèvrefeuille, de capucines et de clématites, rompus de la senteur morte des vases. Les équipes se sont relayées pendant des jours pour disposer des myriades de fleurs sur les bords de fenêtres, les marches d'escalier, le long des murs, sur des étagères, partout, dans treize cents pots de céramique blancs peints d'un délicat décor de guirlandes bleues. Martin a bien voulu être vacher ; le voici entouré de vaches pie, noir et blanc. Il les panse, les veille, leur parle, s'occupe d'elles avec un soin admirable. Son fameux sourire s'est élargi, redouble l'éclat de ses yeux, le plaisir qu'ils expriment. Les nouvelles vaches sont suisses, comme l'avait imaginé Mique, elles sont d'une race qui un jour disparaîtra mais pour l'heure ce sont les plus belles et grasses et gentilles vaches qu'on connaisse. On les choie. Elles sont huit à présent, elles sont huit et seront toujours huit, on remplacera celles qui meurent à la façon des Perses immortels de Darius, pour que leur nombre soit constant. Huit, c'est bien, c'est parfait, ce n'est pas trop, c'est juste assez pour le décor, cela anime joliment les seconds plans, c'est conforme aux capacités d'accueil du hameau miniature et promet une production de lait raisonnable.

Elles étaient venues avec leur maître, marchant solennelles au son doux et lent du *Ranz des vaches*, cette chanson interdite autrefois dans l'armée, car ses accents nostalgiques donnaient aux mercenaires suisses le désir irrépressible de déserter pour rentrer au pays, disait-on. Elles étaient arrivées de la même façon à Chanteloup, en 1772, bien avant Versailles, pour la distraction du duc de Choiseul qui ruminait là-bas son exil. Elles ou peut-être leurs aïeules, flanc contre flanc, plus nombreuses que les huit versaillaises, balançant leur mufle au rythme mélancolique du même refrain, poussées par le même homme, un Suisse, car les dogmes sont têtus. Un mois après la mort de son patron et devant l'impuissance de Mme de Choiseul à éponger le déficit gigantesque laissé par son mari, le Suisse avait bien dû se décider à partir. On lui offrait cette opportunité. Sans doute, la reine, qui était l'obligée du duc, artisan de son mariage avant qu'il connaisse une implacable disgrâce, avait-elle saisi ce moyen pour racheter un peu de sa dette morale. Le fermier avait laissé sa famille et était venu à Versailles, seul dans un premier temps, découvrir la ferme du hameau, encore en travaux.

On avait trouvé la perle rare. Présenté à la reine comme M. Valy Bussard, il signait Busser, à cause d'une accentuation propre à ses origines, car il était de la paroisse Sainte-Théodule dans le canton de Fribourg. Son prénom pouvait tout aussi bien se dire Vallère ou Vallier. « Valy » avait cependant été adopté, peut-être à cause de l'habitude prise par Marie, son épouse, de le diminuer ainsi affectueusement. Bussard était donc arrivé en éclaireur. C'était un grand quadragénaire, musclé, pas trop hâlé, auréolé de blondeur. Il considérait les aspects de son métier avec sérieux, pouvait paraître excessivement soucieux devant un employeur, ce qui n'était que la manifestation d'une retenue toute professionnelle. Dans l'intimité il aimait rire, le faisait par grands éclats francs, un peu vulgaires, communicatifs. Martin était là, avec ses treize ans solides, parmi le personnel sur lequel le Suisse pouvait s'appuyer pour commencer. La petite équipe qui se présenta à son arrivée lui parut bien mince. Les tâches annoncées par Mique et Richard ne lui faisaient pas peur, mais il faudrait compter avec l'exigence particulière des princes. Il l'avait pratiquée au service de M. de Choiseul dont il avait été rien moins que directeur de la laiterie, mais Bussard savait qu'ici, on passait un seuil supplémentaire de qualité dans la représentation. Versailles, tout de même !

Il est certes question de produire lait, beurre, crème et fromages de bonne tenue, et Valy Bussard a bien enregistré, en plus des travaux coutumiers d'une ferme, ceux qui le sont moins : le remplacement quotidien des fleurs par exemple. En tout, il a saisi combien il sera question de beauté. Faire vivre la ferme sans négliger le raffinement de l'ensemble. Il faudra veiller à ce que soit préservé constamment ce pittoresque d'aquarelle et que tout soit accessible à tout instant aux plaisirs de la propriétaire, de ses enfants et de ses amis.

Bussard a compris, Mique le félicite, approuve les préconisations du fermier sur le nombre du personnel, en plus du vacher, un assistant vacher, un homme pour chasser les taupes, un autre pour chasser les rats, une petite fille, jolie, pour apporter le lait au Petit Trianon si besoin... on lui accorde tout, on le presse de commencer. Décidé, Bussard adresse une lettre à son épouse, il prépare leur venue, le salaire sera bon, 375 livres par quartier, l'exploitation point trop pénible, le lieu est merveilleux. On sera à l'abri du besoin ; la fin des Choiseul compliquait l'avenir. La famille pourra le rejoindre dans quelque temps. Il faut tout organiser ici. Sous la conduite de Bussard, les travaux fermiers prennent un rythme de véritable exploitation, les champs sont opulents, les animaux sont propres, la reine aime y promener son regard.

Bussard aime bien Martin. Comme tous, il est tombé sous le charme de son sourire, son air d'être toujours satisfait de tout. Même, il le ménage, ne lui confie pas de tâches trop dures. « Est-ce que tu as des frères, Martin ? » Martin se mord les lèvres, hausse les sourcils. Il n'est plus sûr, croit bien que oui, plusieurs, et des sœurs, dans le doute ne dit rien. Bussard renonce à en savoir davantage. « Tu es le plus jeune, ici. J'ai un fils qui aura six ans cette année. Mon petit Vallier. C'est l'aîné. Je vais faire venir ma famille, c'est décidé. Il faudra quelqu'un pour s'occuper de mon garçon, l'aider, lui faire connaître les lieux, tu comprends ? » Martin ne comprend guère, il sait pour les vaches, oui, il s'y connaît en bêtes, en chasse, en meute, mais en petit garçon rien du tout, et ça ne l'intéresse pas vraiment, enfin il ne s'est jamais posé la question. Qu'il vienne, le petit Vallier, qu'il entre en son domaine, et puis ? Martin n'est pas du genre à se réjouir ou se lamenter. Les événements lui parviennent comme s'annonce l'hiver, il ne voit rien à y opposer, ni même rien à en dire ou en penser. Il verra bien quand ce sera là.

Et d'ailleurs, voici l'hiver.

Marie a quitté la jolie closerie dont elle et son mari ont fait l'acquisition peu avant la naissance de leur premier enfant. C'était au Bas-Chandon à Saint-Denis-Hors, à portée de main des Choiseul, un logis avec grange, cave en roc avec pressoir, jardin, vigne et verger, un paradis qu'il est douloureux d'abandonner. Elle ferme la porte en soupirant ; contient sa marmaille entre ses jupons, l'installe d'autorité dans la diligence qui les emmène. Elle, les deux garçons et les deux filles, seront à l'abri sur les routes mauvaises, calfeutrés sous les duvets. Un train de carrioles suivra plus tard avec les meubles.

Marie considère leur jolie maison par le fenestron de la voiture qui s'éloigne. Son imagination rappelle les souvenirs des temps heureux, plaque des feuillages et des couronnements de fleurs sur les branches dénudées par la froidure. Marie subira un choc quand elle découvrira le modèle réduit de logis qui leur est attribué, à la ferme du hameau. Quand les jours seront durs, à l'occasion d'une dispute, elle n'épargnera pas son Valy d'un « Si on était restés au Bas-Chandon... », mais elle sait bien qu'ils n'ont pas le choix.

Martin avait assisté à l'arrivée de l'équipage en ce pays-ci. Chargée de deux malles et d'un exode de marmaille ensevelie sous des couches de laine, la diligence avait passé le petit pont qui enjambe le fossé protecteur du domaine et franchi la porte charretière qui, de l'allée de Chèvreloup, ouvre sur la cour de la ferme. Martin avait ressenti une gêne, comme si des étrangers s'invitaient chez lui.

Les jours froids et secs s'étaient succédé, les bassins avaient gelé assez profondément. Le moment idéal pour alimenter les nombreuses glacières disséminées dans le parc, et celles de Trianon. Une glace épaisse et abondante était précieuse, il fallait faire vite. On avait recruté tous les bras disponibles pour profiter de l'aubaine avant que la prise pénétrante du froid ne s'amollisse sous l'effet des brouillards et des pluies sales. Certaines années, il était arrivé qu'on dépêche les gardes suisses pour renforcer les cohortes de journaliers. C'était au-delà du bassin d'Apollon, le Grand Canal enfonçait sa candeur interminable dans la brume. Les ouvriers se pressaient sur ses berges. Martin retrouva Denis qui, immanquablement, lui demanda des nouvelles de Colette. Martin ne l'avait pas vue depuis longtemps et exprima son ignorance d'une simple moue. Denis fit un soupir exaspéré. Il trouvait cette pose amusante jadis, mais avec l'âge, le silence du jeune Martin n'avait plus aucun charme. Denis écrasa son agacement d'un coup de masse sur la vitre du plan d'eau.

Armée de haches, de cognées, de maillets et de crocs, la multitude formait aux limites du bassin une écume brune et grise, hirsute, assortie aux maigreurs des arbres tout autour, et les bras, de loin, faisaient un mouvement de machine infatigable, qui exprimait dans l'air un roulement mat. S'il avait encore de la musculature sèche et rude des journaliers, Martin s'était déshabitué des conditions de sa prime existence, sauvage au fond du parc. Ahanant au-dessus du marbre de l'étang, il peinait, les poussières de givre soulevées lui criblaient le visage, ses pieds n'existaient plus, ses mains étaient bleues et son dos découvert était saisi de frissons. Avec le reste de son corps échauffé par le travail, il était une alternance de mort et de vif. À côté de lui, Denis et les autres ne semblaient pas souffrir et leurs coups blessaient la carapace du bassin plus durement que les siens. Tandis que sa cognée tintait et rebondissait, celle de Denis entrait franchement, fendait la cuirasse à coups sûrs, découpait et arrachait en une fois de grosses géométries blanches et bleues. Des charrettes approchaient, Martin imita ses compagnons qui montaient sur le talus où leur production s'accumulait. Langibout, le garde des glacières, remarqua sa jeunesse et sa faiblesse, et lui attribua une tâche moins sévère. Il lui fit pelleter des gravats de glace où s'agrégeaient des feuilles mortes et des herbes noircies, et jeter cette rocaille dans les tombereaux. Elle serait pilée et ferait en fond de cuve une première strate comprimée sur un lit de paille, avant qu'on superpose là-dessus des blocs bien équarris, épais et clairs, qui formeraient la réserve de glace.

La blancheur du bassin était à présent maculée de flaques noires. Une fois les bords entamés, il était plus facile de soulever le revêtement par plaques entières, de les traîner à l'aide de crocs vers la berge et de les découper à la hache. Denis se plaignit qu'on aurait pu commencer par le canal de Clagny, dont la glacière est si commode. Langibout lui rétorqua, sans mettre de comique dans ses propos, que les femmes des gardes des Bâtiments avaient pris l'habitude d'y laver leur linge et que la reine s'était plainte du goût ignoble d'un fromage à la glace, rehaussé d'un parfum de graisse de drap.

13

Le jeune Vallier suit aveuglément Martin. Martin considère l'aîné des Bussard avec une absence de dureté qui pourrait s'apparenter à de la bienveillance. Il le promène sans volonté d'apprentissage ou de transmission, à la manière dont certains fauves tolèrent une espèce secondaire qui leur a fait allégeance. Marie Bussard sourit de voir son petit trottiner derrière le garçon vacher quand il va aux prés. Ils reviendront pour l'office du milieu de matinée. En attendant, Valy s'occupe de ses commandes de lait ; Marie de ses volailles et de ses autres rejetons. Nicolas n'a que cinq ans, Geneviève trois et Béatrix, la petite dernière, deux ans. Cela forme une compagnie assez indisciplinée. Marie a du mal à les contenir quand la reine est là, avec ses propres enfants. Du haut de ses huit ans, Madame Royale a tendance à donner des ordres, à s'impatienter quand les petits traînent des pieds pour les exécuter, ou ne les comprennent pas. La reine gronde sa fille. Elle n'aime pas que Marie-Thérèse, sa chère *Mousseline*, sa petite

« Sérieuse », se conduise de la façon hautaine et supérieure qu'elle affecte souvent. Obliger ses enfants à côtoyer ceux du petit peuple entre dans la pédagogie de leur royale mère, afin qu'ils se considèrent plus modestement que la vie de cour ne les y autorise. Il arrive qu'on s'alarme de ce goût rousseauiste, mais la reine n'en a cure, elle a rejeté depuis longtemps les préventions de sa mère qui craignait, à longueur de lettres, que cette fréquentation des humbles ne rende « paysans » les enfants royaux. Louis-Joseph, c'est autre chose. Le dauphin ne se mêle pas aux jeux, il est pâle, a des faiblesses. En ce début d'été 1786, il est juste convalescent, a enchaîné les nuits de fièvre pendant des semaines, assez inexplicablement, et son visage en est encore marqué. Enfant paisible, maussade, il inspire un attendrissement inquiet.

Quand la reine pénètre dans le domaine préservé, avec ou sans les enfants, Martin se tient à l'écart. Qu'il garde les vaches ou qu'il soit occupé près du hameau, le garçon à l'indéfectible rictus observe ce monde d'aussi loin que possible. Il écoute les bribes de phrases, les échos de langues particulières échangées entre fermiers et nobles, il observe les gestes des uns et des autres, leurs attitudes, le père Bussard qui ôte son chapeau et s'incline, la mère Bussard qui se courbe et se redresse, furtivement, sans exagération, car la reine aime plus que tout la simplicité, dès lors qu'est bien entendu le respect qu'on lui doit. Martin assiste aux scènes de la vie de cette Arcadie de comédie, les gestes tenus par les ganses et les lacets, les brocarts éclatants. Des musiciens parfois arrivent en troupeau, alourdis de violes et de bassons, distribuent leurs chaises sur les pelouses, s'accordent en attendant des invités. Martin passe ses doigts sur les joues. Maudit sourire qui ne se détache pas, qui lui refuse son statut d'être raisonnable et raisonnant, le confine toujours aux rôles de petit pâtre ou d'angelot, quoique tardif, évidemment. Il soupire. Enfin, à son âge, on a cessé de lui pincer les joues, c'est un soulagement. Le petit Vallier vient lui tenir la main, élève le regard sur ce grand qui reste figé, tourné vers tout ce théâtre en plein air. « Tu regardes quoi ? » Martin ne répond pas, ne se penche pas vers l'enfant pour tenter de répondre « rien », tandis qu'il engrange tout. Aucune amertume ne mûrit dans sa surveillance obstinée, ni pour le douloureux souvenir de son enlèvement, ni pour la disgrâce subite dont il fut victime, mais une méditation où s'exerce sa lucidité. Il se défait de son hypnose et conduit les vaches plus loin. Le petit Vallier – que sa mère appelle de préférence par son deuxième prénom, Antoine, pour éviter une confusion avec son Valy de mari quand elle crie de loin – décide que, cette fois, il ne le suivra pas. Il veut retourner au hameau et trouver la reine et sa suite, ces femmes et ces hommes aux flancs miroitants comme ceux des poissons qui flânent dans la rivière anglaise, entre les eaux ocellées de soleil. Antoine goûte l'agitation, le bruit, les caresses qu'on lui prodigue et il adore la musique. Or, s'élève là-bas une amorce d'harmonie de cordes.

Martin laisse s'éloigner le gamin, flatte ses vaches, s'arrête où l'herbe est régénérée. Il s'assied un peu à l'écart. Après un temps, il est surpris de sentir en lui sourdre une anxiété. La voir surgir, plutôt, comme montée de la terre avec une sensation de fraîcheur soudaine. La journée va s'écouler, c'est la certitude, la journée va passer, corriger sous ses yeux les ombres et les éclats entre les feuillages, ramener le troupeau plus sûrement qu'un ordre vers l'étable, et ce sera une journée achevée. L'angoisse incompréhensible qui le tient à présent, et occupe entièrement sa pensée, est celle du lendemain exactement semblable au jour présent qui s'abîmera, inévitablement, à la suite de la traite du soir, des Vêpres et du coucher. Des jours identiques malgré la variation souveraine des saisons. Des jours recommencés après la brève interruption du sommeil. Il lui est venu l'idée de calculer combien de temps ce manège durerait. La reine sur son paon, tournant dans le carrousel, Sa Majesté qui décrit l'orbite solaire, revient sans fatiguer. Combien de temps ? Martin est troublé. Il accueille ce trouble avec de la reconnaissance, car il se sent élevé par le questionnement qui vient de le traverser. Dans son application à explorer cette pensée, les jours lointains de sa petite enfance lui semblent une farandole précipitée, une théorie d'heures confuses et cinglantes, comme une course au milieu des frimas. Une course parmi les chiens. Ces accélérations qu'il a connues et aimées, où s'élevait la pulsation des sèves et des humeurs de la pluie. Alors, la perspective d'une interruption prévisible du manège renouvelle l'angoisse née tout à l'heure. Il en reconnaît les accents, les propriétés vaguement maladives. S'en repaît et se surprend à y trouver plaisir. Un plaisir qui réclame une pensée complexe. Il n'est pas fruste. Les leçons de son précepteur, les lectures de Blaise, les fragments de savoir, saisis bien qu'il ait lui-même peu conscience de les assimiler, se dévoilent, articulent leurs formes parmi les délicats contournements de ses réflexions, éclairent des niches, rendent lisible et intelligible la mesure des choses. C'est qu'il y a, découvre-t-il, une mortalité de ces jours routiniers, il y a un terme, un terme assuré. C'est une manière d'aube qui se profile ou plutôt se devine à peine derrière une montagne, mais cela devra arriver, aussi inéluctablement que les Vêpres ce soir, aussi certainement que le coucher. Il y aura un jour, après. C'est aussi inconfortable que de se trouver au milieu d'un gué, mais enfin, c'est essentiel d'avoir compris que les phases de la vie connaissent des fins et sont annonciatrices de changements.

Il est seul à présent, médite autour des bêtes lentes. L'une d'elles s'est éloignée, un peu trop, il l'appelle, elle détourne son mufle, poursuit indifférente sur une pente qui s'incline vers le hameau. Martin la connaît, il faut qu'il aille lui parler, il n'y a pas de chien pour rabattre, enfin celui qu'on lui a confié est joueur et inefficace, il préfère rassembler lui-même. Il descend sans hâte à sa rencontre, sans hâte et sans mot, presque sans bruit, à son habitude. La vache s'est arrêtée vers une haie d'aubépines. Soudain, elle fait un écart, détale la queue en l'air, effrayée. Dans ce mouvement, elle libère la vue et Martin découvre une femme vêtue d'une délicate robe de linon blanc, coiffée d'un chapeau de paille rond et large. Et le visage, dans l'ombre du chapeau qui se relève, l'ovale qui est alors porté dans la lumière, est celui de la reine. Elle est seule, se tourne vers lui, elle a émis un petit rire quand la vache a sursauté et a fui si comiquement, et son rire s'est figé quand elle l'a vu, lui. Martin a suspendu son pas, il s'immobilise, considère cette femme qu'il n'a plus vue d'aussi près depuis des années. Elle est enceinte, une grossesse bien avancée. Le ventre déforme les plis de la tenue de campagne. Il croit avoir pris un air grave quand elle a surgi, mais son stigmate le trahit : elle voit un tendre sourire tourné vers elle. La reine a peut-être oublié cette particularité, ou bien a-t-elle oublié Martin. Il lit son regard. Elle ne se souvient pas. Ils demeurent ainsi, étrangement éloignés du reste du monde, l'un et l'autre paralysés, rivés par l'intensité de leur échange muet. Le visage de la reine se modifie. Martin a grandi, c'est presque un jeune homme à présent. Les boucles blondes sont devenues châtains, la figure s'est allongée et le sourire n'est plus si fortement enfoncé dans de bonnes joues rebondies mais tout de même, ça y est, la reine le reconnaît. Comment s'appelait-il, déjà ? Elle lève une main devant sa bouche : « Martin ? »

dit-elle. Martin tressaille imperceptiblement. Il a perçu une crainte dans la voix. *Martin*… répète-t-elle, et elle sort de son engourdissement pour, d'un geste, lui faire signe d'avancer. Il n'est plus un enfant qu'on peut embarquer sur un caprice ; il faut composer avec ce corps. « Tu es bien Martin, n'est-ce pas ? » Martin daigne approcher, à son rythme. Elle est abasourdie : il lambine ! La terre entière s'empresse, et ce garçon se permet… « Allons », elle n'a pas trépigné mais l'agacement point. Et lui revient alors la période où elle découvrait un enfant mutique à l'esprit lent. Déjà, sans doute, elle regrette son invite.

Elle soupire, jette des regards autour d'elle, voit approcher son cortège de courtisans. Il y a, dans le groupe, l'homme qu'elle apprécie tant, ce cher Axel qui lui fait oublier l'acquittement stupéfiant du cardinal de Rohan dans cette incroyable affaire de collier, et les suspicions odieuses qui se retournent contre elle, Axel qui anime si joliment ses journées, hante certaines nuits bien qu'elle se refuse à l'admettre, lui vaut pour cela des prières de repentance, au secret, sans l'aide de son confesseur. Cependant la Cour veille, surtout quand le roi est, comme en ce moment, loin de Versailles, à Cherbourg où il visite le port et ses navires, et les bonnes âmes traquent les attitudes et les petites attentions de la reine pour Axel de Fersen, d'Axel de Fersen pour la reine, et c'est comme si la Cour lisait dans ses rêves, les devançait, allait plus loin qu'elle et osait pour elle. Les prières les plus ferventes et son sens du devoir n'évitent pas les commérages.

Martin est enfin face à elle, sous son regard. Il sourit, bien sûr. La reine encore une fois se prend au leurre de ce stigmate, elle sourit à son tour : « Alors, c'est toi, dit-elle. Je t'ai vu plusieurs fois ici, de loin, sans te reconnaître. Je me souviens de toi, quand... Tu ne parlais pas beaucoup... Je vois que tu as trouvé un bon travail, Mme de Valbelle ne m'avait pas dit. Tu es bien ici ? Ce bon Valy Bussard te traite honnêtement, j'en suis convaincue. » Et comme l'enfant n'ouvre pas la bouche, elle ajoute : « Mais tu sais parler, n'est-ce pas ? Tu sais lire et écrire, n'est-ce pas ? » Martin sent qu'il doit prononcer un mot. Sa nature y répugne, mais enfin il dit « Oui ». La reine se raidit, son visage s'est fermé : « Oui, Madame. » Martin consent, reprend aussitôt, *Oui Madame*, d'une manière qui fait penser à la reine que l'impolitesse était calculée. Le groupe est à portée de messe basse à présent. Il y a des femmes qui s'éventent et un homme souriant qui transpire sous sa perruque. Les enfants royaux ne sont pas là. L'homme approche, attentif, son regard va de la reine à ce jeune garçon dont il a vu, de loin, qu'il n'avait même pas incliné la tête, un rustre ; le prolongement de l'entretien, l'attitude embarrassée de la reine excitent sa curiosité. La reine fait un geste à une dame qui opine en réponse, et se détourne de Martin. Elle montre un lointain quelconque à l'homme : « Savez-vous que je redoute votre départ ? Serez-vous longtemps parti... ? » Les mots se perdent, le couple s'éloigne, la dame à qui la reine a adressé un signe glisse une pièce dans la main du garçon. Martin reste là, ancré dans l'herbe, entouré de particules volatiles, rires légers, moires froissées, papillons, hirondelles qui raient le ciel.

14

Le hameau est déserté. Sa joliesse fardée n'est plus animée que par des bourgeois qui le visitent, s'aventurent aussi dans le jardin, et s'en retournent déçus. Ils voyaient ça plus excessif, les gazettes en rajoutent. Tout de même, ça a dû coûter très cher, ces Alpes et ces imitations de rochers. On veut bien que M. de Saint-James, à Neuilly, ait dépensé cent cinquante mille livres pour un rocher, mais la reine était-elle obligée de gaspiller l'argent de la France pour l'imiter ? et puis le hameau, ce pastiche de paysannerie en des temps si difficiles ! La distraction royale a un arrière-goût obscène. La petite Marie-Sophie-Hélène-Béatrice est née le 9 juillet, la reine ne quitte plus guère les appartements du château. Il n'y aura pas de fêtes nocturnes à Trianon, pas de soirées de jeu au hameau, malgré la clémence de l'été. Il reste cependant assez de travaux quotidiens pour occuper, en plus des employés attitrés du domaine, de nombreux journaliers.

Par tout le pays, l'école est arrêtée, les religieux et les précepteurs renvoient les enfants à leur campagne où leurs bras sont attendus. On fauche, on moissonne et on engrange. Et à l'instar de toutes les fermes du pays, celle du domaine s'active. En plus de l'entretien du parc, des vergers et des onze arpents de luzerne et de trèfle, de lin, de froment, d'avoine, d'orge et de sarrasin, en plus des champs de navets, des foins et des prés, en plus des jardins, il y a les volailles, les chèvres à traire, les vaches, *un* porc (pour le réalisme, mais un seul pour préserver l'esthétique). Et tout cela ne doit pas seulement marcher comme une belle mécanique, ce doit être beau, ce doit être propre, ce doit être lisse et frais comme un tableau. Pour obtenir cette perfection, le couple Bussard est appuyé par les services du laboureur Delorme, de l'inspecteur Henry et de son adjoint Mulot, de Bersy, de Bréval, de Blaise, de Martin assisté d'un nommé Guétan, de la jeune fille qui porte le lait, parfois de Mme Richard, même du jardinier Richard, descendus tous deux de leur magnifique demeure bourgeoise, sur les hauteurs de Trianon, et surtout de dizaines de journaliers, mobilisés comme une armée pour ouvrir et clore les travaux de saison aussi vite que possible. Le simulacre de campagne doit se modifier avec la promptitude des changements de décors, au théâtre.

Martin panse et brosse ses vaches deux fois chaque jour, palpe leurs flancs, s'inquiète de leur santé, les caresse, lustre les cornes, ôte les chassies au coin des yeux, leur parle. Il renouvelle les litières constamment, nettoie si bien que le sol pavé de la vacherie n'a pas perdu son aspect de pierre neuve. Dans la ferme, les travaux s'accélèrent. Mique presse ses maçons d'achever la maison du fermier, le bâtiment a pris du retard. La famille est logée hors du parc en attendant, cela désorganise et complique. L'avancée des constructions occasionne des bouleversements, des redistributions. L'aitre qu'occupait Martin, où dormait parfois Blaise, va servir de serre à fromages. Il doit alors quitter sa petite loge pour une autre pièce, établie à l'angle du bâtiment de la vacherie, plus près de ses chères bêtes. Martin découvre sans s'en émouvoir qu'on n'a pas prévu de cheminée, ici. Une pièce accotée à la chaleur animale n'en a pas besoin. Il entre dans son nouveau séjour, passe la paume sur les murs blanchis à la détrempe, tâte du pied le sol fraîchement carrelé. Le ratier, lui, est déçu de ce changement, par procuration. Il se peut qu'il regrette le temps des histoires, les yeux dans le vague, assis adossé au foyer : « Tu ne vois donc pas qu'on te remise ? » Il soupçonne une manière sournoise de punir le jeune homme. Martin n'y croit pas, il ne s'abaisse pas à demander ce qui, selon Blaise, lui vaudrait cette supposée disgrâce. Blaise le renseigne, car il aime assez son opinion pour croire qu'elle en impose : « Le roi t'en veut, Armand attise sa méchanceté. J'ai su pour votre querelle, je suis sûr qu'il manœuvre contre toi. » Blaise semble agité d'une fièvre disproportionnée, comme s'il ressentait lui-même l'humiliation qu'il décrit. Martin ne réagit pas, il songe à une rencontre plus récente, se dit que s'il faut une raison, elle se niche plutôt dans ce moment où il excita l'impatience de la reine. Son inertie déplaît souverainement à Blaise : « Tu ne me crois pas ? On peut s'en assurer, tu sais. J'ai la recette pour voir clair. Dans quelques jours, le temps de rassembler les ingrédients, je saurai m'en charger. »

Une nuit, Martin voit arriver Blaise. Il a progressé sans lampe sous la lune, un gros ballot à l'épaule, avec des airs de comploteur. Martin lève des sourcils interrogateurs. « Tu ne te souviens pas ? J'ai préparé la conjuration. » D'un signe de tête, le ratier fait comprendre que tout est dans le sac. « Mais on ne va pas faire ça ici. Viens ! » Comme le garçon hésite, Blaise le secoue, le prend à l'épaule : « Allons, monsieur, il est l'heure de connaître votre destin ! »

Ils sortent discrètement, traversent la cour pavée sans bruit et s'arrêtent sous l'auvent de la grange de la ferme, que les pigeons ont entrepris de flétrir dès son établissement. Elle connaît cette année-là sa première utilisation, on y a amassé toute la fenaison du parc et son emploi a libéré la grange du hameau, dont la reine veut faire une salle de bal. Blaise pousse la petite porte ménagée dans le grand vantail de droite. Neuve et bien huilée, elle bascule sans grincer. Il referme derrière eux avec autant de discrétion, et sort de son ballot une lampe, puis un réchaud, qu'il allume au briquet. Il suspend la lampe au-dessus d'eux, à une cheville dépassant d'une poutre. « Le mieux est une ruine abandonnée, mais. Martin, trouve-moi une seille assez grosse et remplis-la d'eau bien claire, je vais préparer un feu. » Martin, engourdi par l'autorité de son ami, ausculte l'encombrement d'outils laissés vers le fenil, et rapporte une seille qui s'y trouvait. Il avise plus loin une barrique, toujours pleine en cas de début d'incendie, et revient à Blaise, mission accomplie. Le ratier approche une caisse, pose dessus un livre ouvert, et place la seille remplie à l'aplomb de la lampe. Puis il sort de son ballot un pot, une bouteille de vin blanc, une pinte, un sac de toile épaisse dont il verse le contenu sur la paille. Cela fait une cascade mate, ce sont des restes de chairs désossées, débitées menu, qu'il dispose sur le réchaud. Aussitôt s'élève une fumée âcre de sang brûlé. Blaise regarde autour de lui, puis il ouvre le pot qui libère une odeur de putréfaction et se tourne vers Martin. On n'écoute que le crépitement de la graisse échauffée. Il pose un doigt sur le livre ouvert pour vérifier la suite, il s'éclaircit la voix : « *Comment un berger doit évoquer le diable pour lui parler face à face*... » Blaise ne remarque pas le sursaut effrayé de Martin. « Je pense que bergers, vachers ou ratiers... » ajoute-t-il tranquillement, puis il tend le pot au jeune garçon. « Il y a là-dedans les entrailles et les têtes d'un chat, d'une poule, d'une pie, d'un merle, bien cuits. Tu prends une poignée, comme ça, et tu en jettes un peu à chaque point cardinal en disant *Esprit qui souffle, souffle sur moi*. » Martin fait une moue consternée. Pour un peu, son sourire s'effacerait. Blaise s'excite : « Je te dis qu'Armand t'a jeté un sort. Le diable te dira. Regarde... » Il saisit le livre pour le montrer au jeune vacher : « C'est le *Livre des bergers*, il n'y a rien de plus véridique. Tout le rituel est écrit. J'ai préparé ce qu'il fallait. Et ça m'a coûté de l'argent, à cause d'un agneau noir que j'ai sacrifié, pour la part du diable. Ce qui va se passer, c'est que la face du diable va paraître au fond de la seille, et tu pourras l'interroger sur le sujet que tu voudras. Tu n'as pas peur tout de même ? » L'odeur âcre du gril, les relents de viande corrompue mêlés à ceux des restes carbonisés dans le pot, le parfum du vin blanc, la mauvaise huile de la lampe qui se consume... Martin se sent mal. « Allons », l'encourage Blaise. Il plonge la main dans le magma de viscères encroûté de charbon. « Fais comme moi. » Martin se sert à son tour, la matière répond sous ses doigts par une série de craquements et de succions ; il cueille dans la paume des caillots visqueux morcelés d'indurations sèches et se place à côté de Blaise. « Esprit qui souffle... Répète après moi, Martin, sinon, ça ne marchera pas. » Tous ces mots... Martin émiette deux premières syllabes de son timbre enroué, *Esprit*... et l'effet incongru de sa voix dans l'obscurité accentue sa gêne. Blaise lance un peu de matière en direction de l'ouest : « Esprit qui souffle, souffle sur moi ! », Martin murmure à peu près la même chose. Ils font comme cela les points cardinaux, puis se retrouvent vers la seille. Blaise écrase entre ses mains un peu de croûte carbonisée, et en saupoudre la surface de vin blanc, dans la pinte. Il avale le tout d'un trait, remplit à nouveau la pinte, répète son assaisonnement ignoble. « À toi, Martin. Nous allons voir notre avenir ! » Son exaltation est montée d'un cran. Martin lui trouve un visage inquiétant mais il s'exécute. Une pinte, c'est beaucoup, il n'a jamais tant bu. Le goût du vin, alourdi de sang brûlé et de matières calleuses, lui cause des spasmes de vomissements stériles. « Il faut boire deux pintes », assène Blaise, il se sert avec des gestes fébriles, descend le vin à grandes lampées, remplit la pinte qu'il tend à Martin. Martin comprend alors que toute cette histoire de mauvais sort d'Armand est un prétexte du ratier pour se donner du courage par sa présence. Martin boit. Son dernier repas date de plusieurs heures, sa tête devient aussitôt une caisse de résonance, douloureuse quand Blaise l'enjoint à regarder dans le fond de la seille. Ils sont joue contre joue, penchés au-dessus d'un croissant d'eau qui se balance. Le reflet de leurs visages accolés se déforme, agence des masses sombres et des marbrures de lumière, et il semble bien que, oui ! là au fond, des traits s'organisent. Miracle, prodige ! Une face apparaît, un groin énorme, un front qui enfle et se trouble, des yeux béants. Martin sent un grand frisson lui parcourir l'échine. Contre lui, Blaise halète : « Diable. Diable au fond de l'eau. Obéis. Dis-moi. Quand vais-je mourir ? » Martin est trop ivre pour protester que ce n'était pas la question convenue. Blaise le repousse, accapare la seille, se plie à toucher la surface de l'eau, reste ainsi à recueillir les confidences du diable. Il se passe un moment, puis le ratier fait un bond en arrière en hurlant, terrifié : « Jésusmariejoseph ! » Martin reste stupide, indécis. Blaise dit avec une voix aiguë : « Demande, Martin, demande pour toi. Pour l'entendre, il faut lui poser ta question. Fais-toi obéir ! » Martin oscille, cramponne ses mains au bord du seau. Dans le malaise qui l'envahit, une idée naît, s'insinue et monte, parvient à la limite de ses lèvres. Il n'a que faire d'Armand et du roi, il s'apprête à exiger sa vérité quand la nausée le submerge, et un flot bileux et épais jaillit de sa gorge, percute la face du diable, l'engloutit à tout jamais dans l'abîme et la souillure, avec la possible question qu'il avait sur le cœur.

15

Un nouvel hiver. Martin ne les compte pas. Il grandit. Plus personne ne s'avise depuis longtemps d'ébouriffer ses boucles, de s'attendrir sur son visage. Les bergères ne s'offrent plus pour goûter sa nouveauté, il faudrait qu'il ait des mots, promette, apporte des présents, qu'il joue le jeu de la séduction. Il a la réputation d'amignarder ses vaches plutôt qu'une personne du sexe. Pendant la mauvaise saison, il veille lui-même à la qualité du fourrage engrangé, émet des doutes s'il ne lui semble pas bon. Comme tous les employés de la ferme et du hameau, quand s'annoncent les gelées, Martin est envoyé apporter son aide dans le parc. Il s'ajoute au nombre de ceux qui couvrent de feuilles et de paille les délicates marches du temple de l'Amour et du Belvédère, de ceux qui bûcheronnent et débitent troncs et branches pour chauffer les serres, ou qui rentrent les orangers avant les premiers frimas. Ce sont quatre-vingt-six énormes caisses qu'il faut mettre à l'abri. Pour cela, les chevaux loués et les marins de la flottille du Grand Canal, les *barcaioli* sortis de leur « Petite Venise », ne sont pas de trop. Martin retrouve ainsi Denis parmi les journaliers venus fournir les glacières. L'ouvrage est vite abattu, la prise du froid a été légère cette année. Langibout, le gardien des glacières, vient de refermer les portes de celle de Trianon, qui ressemble à une petite maison en pierres de meulière, sans attraits. Le gardien et Denis vont à l'écart, ils chuchotent. Le garçon a saisi le regard de Langibout vers lui et l'acquiescement de Denis, qui insiste sur quelque chose, confirme son avis. Martin ne se trouble pas pour si peu et s'éloigne. Il doit retourner à la ferme.

Ces derniers temps, la reine privilégie son Petit Trianon, d'après ce qu'a compris Martin quand Bussard discute avec M. Henry, l'inspecteur de la ferme. Dans son château privé, la reine joue aux cartes, pharaon, trictrac, brelan, quadrille, avec d'autres femmes et amis, ce qu'il faudra pour se divertir, pour se déprendre de la tristesse de son mari, tout préoccupé du pays qui va si mal. Martin est accueilli chez les Bussard, certains soirs de froid. Il lit les livres de la Bibliothèque bleue que lui abandonne Blaise, fait parfois lire à Antoine les lettres moulées, les seules qu'il décrypte bien. Ce faisant, il laisse traîner ses oreilles, saisit des bribes, il ne retient pas grand-chose des confidences de l'inspecteur et ne s'inquiète pas de deviner ce qu'il ignore. Il apprend qu'une assemblée de notables est réunie dans la salle des Menus Plaisirs. Tout ce beau monde vient écouter les conseils du ministre Calonne, estimer, débattre, et décider finalement de ne pas déranger l'ordre des choses. C'est une chanson trop connue, dit Henry en soufflant bruyamment par les narines, vous verrez, et il reprend un verre. Bussard est gêné, il renâcle. Le royaume va si mal ? dit-il en remuant sur sa chaise. Sur la table de la cuisine, seule pièce bien chauffée de la maison, les plus jeunes enfants jouent à la toupie, ils sont sages et tranquilles. Marie, au passage, leur caresse le front, félicite quand la toupie a tourné longtemps ou quand Antoine ânonne correctement une phrase. Les deux hommes discutent en observant leur manège. Le Suisse n'est pas au fait de la politique, il s'en méfie, les intrigues ont mis à terre son ancien maître. M. Henry s'y connaît, lui, manifestement. Il affirme, juge, pérore, l'hiver est la bonne saison pour se construire une opinion, et s'échauffer à ce qu'on en conclut. Quand l'inspecteur s'aventure, après quelques verres, à dire son sentiment sur la reine – et si son hôte le laisse faire, car il lui est tout dévoué – Henry s'interrompt, avise soudain Martin, consulte Bussard sans mot dire. Le fermier le rassure, sans regarder son vacher. « C'est de l'histoire ancienne », conclut-il. Henry tousse. « Tiens, petit. » Il a sorti d'une besace un joli pain long à la croûte dorée. Martin le saisit. C'est du pain de Gonesse, de la meilleure farine. Moelleux et savoureux. Un beau cadeau. Martin articule un gémissement qui signifie merci. Il palpe la surface, sa rondeur craquante, Henry le découvre sincèrement reconnaissant. Quand la reine n'est pas là, pas moyen de soutirer un pain blanc aux cuisines, les employés comme lui doivent acheter le leur, et se contenter de pain de seigle ou de sarrasin, étouffant et peu nourrissant. Bussard revient à la puissante analyse de Henry : « Je ne dis pas que la reine n'a pas ses travers, comme nous tous, mais c'est une bonne personne, on lui veut du mal pour de méchantes raisons. » Marie abonde dans le sens de son homme, et puis elle trouve l'inspecteur bien ingrat de minauder sur les caprices de Madame, vu que sans elle, que ferait-il ? M. Henry souffle, c'est son défaut à lui cette manie de faire du bruit ainsi, expulser l'air puissamment par ces fortes narines poilues, c'est incommodant pour qui n'a pas l'habitude. « Pour le collier, on verra bien. Je dis que tout ça n'est pas très clair. Elle a déjà pratiqué des folies de cette aune, vous savez bien. Est-ce que vous imaginez que notre bien-aimée reine… (il parle plus bas, Martin s'éloigne, remue des bûches dans l'âtre pour assurer l'inspecteur de sa discrétion) a acheté des boucles d'oreilles, entendez bien… Trois cent quarante-huit mille livres ? C'est le prix d'un régiment ! Un ami du ministre m'a dit que le roi avait mis six ans pour payer la dette ! » Bussard est gêné, il emprunte la toupie aux enfants pour la faire tourner devant lui. « Je ne dis pas, elle a ses travers, mais de telles sommes… » L'inspecteur émet un rire attendri, « Mon pauvre Bussard… ». La toupie s'incline et tombe. « On ne sait pas tout… » commence Henry qui veut se resservir, mais Marie a fait disparaître la bouteille.

Le printemps est la saison aimée de la reine. Sa passion pour les jeux de cartes s'amoindrit alors, pour lui faire préférer des promenades avec les enfants. Encore faut-il que le temps soit clément, la fragilité du dauphin le retient de s'exposer à un air trop vif. N'empêche, la reine se rend plus souvent dans son cher hameau, vient avec ses amies boire son lait quotidien. Le jardinier Richard et ses assistants s'efforcent de rétablir la splendeur du paysage, endormie pendant la mauvaise saison. Et pour qu'opère cette renaissance, c'est simple : on ôte ce qui est mort. Branches et feuilles, herbes flétries dans les pelouses, poissons sacrifiés chaque année dans les fausses rivières qui gèlent, on évacue cette lie, on renouvelle, on rempoissonne, on replante, on sème, on fume. Le jardin est refait à neuf.

Mique a décidé de changer la toiture du moulin factice. Martin est venu récupérer la paille que les couvreurs retirent pour arranger à sa place des bottes de roseaux. La paille usée des chaumes fera un peu de litière pour ses vaches. Il ne faut rien perdre. Vallier, le petit Antoine, est avec lui et croit aider en s'activant partout. Martin s'amuse à le voir embrasser les gerbes accolées et les porter plus loin, lorsqu'un homme, venu pour autre chose, s'arrête au passage car il connaît les ouvriers sur le toit. L'homme remarque Antoine et lui caresse gentiment la tête. Martin se relève à peine, surprend la scène et ressent immédiatement une onde de malaise. Il a déjà vu ce geste, exactement. Maintenant, l'homme parle doucement au gamin, et le dégoût et la colère s'embrouillent dans le cœur de Martin. L'intrus n'est pas armé, mais Martin le reconnaît. C'est un des bourreaux du braconnier, celui qui avait délicatement écarté l'enfant pendant qu'on passait la corde au cou de son père. Il le reconnaît parce que Antoine a sensiblement l'âge qu'avait alors le petit garçon obligé d'assister à l'exécution. Depuis toutes ces années, Martin n'est jamais retourné dans cet endroit maudit, il n'est jamais allé vérifier si le corps est resté suspendu au service des corbeaux ou si quelqu'un s'est occupé de l'emporter et de lui donner une sépulture chrétienne. Quant au fils du braconnier, qu'est-il devenu ? un orphelin de plus sans doute, un des six mille enfants abandonnés chaque année à Paris ? Ce qui fournira, dans vingt ans d'ici, juste assez de chair à saigner pour une demi-journée de bataille. Le garde-chasse avise Martin, comme tous il se méprend sur son sourire, croit saisir une expression amicale. Sa main quitte le crâne d'Antoine et se tend vers lui pour faire connaissance, mais Martin refuse le salut, reprend son ouvrage, rassemble des boisseaux de paille qu'il soulève et emporte vers la ferme. « Viens ! » dit-il à Antoine. Le gamin sursaute et s'empresse. Il est rare que son ami parle et donne un ordre, c'est qu'il faut faire vite, sûrement. Le garde-chasse se rembrunit : « Un malhonnête, je n'aime pas ça. Tu te prends pour qui, garçon ? » Il n'obtient aucune réponse, trouve ça tout de même un peu fort. Un des ouvriers, sur le moulin, lance, venimeux : « Laisse, c'est le petit protégé de l'Autrichienne ; elle l'aime comme ses petits boyaux. On n'est pas assez bien pour ce monsieur. Attends un peu, qu'un de ces jours... » Le garde-chasse fait une moue mauvaise et considère les garçons qui s'en vont, chargés de paille.

La chaleur s'accentue, l'été revient. Les jardins fleuristes fournissent au château et au hameau les brassées de fleurs dont la reine aime être constamment entourée. Les plantes rares et les orangers sont extraits des serres, colorent le jardin français et agrémentent les terrasses. Les robes de cour ajoutent leur fantaisie à cet enchantement, créent des groupes chatoyants qui font de loin autant de bouquets vivants dans les allées. Des parfums suaves emplissent l'air. Martin doit laisser ses vaches à Guétan pour prêter main-forte aux travaux plus urgents. Les lourdes caisses où poussent les arbustes exotiques sont hissées en haut des escaliers. Quand on approche trop des ouvertures du château ou si par hasard la reine apparaît, Martin rebrousse chemin, recule comme un damné devant la porte du paradis. Il abandonne l'ouvrage sans explication, sans prononcer un mot. L'agacement est de courte durée chez les journaliers qui le voient disparaître, on connaît les vilaines habitudes de ce fou au sourire permanent. Il a toujours fait comme il voulait.

Le timbre du glas harasse les cœurs. Les fermiers et les employés sont rassemblés dans la cour pavée de la ferme, chapeaux bas. Martin est parmi eux, à côté de Blaise qui marmonne une prière de protection contre le mauvais sort. Ce matin, Claude Richard, le jardinier, est venu annoncer une triste nouvelle à tout le monde. La mort de la petite Sophie, la dernière-née du couple royal. Elle n'avait que onze mois. Martin s'imprègne de la tristesse des autres. Elle fond dans sa poitrine, s'incline et verse une langueur dans son ventre et rencontre au fond de lui un sentiment qui l'en rapproche. Il croit comprendre que la mort de l'enfant ne le touche pas vraiment, il sent autre chose, une compassion qui prend le visage de la reine. C'est pour elle qu'il a de la peine, s'il devait le formuler. C'est une sympathie étonnante. Dans ce remuement, les deux reines qu'il connaît se fondent en une. Celle qu'il aime, et celle qu'il déteste.

16

Denis approche. En milieu de journée, sa présence ici est inhabituelle. Les vaches lèvent la tête sans nervosité, elles observent le visiteur comme elles font avec les altesses qui les fréquentent : en ruminant. Martin reste assis dans l'herbe avec son chien, tout aussi tranquille que ses vaches. Là-bas, les invités du hameau se sont retirés, ils mangent à l'intérieur de la maison de la reine pour s'abriter de la chaleur. Sur la pelouse, une petite troupe de malheureux musiciens transpire sous une livrée rouge et or. Ils enchaînent les gavottes et les contredanses, les airs préférés de la maîtresse des lieux. Les notes brillent un peu et disparaissent, évaporées. « J'ai à te parler », souffle Denis quand il arrive près du jeune vacher. Il affale son corps sec à côté de Martin. « Vrai, j'en connais point d'autres qui gardent les vaches en musique. » Il rit. Martin sourit. Denis le considère, oui, il sourit, bien sûr qu'il sourit. Il ne sait faire que ça. Sourire. « J'ai dit à… J'ai dit qu'on pouvait compter sur toi. Pas vrai ? » Martin fronce les sourcils, il ne comprend pas. « Je lui ai dit que tu ne parlais pas. Pour ça, j'ai pas menti. » *C'est possible,* semble dire l'expression placide de Martin, Denis poursuit : « On a besoin d'un gars sérieux qui sache tenir sa langue et coutumier du parc. Parce qu'on va travailler à la petite lune, sans lampe pour pas être surpris par les gardes. Il y a dix livres à gagner. Tu es avec nous ? » Martin braque sur lui sa face étrange. Ses quinze ans ont mûri et sculpté le visage, durci le regard noir, tout est sérieux dans cette physionomie, sauf ce sourire qui n'en finit pas, semble poser sur tout ce qui se dit ou se fait, une délectation maladive. Parfois, chez certains interlocuteurs, un tel contraste provoque le malaise. C'est ce que ressent Denis à cet instant. « Je te dis ce qu'on prépare, seulement si tu dis oui. Dix livres, Martin… » Il appuie sa phrase d'un frottement du pouce et de l'index. Le vacher ne dit rien, Denis pense qu'il doit tout de même préciser : « On veut faire ça ce soir, à la mi-nuit. C'est sans risque. Alors, tu te décides ? » Et Martin prend un temps de réflexion, il semble évaluer quelque chose, pas des risques, non, pas les conditions financières, plus sûrement des possibles, des perspectives. Denis voit sur le visage du garçon les reflets d'un débat intérieur dont les termes sont hors de sa portée. Enfin, Martin fait « oui » de la tête.

Ils entrent par la petite porte. Dans la nuit, l'ouverture de la porte charretière à deux battants aurait ameuté la ferme, toute proche. Ils ont poussé des charrettes à bras aux essieux bien graissés, apprêtées de lits de paille épaisse, et ils ont préparé des draps propres qui forment des névés sur la pelouse, phosphorescents dans le dernier quartier de lune. La glace, voilà ce qu'ils sont venus chercher. L'élément indispensable pour les cafetiers, les restaurateurs, les hôteliers, les limonadiers, les traiteurs, les aubergistes, les crémiers, les parfumeurs, les nobles qui ont à présenter aux émissaires étrangers ou à leurs congénères une table digne de ce nom. L'été est chaud et les glacières, à Paris et dans la ville de Versailles, se tarissent. Le prix de la toise-cube de glace est devenu prohibitif. Langibout s'est laissé convaincre par un cabaretier de partager son trésor. Quand Denis et Martin sont arrivés au point de rendez-vous, Langibout n'est pas là, il a confié ses clés à Fréchu, le premier garçon des glacières, un homme de la Bouche du roi, avec qui il a organisé ce trafic. Martin découvre la petite silhouette de Fréchu, ramassée dans l'ombre, qui cherche à se tasser encore, entrerait dans le sol si elle pouvait. À côté de Fréchu, Martin reconnaît la longue stature de Blaise. On n'échange pas un mot, on ne se salue pas, les hommes entrent vite dans le local voûté, descendent dans la cuve, où le froid les saisit. Fréchu reste à l'extérieur. Il surveille, surgit de temps en temps au seuil de la glacière quand un pain de glace en a heurté un autre, ou quand l'un des compagnons échappe un juron. « Vous êtes fou ! Faites silence ! Seigneur, je n'aurais jamais dû… Faites plus vite ! » Denis grogne, il aurait préféré que le trop sensible Fréchu fût en dehors de tout ça, « mais on a besoin de lui, paraît-il ». Il hausse les épaules et continue l'ouvrage. Fréchu reparaît, son buste court perché au-dessus de la cuve, sa voix fébrile retentit sous la voûte : « J'ai vu des hommes du côté de Saint-Antoine. Éteignez ces torches ! » Blaise en a assez : « On n'éteint rien, Fréchu ! Fermez la porte, c'est tout. Repartez dans votre logis et laissez-nous les clés si vous avez trop peur. Qu'on travaille comme on l'entend ! Jésusmariejoseph, quelle chiffe molle, celui-là ! » Denis ajoute en marmottant *Quand Jean Bête est mort, il a laissé bien des héritiers*. Lui et Blaise ne sont pas inquiets, ils œuvrent avec la bonne conscience de qui a une commande à honorer. Martin n'en mène pas large. S'il faisait assez clair dans ce trou, ses compagnons seraient surpris de découvrir le fameux sourire déformé par la nervosité. Indifférents aux gémissements de Fréchu qui s'avance vers les clôtures de palis, scrute la nuit, soupire et revient en se tordant les mains, répète : « C'est que je risque ma place et ma famille, moi... », les hommes entassent les lingots de glace dans les charrettes tapissées de linge et de paille. À peine les chargements finis et la couverture de planches et de paille lestée de pierres pour maintenir sous pression les pains de glace, Fréchu se précipite sur la porte et la referme, donne son tour de clé, ça y est, tout va bien, ou presque, il pousse aux épaules les manœuvres, « allons, il faut déguerpir à présent, filez ! ». Ils ont chacun une charge et la poussent devant eux. Martin devant, qui connaît le mieux le terrain, sait par où passer en évitant les chemins que pourrait fréquenter la garde. Ils franchissent des talus en soufflant. C'est un travail pénible en plus des risques, la paye sera méritée. Fréchu a disparu, aussitôt les portes fermées, il a couru loin devant. Il se rend droit au prochain lieu de rendez-vous, vers une grille où se trouve le cabaretier qui les attend. Eux, cependant, traversent des pelouses à l'abri des haies et des bosquets. Blaise renâcle : « Pas par là, on va laisser des traces ! » Denis a compris : « C'est tout sec ici, de la vraie pierre. Si quelqu'un se rend compte du manque de glace, ce sera pas avant une semaine, ils verront rien. » La procession va sous un maigre trait de lune. Ils approchent une ouverture du côté de la bien nommée *allée du Rendez-Vous*. Fréchu est là-bas, jetant toujours des regards inquiets autour de lui. Blaise grogne en le voyant : « Il va attirer le malheur, à se tordre les nerfs comme ça. » Les trois charrettes accélèrent, les roues crissent sur la terre retrouvée. Fréchu s'éponge le front en ouvrant la grille, il marmonne une prière incessante, ponctuée de jurons. Martin s'arrête. La grille ouverte. Dehors, quelques feux signalent des maisons, énigmes lointaines dans la nuit de la campagne autour du parc. Deux hommes descendent d'une carriole où ils patientaient. Martin aide les hommes à transférer la glace. On aligne les blocs sur le plateau, « Une belle prise, je suis content », dit l'un d'eux, sans doute le cabaretier. Il distribue la somme convenue dans les mains ouvertes. Fréchu part aussitôt en courant, soulagé. Martin reçoit l'argent dans sa paume, mais il regarde ailleurs. Il regarde l'extérieur. Voilà pourquoi il a accepté. Tout à l'heure, quand Denis lui a fait cette proposition, il l'a reliée avec l'attitude de Denis et de Langibout devant la glacière, leurs airs de comploteurs. Il a compris qu'il s'agirait de cela, faire sortir la glace, il en connaît la valeur. Martin a ressenti un frisson en se disant qu'il aurait l'occasion de franchir le mur, de poser le pied dehors. Et c'est à cette possibilité qu'il voulait être confronté.

Bien entendu, Martin n'est pas prisonnier en ce pays-ci, il n'y a pas d'esclaves à Versailles, il pourrait sortir s'il le voulait, partir quand bon lui chante. D'ailleurs, une multitude se presse chaque jour pour entrer à l'ouverture des grilles vers 5 h 30 l'été, ou sortir du château, sans plus de contrôle que cela. Et la populace est encore plus nombreuse à la Pentecôte, quand les Parisiens empruntent la galiote jusqu'à Sèvres, et de là, courent à pied à Versailles pour y voir la pompe royale, la procession des cordons-bleus, les grands appartements, le parc, la ménagerie, assister au grand couvert et commenter naïvement la quantité de plats qu'on pose sur la table royale. Les petits appartements, et le domaine de Trianon où la reine a encadré les visites par un affichage de son propre règlement, sont interdits quand elle est là ; pour le reste, on circule comme on veut. L'enfant qui fut sauvage au fond du parc n'est pas pour autant affranchi de tout. Son esprit a eu le temps de se poser des questions, de les malaxer pendant les heures de garde de ses vaches, ou le temps d'une tâche idiote, un travail de force, un labeur de routine. Martin est une personne qui réfléchit. Peu de gens lui font ce crédit, tout le monde le croit fruste, sauf Valy Bussard, Richard Mique et son ami ratier, peut-être. Martin a compris, avec les ans, que l'habitude l'attache, que son monde et le bien-aise qu'il en a sont un confort qui l'entretient dans une paresse, un fatalisme. Simultanément, il jauge sa peur du dehors, il a pris conscience qu'il le redoute et il sait encore que sa vie ne passera pas entièrement dans cette illusion de village. Si vaste que soit le domaine, il connaît ses limites et sait que la vie continue de l'autre côté. Quand l'a-t-il appris, lui, placé tout petit dans cet écrin pastoral où rien n'est bien sérieux ? Peut-être depuis l'exécution du braconnier. Il imagine aussi qu'il a besoin d'aide pour affronter l'extérieur et ses mystères. L'extérieur avec ce qui s'y trouve, la réponse à la question faite au diable, partie dans les vomissures. Le secours qu'il espère viendra peut-être de Denis, ou du cabaretier. Sa parole rouillée ne lui permet pas de formuler une demande, il s'en tient là. D'ailleurs, le voici au seuil du mur, à la lisière de deux mondes. Son corps fait un balancement imperceptible, la plante de ses pieds se crispe et modifie ses appuis, il tangue, oscille, pourrait basculer dehors sur un souffle, une inspiration. Il se tient là, bras ballants, stupide, incertain. Les rares fenêtres éclairées entre les champs qui ouvrent leur perspective devant lui ressemblent à celles qu'il connaît. Est-ce tout ? Il faudra bien marcher sur ces chemins ou retrouver, à l'opposé de cette direction, la dureté du pavé, entrer dans la ville, s'aventurer le long de ces façades. Un jour. Pas ce soir, pas cette nuit. Une autre fois. Il comprend qu'il n'est pas prêt. Denis l'appelle : « Et les charrettes, garçon, on les rentre ? » Il hoche la tête, se détourne du destin neuf qui s'est volatilisé, à peine esquissé, il fait quelques pas silencieux, s'arque et empoigne les bras, pousse le chariot vide. Il rentre. La grille est repoussée. Il entend les mâchoires de ferraille se refermer derrière lui.

17

Martin sait peu de choses. Il devrait se renseigner sur l'extérieur, puisque le projet de sortir s'affirme en lui plus précisément chaque jour. Au lieu de cela, il se satisfait de franchir les grilles de Trianon, et d'approcher celles, plus imposantes, qui marquent la frontière avec l'autre monde, pour observer le roulement de l'humanité industrieuse, dehors. Les gardiens le considèrent, vaguement intrigués, ils connaissent ce garçon un peu dérangé. Martin s'arrête là, contemple le passage des foules, l'activité des hommes et des femmes, hoche la tête comme s'il acquiesçait à une question posée en son for intérieur, puis tourne les talons. Sans paroles assez adroites pour demander, il ne dispose que du peu de clés laissées par les conversations. L'inspecteur de la ferme, Henry, n'est pas avare de ragots quand il discute le soir avec Bussard sur les effets de la politique du roi, quant à Denis, il lui assène, lui martèle, combien la vie est difficile hors des bienfaits de la Cour. « Tu es bien là, je t'assure. Vivre ici à longueur d'année est une bénédiction.

Tu ne te rends pas compte que Jésus a arrangé ton cas. Tu te rends compte ou pas qu'on gagne ici le double qu'à Paris ? Douze sols pour la journée dans les ateliers de charité, quand il m'en coûte autant pour seulement acheter le pain de la famille. Laisse-moi ta place, si paresser auprès de tes vaches pour cinquante livres le quartier te fatigue, tu ne sais pas quel service tu me rendrais… » Encore ces ateliers n'offrent-ils pas assez d'ouvrage pour tous. Il arrive à Denis d'attendre des heures dans une file d'hommes qui lui ressemblent, et de repartir bredouille. « Une journée de perdue, et si c'est un lundi, ça fait deux jours chômés, deux jours sans pain. » Denis ne comprend pas Martin, mais qui comprend l'enfant au sourire ? Comme le garçon ne réagit pas à ses mises en garde, Denis lance un juron, se promet de ne plus chercher à le convaincre. Qu'il sorte, il verra bien à quelle sauce on le mangera !

Au hameau, l'attention du personnel est fixée sur les désirs ou les soucis de la reine, aussi on se préoccupe moins des difficultés du roi avec les parlements dans le pays que de la faiblesse de l'aîné. Pâle, boiteux, affublé maintenant d'un corset de fer, le dauphin a été envoyé à Meudon où l'air lui serait plus favorable, selon certains médecins. Le second semestre de l'année passe ainsi, entre les bulletins de santé du petit roi et la fin des travaux de la ferme. Enfin, l'univers clos est achevé. L'idée qui a conduit les choix de la reine ici est la même que celle qui a produit l'aspect du hameau. On construit, on fabrique des leurres au besoin, et on patine pour simuler une authenticité. Le trou à fumier, le jardin, le puits factice en bois, la maison du fermier en moellons de meulière, les deux écuries aux chèvres, le grenier nouvellement aménagé dans la maison des Bussard, les bureaux… tout est terminé. On a apporté la touche finale en peignant les portes et les croisées, les contrevents, les escaliers extérieurs, la ferronnerie, les barrières, en « bois pourri » ou en vert olive, et on a magnifié les soubassements en imitant un travail de taille, pour conférer un air plus bourgeois aux bâtiments d'habitation, dans la volonté de marquer une rupture de décor avec l'aspect appauvri du hameau. L'illusion est telle que Valy se croit parfois le dernier d'une lignée qui aurait vécu ici des générations, et amélioré l'exploitation par places, en fonction des apports de la modernité. Les Bussard traversent la cour enfin vidée de l'activité encombrante des ouvriers, se rendent à la laiterie de préparation ou vont aux champs, avec l'air confortable de propriétaires qui contemplent le fruit légitime de leur labeur.

Martin perçoit une nervosité plus grande autour de lui. Elle vient des journaliers apportant l'humeur du dehors ou de ceux qui, comme Blaise, se tiennent informés. Depuis son entrevue avec le diable, le ratier n'est plus le même. « Il faut que je me sorte sa face de mes souvenirs… » dit-il, encore sous le coup de la condamnation qu'il a appelée sur lui. « Qu'est-ce que j'ai voulu connaître le jour de ma mort ? J'ai attiré l'attention du destin avec mes questions. » Et puis, l'instant d'après, il se ravise : « On avait bu, pas vrai ? » Et il explique par les effets du vin la vision du Malin et sa prophétie. Martin devine que, si Blaise tergiverse ainsi, c'est que l'échéance prononcée est imminente. Le ratier est tourné vers sa propre apocalypse et il en voit les signes – comme si son sort importait tant ! – dans les plaies qui affligent le pays. Leur vision, à tous ces témoins, journaliers ou lecteurs de gazettes, est centrée sur Paris ; s'ajoutent à cela les rumeurs colportées depuis les régions, qui confirment ce que l'on ressent ici. Pas seulement la disette. On y est presque habitué, si l'on veut, depuis tant d'années. Mais le fait qu'elle s'accroît encore, dramatiquement, alors que plus personne n'en peut mais. « On meurt, là-dehors, Martin, on meurt, je te le dis ! » L'année a été exceptionnellement sèche, la récolte est mauvaise et, pour parachever le désastre, Dieu a précipité une grêle biblique sur soixante lieues, de la Normandie à la Champagne.

L'inspecteur de la ferme, venu en voisin chez Bussard, enfonce le clou : « Tout va mal, il faut vraiment que notre roi décide de grandes réformes, qu'il tienne, malgré ceux qui ne veulent pas qu'on touche à leurs privilèges. » Henry parle d'une effervescence parmi les parlements de Bretagne, du Dauphiné, de Toulouse… « Tous cramponnés à leurs exemptions d'impôts, leur condition, alors que le pays crie famine, que la guerre d'Amérique a ruiné le royaume ! » Les heures qui suivent les confidences de son inspecteur sur les difficultés du pays, Valy Bussard erre, tête baissée, méditant l'éventualité d'une banqueroute qui les atteindrait eux aussi, causerait un départ précipité.

Le faste de la réception donnée en l'honneur des ambassadeurs de Tipoo Saïb, en été, a rassuré le fermier de la reine. Bussard s'est invité dans les salons pour assister aux cérémonies et en est revenu tout à fait tranquillisé sur l'état des finances du pays. Il réclame à sa femme un peu de viognier pour célébrer le retour de ses espoirs. Il est d'humeur. Martin passe devant la porte de la cuisine ouverte, quand Valy a un geste et que Marie jette un cri et le gronde. Le fermier éclate de rire, puis se fait tendre. « Allons », dit-il, et il se colle contre elle. Martin se dit qu'il n'est pas l'heure, tout de même. Il pense aussitôt qu'il n'a pas senti l'odeur d'une nuque de femme depuis longtemps.

Le nouvel hiver est terrible. Terrible est le mot. Il est excessif et se maintient. En ce pays-ci, cela fait plusieurs semaines ; loin de Versailles, à Roanne par exemple, le grand froid a commencé le 15 novembre et ne s'est plus arrêté. Il neige sur tout le pays. Martin dort avec ses vaches, la pièce où il est logé est glacée, puisque dépourvue de cheminée. Il réfléchit aux avertissements de Blaise. Au milieu des bêtes, couché dans le foin des mangeoires, habillé et enseveli sous les couvertures de feutre et de laine, Martin est peut-être en meilleur confort pour ses nuits que les Bussard ou Henry, ses voisins, dans leurs bureaux ou appartements, malgré les cheminées. Le foyer brûle à un pas, l'urine cristallise dans les pots, deux pas plus loin. Dans le parc, les travaux sont arrêtés, on ne peut rien faire. Au château, c'est pire. On grelotte sous les brocarts et les taffetas, l'eau des carafes gèle sur les tables, les gardes tapent de la semelle pour réveiller leurs pieds engourdis, la gazette parle de soldats morts de froid à leur poste, on traverse les salles glacées d'un pas précipité pour quitter un foyer et approcher au plus tôt d'un autre, on se réfugie dans les réduits mansardés, plus faciles à réchauffer. Il n'y a bientôt plus un morceau de bon bois sec. Dans l'âtre, les bûches sont humides et fument, les ors de Versailles sont asphyxiés de poussière, les fenêtres sont opaques d'un givre persistant, tout est figé sous un voile de cendres. On ne rit plus, les musiques se font rares, les messes sont dites au milieu des haleines bleutées dans une atmosphère de tombeau, les lignes des psautiers s'enchevêtrent à force de trembler, on prie en claquant des dents. On évite le contact des pierres. Le premier janvier de la nouvelle année renchérit sur le froid déjà exténuant, comme un coup de grâce. Dans ces conditions, on a du mal à accueillir avec optimisme l'an 1789. Le parc est silencieux, assommé par une chape de neige compacte, blanche sans défaut, de la cime des arbres aux parterres engloutis. Tout est gelé : le Grand Canal – où quelques-uns trouvent le cœur de patiner –, les fontaines de Paris et même la Seine, a annoncé Richard Mique, reparut incidemment avant de reprendre ses quartiers parisiens, où il a investi l'appartement de l'architecte Gabriel. « On m'a dit qu'en amont, des ponts avaient été emportés. » L'architecte et le fermier sont reclus dans la cuisine des Bussard, décidément le lieu des discussions et des confidences. Tandis que la neige poursuit son harcèlement silencieux, ils énoncent les mauvaises nouvelles au milieu de l'agitation des enfants, des va-et-vient de Marie qui s'occupe de tout, qui marmonne parfois « On serait restés à la closerie… » entre deux gestes énervés, et au plus près de la cheminée qui ne soulage du froid que les visages et les mains tendus vers elle. Martin, accueilli chez les Bussard quand il n'y a rien à faire, s'y accote. Il fume, défroisse ses doigts bleuis, souffle sur ses mains. Il écoute les hommes. De temps en temps, Mique ou Bussard prononcent une sentence en cherchant dans son regard une approbation. On le voit donc comme l'un d'eux. Son sourire ne le fait plus considérer comme un enfant qui aurait abandonné le projet d'être un homme.

Cette fois, les affres du dehors ont pénétré le milieu préservé du hameau en même temps que la dureté du froid. Martin mâche le tuyau de sa pipe en terre cuite. Il n'ajoute rien au tableau dépeint par l'intendant, mais il a vu lui aussi, par-delà les grilles, vu de lui-même, les bûchers que la troupe a amoncelés aux carrefours de la ville, pour les plus miséreux. Il a vu ces groupes noirs s'agglutiner autour des feux, debout d'abord puis, les heures passant, tassés, escamotés dans la terre, tenus assis l'un contre l'autre par le nombre. Martin se détourne de ce spectacle avant la tombée du jour, chaque fois qu'il s'y attarde. Il ne sait pas ce que deviennent ces gens, et si les brasiers sont entretenus au cours des longues nuits. Il a vu une femme accroupie tendre à un passant son enfant mort, des hommes sortir sur le seuil des maisons, pour fracasser plus à l'aise les meubles qu'ils allaient brûler, car le bois manque aussi. « L'archevêque de Paris s'est endetté pour porter secours aux miséreux. Des milliers de livres ! » Mique insiste sur les efforts des personnes de haute condition pour alléger les souffrances du bas peuple, « mais rien n'y fait, ils sont tellement nombreux. Tellement nombreux... » et il s'abîme dans la remémoration des loques errantes qu'il a croisées, pour lesquelles il n'est plus rien à faire.

18

Le printemps, les jardins parfumés de lilas, puis les prémices de l'été. Le hameau se remet à vivre. Au château, on a oublié le terrible hiver. C'est bien le seul endroit de France : de jour en jour, et plus on approche de l'été, plus la situation se dégrade. À Paris, le nombre des indigents a triplé. Ils sont plus de trente mille dans le seul quartier Saint-Antoine, et combien alors dans le misérable faubourg Saint-Marcel ? « Paris vit dans une disette accentuée ces derniers mois », témoigne Richard Mique. Peut-être l'architecte de la reine sait-il, sans rien en déceler à son auditoire, que partout en France, c'est la même alarme relayée par les intendants, les magistrats et les officiers de police : le parlement de Rouen en appelle au roi pour qu'il subvienne à « un peuple qui se meurt », ces mots-là ont été employés ! *Un peuple qui se meurt*… les grains manquent ou sont gâtés, le seigle est noir et étique, l'orge a un goût de relent. Le mauvais pain qu'on est obligé de produire avec ce triste matériau brûle la gorge et les entrailles. Et même ce pauvre aliment est-il en quantité insuffisante, on ne le distribue plus que par guichets. Les malheureux qui ont pu en obtenir une ration sont parfois assaillis et volés sur le chemin du retour par d'autres affamés. « Je l'ai vu, de mes yeux. » Les Bussard écoutent l'architecte avec inquiétude, les prophéties de l'inspecteur Henry semblent se réaliser. Marie caresse la tête du petit Vallier. Jusqu'où est-ce que la situation va se dégrader ? Ne vont-ils pas, à force, en ressentir les effets, au château ? « Et ces États Généraux, qu'en pensez-vous ? » demandent-ils. Depuis quelques jours, avec l'autorisation de la reine, on voit circuler dans le hameau des groupes vêtus de sombre aux mines sévères, bourgeois dépêchés par leur commune, avocats, prêtres du bas clergé si proches du peuple qu'ils en ont pris les attitudes mesquines et défiantes, commerçants, gens de petite condition, qui scrutent le décor avec intérêt et suspicion, rendent à peine les saluts qu'on leur adresse. Ils viennent ici à l'occasion d'une pause entre deux sessions, depuis la salle des Menus Plaisirs où ils sont réunis, hors du château. Ils sont de mauvaise humeur. De très mauvaise humeur. Leur impatience, le témoignage qu'ils portent de provinces exsangues, leur conscience de l'urgence de la situation se heurtent à une inertie, un mépris insupportable. « Le roi a choisi de les faire venir à Versailles. Pour continuer d'aller chasser. Le deuxième jour, quand, provinciaux perdus et disséminés dans la ville, les représentants du Tiers ont fait l'effort de se présenter à sept heures du matin, le roi a daigné paraître à dix heures. On se moque d'eux ! Je ne devrais pas vous dire tout cela », lâche Mique, qui s'aperçoit que ses propos peuvent passer pour une critique de son souverain, et ce n'est pas très prudent. Bussard redit son inquiétude : « Est-ce que le roi a prévu une manière de remettre la dette ? » Mique ne sait trop que dire, il se demande pourquoi il perd du temps à s'épancher ainsi pour des béotiens, c'est au-dessus de son rang, il s'agace : « Oui, le roi sait ce qu'il fait. » À la vérité, il en doute fortement. Il est partagé, il sait que les discours du roi et de Necker à la première séance ont causé plus de grogne dans le Tiers État qu'ils n'ont calmé les esprits. C'est à désespérer de la Providence : les lendemains s'assombrissent alors que tout devrait aller bien pour lui. Ses deux enfants sont casés ; Mougenot, l'escroc qui voulait se faire passer pour son frère, est mort à la sinistre prison de Bicêtre. Cette histoire absurde qui lui minait l'esprit nuit et jour est finie, quel soulagement ! Il y a des projets, le roi a des idées de rénover entièrement Versailles. Ce sera merveilleux. Des années et des années de travail en perspective, un chantier qui fera sa renommée dans toutes les cours d'Europe. L'avenir lui sourit ; et voici que l'époque menace. Il se radoucit, considère le couple qu'il a accueilli ici, dans ce décor conçu par lui, il pose son regard sur le jeune vacher, enfant perdu devenu, grâce à lui, un beau garçon solide et sain, et il se sent soudain une compassion paternelle pour eux tous. « Rien ne peut arriver. Certaines choses sont immuables. Vous aurez toujours votre place, ici. Cet endroit vivra tant que Sa Majesté y apportera sa douceur et son goût délicat. » Malgré les mots apaisants, Valy cogite. La reine est souvent absente ces temps-ci. Elle se rend à Meudon, au chevet de son petit malade, quand les obligations de représentation lui en laissent le temps. Valy sait aussi, événement incroyable, qu'on n'hésite plus à insulter ouvertement la reine, dans les processions. On en est là.

Blaise est venu poser des pièges à la ferme et s'attarde vers la vacherie. Il a des airs de comploteur que Martin connaît bien. « Martin, Martin... », c'est dit à mi-voix, comme si on risquait de le surprendre. Il ne s'agit pas du trafic de la glace. Pour cela, avec la chaleur revenue, la petite équipe de l'an dernier s'est naturellement reconstituée, et ils ont déjà pratiqué plusieurs ponctions dans différentes glacières. Non, c'est autre chose. Blaise extrait de sa chemise un papier plié qu'il montre à Martin. « Avec cela, je peux détourner le sort », dit-il. Martin grimace, il ne comprend pas ; Blaise s'excite : « Tu sais bien. La mort prononcée par le diable, au fond de la seille. J'ai le moyen de m'en défendre. » Il est tout à sa joie, Martin opine, tant mieux pour lui, retourne à ses occupations. Blaise le rattrape, son ami ne semble pas saisir l'enjeu : « Je devais mourir dans quatre jours. Eh bien, cela ne sera pas. Je vais confondre la mort. » Martin a une moue d'admiration, atténuée par l'ambiguïté de l'éternel sourire. « C'est bien, ça », lâche-t-il. Une phrase. Entière. Les mots de Martin sont tellement rares que Blaise en est estomaqué. Il les relit intérieurement, avec le projet de saisir pourquoi ceux-là, qu'est-ce que « c'est bien, ça » a de plus pertinent que « pourquoi non ? » que le vacher aurait tout aussi bien pu prononcer, par exemple. C'est tellement de mystère ouvert à partir de ce qui semble si évident, quand Martin condescend à s'exprimer, que le ratier en est un moment paralysé. Puis il secoue ses réflexions stériles, revient au but de sa visite : « Il faut une nouvelle cérémonie. Tu ne veux pas m'aider ? » Martin dit non, tandis qu'il prend les pots à lait pour les rincer. Il a dit cela dans le mouvement, comme on décide si on va saisir une pinte de la main droite plutôt que de la main gauche. Blaise fait une moue mauvaise. « Je croyais que je pouvais compter sur toi. » Martin oriente vers lui son sourire et Blaise s'en retourne en bougonnant.

L'Histoire ne retiendra pas que c'est à cause du ratier Blaise, que la mort, magiquement détournée de lui, s'est portée sur le malheureux Louis-Joseph, dauphin du royaume de France, décédé après une longue et affreuse agonie où son doux caractère a ému tous ses visiteurs. L'Histoire ne l'a pas retenu car elle n'en a rien su. L'eût-elle su qu'elle n'en eût rien cru, l'Histoire. Enfin, Blaise y croit, lui, et le jour que la nouvelle se répand, Martin voit son compagnon, effaré de la puissance de sa sorcellerie, faire de grands gestes au milieu des vaches pour expliquer. « Je l'ai tué, je te dis ! J'ai tué le petit roi », souffle-t-il à son unique confident, tout en jetant des regards affolés pour s'assurer qu'on n'a pas surpris ses mots. La mort pénible du dernier homme convaincu d'avoir voulu tuer un roi est dans toutes les mémoires, et le seul fait de *rêver* qu'on tue le roi peut vous mener à la Bastille. Peut-être espère-t-il que Martin le console d'un de ses précieux « non », mais le vacher a recouvré son mutisme, après sa débauche de paroles de l'autre jour. Blaise en est pour ses frais. « Je sais bien qu'il était malade, mais c'est un étrange hasard. Le jour que le diable a dit. Tiens, je préférerais que ce soit moi. Le dauphin, tu te rends compte, quand je vais paraître devant le Seigneur, quand ce sera mon tour, qu'est-ce que je vais dire ? » Martin caresse le ventre de sa vache préférée, allongée dans l'ombre d'un chêne, pattes repliées sous elle. Il ferme les yeux sur le souvenir de ce petit garçon, tellement sérieux et pâle, aperçu quelques fois. Il imagine la reine près de lui, avalant chaque râle de son enfant comme une bouchée amère. C'est bien des souffrances. Nul doute. Sous cette lumière, comment la mort peut-elle s'autoriser une telle irruption ? Un enfant à l'agonie, adressant à sa mère des mots de consolation, dans une inversion pathétique des rôles. Les mots gentils qu'un braconnier, tout préoccupé de sa misère absurde, n'a pas su tendre à son petit tandis que la mort, souveraine et pressée, l'enlaçait au cou. Les idées se mélangent, c'est injuste de relier ainsi les infortunes, les causes et les effets. Comme Blaise s'arroge le droit de croire qu'il peut, sur un sort, précipiter le destin d'un royaume, Martin attache par le chanvre la douleur de deuils si éloignés qu'ils n'ont pas conscience l'un de l'autre. Il les attache et les soumet à un effort de traction. Que la reine ressente un tiraillement de ce côté, que l'enfant du braconnier perçoive une tension venue d'en haut. Qu'ils soient liés l'un à l'autre, par la puissance de sa pensée. Blaise a raison, toutes les morts sont liées. Il n'est rien d'innocent. Une femme tend son nourrisson froid à un passant, une reine emporte un enfant qui sourit. Tout est lié.

Le regain est assez poussé pour repaître les vaches sur certaines parcelles. C'est juillet. Martin a pris l'habitude de laisser ses vaches à Antoine et Guétan. Valy Bussard ne le gronde pas. Ce garçon a des airs de se fiche de tout, qui irrite et apaise aussitôt. On sent confusément que se faire bouillir les humeurs à tenter d'obtenir autre chose que ce qu'il veut ne servirait à rien, on s'épuiserait. Il fait trop chaud. Va comme tu voudras. Martin passe par le hameau et surprend la reine, assise sur un banc, à côté d'une dame. Une belle dame, qui est souvent de la compagnie. Une des préférées de Martin, à cause de sa voix gentille, un peu enrouée, ses regards de douceur. La reine est plus pâle que jamais, on la dirait morte quand son visage s'incline et que la lumière est tangente. Les deux femmes ont des gestes nerveux, leurs mots sont vifs. Martin croit à une dispute d'abord et puis il réalise, en passant derrière elles, que les dames échangent suppliques et dénégations. « Partez, tant qu'il est encore temps, je vous en conjure », dit l'une en serrant les mains de l'autre, à quoi l'autre répond : « Je ne vous abandonnerai pas. » Martin pense que les deux exagèrent leurs sentiments en coutumières du théâtre, prises au piège du drame qu'elles récitent. Il observe la reine, la nuque de cette femme étrange qu'il a si peu connue, saisit son profil, la peau si blanche que le soleil semble glisser dessous. Tente d'imaginer ce qui la tourmente. La mort de son petit, certainement, mais la tonicité de ses propos n'a rien de l'abandon d'une mère éplorée. Elle est blessée mais se tient prête à affronter d'autres tourments. Martin fait le lien avec la nervosité ambiante. Le père Bussard a laissé échapper hier qu'il y avait encore eu des émeutes à Paris, on a tiré, des hommes sont morts. Et pas des émeutes dues à la faim, avec leur lot de gabelous écorchés et de pillages, ou des ouvriers excédés par leur trop faible paye. Tout cela, on y est habitué depuis des règnes. Quelque chose se passe, quelque chose de différent, un mouvement plus continu, plus général qui a abouti au paroxysme de la veille. Déjà, il y avait eu les émeutes chez Réveillon, l'entreprise de papiers peints, et chez Henriot, coup sur coup, en avril, les barrières d'octroi incendiées. On a bien pendu un peu pour l'exemple, mais en plus d'une colère, des peurs antagonistes se font jour. On dirait que le temps est irrigué par une humeur nouvelle, on dirait que la vie s'accélère. Les États Généraux perçoivent ces mouvements depuis Versailles, la foule se presse aux fenêtres, on invective les orateurs, chacun travaille sous pression, mais les décisions semblent ne pas influer. La création d'une assemblée nationale a-t-elle rassuré qui que ce soit ? Le peuple vit dans une urgence, sans lien avec la lenteur des travaux au sein des commissions, le peuple s'affole, s'excite, s'invite, exige, acclame son roi quand il décide finalement de maintenir son ministre Necker. Décision prise par crainte de l'opinion publique (qui pèse lourd à présent, on l'écoute, on en a peur), ce peuple venu jusqu'à Versailles pour témoigner au monarque son bon plaisir (tout s'inverse, les boussoles sont déréglées). On a entendu la foule depuis le hameau, joyeux vacarme, grondement océanique. Des gerbes d'artifice ont percuté le ciel. Tout cela pour un ministre. Le roi et la reine sont parus au balcon, ont été ovationnés. Le couple royal a-t-il été heureux de cette déclaration d'amour ? Qu'ont-ils pensé, tous les deux, perchés au-dessus de cette multitude qui les félicitait d'avoir obéi ? Ils ont tremblé, certainement, une pierre dans le socle s'est descellée. Le signe le plus clair pour Martin que quelque chose se modifie en profondeur est simplement qu'il a entendu et assimilé ce vaste mouvement. Si lui est en capacité de mesurer ces changements, de les ressentir depuis son pré à vaches, c'est qu'ils sont d'une ampleur inédite.

En même temps que ces élans enthousiastes, le peuple se fait l'écho de rumeurs de complots, se défie des armées qui s'amassent autour de Paris et jusqu'au Champ-de-Mars, trente mille bouches supplémentaires en ces jours de disette ! Surtout, quoi, l'essentiel est fait de troupes mercenaires, des étrangers en armes, à la solde du roi. Quelle manœuvre se cache derrière tout ça ? Et les émeutes des plus gueux, ceux de Saint-Marcel, les bûcherons de la Seine, les affamés des faubourgs, les brigands par le pays, plus menaçants chaque jour, qui semblent dire : « Maintenant, à nous ! » Cette fois, des foules effrayées réclament des armes et de la poudre, on organise des milices, toute une population s'est emparée des Invalides, les gardes françaises renâclent à imposer l'ordre, laissent faire les émeutiers et, hier, pour finir, la populace a investi la Bastille. « La Bastille ! » s'est exclamé Henry, bouleversé, dès qu'il a su. Bussard ne comprend pas. Quoi, la Bastille ? Henry sort de ses gonds, mais enfin, tout le monde sait, sacré Suisse, Marie, expliquez-lui ! Une prison, une forteresse ! ce n'est plus un arsenal mal gardé ou une barrière, c'est un temple du pouvoir, un symbole, dont des hommes et des femmes de Paris se sont emparés. Blaise est venu ajouter sa propre stupéfaction, en témoin. Des groupes se sont promenés avec des têtes au bout des piques, une horreur, et aucune réaction royale, aucune condamnation, rien qu'une peur terrible, une grande peur stupéfiante parce que cette fois… « C'est sérieux, mon Dieu, que va-t-on devenir ? » L'inquiétude de Bussard est palpable, et celle de Marie plus encore, presque dérangeante à force de voir ses efforts pour se retenir de fondre en larmes. L'inspecteur Henry s'est rendu au château, « pour aider ces messieurs ». Depuis différents postes qu'il affectionne, Martin a observé l'agitation qui y règne. La débandade. Des gens partent. Beaucoup de gens, des généalogies entières de noblesse avec leur équipage, valets et comédiens, cela forme des roulades par vagues continues, on s'engouffre dans des diligences, vite, on abrège les adieux. Blaise lui a dit que des ailes entières du château ont été désertées en quelques jours. Quand Martin approche de la grille par laquelle il aime contempler la vie du dehors, du côté de la ville, des ouvriers sont affairés. Il fait encore quelques pas pour mieux voir. Les hommes changent les serrures.

19

Pluie d'octobre. Lumière d'aube. Dès le premier soleil, un sentiment d'étrangeté. Davantage que les cris d'une foule invisible la veille et jusque dans la nuit, un coup de feu ce matin, à l'heure où l'on ouvre les grilles, un tumulte qui enfle ensuite au-dessus de la quiétude habituelle qui règne dans le parc. Davantage que tout cela, le désœuvrement de la famille Bussard a été un signal pour Martin. Il s'est passé quelque chose d'inhabituel, quelque chose de terrible. Le matin s'est étiré anormalement. Il y a eu des bruits venus du château. Bussard discutait avec Henry à voix basse, des palabres interminables. En début d'après-midi, Martin est venu demander au fermier s'il avait pour lui une tâche particulière, comme cela arrive parfois. Le père Bussard l'a observé bras ballants sans mot dire, son grand corps alémanique incapable de bouger, le casaquin déboutonné, la tenue légèrement négligée, une série de détails dont Martin n'aurait pu déceler le moindre mais dont l'ensemble forme une silhouette plus imprécise qu'à l'habitude, et l'habitude est leur charpente. Antoine ne bouge pas non plus, ou pas beaucoup, il ne braille pas ses ordres aux bêtes comme il fait pour le plaisir, pour s'entendre respirer et causer le chaos parmi les volailles, il est frappé de stupeur lui aussi, et sa mère également, debout désœuvrée dans la cour, les filles arrimées à ses jupes ou à son buste, pareillement muettes. Tous les Bussard en somme, engourdis. Les cris de la veille montés du lointain, des excitations de foule dont Martin ne sait rien encore, ont changé le monde réduit à leur petite communauté, l'ont écrasée de doute.

Valy Bussard s'anime brusquement, comme sorti d'un sommeil debout ; il demande à Martin de rester un peu, il a quelque chose à annoncer. Guétan est là aussi, Martin ne l'avait pas vu. Il a dû apporter des nouvelles, comme Blaise qui arrive maintenant, mine grise, et les autres employés du hameau. Tous pâles et fatigués. La petite servante qui apporte beurre et crème à la reine le matin, apparaît, et sa venue augmente le désarroi de Valy Bussard, « Ma pauvre petite… commence-t-il, tout encombré de ce qu'il doit dire, ma pauvre petite, notre reine est partie. » La petite fronce les sourcils. Elle n'a pas pu approcher du château ce matin, elle espérait faire une tentative après midi. En elle se confirme l'impression reçue depuis la veille, le même sentiment incompréhensible, perceptible dans tout le domaine jusqu'ici, à une demi-lieue du château, qu'il s'est déroulé là-bas une chose interdite, obscène. C'est Marie Bussard qui complète l'information, pour toutes les oreilles présentes : « Hier soir, les Parisiens sont venus, ils ont couché devant le château. Ce matin, très tôt, ils ont envahi les appartements, et tout à l'heure ils ont... (c'était dur à formuler, cette nouveauté, la plus impensable, douloureuse à proférer comme un deuil) ils ont emmené le roi et la reine, et les enfants. » Tous sont tétanisés. Pour eux, il ne s'agit pas d'un tournant dans l'Histoire, on parle de gens qu'ils connaissent, d'une famille qu'ils côtoient depuis des années. Valy ajoute, parce que son esprit a besoin d'expliquer les faits, de donner une logique aux paroxysmes qu'ils vivent : « Ils sont sous la protection de M. de La Fayette. Tout cela, c'est pour soustraire le roi à l'influence de la Cour, de ses mauvais conseillers, le ramener à Paris, près de son peuple. » Martin et le couple Richard, et l'inspecteur Henry avec son assistant, Blaise et Guétan, Bréval et Bersy, le petit groupe est là, chacun d'eux trop abasourdi pour que la peur trouve une faille dans le bloc paralysé qu'ils forment. Marie est la première, l'angoisse vient de trouver un chemin, pousse des hoquets dans sa gorge : « Est-ce qu'ils reviendront ? Mon Dieu, je ne sais ce que nous allons devenir ! » Elle n'en revient pas, la reine était là hier encore. Elle se promenait au hameau comme il avait toujours été supposé qu'elle ferait jusqu'à la fin de ses jours, le roi était à la chasse... Le père Bussard hoche la tête, impuissant. Sa femme vient contre lui, vient en esquif désamarré après deux ou trois embardées incertaines, en esquif chargé de marmaille, canot de sauvetage pour Bussard naufragés, s'accrocher à son époux, le pauvre Valy désolé sans fierté mais encore droit dans la houle.

Martin s'étonne de tout cela, sans oser rien entreprendre qui puisse faire basculer ce temps de suspension silencieuse vers une résolution. Ne pas interroger ou se mêler de savoir, ne pas tenter de comprendre, l'inertie est sa manière d'aller, parce que les autres, en croyant avancer, s'agitent, souvent se retrouvent moins loin que lui. Enfin ce n'est qu'une idée, que vaut-elle en ces jours ? La mère Bussard le hèle gentiment, sans crier, pour ne pas déranger la solennité de cette heure pétrifiée : « Martin, nous devrons sans doute partir, tu sais. » Plus prudent, le père Bussard corrige avec un air sérieux qu'il faut attendre les consignes. « J'irai me renseigner au château dans la journée. Si la prochaine paye n'est pas assurée, nous aviserons, en attendant nous travaillons comme devant… » et cette simple phrase a exigé de lui tant d'énergie qu'il ne peut rien ajouter, pique du nez sur les souliers, découvre qu'ils ne sont pas bouclés et en rougit bêtement. Martin est touché par l'émotion de son patron, plus nette quand Marie dépose la petite Béatrix pour mieux l'enlacer « ça ira, ça ira », souffle-t-elle, sans réaliser qu'elle inaugure ainsi une formule appelée à un certain succès.

20

Martin reprend son chemin et conduit les vaches, accompagné d'Antoine. Martin observe l'agitation de ses onze ans, la relie sans effort au tumulte de la veille et de l'aube, monté du château, et à l'accablement de ses parents. Antoine assène la phrase qu'il a préparée car, étrangement, il lui tient à cœur de surprendre Martin, lui montrer d'une façon ou d'une autre que lui et l'orphelin, tout amis qu'ils sont, n'appartiennent pas au même monde. « On va sûrement partir pour l'Amérique, mon père veut aller au Scioto. Il a justement lu une brochure hier, un hasard voulu par le ciel, il a dit. Là-bas, il y a de la bonne terre pour presque rien. Mon père dit qu'il faut être les premiers. On va partir, je suis sûr. Partir là-bas, en Amérique. Et toi, qu'est-ce que tu vas faire ? » Martin le considère et son étrange sourire semble dire : *J'ai un plan, mûri depuis longtemps*, mais en réalité il ne sait pas. La vie lui enfile ses souliers chaque matin.

Il reste seul une partie de la journée avec les bêtes. Antoine l'a laissé pour retourner à la ferme, il est énervé par la tension qu'il ressent et avide d'entendre encore parler d'Amérique. D'aussi loin que porte le regard de Martin, tout est calme. Pas de promeneurs venus à pied depuis l'autre monde aujourd'hui, pas de femmes en criardes, ces robes dont le tissu émet des stridences à chaque enjambée. Le parc est plus silencieux que jamais, sa parure dorée d'octobre encore mouillée de la pluie de la veille murmure dans la respiration vaste du pays. Pas de journaliers pour commencer la récolte dans le verger, pas d'activité dans le hameau. La femme Richard a pansé les bêtes du jardin de Madame Royale, comme à son habitude, puis elle a disparu. Les vaches vont à lui, la pâture est maigre de ce côté, elles veulent rentrer. Elles ne se satisfont pas de ce qu'il a prévu pour elles. Il le ressent. Un bon fourrage les attend. Martin les cajole, elles lui manqueront. C'est ici qu'un jour il avait senti une étrange angoisse s'élever du sol et le submerger, un étonnement en même temps qu'une sobre certitude : le temps connaît des cours et des ruptures, des accélérations et des révolutions. C'est dans ce pré, exactement, que lui était venue la pensée d'un lendemain qui, tôt ou tard, ne ressemblerait pas à la veille. Il semble bien que le voici. C'est un grand émerveillement d'être parvenu au jour qui s'était vaguement dessiné dans ses pensées. Martin est convaincu qu'il va bientôt pouvoir franchir le seuil. Passer.

Après quelques heures dispensées en méditation, il laisse les bêtes à Guétan le second vacher, puis vaque autour de la ferme, s'occupe à de menus travaux, se demande si c'est utile. Les cris des chèvres qu'on a négligé de sortir, le bouc blanc qui, derrière les planches savamment disjointes et artificiellement usées, l'interroge, muet de stupeur, qu'est-ce que c'est que cette fin du monde ? Et Martin qui ne pense rien, flatte l'encolure, renouvelle la litière, coupe des branchages encore verts et les tasse dans le râtelier.

Les heures passent, le parc est toujours silencieux. Les quelques âmes croisées sont ralenties, évoluent en aveugle. On est spectre l'un pour l'autre.

Alors Martin s'en va faire la futaine, mains dans les poches, le père Bussard ne lui fera pas de remarque. Rien n'a d'importance aujourd'hui. Sans vraiment décider, il pousse ses pas curieux plus loin, hors des marques de son travail, se dit qu'il va chercher une voix pour éteindre la sourde émotion qui monte de son ventre, au moins aller au hasard se rendre compte, tiens pour une fois, franchir la grille en fer forgé peint de vert tendre et ses guérites désertées, dépasser le domaine de la reine sans ordre, sans tâche particulière à accomplir, sans cadre, approcher le palais qu'il n'a pas frôlé à le respirer depuis sa petite enfance, s'éloigner du minuscule royaume qui a été son univers toutes ces années. La lumière circule prudemment entre les bosquets et les champs, les cultures pour de rire, qui n'auraient pas rapporté de quoi nourrir une famille véritable, mais qui inspiraient à la reine de ces saillies quand elle disait participer aux économies nécessaires de la France en nourrissant, par les produits de sa ferme, la cour de Versailles. Les bois, la forêt, inertes dans ce beau jour d'automne, s'écartent et se replient derrière ses pas.

Il suit un long bassin, calme et glauque, marqueté de fragments de feuillages, puis un autre, dont le prolongement jusqu'à l'horizon prétend avec arrogance imiter l'infini. Emprunte une avenue. Les fontaines éteintes, les yeux des statues encore saisis de stupeur. Le franchissement des allées sans gardes pour l'interroger, sans robes pour l'impressionner, sans les rires et les jeux incompréhensibles qui ne l'angoissaient pas moins. La masse régulière du château au bout des interminables perspectives, lignes droites immenses, tout est immense ici, il n'a jamais compris quelles étaient les dimensions de ce prodige, comment cela était venu se poser au-dessus des parapets, il y a bien des mains humaines là-dedans mais combien, mais lesquelles ? cela il n'est jamais parvenu à l'éclaircir tant les murs sont hauts, sont vastes, se perdent loin. Encore davantage quand on s'en approche.

Sa petite silhouette aborde des escaliers qu'il n'a pas eu l'occasion de gravir depuis des années, les marches le portent jusqu'aux terrasses où se sont écrasés des meubles jetés de haut. Il pénètre par des portes éventrées sur des salles immobiles aux reflets d'or, parquets salis de débris indéfinissables. Il poursuit, accompagné du seul bruit de son souffle, de l'écho de ses souliers. C'est une marche somnambule dans ce décor de conte, une entrée silencieuse dans les récits de sa mémoire. Ce n'est que cela, c'est cela tout de même, les dorures, c'est cela, des sons de l'enfance remontent, des cris de comédiens, des rires et des applaudissements, les musiques, les accords de harpe de la reine, les odeurs fortes des parfums macérés dans la sueur et les organes mal essuyés, l'urine et les excréments apportés de l'extérieur par des visiteurs ignorants au hasard des couloirs, des mots aussi lui reviennent, qui disent l'endroit, les tapisseries, le mobilier, les tentures, c'est cela mais est-ce bien ce grand pan à motifs de fleurs qui s'enlacent, une tapisserie ? Est-ce bien cette énorme image de roi à cheval au milieu d'une foule chahutée de couleurs, un tableau ? Les échos de ses pas dans le palais, plus loin, le silence des lieux, le frottement de ses semelles sur le parquet, les vitres brisées, les énormes chandeliers dépouillés de leurs bougies, le vent qui s'invite. Des murs indiscernables sous les moulures, les miroirs, les angelots, les bêtes inconnues et leur gueule d'or et les ciels et les marbres, et les livres et les parois de glaces et les papillons mordorés prisonniers sous le verre. Des vertiges d'où tombent des cascades de cristal naguère couronnées de feu, et contre le ciel, au plafond inaccessible, des foules bigarrées, hommes nus et casqués, femmes aux seins découverts, qui se mêlent de façon ivre, là-haut, entre les nuages percés de rayons. Personne.

Et puis quelques fantômes surgissent enfin, des femmes en tablier frottant le marbre en haut d'un escalier taché de sang, des serviteurs, livrées débraillées, blafards. Les fantômes ne l'interrogent pas, ils vont entre les tableaux et les tentures, à deux entreprennent d'enrouler un tapis, ferment les contrevents d'une salle, puis d'une autre. La pénombre gagne. Les ors se muent en feuillages nocturnes. Un fantôme réclame de la lumière, on ouvre à nouveau, rien n'est certain, on tente d'intervenir sur les choses. Une femme tient une pile de linge que les habitants n'ont pas emporté. Elle s'adresse à un monsieur plus pâle que les autres, qui considère le vide, et de temps à autre vérifie machinalement une moulure, un relief. Il ne sait pas, replacez tout cela dans la commode d'où vous l'avez retiré, la reine nous dira, nul doute, la reine nous fera dire. À chaque question croisée dans la déambulation hagarde des laquais, le même spectre répond je ne sais pas, hausse les épaules, bafouille et s'excuse de son désarroi, il n'est pas loin de pleurer, c'est sensible même pour Martin qui ne le connaît pas, et Martin décide de s'éloigner parce que ça lui est désagréable, non la souffrance mais le chagrin qui ne sait à quoi se pendre.

21

Le rythme du travail s'est considérablement ralenti. Une routine s'installe. La petite communauté du hameau poursuit son quotidien dans un esprit pénible d'imitation des jours d'avant. La saison est en cours de passer. L'extérieur apporte ses nouveautés. On sait pour la famille royale. Elle serait prisonnière ? s'offusque Valy Bussard. Tenue à l'œil plutôt, disons protégée et à disposition simultanément, répond en substance M. Henry. Roi et reine résident aux Tuileries, se promènent dans les rues alentour, serrent les mains et donnent l'aumône, en bourgeois. Tout s'arrange. Le train de la Cour a suivi le couple et expose son faste, au grand émerveillement des Parisiens, émerveillement autant que perplexité, et peut-être un agacement qui point. Les Bussard sont rassurés, l'administration veille, l'énorme machine a maintenu ses fonctions, la paye est versée, chacun est soulagé. On a acheté un cheval, la petite fille porte toujours le lait à la reine le matin, mais c'est à Paris qu'on la conduit maintenant. La ferme continue son ouvrage. Valy Bussard voit s'éloigner l'Amérique. Sans regret, il n'était pas prêt non plus, de toute façon. Marie voit se rapprocher la closerie. Mique s'épanche parfois, laisse entendre que tout ça ne durera pas, dans un sens ou l'autre. Le pouvoir reviendra à Versailles ou le quittera définitivement. Martin n'est toujours pas sorti du domaine. Ne s'est rien promis, au fond, sinon attendre le moment propice. Cela s'imposera, d'évidence. Or, simplement, ce n'est pas le moment.

Un commissaire venu de Paris débarque, son portefeuille sous le bras, des porte-mines coincés sur chaque oreille. Valy Bussard l'accueille, fébrile. L'homme oppose à la nervosité de ses interlocuteurs un sérieux de marbre, des soupirs patients. Tiens, il affiche une cocarde, épinglée au revers de la veste. Trois couleurs qui claironnent sur la toile grise. Un bleu riche, un blanc rayonnant, un rouge profond. Il donne du « citoyen », tutoie sans se départir de son air autoritaire, recense, enquête, vérifie, questionne. Bussard transpire. Henry le reçoit à son tour, dans son bureau. Martin assiste à leur échange, par les fenêtres. Visiblement, Henry est embarrassé, montre cahiers et registres, ouvre les plans sur sa table à dessin. Quand l'inspection de la ferme est terminée, on le guide vers le hameau où Bersy prend le relais. Martin suit à distance l'intrus. Il sait que tout cela appartient au même élan qui, il y a peu, a forcé les grilles du château, a fait entrer la foule en colère. Il comprend que la visite de l'homme fait partie de l'avènement de cette aube qui le verra dehors bientôt.

Bersy s'écarte, Bersy s'incline, Bersy bredouille des explications, montre du doigt et le doigt tremble. Comme Bussard, comme Henry, Bersy a peur, non ?

Et puis se présente Richard Mique, guère plus à l'aise que ses subordonnés. Ils font le tour du hameau, de Trianon, se dirigent vers le théâtre de la reine, là où l'architecte avait eu la gentillesse de le recueillir. Martin se souvient. Il avait froid. Il était un sauvage au fond des bois, un petit animal dont on tolérait la présence, rien de plus. La visite dans le bâtiment ne dure pas. Martin reste à proximité. Après un temps, il croise l'homme à la cocarde qui se retire, son dossier sous le bras, l'air toujours préoccupé. La porte du théâtre est ouverte, l'architecte doit être resté à l'intérieur. Martin entre par la grande porte, cette fois, entre les deux colonnes. Il retrouve Mique dans la salle de spectacle, qu'il n'avait jamais vue. Un déploiement d'or et de marbre, dont il ignore que tout est factice. Les statues sont en papier mâché, les marbres sont des trompe-l'œil en stuc. Magie des simulacres. On a voulu mettre de l'économie dans la réalisation de ce énième caprice royal. Mique est assis là, sur une banquette, tête nue, épaules basses, lesté par une fatigue énorme. Il écoute les pas de Martin, ne semble ni surpris ni offusqué. Il tapote le velours bleu à sa droite. « Viens, citoyen ! » raille-t-il. Martin s'exécute sans faire de bruit, il est frappé par la couronne de cheveux gris et le profil de l'architecte, plus prononcé que d'habitude ; le masque d'un autre homme. Martin réalise que M. Mique a vieilli, révélation étrange à cause de sa soudaineté. Tous les deux restent un temps comme ça, à regarder le décor d'une colonnade antique peint en fond de scène, à humer l'odeur confinée de la salle. Autour d'eux, au-dessus de Martin qui scrute cet espace extraordinaire, les détails s'exhaussent lentement de l'obscurité, les chandeliers, les balcons, les drapés d'or, les chérubins qui funambulent sur une corniche. « M. Bussard m'a dit… *le citoyen* Bussard m'a dit que tu voulais partir ? » Le profil de Martin acquiesce. « Tu veux retourner dans ton village, c'est cela ? » Martin se tourne, son visage dans l'ombre indéchiffrable pour l'architecte. Il dit : « Je ne sais pas d'où je viens. » Mique est tétanisé par la surprise. Une phrase entière, prononcée par Martin. Peu de personnes peuvent se vanter d'en avoir recueilli autant. Et aussi, il y a la découverte de cette voix. « Tu es un homme à présent », constate Mique avec une moue de tristesse. Le temps est passé. De grands espoirs sont évanouis, des plans qui vont s'empoussiérer dans les cartons. Il traîne un regard professionnel sur la salle. Il a bien travaillé, tout de même. Ce n'était peut-être pas l'avis de l'inspecteur de la Nation, tout à l'heure, quand il notait avec humeur tous les détails de ce symbole des dépenses princières. « Tu sais que tu peux me tutoyer, Martin ? Que tu peux m'appeler citoyen, et me tutoyer ? Tu es mon égal à présent. Tu sens la différence ? » Il se met à ricaner. C'est triste, Martin n'aime pas le ton que prend l'architecte. « Cependant, pour te dire la vérité, je crois que c'est dans l'ordre des choses. Je ne sais pas ce que nous allons devenir, mais après tout... » Il lève le menton en désignant la scène vide, qui résume tout ce qu'il y a à savoir des temps révolus et opine à sa propre conclusion, *ça ne pouvait pas durer toujours*... C'est un murmure perdu au milieu d'un vertige. Il extrait de son revers une enveloppe non cachetée : « Où que tu ailles, tu vas avoir besoin de travailler. Je t'ai préparé une lettre de recommandation. Mon nom n'est pas très apprécié des preneurs de Bastille, mais il signifie encore quelque chose pour les gentilshommes qui portent l'épée. Choisis à qui tu la montreras. » Puis il fait un geste qui veut dire : *Ah, autre chose,* et fouille à nouveau sa redingote, découvre un méchant bout de papier et un morceau de graphite. Il trace à gros traits, papier posé sur la cuisse. « C'est mon adresse, rue des Orties. Tu présenteras ce mot au portier. Je ne sais pas ce que tu espères de ton escapade. Une vie nouvelle, sans doute. Les bouleversements sont à la mode. Voici. Si tu viens à Paris, viens me saluer, viens voir ton vieux Richard Mique. » Martin prononce « merci monsieur », il lui doit bien cette orgie de paroles.

C'est décidé, il part. C'est pour l'aube prochaine. Que ses pas de nouveau-né soulèvent le sable du jour. Fréchu en a parlé au cabaretier avec qui il trafique la glace. Le cabaretier est d'accord. Il ne l'aurait pas fait pour Blaise ou pour Denis, l'un est trop bavard et excité, l'autre est amer et colérique. Il apprécie ceux qui se taisent et qui travaillent la nuit sans rechigner. Il a vu Martin à l'œuvre, il a noté que le garçon ne se plaignait jamais de la somme versée, qu'il n'était ni ingrat ni fainéant. En ces temps de troubles, où les plus ternes jubilent puis s'empourprent de colère sans lien logique, la constance placide d'un jeune homme prend de la valeur.

Frais jour, amoindri de vapeurs. Martin flatte ses vaches, dit adieu à sa préférée au regard tendre, visite les chèvres. La ferme s'éveille, la cour se peuple de volailles ébouriffées, les enfants dorment encore, les Bussard raniment les braises dans l'âtre, Martin frappe à la fenêtre. Valy Bussard prend un air de surprise (incongru, puisque Martin a prévenu) et se précipite sur le seuil. Ils se serrent la main. Marie sort aussi, prend le garçon dans ses bras. Ils échangent peu de paroles. Peut-être « Sois prudent, mon garçon » du paternel fermier, et « Antoine va te pleurer » de sa femme. Marie sursaute car elle vient de se souvenir d'un projet qu'elle a eu, quand le garçon a annoncé son départ. Elle entre et revient rapidement, en lui tendant « Un livre, toi qui aimes la lecture… sur les martinistes, *Martin*, j'ai pensé que cela te convenait, c'est toute une pensée, toute une religion qui fera du bruit. Tu verras. » Martin remercie, enfonce le petit recueil dans une sacoche, rajuste sur lui ses affaires, s'ébroue comme un cheval avant de reprendre sa marche, accompagné par un « bonne route » lancé en chœur par les fermiers. Il s'est enveloppé de toutes les pelures qu'il a pu en mettant dessus les meilleures, pour paraître au plus net, le reste est dans un balluchon, noué sur l'épaule, équilibré de l'autre côté par deux besaces garnies de victuailles, une sacoche arrimée au dos, une outre d'eau légèrement vinaigrée, et à la ceinture, pas loin d'un couteau de bonne facture, des bourses assourdies de linge, que la monnaie ne sonne pas comme un appel à le détrousser, car il n'ignore pas que le dehors recèle des dangers, on le lui a assez dit. Il s'offre un tour ultime dans les parages. Il irait bien vaguer dans le parc mais on entend souvent des fusillades qui montent de la forêt. On chasse sans retenue à présent, et il n'aime pas l'idée de croiser la gueule d'un fusil.

Un brouillard fait son nid entre les massifs, étend sa lumière sur le paysage. Tout disparaît. Martin s'enfonce dans l'écran de ouate qui atténue la vue et les sons. Il connaît le chemin, il a grandi entre ces ormes et ces tilleuls, ces bassins et ces bosquets, il a marché sur ce gazon. Son pas s'accorde au rythme de son cœur, il accélère, c'est maintenant, la sortie est là-bas, à droite de cette colline d'où il contemplait le hameau, après ce bassin où son sourire se maudissait, après cette allée où les petites royautés se laissaient porter par un char à leur mesure, au bout de cette pente où les bergères et lui s'étaient roulés, après cette rangée d'arbres par-dessus quoi s'était élevé le globe géant d'un aéronef, soleil bleu de papier et de toile, immense, planète dérivée jumelle des astres les plus gros, aube technologique saluée par des cris de stupeur. Le voici seul au milieu d'un nuage, l'herbe s'efface, sa semelle écrase les perles accrochées aux brins les plus hauts et il se trouve à deux enjambées d'un monstre.

Son sourire inconscient se fige, son corps ne répond plus, son cœur s'est arrêté.

Devant lui, il y a une masse noire plantée dans la pelouse. Une bête énorme, plus grosse qu'une vache et plus ramassée, un bloc sombre, une découpe de rocher qui respire et souffle bruyamment, rocher porté par des fûts, de courts troncs aux contours irréguliers. La créature ne bouge pas. Martin n'ose pas fuir. La bête souffle, ébroue sa tête fantastique. Sa petite queue remue quand l'une des pattes se lève et retombe en provoquant un choc sourd. La tête se lève et s'abaisse, son mufle est surmonté d'une corne triangulaire et émoussée. Le monstre hume le sol, oppose toujours son profil à Martin qui n'ose faire un geste. Le gros corps tressaille, Martin peut discerner dans le brouillard la puissante carapace qui couvre ses flancs. Soudain, la bête détale, son pas lourd martèle la terre détrempée, fait un bruit de canonnade qui s'éloigne. Tandis qu'il continue en direction de la sortie, Martin se demande si son départ est bien réel, il ignore qu'il vient de croiser le rhinocéros indien de la ménagerie royale, laissé en liberté dans les bâtiments en ruine. Le monstre est plus versaillais que Martin, vingt ans qu'il vit ici, vingt ans qu'on l'a arraché à son Bengale natal pour l'offrir au roi. Sans gardien désormais, il est venu goûter l'herbe en dehors de son enclos délabré. Quant à l'avenir, autant le dire, on ne reviendra pas en ce pays-ci : le rhinocéros mourra des suites d'un coup de sabre bravache donné par quelque imbécile, et on l'empaillera pour la postérité.

Martin franchit un mur, se trouve dans une allée bordée d'arbres, se dirige vers une carriole qui patiente, là-bas. Derrière lui, les jardins seront offerts aux efforts des plus miséreux, les forêts aux chasseurs des alentours, le château sera abandonné, les meubles vendus à l'encan, les animaux de la ménagerie mangés ou vendus. Et les Bussard : Valy, Marie et leurs enfants seront laissés à leur mystérieux futur, quelques années rémunérées pour continuer leur ouvrage en ce pays-ci, avant de disparaître des annales.

DEUXIÈME PARTIE

Un air de bonheur

1

Le premier choc, quand Martin entre dans Paris, c'est cette sensation de plonger dans une fosse grouillante, un creuset où se fond l'humanité entière, une bataille indescriptible ; Paris, si proche de Versailles, est son opposé. Paris, agglomération surhumaine de tous les crève-la-faim accourus de France, Savoyards ramoneurs, décrotteurs et scieurs de bois, Limousins maçons, Lyonnais crocheteurs et porteurs de chaises, Normands tailleurs de pierre, paveurs et marchands de fil, Auvergnats chaudronniers, raccommodeurs de faïence, rémouleurs, porteurs d'eau, Languedociens cuisiniers, paysans de toutes les provinces auxquels il faut ajouter tous les peuples de la terre, de l'Europe à l'Afrique, du Chinois au Gentou, le tout confondu, avalé dans la stupéfiante animation de la foule capitale, cohue qui engorge les rues, qu'un charretier doit fendre au fouet, multitude incohérente où avalanche et cascade un torrent de têtes, roulis aux cimiers de toile brun et rouge, et ivoire maculé de sueur, la populace coiffée de bonnets, de fichus en linon et de chapeaux à cocarde, la masse indénombrable, chargée de hottes et de faix, de rubans soyeux, de fontaines en fer-blanc, de vitres et de timbales sonnantes, de cages, de plumes, de fripes, de ballots, de meubles, d'attirails incompréhensibles, la foule braillarde, dense et volubile, bousculée, éventrée, taillée, hachée de voitures grondantes et de cavalcades, crevée par l'étrave des attelages, des tombereaux, des turgotines, des fiacres et des carrosses, des troupeaux d'ânesses et des colonnes de bœufs, marée aussitôt refermée, épaisse, compacte, tumultueuse, infatigable, chaleureuse ou hargneuse, serrée entre les façades de pierre ou de torchis, d'un bord à l'autre de voies sans trottoirs, depuis la misère accroupie contre les bornes et les margelles, gémissante et suppliante, écume sale agglutinée aux franges du flot humain, jusqu'aux dômes aperçus, énormes et ronds comme des astres, éclatants d'or au-dessus des toits. La misère, la misère populeuse, accroupie, filles, femmes, enfants, vieillards, mutilés, malades, la gueuserie énorme, essentielle, fondatrice, oppressante, houle anonyme soudée aux parois et agriffée aux pavés comme une glu, la misère coagulée dans les artères de la ville, qui tend des moignons envenimés, des membres raccourcis, des bouches édentées, des scrofules, des toux, des râles, la misère qui braque sur Martin des regards millénaires, qui s'allonge pour mourir, qui rampe dans la soue, se terre, s'efface, encombre pourtant, s'écrase sous les roues, se jette dans la Seine, dispute aux rats les ordures, se vend à qui voudra, la misère tellement irrémédiable que les polices du roi taillaient naguère là-dedans à coups de rafles nocturnes, envoyaient en masse crever cette meute dans les dépôts et les renfermeries pour espérer la diminuer de moitié, masse aussitôt régénérée, intacte, explosive, orgiaque, tellement manifeste que Martin en est bouleversé, il n'a jamais vu un tel tableau, même hors des grilles à Versailles en plein hiver, jamais. Et les odeurs ! la percussion des odeurs, le grand orchestre des senteurs discordantes, des immondices précipités depuis les croisées, la boue dans les ruelles où patauge la cité ; la putréfaction, le purin, les fosses débordantes, les égouts, la lie, le crottin, le sang des bêtes qu'on égorge dans la rue, le torrent excrémentiel qui déferle sous les pas, les puissantes odeurs d'urine et de fèces débordant des fosses, les salves épicées des parfumeurs et les remous maladifs du fleuve, les chimies acides des fabriques, les hécatombes de rats gonflés par l'arsenic et la saveur d'orge rompue du salpêtre qui monte des soupiraux, les exhalaisons des charniers, des morgues et des latrines publiques, la décomposition des noyés, les effluves de vinasse et de fritures, les corruptions méphitiques qui se cognent et s'apparient monstrueusement aux sucs vomis des cuisines et des boulangeries, marmites perpétuelles, chapons dans leur bouillon, pâtisseries et crèmes, efflorescences de sucres et fournaises des rôtissoires, jus gras qui postillonnent sur le passant.

Dans le même temps, ajoutant à l'étonnement, à la suffocation ressentie, le submergent la frénésie des rues, les appels innombrables tombés depuis les fenêtres béantes en réponse aux crieurs ambulants, *C'est les rats ! Bon vinaigre ! Des harengs qui glacent ! Pommes cuites au four ! À la barque, à l'écailler ! Portugal, Portugal ! Les oranges ! Verjus, vert le verjus ! La laitière, allons vite ! À la fraîche ! Qui veut boire ? La joie ! La joie ! Voilà les oublies !* tous aboiements malmenés d'accents et d'élisions, resserrés par l'usage, obscurs pour qui n'a pas l'habitude ; et roulés dans ce tohu-bohu, les chœurs antagonistes qui frappent les oreilles, le vacarme des fiacres, les cris des camelots, les rires, les jurons, les *Gare, gare !* des charretiers, les rixes entre coupe-jarrets, filous, malingreux et dépouilleuses d'enfants, les invites obscènes des vulgivagues ; et partout, partout ! l'exubérance des imprimés, la profusion des inscriptions, des placards pour des annonces de ventes ou de spectacles, des recherches d'objets ou d'animaux perdus, ou des serments, des mobilisations, des lois, des débats, des tocsins en lettres capitales, des arrêts de la Cour de six pieds de haut et trois de large aux caractères minuscules, des monitoires, des mandements, des terres à céder, des réclames collées en strates aux palissades et ficelées aux grilles, de véritables parois de gazettes et d'affiches politiques accumulées qui encartonnent les murs entre deux fenêtres ; puis, degré à degré, les étals de carcasses et de marées couronnés de mouches, les alignements

— en attendant Napoléon III —

de fruits, de racines et de bouquets de fleurs, les vitrines embrumées de poudre à perruques, les boutiques tapissées de cuivre et d'étain, d'estampes, de cuir, de tissus bigarrés superposés en tuiles, d'outils de toutes les tailles pour toutes les fonctions, de nourriture et de boisson, de livres et de dentelles, de souliers, de chapeaux et de parapluies, de tout ce dont une humanité peut avoir besoin additionné de toutes les superfluités dont elle est avide, puis par-dessus cette anarchie, dans une tentative d'organisation qui ne fait que multiplier l'égarement des yeux, la fantaisie des enseignes en volutes forgées, le balancement de leurs images colorées sous des titres comiques, l'abondance des draps sur les balcons aux couleurs de cocardes, versés par-dessus en même temps que les chansons et les sobriquets, et pour parachever ce carême, là-haut, le couvercle cabossé du ciel de novembre, encrassé de nuées charbonneuses, incessamment nourri d'un sacrifice de vapeurs grises et de fumées noires. Et que dit tout cela ? Que chante cette chorale, tandis que passe Martin, juché sur l'attelage qui passe devant l'abbaye de Saint-Germain-des-Près, franchit le Pont-Neuf sous le regard de bronze d'Henri IV et entre dans Paris ? Quel aria entonne cette foule ?

Tout ce peuple, sans tricher, universellement, clame *Vive la liberté*, croise un citoyen et tonne sans raison : *Vive... !* pour le plaisir d'entendre les mots s'affirmer dans la gorge et prendre leur essor, mots affranchis, enfin, déployés au-dessus des têtes, *Vive l'égalité*, tout ce monde est frère, se plante au seuil de sa boutique bras croisés, ou pose son enfant, enfle son corsage, ou encore surgit d'une porte cochère sur une impulsion irrépressible pour crier dans la rue *Vive la Nation !* et le cabaretier réplique à chacun, à chacune, avec un égal enthousiasme, vive la Nation, vive la liberté, vive l'égalité, c'est le temps béni de la Révolution toute neuve. *Révolution*, Martin découvre, en constatant ses effets, ce que dit ce mot. La Révolution... Le peuple, encore en amour avec son roi, s'est saisi d'une idée du monde, voit s'ouvrir des temps nouveaux, les Français découvrent qu'ils sont une nation, tous les peuples du pays n'en font qu'un, qui n'appartient qu'à lui-même et se reconnaît. Ils n'en reviennent pas, tous, ils s'aiment et s'embrassent, se congratulent, se tutoient, se balancent du « Citoyen » avec une fierté sans exemple, comme des parvenus qui se montreraient un trésor, sont saisis de rire à se voir ainsi, la plus grande population d'Europe sous la même bannière, dans le même élan, tous les hommes égaux et libres, tous sans exception, quels que soient la race ou le sexe, *liberté, égalité, bonheur, Nation*, des idées germées dans cette tourbe, venues au jour, montées parmi les rayons au milieu de cette famine, et l'ivresse de cette joie est telle qu'on a envie de la porter au-delà des frontières. Qui refuserait un tel cadeau, qui pourrait arrêter un tel mouvement ? Et Martin ressent cela, après le coup de bélier de cette foule en haillons, flot indescriptible qui submerge les sens, il est gagné par cette jubilation sincère et fraternelle qui pénètre le cœur. Il comprend, en un instant. Tout devient clair. La contagion s'est produite, la mutation est opérée. Il sait enfin de quelle famille il peut se réclamer.

2

Le cabaretier aborde une place pavée, dont les échos sonnent au milieu du relatif silence après le tumulte des rues adjacentes. Il contourne un chantier ouvert là, les pierres s'amoncellent, le pas mesuré des manouvriers n'excite pas l'air, on entend des coups espacés, des bribes d'activité. Le conducteur, à côté de Martin, râle « un an que ça dure… », il explique être obligé de faire un détour par la rue des Petits-Champs avant de rejoindre les rues de Beaujolais, de Montpensier et de Valois, qui entourent le Palais-Royal. L'attelage avance enfin dans la rue de Montpensier, une perspective étroite flanquée de bâtiments clairs et propres. C'est ici qu'il doit livrer des pains de glace ponctionnés à Versailles. C'est la fin de matinée, l'endroit où il s'arrête est relativement tranquille.

« Tu sens ? » dit-il à Martin avec un regard de malice. Martin est encore dans l'éblouissement de ce qu'il a traversé. Comme il ne répond pas, le cabaretier explique en appuyant d'un frottement du pouce et de l'index : « *L'argent*. Entre les nymphes et les tables de jeux, les spectacles, les cafés et les débatteurs de politique, beaucoup d'argent circule ici. Les restaurants ont toujours des fantaisies froides à servir ou des marées à conserver, même en novembre. La glace est rare en fin d'année, avant les fortes gelées. Les prix montent. Viens m'aider. » Ils descendent et défont les ridelles à l'arrière du tombereau, le cabaretier soulève la paille et la toile de jute, dévoile les lingots luisants. Un homme les a vus, il est sorti sur la rue. Martin remarque sa mise élégante malgré le ventre proéminent, la grosse tête nue et rougeaude, et la cocarde, accrochée à la boutonnière. Il tonne, dans un rire : « Citoyen Bouvois, mon regrattier de bonne glace, enfin ! », du moins est-ce ce que comprend Martin, dans les mots bizarrement prononcés, avec des intonations qu'il ignore venir du sud de l'Italie, *dé boûné glassé*... En même temps que l'étrange accent, Martin découvre le nom de son cabaretier, Bouvois, qui s'étonne de la remarque : « Je suis en retard ? » Le cafetier plaisante : « Non. Je dis que je manquais de bonne glace, et te voici. On ne peut mieux faire. » (*On né pout mio farré.*) Bouvois a un geste pour présenter Martin à son client, mais l'homme n'a rien remarqué. Pressé, il est allé ouvrir les deux battants d'une porte. Tout en désignant un intérieur plongé dans la pénombre, l'homme lâche un « ... Comme de coutume » compris par Bouvois ; il faudra déposer les colis à la cave. « Je ne peux te donner que cinq pains aujourd'hui », souffle Bouvois dans l'effort, tandis que Martin et lui entraînent le premier bloc et s'engouffrent dans le café désert. Ils sont dans les réserves, mais des dégagements leur permettent de voir la lumière de la cour, à l'opposé de la rue qu'ils ont empruntée. Le jour, là-bas, est découpé par un dessin d'arcades et les traits d'encre des arbres. Martin entre dans une salle cossue, magnifiquement décorée, moulures qui semblent de meringues fraîches, tables d'acajou, miroirs où s'arrêtent des gestes de statues, où s'abîme le dessin sucré de nombreuses lampes, éteintes à cette heure. Tout sent la cire et l'huile pour les cuirs, un reste de tabac, les parfums de l'opulence. Une verrière morcelle les lettres inversées des mots *Café Corrazza.* Martin suit Bouvois vers le fond de la salle où s'amorce un escalier qui descend. La voix du patron de l'établissement les suit : « Cinq ? Tu te fous de moi ? Et mes sorbets au marasquin, et ma glace panachée ? » Bouvois hausse les épaules : « Le trafic s'est intensifié, Fréchu a trouvé d'autres amateurs sans m'avertir, et la baisse des réserves a fini par se voir. C'est au point qu'on a confié le commerce à un particulier, les glacières vont être plus difficiles à forcer, maintenant. » Le cafetier marmotte des formules napolitaines peu charitables, mais Bouvois poursuit son discours sans ciller : « Et puis je dois encore livrer le Café de Chartres, la Galerie Flamande et le Café de Foy… Je ne veux désobliger personne. » Au dernier bloc livré, remisé avec d'autres, plus anciens et entamés, dans la pénombre humide d'une cave au milieu des fagots de vins et des rayons chargés de pommes, Bouvois rapproche Martin de lui, chaleureusement, comme s'il s'agissait d'un ami de longue date, pour attirer l'attention du restaurateur : « Ce gars s'appelle Martin. Il a servi la reine pendant des années, c'est assez dire la qualité de son service ! Je le connais, il sait se taire, sait obéir, ne rechigne pas. Il vient aujourd'hui à Paris et ne connaît personne. J'ai pensé que tu avais peut-être un travail pour lui. » L'Italien considère un moment la paire de livreurs accolés, il opine en souriant : « Demande à tes autres clients ; ils ont peut-être plus besoin de ton prodige que moi. *Je ne veux désobliger personne* (parfaitement imité, proféré sans le moindre accent). » Mâchoires crispées, Bouvois relâche l'étreinte fraternelle et pousse Martin vers la sortie. Mais le cafetier le rattrape : « Bouvois, mon ami. Allons, je plaisante. Vraiment j'ai tout le personnel utile et superflu, mais adresse ton Martin à Beauvilliers, l'idée d'employer un ancien de l'entour de l'Autrichienne devrait lui plaire. Beauvilliers a travaillé pour la Cour. Il a installé son nouveau restaurant galerie de Valois, tu le trouveras au numéro 140. Il lui faut toujours plus de monde. Il y a tant à faire pour une telle maison ! » Bouvois retrouve le sourire. Ils se serrent la main.

Les livraisons se succèdent. Les cafetiers sollicités promettent de songer au garçon pour un emploi futur, mais pour l'heure... il faut admettre que les temps sont incertains. Le Café de Foy a augmenté ses tarifs pour éviter que des énergumènes se hissent sur ses tables en appelant à la révolte, et que les gazettes s'accumulent là où devraient se trouver des chopines et des jeux. « Que les citoyens viennent débattre autour d'une liqueur des îles ou d'une pipe, je m'en réjouis, mais la journée, je veux des habitués calmes et bons payeurs. J'ai la seule terrasse autorisée du lieu, ne l'oublions pas ! » confie le patron. Il pense à quelque chose : « Martin, tu sais jouer de la musique ? Du violon ou de la flûte, n'importe ? » Martin fait non. « Dommage. Tu aurais pu imiter l'aveugle et tenter ta chance au Café des Aveugles. Là-bas, on choisit les musiciens pour ça. » Bouvois demande quelle est encore cette fantaisie, le cafetier ricane : « Je dirais qu'avec un aveugle, il peut se passer ce qu'on voudra dans la salle, pas de témoins... » Bouvois prend un air pincé. « Quelle turpitude ! » lance-t-il, avant de se faire payer la glace qu'il a volée. La tournée s'achève sans plus de succès. Il faut tenter la solution de Corrazza : « Beauvilliers n'est pas de mes clients, annonce Bouvois à son protégé, la glace de Versailles n'est pas assez bonne pour ce monsieur. Je ne vais donc pas savoir t'introduire auprès de lui. Il te faudra parler, mon ami. Parler. Tu as saisi ? » Martin hoche la tête, il pense à la lettre de Mique et tâte involontairement sa sacoche. Bouvois donne sa part au garçon et lui dit adieu ; il rentre à Versailles. « Tu vas trouver de l'embauche, nul doute, fais bien valoir ton emploi auprès de la reine à M. Beauvilliers. Je reviendrai ici aux beaux jours, avec mes pains de glace. Enfin, j'espère. On se retrouvera à ce moment-là. Tout va aller bien pour toi. Si tu ne trouves pas chez Beauvilliers, ma foi, il y a une centaine de restaurants autour du Palais-Royal, et si tout de même personne ne veut, il y a encore les cafés, les tripots, ce serait bien le diable... Si encore rien ne se présente, rends-toi sur la place de Grève avec les autres. Mais ce ne sera pas nécessaire, j'en suis certain. »

Martin est à présent à l'intérieur du Palais-Royal qui a commencé à s'animer. C'est l'heure où les agents de change et agioteurs vont à la Bourse et où les oisifs se donnent rendez-vous au sein de la double perspective de pierre blanche. Les alignements d'arcades supportent deux étages. Le dernier, aux fenêtres ombrées par des auvents rayés de gris et de blanc, est ceint de terrasses ponctuées de vasques coiffées de boules de buis. Les bâtiments enserrent un vaste quadrilatère de verdure, promenades, massifs, allées arborées. L'œil de Martin se perd à saisir l'animation qui s'y tient. Le petit canon du jardin, allumé par le faisceau d'une lentille qu'un rayon de soleil a touché, a lancé son tonnerre de poudre pour annoncer midi. La température est adoucie par un joli soleil, ce jour. Sous les marronniers dépouillés, s'active une foule aussi dense, mais plus homogène que la huaille qui a happé Martin à son entrée dans Paris, et chamarrée de plus de couleurs, de plus d'éclats, un autre monde encore, des attroupements amusés autour d'un escamoteur ou d'un bonimenteur, des buveurs excités par un débat, des fumeurs tranquilles, des élégantes qui déambulent paresseusement. Il parcourt les galeries, aborde les promenoirs de bois, en fond de jardin, passe en imitant les citadins, devant les boutiques des fripiers, des libraires, des marchands de jouets d'enfants, des papetiers, des faïenciers, des lingères, des marchandes de mode. La promenade le divertit un moment, puis il revient à la vitrine du Beauvilliers. Des couples aux tenues extravagantes s'y pressent. Martin se croit revenu aux heures de son existence derrière les grilles du palais, quand les toilettes fastueuses étaient la norme. Les corsages débordent de rubans, le chatoiement des moires enfle les robes, des sortes de bonnets énormes transforment les femmes en champignons, tandis que la silhouette des hommes est affinée vers le bas par des cannes effilées, et allongée vers le haut par de courts chapeaux cylindriques. On moque, on rit, on est venu ici pour un moment de plaisir. Martin comprend que, de ce côté, on le repousserait. En livrant la glace avec Bouvois, il a noté que chaque établissement a une entrée plus discrète, réservée aux livraisons, côté rue. Il tente sa chance, traverse sous les arches un peu plus loin et remonte la rue de Valois pour trouver l'accès de service au niveau du restaurant. Plusieurs portes dépourvues d'indications correspondraient. Opportunément, un fumeur de pipe de son âge ou proche, vient s'asseoir sur le pas d'une porte entrebâillée. Il est tout de blanc vêtu, toqué de même, la mèche noire qui dépasse et tombe au niveau des yeux, des yeux noirs et malicieux. Voilà, Martin doit s'exprimer. Il prend une inspiration : « Je voudrais parler à M. Beauvilliers. » L'autre rigole : « Tu crois qu'on peut le déranger comme ça, à cette heure ? » Martin pose un regard sur lui, que le garçon prend pour un reproche. « Moi, c'est autre chose, j'ai fini la préparation de mes dormants. Je pose une seconde et j'y retourne. » Martin ouvre sa sacoche. « J'ai une lettre de recommandation de M. l'intendant de Versailles. » Il extirpe fébrilement l'enveloppe et la lui présente. Une voix claque depuis l'intérieur : « Nom de Dieu, Savot ! Tu te ramènes, bougre de feignant ? » Le nommé Savot soupire, il s'essuie prestement les mains et prend la lettre. Martin a un geste réticent. « Je te la rends, ne t'inquiète pas. Je vais la donner à M. Chaulet, mon chef, celui qui braille, sois sûr qu'il transmettra, c'est un brave homme. M. Beauvilliers est en salle. Dès qu'il est libre, M. Chaulet lui dira. » Comme il s'en retourne, pressé par un nouveau juron, Savot glisse à Martin : « Tu devrais aller manger quelque part. Reviens vers cinq heures, pas avant. On est tous à l'ouvrage, là-dedans. »

3

« Sois ici demain matin. » Ces simples mots et il est embauché. Sur le pas de la même porte de service où il s'est présenté comme convenu à cinq heures, M. Chaulet lui a annoncé la décision de son patron en ajoutant : « M. Beauvilliers t'inspectera personnellement. Habille-toi léger, c'est l'Afrique près des fourneaux. Tu n'as pas de tablier, pas de bonnet ? On t'en fournira, on retiendra le prix sur tes premières payes. Tu loges où ? » Martin réagit par une expression de perplexité. Derrière Chaulet, il y a Savot, son écoute indiscrète. Sans se retourner, Chaulet gueule, comme si le garçon était à dix lieues : « Savot !

— Oui, monsieur ?

— Tu es responsable de ton compagnon, à présent. Il logera avec toi.

— Eh bien, monsieur… On s'arrangera. »

Chaulet donne une bourrade amicale à son marmiton et disparaît. Savot n'a que le temps de glisser un rendez-vous à Martin, « à minuit, ici même », avant qu'une voix surgisse des coulisses et l'encourage vertement à retourner en cuisine.

Une longue soirée de novembre s'ouvre devant Martin. Provincial intimidé, il n'ose s'aventurer hors de son nouveau territoire. Il a passé le début d'après-midi, dans une langueur de pâtre royal, assis contre un arbre. Il a repéré les passages d'où sortent des marcheuses, les bancs de pierre où les nymphes se sont posées, sans grand entrain pour le client qui passe, il est bien tôt. Au fond de lui, s'anime un sourd remuement, une impatience sanguine. Il connaît ce métier ; Blaise lui a expliqué comment cela se passait, il a même une notion des tarifs, qui le croirait innocent n'a pas tout compris de Martin. Trop cher pour l'instant. Il a vu circuler les gens, une gazette en main, promeneurs qui échangent leurs idées, et ceux qui, dépliant devant eux une grande feuille ou tendant un prospectus au bout du poing, lisent à haute voix pour les autres des considérations politiques auxquelles il ne comprend rien. On s'attroupe autour des lecteurs. L'auditoire débat vigoureusement. Il reconnaît des bribes entendues chez M. Bussard, quand M. Henry évoquait les furieuses émeutes, les troubles, dehors. Les mots de l'inspecteur de la ferme reviennent, *assemblée nationale, famille royale, parlements.*

Martin ne regrette rien. Il est sorti du giron de Versailles pour vivre, et voici la vie. Il est aussi venu pour autre chose, la sensation qu'il cherchait s'est exhaussée pendant la traversée matinale de Paris, puis s'est amoindrie au fil des heures et de ses préoccupations nouvelles jusqu'à devenir insensible maintenant. C'était une exaltation. Oui, il avait perçu une énergie et une *fraternité*. Une fraternité, c'est-à-dire une appartenance. Il s'était senti appartenir à un élan, et cela avait été une révélation. Comment s'y fondre ? Martin devine, et puis c'est aussi son caractère, qu'il faut laisser le temps opérer pour lui permettre cette mutation. Il ne se le formule pas ainsi, il se dit *J'y suis*, il se dit *M'y voici*, ce sont encore des expressions nébuleuses, avec cependant un noyau essentiel, irréductible. Le germe d'une naissance. Et celle-ci ne sera pas renvoyée aux ténèbres d'un vagissement, ou au tourbillon étourdissant d'un enlèvement, cette naissance ne sera due qu'à lui. Ses pensées sont interrompues par le surgissement violent d'un gardien. Un Suisse éloigne des filles publiques d'une entrée de divertissement où elles commençaient sans doute à devenir trop entreprenantes. Martin découvre le spectacle d'un homme qui chasse des femmes à coups de fouet. Il y a des cris, une brève altercation, puis tout redevient calme, les regards s'indiffèrent, les filles reprennent leur déambulation à distance respectueuse.

Le froid maintenant investit la place. Martin désœuvré, erre sous les arches, découvre avec soulagement des cabinets publics, à côté d'un marchand de marrons, il lui en coûte deux sols. Il longe ensuite le bâtiment de bois qui occupe le centre du jardin. On y produit un spectacle d'ombres chinoises. L'entrée est de vingt-quatre sols ; il renonce. Il y a d'autres attractions, toutes hors de prix. L'appétit stimulé par les odeurs de gaufres et de marrons grillés, Martin s'est installé sur un banc pour manger un peu de ses provisions, mais il s'est fait envoyer paître par une marcheuse, ce qui le pousse à la lisière de l'activité des rues environnantes. Il n'ose pas faire un pas hors du Palais-Royal ; s'étonne alors d'avoir trouvé le courage de s'extraire du hameau.

La lumière de novembre diminue franchement. Les ouvriers, charpentiers et tailleurs de pierre, rentrent dans leurs faubourgs, ils arquent leurs pas alourdis de fatigue, galoches traînantes qui raclent le pavé. De leurs épaules tombe une poussière de plâtre et de pierre qui fume dans leur sillage, se combine aux vapeurs des cuisines sorties des soupiraux. Ils disparaissent par groupes lents, laissant derrière eux un chemin de pulpe crayeuse. La nuit s'étend avec un surcroît de froidure, les terrasses sont vidées, les tables remisées, les loueuses de chaises ont disparu. Le Palais-Royal s'engourdit. On a allumé les globes de verre sous les galeries, l'effet de ces alignements de lumière entre les pilastres corinthiens est assez magique, les fenêtres des restaurants jettent leurs carrés de clarté jaune dans la cour, à travers les vitres embuées, remuées d'ombres qui s'agitent. Des voix, de la musique et des rires percent les vitres des établissements. Des clients poussent les portes et la brève ouverture envoie une bouffée sonore dans la nuit. Les étages qui enserrent la cour sont tous éclairés à présent. La tonalité des lieux change. Les silhouettes sont plus frêles, elles vont, inquiètes, d'un pas rapide. Martin est de moins en moins à l'aise. Des femmes le scrutent. Celle qui l'a chassé de son banc, notamment, discute avec une autre, assise à côté d'elle. Elles jettent des regards dans sa direction. Martin assure ses affaires contre lui, palpe les sachets de cuir où pèse toute sa fortune. Un clocher prononce les neuf heures. Neuf heures seulement ! Les bruits du dehors reprennent soudain, des vagues de fiacres parcourent les rues dans un vacarme continu, l'odeur du crottin surpasse les autres d'un seul coup. Le Palais-Royal s'anime à nouveau. Une autre population afflue, déambule entre les arches, des hommes abordent les filles, négocient leur affaire et les couples éphémères disparaissent derrière les portes.

Des heures que Martin arpente le jardin avec balluchon et sacoches, il fatigue. La fille du banc est venue lui parler. Elle souriait, alors il l'a laissée approcher, sur ses gardes tout de même. « Citoyen, on peut aller se réchauffer si tu veux ? Si tu as un louis dans la bourse que tu assures de la main sans cesse. C'est pas malin, on voit ton manège depuis mon banc. Alors, tu m'invites ? » Martin voudrait répondre d'une mimique, mais il se tient dans un triangle d'obscurité, et son visage est invisible. Peste, il va falloir encore parler ! En quelques heures, Paris lui dérouille la langue plus que toutes ses années versaillaises. « Je n'ai pas de sous. » C'est tout ce que la marcheuse a besoin de savoir, selon lui. Elle ne s'en retourne pas, croise les bras et considère la silhouette noire devant elle. « Faut me pardonner pour tout à l'heure, les places assises sont rares et on fatigue, toute marcheuse qu'on est. Approche un peu. Allons, approche, n'aie pas peur, que je voie ton minois. » Martin fait un pas en avant, elle cueille délicatement le menton du garçon dans la paume, l'attire vers elle. Martin se laisse docilement guidé vers un coin de lumière. « Dis, tu n'es pas vilain ! Tout jeunot, jolis yeux, jolies boucles, propre. Je connais des messieurs qui ne sont pas arrêtés sur les femmes. Tu pourrais te faire une petite cour. » Martin se dégage doucement. La fille ricane « Pas ici ! De toute façon, on te ferait du mal, nous autres, si on te voyait accoster nos bourgeois. Qu'est-ce que tu viens traîner, toi, depuis ce midi qu'on te regarde aller et venir comme une âme en peine ? » Il ne s'en tirera pas avec une mimique, il se résout donc à énoncer encore : « J'attends la mi-nuit. » Elle le considère un moment, avec un air de se demander s'il est sérieux. « Mmouais. Pas bavard, à ce que je vois. Fais attention à toi. » Elle l'abandonne et rejoint les arcades, où une autre fille chuchote : « Alors ? »

4

Minuit sonne. Enfin. Martin n'en peut plus. Rencogné dans l'ombre, sous un arbre, il ne s'est pas assis, de peur de s'endormir. À cette heure, l'ambiance se modifie encore, des groupes surgissent des arcades, des gens hilares ou hébétés, d'autres qui s'épaulent, on se salue, on se sépare. Les derniers clients sont sortis de chez Beauvilliers l'air ravi, le gilet arrondi. La salle, à l'intérieur, est éteinte. Martin est retourné dans la rue vers la porte dérobée, les employés sortent, et apparaît Savot. Le voyant, le garçon fait « Ah… » comme si un nouveau problème se présentait à lui. Il fait signe de le suivre. « Tu vas dormir avec nous. On partage un garni à sept, ça fera huit et ça divisera le prix d'autant. Je te préviens, faudra dormir par terre, cette nuit. On va calculer ta part, mais je pense que tu ne devras pas débourser plus de dix sous la semaine. Tu les as ? » Martin fait oui. « On loge rue du Pied-de-Bœuf, près l'ancienne place aux Veaux, vers la Boucherie. »

Paris obscur s'embrume. Le froid les saisit à présent, ils crachent des bouffées de vapeur grises, leurs pas provoquent des échos longs dans la nuit chiche en lumières. Après une grande rue aux façades monumentales, ils s'enfoncent dans des ruelles et des passages. Sur le sol, contre les maisons, des grappes de miséreux se serrent en toussant. Après quelques minutes de marche, les interminables rangées de dos ramassés sont déjà gravées dans l'esprit de Martin comme les images d'une routine. Il y a quelques réverbères, une illumination calculée parcimonieusement, au degré de la lune, et des patrouilles qui saluent quand ils les croisent. De loin en loin, les cabarets ferment. Deux gentilshommes discutent d'un spectacle dont ils reviennent, précédés d'un porteur de falot qu'ils ont loué. En les écoutant parler de *Charles IX*, Martin croit d'abord qu'il s'agit d'un nouveau roi, avant de comprendre que c'est le titre de la pièce qu'ils sont allés voir. Savot presse le pas, rajuste constamment sur l'épaule un lourd sac de toile. Ils ne parlent pas, l'allure est rapide, le souffle manque.

Ils pénètrent enfin dans une ruelle sombre, où des silhouettes hantent de sinistres voûtes. Il y règne une odeur tellement pestilentielle que Martin s'y heurte, son compagnon acquiesce : « On s'habitue. » Aux étages, quelques fenêtres éclairées coupent encore la compacité de la nuit. « Les filles sont à l'ouvrage », ricane Savot. Les voici au pied d'un escalier, le guide de Martin frappe à une porte, sur le côté. « C'est Antoine ! » crie-t-il, une voix ensommeillée râle et répond : « Ouais ! » puis ils grimpent dans l'escalier sombre aux marches polies par l'usage.

Le garni est au dernier étage avant la soupente. « Tout le monde dort à cette heure. » Savot pousse la porte qui laisse un jeu de deux doigts au-dessus du plancher, et referme doucement après avoir fait entrer Martin. La pièce est noire, jette au nez une bouffée de remugles et de moisissures, les corps qui la jonchent sont à peine soulignés d'une palpitation de braises dans la cheminée. Avec précaution, le garçon pose son sac de toile, en extrait des bûches qu'il dispose dans le foyer. Il chuchote : « Je les pique en cuisine. Demain, il faudra que tu donnes ta part. » Il se redresse : « Toi, je te conseille d'acheter ton bois. Deux à se servir dans la réserve du Beauvilliers, ça se verrait. » Le feu reprend, un éclat vif détaille les formes entassées dans la pièce. Deux hommes sont blottis sur des paillasses au sol, les autres ont des lits sommaires. L'un est vide ; Savot enjambe les dormeurs pour le rejoindre. « Pose ta viande où tu veux. Il y a un peu de paille à côté du bûcher. On parle de tout ça demain. Faut dormir, là. » Il s'allonge tout habillé et ronfle aussitôt.

L'hiver, cette année-là, est très rude, connaît des accès quasi glaciaires. Encore une fois, pénurie, famine, émeutes. La litanie de la misère. Les boulangers, les minotiers soupçonnés, les accapareurs dénoncés, on en voit partout, on n'a pas vraiment tort, les prix ont été laissés aux bienfaits de la concurrence et, donc, enchérissent sur le dos des pauvres. Famine moindre que l'année précédente mais, tout de même, les plus précaires n'ont pas toujours leur pain quotidien. Dans les coulisses du restaurant de M. Beauvilliers, Martin pourrait facilement se convaincre du contraire : il lave des assiettes grasses du relief de sauces et de viandes, de traces de crème épaisse et de beurre, de chair de poisson et de gibier. Il jette à la fosse des morceaux de pain maculés de jus, de grosses parts de viande à peine goûtées, des fonds de coupe rougis des vins les plus rares. Gâchis dans quoi il prélève sa subsistance du jour. Un regard à l'entour, il escamote prestement un reste de chair, un bout de pain, enfourné, les sucs aspirés pour qu'aucune goutte aux commissures du sourire ne trahisse la manœuvre, mastication discrète, la plus silencieuse qui soit, déglutition cachée aux autres, tête baissée sur son ouvrage. C'est toujours ça. La cuisine est une agitation de marmitons affairés autour des mets les plus invraisemblables, les tablées sont des gouffres où s'enterre une débauche gargantuesque. L'hiver, le souper à la française chez Beauvilliers déploie ses fastes, service après service. M. de Beauvilliers suggère – après que les invités ont picoré les friandises (assiettes montées, confitures sèches, bonbons, biscuits légers, macarons, raisins, poires, oranges, pommes, compotes, marrons à l'italienne, meringues, pistaches et petites gaufres) artistement disposées sur et autour du *dormant*, la pièce d'orfèvrerie qui trône au centre de la table, et après quelques fromages et « sucriers » – un premier service avec un choix de quatre potages : à la reine, au blond de veau, aux choux à la paysanne, et une bisque d'écrevisses ; puis quatre relevés : un turbot sauce au beurre de Vembre, du pré-salé sur des haricots à la bretonne, un aloyau à la Godard et une casserole au riz garnie d'un kari de poulet ; viennent ensuite les douze hors-d'œuvre de cuisine : sauté de filets de mauviettes au fumet et aux truffes, sauté de saumon à la maître d'hôtel, petits pâtés d'une bouchée au hachis, filets de canetons à l'orange, hâtelets de ris de veau, oreilles de cochon, sauté de volaille aux truffes, filets de sole à la mayonnaise, boudin à la Richelieu, sauce à l'italienne blanche, côtelettes de mouton à la minute, croquettes aux truffes, filets de merlan à la Horly ; il faut ensuite se décider entre pas moins de douze entrées : poularde à la maréchale, manchons à la Gérard, filet de bœuf, sauce au vin de Madère, perdreaux à la Périgueux, manchon de cabillaud à la crème, caisses de foies gras aux truffes, côtelettes de veau à la Chingara, cailles au gratin, laitance de carpes en matelote, ailerons de dindon en haricot vierge, aspic de filets de lapereaux ; on fait suivre quatre entremets, pour soulager un peu l'estomac après les rôtis : un baba, du jambon de Bayonne glacé, une longe de veau de Pontoise, des croque-en-bouche. Le service reprend avec de nouveaux rôts : dindonneau, sarcelles, éperlans, carpeau du Rhin au bleu, levrauts, petits pigeons en ortolans, soles frites et hure de saumon avant de passer à de nouveaux entremets, seize est un bon chiffre : cardes à l'essence et à la moelle, salsifis au beurre, épinards en croustade, truffes sous la serviette et au vin de Champagne, céleri à l'espagnole, truffes à l'italienne, « chouffleurs » au parmesan, gelée au vin de Malaga, darioles au massepain, beignets de riz, petites omelettes à la Célestine, croûtes aux champignons, blanc-manger en petits pots, tartelettes bandées aux confitures, beignets de pommes en quartier, œufs pochés à l'essence ; on achève le gourmand avec des salades, d'herbes, d'olives, de citrons. Tout cela n'est qu'une suggestion de menu ; le client se voit offrir d'autres possibilités. La carte propose encore des écrevisses, des canards, des oies, des dindes, des pigeons, des pluviers, des rouges-gorges et des cailles, alouettes, mûriers et becfigues, faisans et perdrix rouges, bécasses, et aussi des sangliers, chevreuils, daims, lièvres, des agneaux, des anguilles, des morues, des huîtres de Cancale, de Saint-Malo ou de Jersey, du caviar, des grappes de verjus, des truffes blanches du Piémont, du miel de Narbonne et puis du riz de Caroline, de la pâte de palmier sagou, de l'orge, des lentilles, de la semoule et toutes les pâtes d'Italie, des épinards, des artichauts, des concombres, des tomates, des navets de Farneuse, et bien sûr oignons, échalotes, asperges, panais, choux, laitues, chicorée, oseilles, petits pois tellement appréciés à la Cour, radis, poireaux, carottes, cerfeuil, laurier, thym, estragon, rhubarbe, cresson, pimprenelle et civette, les petites herbes qu'on nomme « appétits » : persil, ciboule, basilic, mais aussi ail, fenouil, muscade, olives, amandes douces et poivre de Cayenne, piment enragé, safran en racines, crocus de l'Inde, café de Saint-Domingue, presque toutes les inventions du jardin d'Éden en somme, combinées pour produire une centaine de plats, appuyés par une cave riche de dizaines de vins, ceux des meilleures régions de France « qui se partagent les services », de Bourgogne, de Champagne ou d'Anjou, aussi les vins de Tokay ou du Cap, d'Italie, de Madère, et les vins d'Espagne « qui couronnent l'œuvre », affirme M. Beauvilliers, sans compter autant d'espèces de liqueurs parfumées, et des punchs aux noms exotiques, « négus » ou « sillabad ». C'est que, malgré l'excellence de sa réputation, Beauvilliers surveille ses confrères et doit se placer à la hauteur des grands concurrents que sont les Méot ou les Véry, dont la carte comporte douze potages, vingt-quatre hors-d'œuvre, quinze ou vingt entrées de bœuf, vingt entrées de mouton, trente de volailles et de gibier, seize ou vingt entrées de veau, douze plats de pâtisserie, vingt-quatre plats de poissons, quinze plats de rôts, cinquante entremets et autant de desserts...

Il existerait donc une famine, hors de ces murs ? C'est bien possible, on le sait par la poursuite des émeutes de subsistance dans les faubourgs, par la quantité de mendiants et de voleurs qui hantent la capitale, dont les cadavres sont collectés en tas, sporadiquement, sur des charrettes. Dans l'intimité ou en qualité d'hôtes, les députés, grands bourgeois et nobles ralliés à la Révolution, les Mirabeau, Chapelier, Bureau de Pacy, habitués de Beauvilliers, affectent une relative sobriété, en accord avec le temps, mais ici, à l'abri du tumulte et des regards austères, entre gens de bonne compagnie, on récupère.

5

Beauvilliers l'avait reçu comme convenu, le lendemain de sa première nuitée parisienne. Un homme impressionnant. Son allure, sa prestance, sa stature, l'intelligence de son regard auraient pu rendre Martin mutique, si par ailleurs il avait été du genre loquace. Le maître l'avait reçu tandis que les cuisiniers mettaient leur tablier, coiffaient leur bonnet, et auscultaient les quartiers de viande et les marées, les caisses de légumes et de fruits venus des halles. Beauvilliers avait en main la recommandation de Richard Mique et l'avait relue devant le garçon ; davantage une manière d'examiner la nervosité de son candidat qu'une nécessité de se remémorer son contenu. « Quel était votre emploi, au château ? dit-il enfin, traversant Martin de ses yeux durs.

— Je travaillais au domaine de la reine, monsieur, était parvenu à dire Martin après avoir dégluti.

— C'est écrit ici », avait répliqué Beauvilliers avec humeur.

Il ne cessait de jeter un œil aiguisé autour de lui, arrêtait ses prunelles sur un détail, le mouvement d'un de ses employés, ne perdait rien de l'activité du personnel, tout en poursuivant l'entretien.

« Précisément, que faisiez-vous ?

— Je m'occupais des bêtes. »

Beauvilliers avait assimilé la réponse, sans laisser filtrer la moindre expression. « Et votre nom ? M. l'intendant a seulement indiqué : *Martin*... » Martin avait répondu : « C'est mon seul nom, monsieur. Mais on me surnomme Martin Sourire. » Beauvilliers avait détaillé le visage qui lui faisait face : « Je comprends... Quand avez-vous vu notre bien-aimée reine pour la dernière fois ? » La voix de Beauvilliers avait trahi un tremblement. Martin avait tenté de ne pas être froid quand il avait énoncé : « La veille du jour qu'elle fut emmenée à Paris.

— Vous a-t-elle dit quelque chose, comment était-elle ?

— Elle ne m'a pas parlé. C'était une journée habituelle. »

Beauvilliers n'avait pu cacher une moue de déception. « Bon. Eh bien, monsieur "Sourire", si j'en crois cette lettre, vous mettiez beaucoup de soin à votre travail, au château. Or, vous allez rejoindre la petite troupe qui lave la vaisselle : de la porcelaine, de la faïence de la meilleure qualité, du fer-blanc sain, du cristal, des aiguières et des dormants d'argent. Ne croyez pas qu'il s'agisse d'un rôle moindre, d'un détail sans effet sur la tenue de mon établissement. Tout compte. Je veux que tout soit admirablement propre, à l'exemple de tout ce qui est présenté à la table de mes hôtes. De même, je suis très vigilant sur l'attitude de mes employés. Ici, on se vouvoie, on ne se donne pas du "citoyen", on ne jure pas. Vous recevrez votre paye en milieu d'après-midi, à l'heure où l'ouvrage est moins pressé. Vingt sous par jour pour commencer. Si vous êtes sérieux, vous aurez la possibilité d'améliorer cela. M. Chaulet vous donnera les consignes nécessaires. Bienvenue chez nous. » Il lui avait tendu une main sincèrement amicale, que Martin avait saisie.

M. Beauvilliers se rend en cuisine dès qu'il peut, il quitte alors sa fameuse épée, accessoire réservé à l'accueil des clients, pour apporter les consignes cueillies pendant son tour en salle. M. Chaulet note, puis lance ses ordres et la troupe s'ébranle. La cuisine gronde et bout sous la salle à manger où les convives, inconscients de cette frénésie, sont attablés. Martin frotte, lave et rince une infinité d'assiettes et de plats, de ramequins, de verres en cristal et de couverts, penché au-dessus de gros éviers taillés dans la pierre, les mains à peu près ébouillantées par la chaleur de l'eau vinaigrée. Il faut faire vite, le renouvellement est important, les énormes vaisseliers qui tapissent les murs ne sont pas des cornes d'abondance, il faut sans cesse laver, essuyer, alimenter les rangées d'assiettes ou de verres qui partent aussitôt en salle. Le ballet est précis et le rythme régulier, on se croise, on se frôle, rien n'est choqué ou saisi trop impatiemment. Malgré l'exiguïté, les accidents sont rares. À son poste, Martin tourne le dos à l'agitation des cuisiniers, autour des plans de travail où la transformation s'amorce ; et autour des fourneaux, où elle est achevée par le catalyseur de la cuisson. Dans cette caverne infernale, confinée par des voûtes trapues et basses, des diables en bonnets et tabliers, manches retroussées, s'affairent à des manœuvres mystérieuses que leur nombre masque. Ils sont peut-être une quinzaine, semblent une armée, s'interpellent en hurlant par-dessus le tumulte des va-et-vient, les ordres aboyés comme sous le feu d'une bataille, ligne de dos accolés, soldats au coude-à-coude, gestes vifs, précis, ou bien, ventres barrés en diagonale d'un couteau inaliénable, appuyés à de grandes tables jonchées de tous les produits de la terre et de la mer qui sont rapidement épluchés, émondés, écaillés. Là, le sang des bêtes gicle, les humeurs végétales coulent, on soulève et abat des hachoirs, on cogne et on désosse, on émince, on sale, on pile, on pèle, on taille, on dépèce, on bride, on débite, on lève, on roule, on découpe, et la provende parfumée ainsi préparée est apportée au-dessus des feux, versée dans les casseroles et les céramiques où clapotent les bouillons et les sauces, où flambent les chapons, où cuisent les côtelettes, où crépitent les graisses au-dessus des vingt foyers ouverts du « potager », meuble de brique construit en carré au milieu de la salle, monument ceinturé de bandes de fer et élevé au niveau de la taille, dont le revêtement de tomettes au sommet est percé de grilles de fer. La façade du potager est découpée de trappes de fonte qui s'ouvrent sur des brasiers. Des niches au pied de l'appareil font une réserve de bûches.

Les hommes, apprentis, fouille-au-pot ou cuisiniers éprouvés, s'agglutinent autour de cet autel, fournaise inextinguible qui fulmine et incendie l'atmosphère, s'en éloignent brièvement pour y revenir, ballet d'abeilles à l'entrée d'une ruche. Une éruption de vapeurs capiteuses est exhalée de la gueule des marmites, enveloppe les mains et empourpre les joues, escalade les épaules, s'élève encore et envoie ses chapelets brûlants rouler contre les voûtes. Les fumées des foyers, le rougeoiement infernal qui s'en échappe, le grondement des flammes bien nourries ajoutent à l'impression de pénétrer le dernier cercle d'un Pandémonium furieux. Dans la même pièce, une énorme cheminée ronfle éternellement, les chenets soutiennent des rangées de volailles embrochées, les sucs en jaillissent, pleuvent sur les braises, et des explosions projettent des gouttes d'or fondu à plusieurs pas. La chaleur est épouvantable, les soupiraux étiques ne suffisent pas à renouveler l'air, et les préparateurs dégouttent sur les consommés et les sauces. Martin doit s'extraire parfois de ses éviers pour essuyer la graisse projetée par terre, qui menace les allées et venues dans la cuisine, ou pour balayer les épluchures incessamment renouvelées sous le plan de travail. Les squames choient et s'accumulent sous les pieds des préparateurs. Tout en frottant ses plats, Martin surveille l'activité derrière lui pour intervenir à temps. Un cuisinier qui s'empêtre dans le tas qu'il vient lui-même de produire, et c'est l'engueulade assurée : « Martin, bordel de foutre ! »

Ces jurons colorés ne sont pas permis en présence de M. Beauvilliers. Quand il préside aux cuisines, non pas que les équipes deviennent silencieuses, mais on se rabroue avec des mots choisis, on s'invective avec les formes. Beauvilliers surveille, conduit, exige d'un froncement de sourcils, ordonne d'un geste, annonce, retient, inspecte un plat avant qu'il parte en salle. Dès qu'il s'absente, la brutalité des attitudes et des mots reparaît. M. Chaulet n'est pas en reste ; il tutoie plus souvent qu'un autre et connaît quelques injures bien crues, qui soulèvent dans la compagnie de grosses hilarités. Le patron n'est pas dupe ; une règle tacite lui épargne ces bassesses quand il est dans la place. Martin a subi pas mal de remontrances, au début, Savot l'a rassuré : tous sont passés par cette phase où le nouvel arrivé est presque humilié par de perpétuelles récriminations. Rien ne va jamais, on vous épuise à reprendre un ouvrage que vous jugez impeccable. Et puis, après quelque temps, on semble vous oublier, vous avez pris la voussure ou la couleur des autres. Martin en est là. On ne le rudoie plus, on sollicite son aide, on lui confie des moments délicats comme d'apporter de la cendre rouge, ramassée dans l'âtre, pour couvrir le fourneau au-dessus d'un plat « Je n'en ai plus assez, ici. C'est pour ma croûte au pot, lui explique M. Chaulet soudain piqué de pédagogie, pour faire gratiner mes tranches de pain… » Opération risquée, à cause des va-et-vient incessants dans la cuisine. Traverser avec sa pelle remplie de scories brûlantes sans percuter personne, *Chaud devant !* les enfourner sans en échapper. Martin s'en sort bien. Quant à la propreté de ses plats, comme il l'a déjà prouvé, Martin est soigneux. Pas obsessionnel mais concentré, scrupuleux, et M. Beauvilliers se félicite de l'avoir recruté.

À quoi a-t-il rêvé, le petit vacher parti de Versailles, que pense-t-il de sa situation ? Le matin, il achète en passant une gazette qui se vend dans la rue. Il lit les articles de Camille Desmoulins, ses imprécations jubilatoires dans *Les Révolutions de France et de Brabant*, les véhémentes diatribes de Marat, alternativement abasourdi et séduit par sa verve et ses excès, même quand il lui manque de quoi juger de sa pertinence. La compréhension du monde qui l'entoure infuse lentement. Il est encore bien incapable de se former une opinion libre ou de se créer l'illusion d'en posséder une. Souvent, le dernier chroniqueur lu emporte sa conviction, n'empêche : il se familiarise.

6

La vie, rue du Pied-de-Bœuf, est aussi pittoresque que difficile. Ce passage est réputé comme le plus sale et le plus puant de la capitale. Deux falaises biscornues de vilaines maisons chancellent au-dessus d'une rue étroite et noire, grouillante d'enfants et de vermine, au fond de laquelle des prisonniers sont maintenus dans des caveaux précaires, mal aérés par des soupiraux où suintent des déjections qui ruissellent entre les pavés. Les filles publiques, au-dessus d'eux, leur adressent des vacheries ou des mots de consolation, des gamins en bande leur crachent dessus et décampent en riant. Un marché se tient à l'amorce de la rue, vomit ses scories avariées qu'aucun boueur ne vient dégager. Ceux qui élèvent clandestinement des lapins viennent y récupérer des feuilles de choux ; pour nettoyer le reste, on attend l'orage. En hiver, la neige, tassée par la foule et la bise, enchâsse les ordures dans des concrétions poisseuses. Avec le temps, des butées de glace hétérogène, colorées de détritus, encombrent le passage, créent des obstacles dangereux qui feront au dégel des agglomérés noirs et pestilentiels. Plus loin, une boucherie insalubre présente des quartiers de viande ternis par la suie tombée des cheminées, et une tuerie s'est installée au mitan de la rue. Au moins une fois par semaine, les artisans attachent une vieille vache, un mouton ou un bœuf tremblant, lui fendent le crâne puis l'éventrent sous les cris des enfants venus assister au spectacle. Les bêtes s'effondrent, secouées d'un jaillissement écarlate qui laisse entre les pavés de bois une mare sanglante disputée par les chiens au peuple des rats. À côté de leur immeuble, on a improvisé sous les voûtes une sorte de *Morne*, semblable à celle de la rue Vieille-du-Temple. On y dépose la moisson ponctuelle de cadavres pêchés dans la Seine ou trouvés assassinés. Peut-être des malheureux tombés sur des coupe-jarrets, ou les victimes de quelque corporation (comme ces Savoyards qui jugent un voleur dans le secret de leur propre tribunal et l'exécutent discrètement), ou encore des désespérés allés se jeter près du Pont-au-Change, ou dérivés jusqu'à la place de Grève depuis d'égales misères, en amont. Des étudiants en chirurgie viennent y négocier nuitamment l'achat d'une tête ou d'un morceau d'anatomie pas trop corrompu.

Martin a, comme les autres, été fasciné par l'arrangement de ces corps pourris et gonflés, noircis, verdâtres par endroits, infects, exposés là dans l'espoir qu'un passant reconnaisse ces anonymes avant qu'on les jette dans la fosse commune – à Clamart ou à Sainte-Marguerite, depuis que le cimetière des Innocents n'est plus. Il a détaillé à loisir ces faces déformées, ces nudités livrées sans pudeur à l'inquisition des vivants, restes d'hommes et restes de femmes, indifféremment, couchés coude à coude, patients. Il en a éprouvé une répulsion et une attirance, un peu de honte, après coup. Selon l'arrivage, les vapeurs mûres des cadavres ajoutent leur puissante exhalaison à celle du sang des bêtes qui déborde de la rigole d'évacuation, et à l'odeur de l'égout ouvert non loin. Chaque fois que Martin pénètre dans ce Tartare, de jour ou de nuit, il est pris de haut-le-cœur. Il ne s'est pas habitué. L'hiver excessivement froid a amoindri les effets des rayonnements méphitiques et épargne la communauté de la rue du Pied-de-Bœuf du harcèlement des mouches. « Il faut qu'on trouve un autre creux avant le printemps », répète Savot. Il a déjà vécu la dernière saison chaude ici, et frémit à l'idée de revivre pareil enfer. Quand la température augmente, les mouches investissent la rue. Elles auréolent les noyés, encroûtent les quartiers de viande pendus en devanture de la boucherie, et leur multitude vorace anime les rigoles et les yeux des enfants, s'immisce entre les huis, pénètre les chambres, empoisonne les garde-manger, ne laisse plus de repos. Martin et Savot informent toutes les oreilles à leur portée qu'ils cherchent un nouveau garni, loin de cet endroit et si possible, même, loin des quais qui sont aussi une infection, car tous ceux qui ne veulent pas débourser deux sols dans les latrines publiques s'y soulagent ; et cela fait beaucoup de monde.

Les locataires, au troisième étage de la maison étroite, près des voûtes de la Morne, rue du Pied-de-Bœuf, changent assez souvent. Le loyer varie en fonction. Savot est un caractère aussi inconstant que le montant du terme ; Martin l'observe, ils ont le même âge, pourraient être amis. L'amitié ne se décide qu'en partie. Savot n'aime pas le sérieux de Martin, que son éternel sourire lui fait croire retors et sournois ; Martin n'aime pas les revirements d'humeur de Savot, ses plaisanteries suivies de colères imprévisibles. Ils sont liés néanmoins par la nécessité, et cela crée parfois des attaches plus durables que l'affection. Savot connaît bien Paris, et Martin est devenu un solide garçon de dix-sept ans. Sa bonne figure, son allure générale donnent confiance, atténuent les épreuves, rendent de menus services. Il intimide le principal locataire, sorte de concierge et de garde féroce, qui monte dans les étages réclamer le loyer, armé d'un bâton ferré. Le calme et l'économie de paroles de Martin paralysent les agressifs.

« Mon terme !

— Je vous l'apporte.

— Vous me l'apportez... Sauf que je le veux maintenant, mon terme.

— Je vous l'apporte.

— Bon. Tout de suite, hein ?

— Ce soir.

— Mouais, ce soir… pas au milieu de la nuit. À cinq heures, pas plus tard.

— Je vous l'apporte ce soir.

— Bon. Ça va comme ça. »

Face à Martin, les voix baissent, on devient raisonnable. Son mutisme dérangeant le fait croire plus intelligent, plus dangereux qu'il est peut-être, et ce sourire inaltérable, toujours, cette physionomie qu'on ne trouve pas ailleurs. Le même caractère qu'autrefois, et des effets opposés. Ce qui le faisait penser attardé et innocent à Versailles est perçu comme une malice dont il faut se défier, rue du Pied-de-Bœuf.

L'étage en dessous des deux pièces qu'ils partagent entre provinciaux de passage ou étrangers est occupé par deux marcheuses. Avec les autres poniffes, elles hantent la rue jusqu'à onze heures du soir, été comme hiver. Ensuite, par crainte du guet, elles se tiennent sur le seuil, prêtes à rentrer chez elles à la moindre alerte. Les amateurs savent alors qu'ils doivent grimper jusqu'à leur porte. Il y a celle qu'on appelle simplement et superbement *Lamour*, et il y a Margot. Après un temps, on se connaît, on se salue « Eh, *Sourire*, mon petit ange ! » Martin fait un signe, son fameux sourire s'élargit. On est solidaires, rue du Pied-de-Bœuf, on partage des trouvailles, parfois de provenance douteuse, on achète ensemble un poulet, on échange sel ou pain, papier ou tabac. Une petite économie de la débrouille. Si Margot et Lamour sont inoccupées (ce qui arrive, en hiver : le froid réduit les ardeurs), elles rejoignent leurs voisins du dessus, la petite communauté se tourne vers la cheminée, on palabre, on plaisante. De temps à autre, quelqu'un se lève et va pisser dans l'âtre. Personne ne s'en offusque ; il fait trop froid pour sortir. L'urine fait un court triomphe parmi les flammes, et s'évapore. Certains soirs, malgré l'heure tardive, Martin déplie sa gazette et lit à voix haute, à la faible lumière d'une bougie de suif. À le voir plongé dans sa lecture, on avait fini par lui demander : « Il dit quoi, ton imprimé ? » et, plutôt que de résumer, ce qui l'aurait forcé à expliquer, Martin avait préféré lire les mots des autres. C'est un rituel installé, maintenant. Alors, il écoute sa propre voix, étrange, ronde, son élocution saccadée d'abord puis assouplie et vive, relayer sa parole infirme en s'aidant de celle qui surgit du papier. C'est un procédé assez magique. Il lit des mots et c'est comme si sa pensée avait fourni l'effort de les produire. Il lit, et ressent le silence attentif autour de lui. Puis le bavardage roule sur la gazette. On commente, on réagit. On apostrophe Martin comme s'il avait exprimé son opinion. Robespierre réclame la suppression du « marc d'argent », et tous voient le visage du lecteur s'animer dans l'éclat du foyer, tous l'entendent, lui, Martin, exiger malgré les huées des députés la suppression de ce décret inique, qui réserve le droit de vote aux plus riches ; Marat parle de Necker, et pour les auditeurs, c'est Martin qui dénonce le ministre qui fut si populaire ; la commune de Paris et la police chargent la foule qui veut empêcher l'arrestation de Marat, et c'est Martin qu'on voit s'enfiévrer au récit de l'affrontement. Les filles du dessous sont débarbouillées et fatiguées, elles ont affalé leurs jupons entre les hommes, elles écoutent avec une pareille concentration, ruminent des idées. La tribu se tient chaud, on est assis en groupe autour de la cheminée, par terre ou sur un lit. Martin profère des anathèmes qui font opiner collectivement son public.

Les filles sont gentilles quand on les fréquente au quotidien. Si elles houspillent un peu le mesquin et le bourgeois égaré qui s'esquive, elles ont des tendresses pour les enfants de la rue, des attentions pour certains prisonniers dans leur cave, et de la compassion pour les voisins. Les premiers jours, Martin avait caressé le projet de leur rendre une visite professionnelle. De temps à autre, sur un appel plus net de son bas-ventre, il ouvre sa paume où brille la somme voulue. Pense aux efforts que cette ferraille a exigés. Regimbe, secoue la tête, décide que non. Et puis, le temps passant, cela lui semblerait incestueux. Aux yeux de Margot et de Lamour, Martin est quelqu'un sur qui on peut compter. C'est important la confiance, ici. Pendant qu'on travaille, on est bien contraint d'abandonner ses affaires et ses nippes dans l'appartement dont la porte ne ferme qu'à la spartiate. Toute leur fortune est à la merci d'un colocataire indélicat ou d'un petit paigre. Il n'y a pas de détrousseurs dans cette rue. La fraternité, ici, est une police efficace et suffisante.

La maturité précoce causée par la difficulté à se nourrir bien, à se protéger du froid ou à endurer la chaleur marque plus vite les muscles et le corps. Le sourire de Martin aurait pu s'y abîmer. Il s'est réduit mais il est toujours là, plus subtil peut-être, plus équivoque, plus séduisant. Des femmes se prennent à son piège. Une jeune vendeuse de café n'y est pas insensible.

Martin et Savot la croisent chaque jour, rue Saint-Honoré, sur le chemin qui les mène au Palais-Royal. Une fois sa fontaine vidée par les ouvriers et les badauds, elle traîne exprès, avant de rentrer chez elle pour aider son père. Elle garde toujours un peu de café au lait pour Martin. La première fois, il avait bu, payé, fait une mine gourmande qui signifiait combien il était ragaillardi par ce café bien chaud. Il avait été assez transporté pour trouver sans effort le motif d'un remerciement de plusieurs mots : « Ce café est des plus plaisants, mademoiselle. »

Elle avait souri, les mots du garçon étaient étranges. Et prononcés avec une distinction qui détonnait. Elle avait répondu, car elle fréquentait les théâtres d'estrades : « Monsieur, je serais bien fâchée de vous en priver. » Ils avaient ri. Savot avait haussé les épaules et repris son chemin. Martin s'était attardé sur le visage de la jeune fille ; elle n'avait pas bronché, l'avait fixé également, sourire pour sourire.

Le hasard qui les avait mis en présence s'était répété ensuite, de moins en moins hasard. Maintenant, c'est une coutume. Ils rient ensemble. C'est assez bête. Hors Savot, chacun serait attendri de les voir sacrifier à leur niaise parade. Le cuisinier bougonne : « Tarde pas, Martin, on a juste le temps. Je vais devant. » Elle s'appelle Marianne, elle a la beauté lumineuse des filles de dix-huit ans, ses joues forment un arc de duvet qui donne envie de le toucher, ses lèvres frémissent parfois, comme agacées par une chanson, ses yeux sont des boutons d'ébène verni, animés de malice. Marianne et Martin ont sensiblement le même âge, se plaisent bien, et davantage, s'échauffent, brûlent malgré les frimas, mais comment faire ? L'appartement rue du Pied-de-Bœuf est constamment occupé, jour et nuit. L'intimité y est impossible. Et puis sa rue est un tel cloaque que Martin n'ose pas y amener sa petite fleurette. Il imagine aussi Marianne, à son bras, obligée de tolérer les saluts goguenards des filles, dans la rue ou depuis les fenêtres. La façon dont elles s'amusent à provoquer, poitrine largement découverte, pommettes et bouches fortement rougies... Elles seraient bien capables de lancer : « Mince, Martin, tu nous fais des infidélités, ce soir ? », il les connaît. Quant à Marianne, elle vit chez ses parents. Sa mère est portefaix, capable de déménager un meuble ou un appartement entier, selon les commandes. Une des rares femmes de cette corporation très masculine. Du temps que le roi vivait à Versailles (un autre temps, bien que moins d'un an se fût écoulé en vérité), elle avait été, à cause de cette rareté, mise en vedette par ses confrères. Traditionnellement, à la naissance d'un futur petit monarque, tous les gens de son métier venaient faire compliment au royal paternel et jouaient des petites scènes. Sous le balcon où se tenait le souverain, on mimait, on faisait une musique primitive en frottant et frappant les crochets et les harnais. La mère de Marianne était privilégiée dans ces saynètes et spécialement applaudie par le souverain. Les portefaix repartaient, heureux, ah, que c'était un bon roi, qui avait pris le temps de sourire à leurs pitreries !

Portefaix, c'est un dur métier. La mère de Marianne patiente la journée, par tous les temps, assise sur une borne, jambes écartées, buste en avant, coudes appuyés sur les cuisses ou poings sur les hanches, les outils posés bien en vue devant elle, crochets et cordes qui disent son emploi. On la loue pour une heure ou la journée, elle monte les étages, soulève une armoire, un buffet, un lit, des charges qui tueraient un cheval, et descend cela, pliée, asphyxiée, jusqu'à la rue, avant de traverser le quartier comme une fourmi au milieu de la foule, et porter son fardeau à une nouvelle adresse, où elle doit souvent grimper deux ou trois étages. Elle n'a plus d'âge, elle est brisée. On meurt jeune dans son métier, malgré la force et la bonne santé qu'il faut pour l'envisager. Le père de Marianne, lui, est rivé à sa minuscule échoppe d'étamage, juste sous l'appartement que la famille occupe. Les vapeurs d'étain fondu le font tousser depuis longtemps, et de plus en plus fort, il a toujours été fragile, sa vue baisse, son ouvrage est critiqué souventefois, la clientèle boude. En tout cas, rien à faire, les amoureux n'ont pas de toit pour s'aimer.

7

La mort s'était invitée pour la journée. Il y avait eu cet arrivage, rue du Pied-de-Bœuf. Hommes et femmes tout roides, apportés par un chariot branlant, exposés sous la voûte. Il y avait eu aussi cet étalage de bêtes écorchées, tuées en série sous leurs fenêtres et, surtout, comme en prémices à cette orgie sinistre, avait eu lieu, peu auparavant, la mise à mort d'un marquis, accusé d'avoir comploté un enlèvement du roi. Cela se passerait comme toujours place de Grève. Dès que Martin avait lu la nouvelle, Savot avait paru fortement excité. Il avait secoué la couverture sous laquelle il s'ensommeillait pour s'exclamer : « C'est juste à côté ! Qui vient avec moi ? » Martin lui avait rappelé que c'était jeudi, et qu'ils seraient tous les deux au travail à cette heure. Savot avait grogné, jaloux ; les autres locataires étaient des domestiques qui se louent, ou de petits vendeurs ambulants ; contrairement à lui, ils auraient tout le loisir de s'y rendre. Les filles poussaient Savot en ricanant. Margot et Lamour avaient pris l'habitude de se joindre au petit comité, quand Martin frappait en passant à leur porte et prévenait : « La gazette ! » Elles étaient donc là, bousculant le garçon dépité, « Nous, on y sera ! » dit Margot. Une *mitronne* plus loin dans la rue, trop âgée mais toujours de la partie à cause de vieux habitués qui la suppliaient de ne pas les abandonner, lui avait raconté le supplice du régicide Damien, plus de trente ans auparavant. Deux heures et vingt minutes de fréquentation de la mort, de souffles, de cris, d'évanouissements dans le public. Les bourreaux, blancs comme des linges, et les cavaliers, enivrés pour supporter d'encourager leur monture à démembrer le malheureux. Elle affirmait que dans la foule qui assiste aux mises à mort, il ne manque pas de messieurs bouleversés et raidis, à qui rendre le service d'une discrète « manualisation aux fins de pollution », comme disent les rapports de police.

Savot, ce jour-là, arrive tard. Il est parvenu à tricher sur le temps d'une mission à la halle pour assister au meurtre ritualisé. Il rejoint les cuisines et, à peine sa tenue enfilée, saisit la première occasion pour approcher Martin, lui adresse un clin d'œil réjoui : « J'ai vu le pendu ! » Plus tard, lors d'un moment de relâche dans l'intensité du travail, et M. Chaulet s'étant absenté, Savot entreprend de lui raconter. Martin soupire, la pendaison, merci, il connaît. « J'ai vu le pendu, mais surtout, ho là là, la mitronne a raison, j'ai vu des vicieux... » Il glousse, avec un reniflement désagréable. Martin repose le plat qu'il lave. Sa curiosité est piquée ; il ne sait pas dissimuler cela. Savot est content de son effet, il raconte comment il était à la lisière du rassemblement, trop loin pour bien voir. Martin imagine ce que son compagnon ne dit pas : le froid atroce qui emplâtre les visages, les conversations ignobles, des hommes, des femmes et des enfants, de toutes conditions, des compatissants et des curieux, de vrais cruels et des gens aux émotions incertaines, venus là décider s'ils sont plus humains que fauves, ou l'inverse. Qu'était-il, lui, derrière son bosquet, quand la corde avait étranglé le braconnier ? « ... Le marquis est monté sur l'échafaud. Le bourreau lui a passé le nœud au cou. Moi, je me tordais le mien (il pouffe à sa trouvaille) pour mieux voir parce que j'étais loin, et je sens à ma droite un mouvement. C'était une élégante adossée à un gentilhomme. Et je comprends qu'ils sont emboîtés l'un dans l'autre. Comme je te dis ! Elle avait retroussé ses jupons et il était ajusté là-dessous. Ils bougeaient... » Savot se déhanche de façon obscène, ce qui augmente la puissance de ses éclats de rire et fait se retourner les autres cuisiniers. « Tout le monde aux fourneaux, c'est un secret pour Martin, vous occupez pas, vous autres ! » Il reprend son récit à voix basse, décrit le visage de la femme concentré sur la pendaison, imite sa bouche ouverte sur une expression abjecte, « comme si elle était pas là, qu'elle comprenait pas ce qu'on lui faisait... Quand la trappe a basculé, comme j'étais trop loin de toute façon, je les regardais toujours, eux deux, la foule a crié et eux aussi, en même temps, mais je les ai à peine entendus, à cause de tout ce peuple. Après, j'étais tellement engorgé que je suis allé trouver Margot... » Martin fait des yeux ébahis. Savot ajoute, la précision lui paraissant une excuse : « Elle a pas demandé le vrai prix. » La solidarité de la rue du Pied-de-Bœuf n'est pas une formule.

Plus tard dans la journée, Martin ne perçoit pas, au milieu de l'activité de la cuisine, que Savot s'est absenté de son poste. Il en prend juste conscience quand un silence étrange se fait brusquement. En haut de l'escalier, Savot, tête nue inclinée, tablier en boule dans la main, se tient à côté de M. Beauvilliers en personne. Tandis que le garçon descend les marches sous les regards tétanisés, M. Beauvilliers s'adresse à la cantonade, et tous sont surpris de noter que sa voix tremble de colère : « Ce garçon a profité de ma confiance pour s'octroyer du temps et l'employer à son divertissement. Et quel divertissement ! La mort d'un homme... Il se trouve que M. le marquis de Favras, qu'on a exécuté aujourd'hui, était un ami. J'étais place de Grève, moi aussi, pour le soutenir d'un dernier regard, d'une présence, d'un visage qu'il connaîtrait et dont l'image a pu être, je l'espère, un réconfort, si léger soit-il. » La voix de Beauvilliers grimpe désagréablement dans l'aigu. Il désigne le jeune valet de cuisine. « J'ai vu M. Antoine Savot, que j'avais missionné pour se rendre aux halles, se repaître de la mort d'un être cher. M. Savot nous quitte sans délai. Je ne crois pas nécessaire de lui témoigner des regrets ou de lui souhaiter bonne fortune pour la suite. » Silence incroyable dans la brigade, tous les yeux suivent la trajectoire du gamin qui dépose son tablier et son bonnet sur un coin de table et se dirige vers le local où est sa besace. Il disparaît un bref instant, les regards reviennent au maître des lieux. « M. Chaulet, je vous remercie de remplacer M. Savot au plus tôt. » Beauvilliers se retire, laissant ses hommes pétrifiés. Son cuisinier principal avise Martin : « Mon petit, c'est ta chance. Finis ton ouvrage et rejoins-moi. » Tandis que Martin frotte une aiguière, envahi de sentiments qu'il ne parvient pas à analyser, il entend la porte qui donne sur le passage secondaire s'ouvrir et se refermer. Autour du potager, les gestes et les ordres reprennent. L'activité habituelle du meilleur restaurant de Paris.

Quand Martin sort, il est deux heures du matin. L'heure où l'on commence à moucher un à un les cent quatre-vingts réverbères suspendus sous les cintres du Palais-Royal. Sa tête bourdonne encore des innombrables conseils et consignes donnés par M. Chaulet pour le lendemain. Soudain, un coup de feu retentit, se répercute entre les façades élégantes de la cour, et sous les arcades. Les regards se lèvent, le coup est venu depuis un étage. Une des salles de jeu où ce genre d'incidents se produit. Martin a déjà assisté à ces drames qui n'en sont plus, tant ils se répètent. Il sait qu'il y aura de l'agitation, des hommes emporteront un corps pantelant.

Il y aura comme une apnée dans la respiration des lieux, une hésitation, avant que l'animation reprenne son cours. Juste un remous qui dérange la surface d'un lac et s'estompe. Saisi par le froid, recru de fatigue, Martin va aussi vite que possible. Il veut consoler Savot, l'aider peut-être, et puis il a des remords d'occuper maintenant son poste. Le remords est accentué par le fait qu'il a découvert, en quelques heures, combien ce travail va lui plaire. De plus, il a été immédiatement accueilli par les autres cuisiniers, à croire que Savot leur déplaisait. On lui a montré comment détailler les muscles d'une pièce de bœuf, il a aussitôt exécuté l'opération impeccablement, et on lui a fait comprendre que son prédécesseur était moins appliqué. Martin n'avait nul besoin de ce genre de remarques. Elles l'ont rassuré en même temps que blessé, par procuration. Il ne pouvait éviter de penser au jeune homme, dans le froid, obligé de chercher un autre emploi, et de trouver vite. Il paierait sa part de loyer cette semaine.

Rue du Pied-de-Bœuf. Martin épuisé aborde enfin l'escalier. Dans la pièce, le foyer se meurt ; il ranime les flammes et fournit son quota de bois. Ce sont de méchants morceaux, fragments impurs, restes bon marché de troncs apportés par flottage sur la Seine et qu'on entasse en pyramides hautes comme des maisons, place de Grève. Les hommes de l'art lui laissent parfois récupérer de maigres bouts gracieusement. On n'est pas à ça près. Le fagot s'ajoute aux autres. L'âtre accueille l'offrande joyeusement. La clarté dégage les ombres, révèle les formes par terre et sur les lits. Celui de Savot a disparu, et son propriétaire avec. Martin soupire. Il repense au départ humiliant de son camarade. Dans l'après-midi, le garçon a dû se précipiter ici comme un furieux, ramasser ses affaires et partir immédiatement. Mécontent de lui, Martin déplie sa paillasse, va chercher, dans l'angle réservé pour lui, sa couverture pliée. Ne la trouve pas. Il palpe le recoin plus sombre, en vain. Un frisson incrédule l'assaille. Il cherche son balluchon, ses besaces, surtout celle de gibier en cuir, dans laquelle sont remisées ses économies. Rien. Il ne peut le croire, fouille encore, soulève les affaires des autres, de plus en plus affolé. Son manège réveille un locataire qui le considère, surpris : « Martin ? C'est toi ? Antoine nous a dit que vous deviez partir, tous les deux. Il a pris tes affaires... » Et, comprenant soudain en découvrant dans la pénombre l'expression consternée de Martin, il ajoute : « Ah, la crapule ! »

8

« Il m'a tout pris. » Marianne scrute le visage de son Martin. Elle sent pour lui, parfois, une tendresse de grande sœur ou de mère, des élans protecteurs. Il est venu la rejoindre en bas de chez elle. C'est dimanche, les parents de Marianne sont allés à la messe. Elle, si elle n'est pas franchement indévote, refuse de gâcher la moindre minute dans un office que l'on déserte de plus en plus et depuis des années, ou qu'on expédie pour mieux aller gagner son pain. D'ailleurs, les autorités épiscopales ne sont pas insensibles aux arguments des encyclopédistes qui voient triompher la paresse le dimanche et les abus pendant les trop nombreuses fêtes. Ces deux pôles de la pensée se rejoignent pour estimer qu'il faudrait réduire les occasions de beuveries et que le travail, eh bien, c'est « la mère de l'innocence », une garantie contre les débordements. Pour ne pas scandaliser leurs domestiques, les personnes de condition sacrifient un peu du jour du Seigneur à ruminer l'Eucharistie tout en pensant aux ripailles qui mitonnent à la maison, encore vont-elles de préférence aux messes musquées organisées pour elles, plus chères car le prêtre jeûne jusqu'à cette heure tardive. Le libertinage, le jeu, les spectacles ou les promenades ne sont pas les seules occasions de se distraire de Dieu, il y a la lecture et il y a la pensée. La pensée scientifique qui réduit, décennie après décennie, le champ des anathèmes, amincit l'influence du divin, rend suspecte la mainmise d'un clergé sur son enseignement. À Paris, les églises sont négligées voire évitées par les gens savants, on les soupçonne d'exhaler un air vicié, à cause des tombes qu'elles recèlent ou de leur proximité avec les cimetières, on laisse les sculptures des tympans aux intempéries et à la pollution.

Les amoureux ont la journée pour eux ; Marianne l'entraîne marcher un peu. « Dis-moi ce qui s'est passé… » Elle est inquiète mais pas tant que ça, ou alors est-ce la pression de sa main sur le bras de Martin, leurs corps l'un contre l'autre, l'idée du temps ouvert devant eux, une journée entière où ils seront libres, qui rendent tellement légère la mauvaise nouvelle ? Rien n'est vraiment grave puisque le garçon qu'elle aime est là, avec elle, qu'ils vont bras dessus, bras dessous, par les rues. Pourquoi l'aime-t-elle ? Il est différent, étrange parfois, ses parents écarquillent les yeux quand Martin répond à une question par une simple moue tandis qu'elle pourrait dire précisément les mots qui le retiennent. Il est une énigme pour tous les autres, sauf pour elle. Quand elle l'a rencontré, elle a su dans l'instant qu'elle était seule à tenir la clé du mécanisme nommé Martin. Et cette idée d'un privilège a fait son chemin en elle. C'est simple, elle a compris que Martin avait été fabriqué dans un atelier lointain à seule fin de lui être présenté.

Elle trouve un café, il y en a des centaines par la ville, quelques-uns restent ouverts le dimanche, comme les pâtissiers qui en ont l'autorisation expresse. Les gens de peu y passent les jours d'hiver à écouter les lecteurs de gazettes, tout en économisant le bois chez eux. « Viens, mon Martin, pour une fois, ce ne sera pas mon café, et ce ne sera pas ta lecture. » Sur la belle rue Saint-Honoré, elle connaît un de ces établissements. Ils entrent dans la grande pièce enfumée, murmurante et comme alourdie de remugles, puissance et chaleur d'une tanière primitive. Il y a miraculeusement de la place pas trop loin de la cheminée ; ils se tablent et Marianne commande, en plus du café au lait, des échaudés. « Et puis, ajoute-t-elle tandis qu'ils sont parcourus de frissons d'aise et frottent leurs paumes gelées, il y a pas loin une Arche de Noé. Vingt-deux sols le repas. Ma semaine a été bonne. On va se faire du bien, pour une fois. Toute la journée au chaud à bien manger. » Martin n'a rien contre. Il est fatigué par les journées intensives, les nuits courtes accablées de froid et rompues par les bruits de la rue. Par-dessus le tout, la malhonnêteté de son compagnon l'a achevé, la surveille. S'il n'y avait le visage radieux, encadré de boucles châtains, de Marianne face à lui, il regretterait d'avoir quitté sa vacherie. Elle demande des détails. Martin explique – en peu de mots, bien sûr : « Il m'en voulait. » La timbale de café au lait, son goût ferreux, réchauffe les cœurs engourdis. Le foyer qui ronfle tout près aide à apprécier les événements d'une façon différente. Marianne veut réconforter Martin : « Tu n'es pas coupable de ses tricheries. Il volait avant de te connaître. Antoine est un petit paigre, c'est tout, il l'a eue belle dès qu'il s'est trouvé seul. » Martin n'acquiesce pas ; il est touché. Il la regarde. Son sourire à elle, ses pupilles noires qui brillent de bonté. Comme elle est délicieuse ! Aujourd'hui, il a envie de lui dire la chance qu'il a. « Merci », lui concède-t-il, furieux contre lui-même de ne savoir rien ajouter. Elle tend sa main et fait glisser une paume contre sa joue. Tout va bien. On leur apporte les échaudés. Les petites galettes sont renflées, dorées, odorantes. « Ce n'est pas le Beauvilliers, mais... » souffle Marianne. Ils écrasent sous la dent la pâte craquante, ne se quittent pas des yeux, savourent l'instant, expriment le jus salé qui brûle la langue. « Savot m'en voulait, commence Martin, M. Beauvilliers m'a donné sa place. » Les sourcils de Marianne se soulèvent. Aide de cuisine, c'est la promesse d'une meilleure paye. Elle le félicite, fierté sincère. « Mon Martin... » De son côté, elle a de bonnes nouvelles, ses parents sont d'accord pour louer une pièce de leur appartement. Ils ne sont pas dupes, ont bien vu le manège. Ce qui compte pour eux, au-delà de la satisfaction de voir leur fille avec un garçon de son âge, qui a un métier, c'est d'améliorer l'ordinaire. Cela, elle ne le dit pas ; pas par calcul ou désir de cacher quoi que ce soit, mais parce qu'elle ne veut rien évoquer de mesquin en cet instant. Elle approche des lèvres sa timbale de café, souffle à la surface de la boisson brûlante, soulève une vapeur transparente. « Parle-moi de la reine. » Martin repense étrangement, et brusquement, au livre que lui avait offert Marie Bussard et qu'il n'avait jamais pris le temps d'ouvrir, volé à présent. « Tu veux savoir quoi ?

— Rien. Tout. Non : à quoi elle ressemble ?

— Je ne sais pas.

— Elle est belle ?

— Des fois. »

La réponse ennuyée de Martin la fait rire. « Tu ne veux rien me dire ? » Elle rit encore en voyant l'air égaré de son petit ami. *Si*, dit-il, sincèrement désireux de faire plaisir à Marianne. « Avec ses enfants, elle était gentille. Avec moi, pas toujours. » Marianne s'assombrit : « Mon Martin… » Elle répète son geste de tendresse, puis sa main quitte la joue et se pose sur la sienne. Il sent sa chaleur, la callosité d'une paume de jeune fille déjà épaissie par le labeur. « J'aimais bien quand elle était habillée en blanc. J'aimais bien quand elle me serrait dans ses bras. » *Et lui, le roi ? Comment il est ?* L'image du roi surgit soudain, Martin est perturbé par la question de Marianne. Il s'aperçoit combien il était abîmé dans la douceur d'un souvenir, combien c'était agréable de penser à la reine. « Je le voyais de loin.

— Tu es parti quand ils ont été amenés à Paris ? C'est ça qui t'a décidé ? »

Martin fait crépiter sa timbale avec les ongles. Il réfléchit. Aurait pu dire « oui » sans vraiment mentir, sauf que c'est compliqué. Au-delà de la réponse honnête qu'il doit à Marianne, il cherche en lui une notion claire au milieu de ses propres questionnements. Marianne n'a pas conscience d'avoir touché un point crucial. Elle s'étonne de le voir aussi concentré. C'est presque risible.

« J'ai pensé que c'était le moment.

— Le moment ?

— Pour partir.

— Parce que eux n'étaient plus là. C'est ce que tu veux dire ?

— Non. C'était le moment.

— Tu serais parti, même s'ils étaient encore à Versailles ?

— Oui.

— Pourquoi ?

— J'avais grandi. »

9

Martin partage sa vie désormais entre l'appartement de la rue des Mauvaises-Paroles et le Beauvilliers. Le travail laisse peu de temps à la gaudriole, les journées sont longues, il rentre souvent après minuit ; malgré tout, on s'arrange, les corps jeunes ont de la ressource. Le trajet du retour a cet avantage que l'appartement des Forins, les parents de Marianne, est plus près du Palais-Royal que celui de la rue du Pied-de-Bœuf. Autre avantage : quand Martin rentre, la pièce où il dort à moindre coût est réchauffée par les soins de sa petite femme qui lui a préparé une collation de pain, fromage et bouillon. Elle lui achète régulièrement *Les Annales patriotiques*. Marianne reste avec lui un moment avant de s'occuper de ses parents. C'est à elle qu'il lit les nouvelles maintenant, et ils les commentent tous les deux. Après ses parents, elle le rejoint pour la nuit. Les vieux (pas si vieux, mais déjà flétris et rêches) ferment les yeux et les oreilles. Ils possèdent au-dessus de la boutique, un appartement de quatre pièces, reliquat d'une période plus faste, quand la femme Forins était au service de l'épouse d'un officier, que le père était encore ingambe et son travail fameux dans le quartier. Depuis deux ou trois ans, c'est la dégringolade. Leur fille obligée de vendre du café dans la rue, la mère qui se tue à porter des meubles énormes, le père quasiment aveugle, tassé derrière son établi. La location à Martin, outre que sa présence a redonné le sourire à Marianne, est un apport financier bienvenu.

« Le socle de toute bonne cuisine, c'est le grand bouillon. » Martin acquiesce aux mots du maître des lieux ; il est pétrifié. Il se tient à gauche d'Antoine Beauvilliers en personne. Depuis plusieurs jours, M. Chaulet lui apprend mille petites astuces et, pour le préparer à ce rituel de passage, lui a enseigné les ingrédients qui entrent dans la composition de ce fameux « socle ». Sur le plan de travail, devant eux, une bousculade de carcasses et un sage alignement de légumes. « Martin, je dois insister sur l'importance de cette préparation. Elle sera la mère de toutes les sauces, servira aux potages, et aussi à mouiller les empotages, elle sera le support de toutes les saveurs du grand service. Le grand bouillon est d'un caractère assez simple, tout à fait à la portée d'un novice comme vous. Cependant, il réclame un soin parfait, et une grande vigilance pendant la cuisson. » Martin connaît la première étape, il a déjà versé l'eau dans une énorme marmite, l'a remplie à moitié. Elle est sur un petit feu du potager, l'eau est encore calme et claire, elle n'a pas commencé à s'évaporer. Elle devrait être à température quand tout sera prêt. Beauvilliers désigne les reliefs de gibier et de volailles, les retire à leur enchevêtrement et les dispose face à eux. Martin admire les mains longues et soignées qui manipulent les pièces comme un orfèvre arrange une monture de joaillerie. « Hors la poitrine de bœuf qui est dressée depuis hier, nous allons lever les viandes et morceaux de volailles et de gibier dont nous réserverons les chairs pour les entrées. On vous a appris ; montrez-moi. » Martin aiguise rapidement son couteau et s'exécute sous le regard du chef. La crainte qui l'engourdissait s'est évanouie, il répète les gestes que M. Chaulet lui a enseignés. Les autres cuisiniers observent à la dérobée sans ralentir leur ouvrage, échangent des regards complices. « Bien, bien... dit Beauvilliers, ne détaillez pas trop scrupuleusement, il faut laisser un peu de matière autour des os, cela enrichira notre bouillon. » Les parures sont prestement débitées, elles rejoignent dans le bain les débris de bœuf, de veau, de mouton, les cous et les pattes de volailles... les vestiges du massacre de la veille. Martin a rincé les légumes, il trie les poireaux. Beauvilliers l'observe et lâche brusquement : « J'ai rencontré la reine. » Martin ne réagit pas, surpris de cette confidence. « Elle était si jeune alors, si pâle. Un caractère vif et sain. Éblouissante. » Martin sait que sa nature aspire la parole des autres, c'est ainsi, il poursuit l'ouvrage, fend les énormes poireaux, le frais parfum de la racine jaillit, pique les yeux. Alors qu'il les rince dans une bassine pour détacher les restes de terre entre les feuilles, Beauvilliers poursuit son idée : « Je vous envie d'avoir vécu si près d'elle, aussi longtemps. » Martin, cette fois, suspend son geste ; « continuez », s'impatiente Beauvilliers, soudain gêné de son relâchement. Le garçon découpe grossièrement les légumes, comme on lui a appris. Aucune remarque du maître, tout à ses souvenirs. Il grommelle quelque chose d'incompréhensible, arrête Martin qui s'apprête à couper un dernier oignon : « Celui-ci, gardez-le entier, piquez-le de clous de girofle... » puis saisit un gros saleron de faïence, en mettant dans ce geste trop d'énergie, le porte au-dessus de la marmite. Exagérément concentré, il verse plusieurs poignées, n'en oublie pas la leçon qui continue : « Vous avez noté, monsieur Sourire ? » Il repose le saleron en place. « Il faudra surveiller, écumer souvent, rafraîchir à chaque fois. » Martin opine. On ne l'a jamais appelé monsieur Sourire. C'est étrange. Il imagine Marianne prononçant ces mots, *monsieur Sourire,* et cela le détend. Les morceaux de carottes et de navets rejoignent les ingrédients qui font la ronde dans leur bain. Le bouillon frémit, exhale ses parfums. « Menez votre marmite doucement. Surtout, comme je vous l'ai dit, écumez souvent, de façon à conserver le bouillon limpide. Je me rends dans la salle à manger. Le moment venu, nous passerons notre grand bouillon à travers un tamis de soie. Vous avez travaillé promptement et proprement. C'est bien. »

M. Chaulet relève la tête. Il était occupé avec les autres mais il n'a rien perdu du curieux monologue et de l'attitude de son patron. Il abandonne ses poêles, approche de Martin en soupirant : « Hélas... Ta présence lui a rappelé une époque fastueuse. Qu'il a quittée de son propre chef, cependant : la tenue d'un restaurant a dû lui paraître d'un meilleur rapport. Et il a bien fait, car le Beauvilliers est une très bonne affaire. Mais du temps des grandes maisons royales, quand il était officier de bouche, les finances étaient en quelque sorte illimitées. Le rappel de ces pompes lui est douloureux. M. Beauvilliers était attaché à la Maison Royale, on le demandait lors des grandes réceptions. Il a travaillé pour le comte de Provence, sais-tu ? » Martin fait des yeux ronds. « Le comte de Provence, tu ne connais pas ? Mais enfin ? *Monsieur*, le frère du roi ! Résident du Petit Luxembourg à cette heure... Es-tu bien certain d'avoir passé des années à Versailles, mon garçon ? Soit, laisse l'écumoire, prends les champignons dans la réserve. Je vais te montrer comment supprimer leur poison en les coupant avec une pièce d'argent. Tu peux les préparer tout en surveillant ton grand bouillon. M. Beauvilliers ne te paie pas pour rêver au-dessus d'une marmite. »

L'échoppe du père Forins est minuscule, encombrée et mal tenue, vantail ouvert par tous les temps dans l'espoir qu'un badaud s'arrête. Sa boutique d'étamage est la plus petite de la rue des Mauvaises-Paroles où se côtoient un éventailliste, un joaillier, un fabricant de peignes, des boulangers et autres métiers de bouche. Surtout, il y a le voisin immédiat, l'inventeur de parapluies de poche, pliants, rétractables, merveille technologique dont les réclames ornent les murs, de Saint-Honoré aux Tuileries. Le père Forins lève son regard, son regard incertain, quand Martin et Marianne passent par l'atelier en descendant de la chambre. Marianne pose un baiser sur le front de son père. Eux se saluent brièvement. Il semble à Martin que le père de sa dulcinée est inamovible, greffé à son établi à toutes les heures du jour et de la nuit. Quand il lui arrive de surprendre la chaise vide, Martin a un coup au cœur, il a chaque fois l'impression que le père est mort. L'appartement, au-dessus de la boutique, n'est pas glorieux non plus. Quatre petites pièces aux parois écornées, dont la chambre qu'occupe Martin à présent. La mère Forins n'épargne pas son mari, les autres mercadins de la rue ont réussi, eux : des creux de sept pièces, parfois huit ! Du papier peint, des jolis rideaux, un salon. L'éventailliste ou le fabricant de parapluies pliants ont quatre ouvriers, quatre ! ça s'empresse toute la journée là-dedans, et il y a assez d'ouvrage pour que leur marquise ne s'inquiète que de compter les rusquins ! Pas comme sézigue, misérable, obligée de s'écraser l'andosse sous des armoires que des hommes peineraient à entroller. Et ces dames ont des cambrouses, voyez ça. Une cuisinière, oui, une femme de chambre, et des bauges, des piaux, que du chenâtre, elle le sait, elle en a porté ici même, pour l'homme aux parapluies quand il s'est installé. Un inventeur, un savant, celui-là, un rupin, ça se voit tout de suite. Le père Forins ricane sans se détourner de la casserole de cuivre dont il restaure l'habillage intérieur : « Un marquant, un doubleur ! » mais sa femme insiste, qu'il paraît d'ailleurs que le creux commence à être trop étroit, qu'il songe à partir. Cette fois, le père Forins, racorni, séché par les émanations de ses soudures, tressaute sur sa chaise, les joues cramoisies par l'indignation : « Je suis propriétaire et assez riche pour voter ! Me fais pas mousser ! Nous avons un toit. C'est pas si mal. Mes yeux ne sont plus ce qu'ils étaient, sûr, mais si ce jeune homme veut bien apprendre le métier, il y aura toujours des bassines et des casseroles à réparer ! » Martin sursaute, rosit quand la mère Forins, mains sur ses hanches, rétorque en le regardant, lui : « Faudrait d'abord qu'il se marie, ton citoyen ! » Le père Forins tape plus fort et plus vite sur le récipient qu'il répare. Il est temps de s'éclipser. Martin va marcher un peu en attendant de retrouver ses fourneaux, il est encore tôt, Marianne est déjà au travail. Elle a préparé son café avant l'aube pour battre le pavé quand les ouvriers arrivent des faubourgs. Certains matins, il ne l'entend pas se lever, tellement il est assommé de fatigue. Ou bien il perçoit à peine le glissement de son corps hors du lit, le froissement des tissus, les pas délicats de Marianne sur le plancher, des appuis tellement doux qu'ils font une série de contacts abstraits, puis les bruits de préparation venus de la cuisine, des sons rêvés, ruissellement lointain quand elle verse la boisson brûlante dans sa fontaine de fer-blanc, couvercle qui tinte. Marianne soulève le fardeau arrimé à ses épaules. Il écoute alors le soupir causé par le brusque à-coup de la charge. Marianne retient même son souffle pour ne pas risquer de le réveiller. Enfin, elle prend l'escalier, laissant derrière elle le sillage d'une bonne odeur de café.

10

Martin a des remords ce matin de l'avoir laissée partir tandis qu'il somnolait douillettement, il sort retrouver Marianne. Il est sept heures, le moment où elle stationne stratégiquement au carrefour de la grande rue Saint-Honoré et de la rue de la Monnaie. Elle est là, de l'autre côté de la voie, souriante, elle verse une louche de café dans la timbale que lui tend un ouvrier, l'encourage au seuil de cette nouvelle journée. Dans la rue mouillée d'ombres, hommes et bêtes soufflent de petits nuages gris. L'haleine de ce début de mars est encore froide. Les passants se voûtent, se réfugient dans leurs propres plis. L'ouvrier est remplacé par un groupe d'hommes, heureux de la ponctualité de la petite marchande, le rituel quotidien du café au lait, seul repas de la matinée dans la plupart des cas. Passent à présent les jardiniers, paniers vides, affourchés sur de vieilles carnes, partis vers les marais, les cultures hors de la ville, du côté des Champs-Élysées peut-être, et des commis, tout transis, habillés propre et frisés, en retard pour l'ouverture des bureaux. Eux ne prennent pas le temps de débourser deux sous de café.

Martin s'adosse au mur, sort sa pipe et l'allume, s'attarde à observer sa compagne derrière les hachures du trafic qui se densifie. Marianne. Martin savoure le plaisir de la regarder, la tombée épaisse de ses jupons évasés en cloche, ses mèches sur le front, son bonnet blanc, il s'attendrit longuement à ses mimiques, à ses rires, aux gestes d'encouragement qu'elle prodigue. Martin ne ressent pas le froid ; il est tout réchauffé de son amour. Comment une telle fée peut-elle avoir prêté attention à quelqu'un d'aussi terne que lui ? Quel étrange moment, ce temps suspendu où il est spectateur ! C'est cela, une vie, se demande Martin, c'est ce calme, cette simplicité, cette évidence ? Au milieu de cette douceur, il perçoit cependant une vague anxiété. Elle ressemble à la sensation venue naguère avec la certitude que la routine des jours connaît une fin. Il comprend qu'elle en est une nuance. La certitude de la fin, pareillement, mais cette fois, redoutée.

Malgré l'envie qu'il en a, Martin renonce à la déranger, il quitte le spectacle, prend envie de se rendre rue du Pied-de-Bœuf, revoir la tribu. Les cris et les chahuts de l'enfer lui manquent parfois. Il est tôt, il a le temps avant Beauvilliers. Il rebrousse chemin et pousse jusqu'au Pont-Neuf, un des lieux les plus fréquentés de Paris. On dit que, pour être sûr de rencontrer quelqu'un, il suffit d'attendre ici car toute la ville se donne rendez-vous dans ce périmètre. Martin flâne devant la boutique d'un bijoutier, il avise quelques babioles avant de renoncer. L'argent, c'est pour manger ou se vêtir. Il dépasse la pompe de la Samaritaine, cet étrange bâtiment posé sur des pilotis disgracieux, greffé à l'entrée du pont, avec sa grosse horloge, son fronton surchargé et son mécanisme hydraulique en panne. Des femmes arrangent sur leur étal des pyramides d'oranges et de citrons. Il y a, là aussi, une marchande de café. Plus âgée que Marianne, elle a posé sa fontaine sur le sol, s'est assise sur la margelle avec le même air maussade que ses clients alignés près d'elle. Concentrés sur leur bol, têtes et pieds nus malgré le froid, hardes sur le dos, ils prennent des forces avant de commencer une journée de rapine ou de louage, si d'aventure on a besoin de leurs bras. Martin aurait pu être l'un d'eux. Il réprime un frisson : il a été fugitivement tenté de comparer les doigts noircis des miséreux, cramponnés à leur faïence, avec les mains délicates de M. Beauvilliers. Deux mondes ; et le leur n'est plus le sien. Sa cruauté lui apparaît nettement. Il n'ose mieux s'attarder sur le visage de la marchande de café, de peur d'y lire les traces d'un avenir défait, d'un amour brisé, de découvrir le vestige de la délicate figure de sa Marianne avec quelques années de plus, usée par un métier qui ne permet que de survivre. Tout près de la marchande de café, Martin reconnaît la fameuse vendeuse de beignets du Pont-Neuf. La forte femme, grossie encore de haillons délavés, s'installe juste et n'a pas encore mis en marche son terrible commerce. On dit qu'elle fait frire ses pâtisseries dans de la graisse d'essieux. En tout cas, quand sa bassine chauffe, l'odeur qui s'échappe de son étal est redoutable, paraît-il. Le plus incroyable est qu'il se trouve toujours une mère qui cède au caprice de son rejeton, un affamé qui ne résiste pas à un prix aussi bas, un badaud innocent, pour oser acheter une de ses productions douteuses.

Martin revient, comme la première fois, sur son étonnement à considérer là-bas, en aval, dans l'éblouissement du contre-jour, les maisons alignées sur le pont Notre-Dame, dont les murs semblent doubler la hauteur de l'ouvrage d'art. Il décide d'avancer jusqu'à la place Dauphine. Ce faisant, il s'est résolument écarté de son chemin ; au lieu de retourner sur ses pas pour rejoindre la rue du Pied-de-Bœuf, il se dirige vers l'île de la Cité. Sa promenade devient un court pèlerinage sur un temps pas si lointain, quand il entrait dans Paris en carriole, salué par la statue équestre d'Henri IV pavoisée de cocardes, et les atlantes, dessous, couronnés de rubans tricolores. Les petits étals sont toujours là, accolés à la grille qui protège le vieux roi populaire. La saison n'est pas encore propice aux bouquetières venues de la rue de l'Arbre-Sec, alors elles fleurissent leurs panières de cocardes en attendant, font ainsi concurrence aux mercières à bannes, et ça peut dégénérer. Les demilunes caractéristiques, dont l'arrondi dépasse du tablier du pont, sont toutes occupées par les éventaires des commerces, armuriers, graveurs de métaux, dentellières, vendeurs de rubans et de colifichets. Sur la voie le trafic est déjà important et les piétons affluent malgré l'heure matinale. La presse ne cessera d'augmenter pendant la journée, sera portée à son comble le soir, quand les chansonniers, les marionnettistes, les charlatans viendront amuser le peuple. Martin tourne le dos au pénible contre-jour, s'accoude au parapet, s'attarde au spectacle du paysage devant lui. Sur la rivière de Seine, il reconnaît la patache, bateau noir et hermétique où l'on vient payer l'arrivée des marchandises. On dirait un cercueil qui flotte au milieu de l'encombrement des barques cuirassées de toiles raides de givre, que le soleil qui point commence à faire fumer. Vers la grève, les rectangles noirs et bruns d'immenses trains de bois assablés. Sur sa gauche, le quai « Malagais », le quai des Théatins, le collège des Quatre-Nations. Sur sa droite, la perspective du Louvre, qui cache les Tuileries dans cette direction. Martin commence à connaître Paris, il sait que derrière la galerie se dessine la rue des Orties. C'est dans cette rue que vit Richard Mique. Il s'est promis d'aller le revoir un jour pour le remercier. Si l'architecte ne s'était pas penché sur lui avec bienveillance, Martin a la conviction qu'il ne serait qu'un pendu sec et décavé aujourd'hui. La rue est là, à quelques minutes de marche. Inexplicablement, il repousse cette visite. S'en fait le reproche et ce n'est pas la première fois. Hausse les épaules. C'est comme ça. La nécessité d'un choix. Il ne se croit pas assez intelligent pour se préoccuper de ces deux pôles simultanément. Ce matin, sa pensée est orientée vers la rue du Pied-de-Bœuf. Un autre jour, elle sera tout entière tournée vers la rue des Orties. L'esprit qui marche plus qu'il ne court a un talent certain pour clarifier la vie.

11

Pipe rallumée, pensées abandonnées au mouvement de l'eau sous les arches, Martin attend que la lumière touche le crâne d'Henri IV pour reprendre sa déambulation. Il franchit à nouveau le bras de Seine, emprunte le quai de la Mégisserie où il découvre un marchand de ferraille qui vend des enseignes réformées. Il s'amuse à feuilleter les images de tôle peinte, les profils de rois qu'une grossière retouche transformera en pâtissiers, en porteurs de chapeaux ou de perruques. Celle de la boutique du père Forins est pratiquement effacée. Elle représentait à l'origine un moine tenant une chope. On ne voit plus que la main et la chope, un peu de l'avant-bras, et plus du tout l'ecclésiastique. L'inscription seule a été restaurée, elle est toujours lisible : *Forins étameur*. À peine plus marquée, cependant, que la plaque rivée à côté de la porte : *M.A.C.L.* Martin avait demandé à Marianne ce que signifiait ces initiales (il avait sans doute voulu, par l'effort d'une phrase, marquer son intérêt pour tout ce qui la concernait), la mère Forins avait pris la parole pour claironner : « Marie-Antoinette Cocufie Louis ! » et de se taper sur la cuisse pour aider son rire. Marianne avait fait une moue à son compagnon pour signifier de ne pas faire attention et avait corrigé : « Maison Assurée Contre L'incendie. » C'était son premier jour rue des Mauvaises-Paroles. Marianne l'avait fait entrer, lui avait présenté son père, qui n'avait tendu sa main qu'après un temps, qu'il eût fini d'ébarber une soudure. « Bonjour citoyen », avait-il jeté avant de se remettre à l'ouvrage, pas hostile, juste de mauvaise humeur. Marianne avait répété à l'identique la moue précédente, et elle l'avait entraîné à l'étage pour lui montrer la pièce où il vivrait désormais.

Martin parcourt rapidement les accumulations de panneaux, cherche en vain une enseigne qui pourrait convenir au père Forins, se demande bien si un commerce mourant vaut cet effort. Ce serait cependant un geste diplomatique, un signe de respect filial. Oui, ce serait gentil. Tiens, il proposera de faire repeindre l'enseigne actuelle. Ruminant l'idée, il poursuit jusqu'au débouché du Pont-au-Change, récemment débarrassé de ses maisons à cinq étages, sales et dangereuses. L'air circule à présent, assainit les parages. Martin entre enfin dans la rue du Pied-de-Bœuf, surpris de constater qu'elle pue moins qu'à l'accoutumée. La rue est encore assoupie. Le boucher ouvre sa boutique et les bras en le voyant : « Martin, garnement ! Que deviens-tu ? »

Depuis son arrivée dans la capitale, la langue de Martin s'est déliée. Il est loin d'être bavard, cependant. On dirait que les mots sont remisés dans un coin sombre de son anatomie, qu'un commis là au fond doit les y trouver et les dépoussiérer, avant de les confier à une machine qui les porte péniblement au jour. Le boucher attend la réponse. Martin explique qu'il ne vit plus ici. Beaucoup d'efforts pour rien : « Je sais bien, tout le monde sait, tu vis avec la petite marchande de café de Saint-Honoré, clame le boucher. Margot ne voulait pas aller te trouver à ton nouveau logis. » Martin se fige, ses sourcils se relèvent sur une question muette, pourquoi Margot voudrait-elle venir chez lui ? Le boucher ne quitte pas son air jovial pour lui asséner : « On a retrouvé le petit Savot. Les filles ont gardé tes affaires. Va ! » Comme Martin, abasourdi, hésite, le boucher l'envoie faire deux pas en avant, d'une puissante claque dans le dos : « Elles ont personne à cette heure. Tu peux y aller. Elles seront contentes. » Martin a encore les omoplates endolories quand il aborde l'escalier. Il croise des locataires, partant silencieux pour la journée. Ils sont identiques à ceux qu'il a côtoyés pendant des mois, des paysans arrivés seuls ou avec un grand fils, qui cherchent à vendre leurs bras, font la queue vers les chantiers, chôment souvent. S'ils ont la chance de travailler assez régulièrement, ils reviendront au pays, une fois l'an, avec un peu d'argent. C'est ça ou traîner une misère plus grande dans le village.

Chez elles, les filles sont endormies dans le même lit. L'unique fenêtre distribue une lumière timide empêtrée dans la grisaille d'une toile d'araignée. Le feu est éteint, la pièce est méchante de froid. Martin ranime les braises. Margot est la première à ouvrir un œil. « Martin ? C'est bien toi ? » Le garçon ne répond rien : bien sûr que c'est lui ; qui d'autre connaîtrait le moyen de pousser la gâche sans faire de bruit, qui d'autre entrerait avec ce sourire et cette gentille complicité ? Les flammes pointent, montent, un rien de chaleur, une fantaisie orange sur la paroi culottée de l'âtre. « Je reste dans le lit, il fait trop froid. On t'a dit ? Pour Savot ? » Martin acquiesce, vient aux faits : « Tu as mes affaires ? » Derrière Margot qui s'est assise sur le lit, tirant à elle le gros duvet qui la tient au chaud, Lamour se met à grogner, elle prononce tout de même : « 'Jour Martin », puis reprend l'aune de couverture que le geste de sa consœur lui a soutirée. Margot désigne un placard : « Le rayon du haut. Prends une chaise. Celle avec le dossier peint, elle est solide. » Martin pousse la chaise, grimpe, éprouve sous la main un gros objet de cuir. Sans illusion, il redescend et ouvre la besace. Margot ne peut le voir depuis le lit, elle commente : « C'est tout ce qu'ils ont pu récupérer. Antoine a rien lâché sur le reste. » *Ils ?* Martin ne s'arrête pas à ce détail, il fouille la sacoche et soulève une bourse contenant sa précieuse réserve d'argent économisée depuis l'enfance, sa fortune, l'équivalent de six mois de travail. Il retrouve aussi le livre que lui a offert Marie Bussard, sur les Martinistes. Il se promet de le lire, à présent. La vie lui apparaît fugacement comme une écrasante accumulation de promesses. Soulagé, Martin vient s'asseoir à côté de la fille. « Et lui ? » dit Martin, sans préciser. Le visage de Margot prend une expression maternelle : « Il n'y a pas de voleurs entre les brigands, tu sais. On a nos propres lois. » Martin reste interdit quand Margot ajoute : « Le pauvre Antoine est resté plusieurs jours allongé à côté d'un noyé, sous les arcades. Personne n'est venu le reconnaître. Il doit être dans la fosse commune, maintenant. C'est comme ça. Je vais boire un café au Pont-au-Change, tu viens avec moi ? » Martin fait non et pose sur le lit un peu d'argent, pour remercier. Il sort tandis que la voix de Margot poursuit : « Reviens quand tu veux, Martin ! Reviens nous faire la lecture. Suis obligée d'aller au café pour écouter les nouvelles. Et avec ta petite, alors ? » Justement, c'est à Marianne qu'il pense en abordant la rue. Le clocher de Saint-Jacques, tout proche, annonce la demie de huit heures. Il accélère en passant devant les voûtes où, ce jour, la Morne est déserte. C'est heureux. Il n'aurait pu s'empêcher de regarder un corps allongé là, s'il s'en était trouvé, redoutant d'y découvrir le visage d'Antoine Savot. Il doit se faire à l'idée qu'on meurt autour de lui, qu'on meurt à l'âge qui est le sien, dans l'indifférence. Martin a brusquement besoin du corps de Marianne, des lèvres de Marianne, des chauds replis sombres de Marianne, il marche vite la rejoindre, au moins l'embrasser avant de retrouver le Beauvilliers, elle le voit surgir au bout de la rue, se précipiter, elle a juste le temps de faire payer un client que son Martin est déjà contre elle, l'enlace, l'enserre avec fièvre, et lui murmure quelque chose comme « Il faudrait que tu changes de travail », il veut dire *Que tu cesses de marcher dehors par tous les temps avec ta fontaine de café qui t'éreinte*, parce qu'il a vu, sur le Pont-Neuf, ce que ça donne, après des années, il a vu une femme désolée comme il en existe dans tout Paris, dans toutes les rues de Paris, comme il y en a tant que plus personne n'y prend garde, que c'est la nature, que c'est ainsi, mais justement, il n'aime pas l'idée que les révolutions s'arrêtent au seuil des vies les plus modestes.

12

C'est un des moments les plus délicats, Martin a collecté un peu de farce avec une cuiller à dégraisser, il s'est appliqué à lui donner une forme rebondie à l'aide d'un couteau mouillé d'eau *plus que tiède*, comme lui a recommandé M. Chaulet. En apnée, il glisse une autre cuiller entre la cuiller à dégraisser et la pâte, pour détacher la préparation et la déposer en douceur au fond d'une casserole qu'il a beurrée préalablement. L'opération se déroule parfaitement et il aligne ainsi une vingtaine de quenelles. Elles sont bien formées, régulières, blanches et brillantes. Martin n'est pas mécontent. Un de ses collègues se détourne de sa glace de poisson pour examiner son travail, il opine et fait une moue qui signifie : *Parfait*. Autre opération risquée à présent, verser le bouillon sur les quenelles sans détruire l'ouvrage. Le cuisinier l'observe. Martin saisit la casserole de bouillon très chaud. Verse lentement le jus. « Mets sur ton feu », conseille son voisin. Martin glisse la casserole sur le foyer, le bouillon se met à frémir, c'est un peu fort, il retire, revient, vérifie les braises dessous, réduit l'arrivée d'air, ça va, place la casserole, le bouillon s'évapore à propos, il en verse une nouvelle rasade, le jus translucide vient mouiller les quenelles dont la préparation suffisamment ferme reçoit le bain sans dégât. Martin incline la casserole, met à flot les petits fuseaux blanchâtres sans les endommager. Une bonne odeur de poulet et de noix de muscade s'élève. « Martin ! » C'est la voix de M. Chaulet. Que veut-il ? Martin soupire intérieurement, il doit surveiller, amener lentement à ébullition, et surtout, dès qu'il aura jugé le moment propice, retourner précautionneusement les quenelles avec une cuiller, qu'elles pochent également de tous côtés, avant de les égoutter sur un linge blanc. « Martin, M. Beauvilliers te demande. » M. Chaulet est là, il lui prend le manche des mains : « En salle, il t'attend, ôte ton tablier, redresse ton bonnet, ne traîne pas. »

La salle de restaurant du Beauvilliers est réputée pour son luxe et son élégance. Partout, des chandeliers de cristal, des miroirs, des sculptures et des pilastres déroutent le regard, créent l'illusion d'un palais aux multiples perspectives. Grâce à ces artifices, l'espace est délimité, avec des dégagements pour de grandes tables de mahogany couvertes de nappes de lin à motifs de rinceaux brodés, chargées de vaisselle rutilante, et, par places, de discrètes alcôves où discutent de petits groupes, parfois des couples vêtus avec un luxe ostentatoire. Il y a du bruit, des discussions, on rit, on pétune, on murmure, Martin entre timidement dans ce domaine interdit à la piétaille des cuisines. Là, le personnel est en uniforme, de superbes tenues qui rappellent les fastes royaux. Les serveurs croisent Martin avec un petit air pincé, l'un d'eux l'arrête pour lui demander ce qu'il peut bien venir faire ici, quand la voix du maître des lieux retentit. « Venez ! » insiste-t-il. Le serveur, interloqué, adresse un sourire factice à Martin et s'éclipse, paupières baissées. M. Beauvilliers est au seuil d'une des niches qui ménagent des tables plus intimes, où les débats s'enroulent dans les vapeurs de vins rares. Martin remarque la fameuse épée au côté qui fait une part de sa réputation, la dentelle de sa tenue, aux manches et au cou. Il note aussi que l'attitude du patron, buste droit, visage sec, gestes de courtisan, est différente de celle du cuisinier, quand il descend orchestrer les fourneaux. « Le voici », dit M. Beauvilliers, bras tendu vers Martin pour l'encourager à approcher.

Et Martin découvre un visage qu'il connaît bien. « Dans quelle illusion j'étais ! dit Richard Mique en voyant Martin. Tant d'événements, tant de bouleversements, je croyais te trouver changé, quand nous nous sommes quittés il n'y a pas six mois. » Il se dresse, comme poussé par un ressort, serre vigoureusement la main hésitante qu'a tendue Martin. « Il rougit », s'amuse M. Beauvilliers. À la même table que l'architecte, un jeune homme éclate de rire peu charitablement. Mique le gronde gentiment : « M. Pitou, allons, vous gênez ce garçon. » Le nommé Pitou se met à tousser entre deux accès d'hilarité « Il est tout rose... une vraie jeune fille... », avant de revenir à son assiette, qui semble lui révéler des trésors. Mique s'est assis : « Je suis venu avec des amis. Quand M. Beauvilliers m'a dit qu'il avait embauché un certain Martin, sur ma recommandation... » Martin est ennuyé. C'est tellement bête, il s'était promis : « M. Mique, je voulais vous visiter...

— Allons, ce n'est rien. Je suis heureux que tu aies trouvé un bon travail. C'est un bon travail, n'est-ce pas ?

— Oui, monsieur.

— Je retourne à mes marmites, glisse Antoine Beauvilliers en tapotant l'épaule de son apprenti, vous pouvez le garder un peu. N'hésitez pas à demander s'il vous manque quoi que ce soit. Monsieur Mique, monsieur Pitou, monsieur le maire de Pierry, je vous souhaite un excellent repas. »

Les hommes inclinent obligeamment le chef, et l'attention revient au jeune garçon. Contre le mur, celui que M. Beauvilliers a salué comme *M. le maire de Pierry*, est un vieillard sec qui braque sur Martin un regard intimidant. Il n'a pas touché la nourriture, ses mains frémissantes sont croisées au-dessus de l'assiette, et son menton repose sur cette arche fébrile tandis que Mique raconte l'histoire du garçon. « Martin avait été adopté par la reine. Il était mon vacher à la ferme du château », explique le ci-devant intendant et contrôleur général des bâtiments et jardins de la reine. Pitou a peut-être la trentaine, suppose Martin, alors que ce dernier s'adresse à lui sur un ton amical, une manière de s'excuser de son rire tout à l'heure : « Vous avez été choisi par la reine, mon garçon ? Savez-vous que c'est une chance ? » Martin ne sait que répondre et Mique, pour le sortir de son embarras et détourner la conversation, lui demande où il habite.

« Chez M. Forins, étameur, rue des Mauvaises-Paroles, répond Martin trop vivement.

— M. Mique n'est pas de la police, s'esclaffe à nouveau Pitou, incapable de ne pas moquer la timidité provinciale du gamin. Dites-moi, mon garçon, voudriez-vous rendre service à votre reine ?

— Je ne sais pas.

— Il ne sait pas ! s'amuse encore Pitou.

— Il ne sait pas... marmotte le vieil homme d'un ton maussade, regard obstinément arrimé à Martin, qui se sent étouffer.

— C'est un enfant, mes amis, soyez assez bons pour...

— Allons, Mique, votre « enfant » m'a l'air d'un gaillard capable de répondre tout seul. Mon garçon, Martin... reprend Pitou, ne pensez-vous pas qu'il faudrait rendre à votre reine les bienfaits qu'elle vous a prodigués ? N'êtes-vous pas son obligé ?

— Son obligé, monsieur ?

— Si j'en crois notre ami, madame la reine vous a soutiré d'une condition misérable pour vous offrir études, gîte, couvert, et un bon emploi. N'est-ce pas rien ?

— Vous m'obligeriez...

— Richard, laissez faire Louis-Ange ! coupe le vieil homme sèchement. Eh bien, mon garçon ?

— Je ne sais pas, répond Martin, avec cette fois de la morgue, une fermeté surprenante.

— Vous ne savez pas ? Il ne sait pas, ricane Pitou. Vous devriez savoir, jeune Martin. De plus grands que vous ont payé car ils savaient bien, eux, juger des devoirs qu'on a pour une reine !

— Pitou, vous n'êtes pas sur le Pont-Neuf à haranguer la populace, s'emporte Mique. La mort de ce pauvre Favras vous a chaviré, décidément ! Laissez ce garçon à l'écart de la politique. »

La voix du vieillard s'élève alors, glacée. Elle semble posée sur le même fil que son regard, ligne droite tracée jusqu'à Martin, vrillée dans son crâne : « Rester *à l'écart de la politique* ? Mique, doux rêveur… Nous *vivons* des temps politiques. Nul n'y échappera. Jeune homme, vous êtes un fruit comme un autre dans le verger, qui ignore quelle main le cueillera. Vous n'êtes pas libre. Vous pouvez négliger la main satanique de la Révolution, comme notre bien aimé Richard ici présent, qui hésite à considérer ces bouleversements comme totalement mauvais. Je peux vous assurer qu'ils le sont. La main satanique de la Révolution le saisira, elle saisira notre très cher Louis-Ange, elle vous saisira. Elle nous saisira tous. Vous pouvez espérer vivre hors de ce temps. Je dois vous avertir que vous n'y parviendrez pas. Oui, monsieur Martin, vous pouvez négliger la main satanique de la Révolution, ou bien vous pouvez décider qu'une personne, au moins, est digne d'y être soustraite.

Je crois, moi aussi, au su de votre histoire, que vous devez beaucoup à notre reine. Si la priorité des devoirs moraux vous revient, il vous suffira de le faire savoir à notre ami, M. Beauvilliers. » Le regard terrible enfin relâche l'étreinte, et le vieillard écarte les mains, baisse les yeux pour examiner son assiette, subitement aussi détaché que possible de la sensation glaçante qu'a eue son discours sur Martin. Mique se redresse et entraîne son protégé. À l'écart, il le rassure : « Martin, n'écoute pas ces exaltés. Ange Pitou est tombé amoureux de la reine, ni plus ni moins, quant à ce pauvre Cazotte, les récits fantastiques qu'il écrit et sa fréquentation des Martinistes ont fini par lui tourner l'esprit. Moi qui étais tout à la joie de te saluer, je ne voulais pas te faire subir cette inquisition. Je crains que mes amis, avec la complicité de M. Beauvilliers, ne te harcèlent au sujet de la reine. Je te fais confiance, tu as la tête solide, mais je m'en voudrais qu'ils t'entraînent dans une triste affaire. Tu as mon adresse, passe me voir un dimanche, sans faute. »

Martin entoure Marianne de ses bras, plaque sa poitrine et son ventre contre son dos, lèvres légèrement agacées par une boucle de cheveux. Il se sent enveloppé d'une tendresse égale pour la douceur de sa peau et le sommeil qui les gagne après l'amour. La respiration de Marianne, son odeur. Il revient à lui, émerge de son court abandon. Marianne ne dort pas, il le comprend à sa respiration. « Tu ne dors pas ? » Ils l'ont dit en même temps, exactement à l'unisson, et ça les fait rire. Elle se tourne, pose sa tête sur sa poitrine. Sa main caresse sa peau, sa peau de jeune garçon aussi douce que sa peau de fille, tellement de soie que c'est à s'y tromper, elle pourrait franchir la lisière, passer sa paume de l'un à l'autre sans percevoir de différence. Ce matin, elle ne s'est pas levée ; elle avait envie de rester là, au chaud, contre lui. Rue Saint-Honoré, à cette heure certainement, il y a des ouvriers qui désespèrent, reprennent la direction du travail en râlant, le ventre vide. Elle sourit à cette idée, fait taire ses remords. Le soleil frappe à la fenêtre. « Les jours sont plus longs », dit-elle. Il a remarqué aussi. Il ne connaît de Paris que l'hiver. Il pense qu'il aimera respirer le printemps, ici. « Est-ce que je suis l'obligé de la reine ? » dit soudain Martin. Marianne ne comprend pas, elle est trop douillettement alanguie pour se poser une telle question, elle émet un soupir suivi d'un *Quoi ?* assoupi et sans vraie curiosité, laissons-le avancer, nous verrons bien où il veut en venir. Martin n'ajoute rien. C'était bien une question, qu'il lui adressait, à elle. Marianne doit faire seule le chemin suivi par son amant et qui a abouti à cette interrogation. « Elle t'a enlevé de ta famille, tu ne sais même pas dans quel village ou dans quel faubourg, tu ne sais même pas ton vrai prénom et ton nom, personne ne s'est soucié de rien connaître de toi. Ensuite, elle t'a oublié. Tu as été volé, Martin, volé ! parce que cette femme pouvait s'offrir un enfant, sur un caprice. Un caprice de déesse. Tu n'es pas l'obligé d'une déesse, tu ne dois rien à cette catin, mon petit amour, on ne doit rien aux déesses et aux dieux. On ne doit rien à Dieu, à son caprice qui nous vaut de vivre ici-bas, avec notre misère.

— Si tu avais été là... » souffle Martin en refermant ses bras sur Marianne. Il pense aux invités de M. Mique, si Marianne avait été là, elle aurait su quoi répondre au vieux fou. Il ne sait pas, lui. Les mots sont là, pourtant, ils viennent quand il est seul, quand il rejoue la scène dans un théâtre imaginaire où tout devient simple, qu'aucun parleur n'embrouille ses pensées. Marianne pose son menton sur sa poitrine, suit de l'index le dessin du fameux sourire. « Pourquoi est-ce que je t'aime à ce point ? Ce n'est tout de même pas ton seul sourire qui fait battre mon cœur ? Ta gentillesse ?

— Je ne suis pas gentil.

— Ton argent, alors ? »

Ils éclatent de rire. La voix du père Forins traverse le plancher, son atelier est juste sous la chambre : « Et de rire ! Et pas un sol qui rentrera de la journée ! » Les paupières de Marianne se ferment à demi : « C'est à cause de mon père. Il t'aime tant que je me suis sentie obligée de suivre son exemple. On est toujours l'obligé de quelqu'un. » Ils se sourient, s'embrassent. Le soleil, sur eux, leur dit que c'est bon, ce moment. Ils refont l'amour, le lit indiscret fait écho à leurs ébats. « Et allez ! » gronde la voix du dessous, avant que retentisse une série de coups de marteau rageurs.

13

Dans les jours qui avaient suivi la rencontre de M. Mique au restaurant, Martin avait été harcelé par M. Beauvilliers au sujet de la reine. Beauvilliers ne perdait pas une occasion pour s'épancher devant lui sur le passé, évoquer l'autorité du roi et encore la belle figure de la chère *Antonia*, « le nom que lui donnait sa mère, savez-vous ? », qu'il fallait absolument sauver. Il le prenait à part, voulait le convaincre, avec une insistance suspecte. Martin ne se faisait aucune illusion : que des Beauvilliers, Cazotte, ou Pitou, des personnages de cette condition, s'intéressent au petit employé qu'il était signifiait qu'on voulait le manipuler, et il n'était pas difficile de deviner qui serait le perdant de l'histoire. L'avertissement de Richard Mique lui revenait constamment à l'esprit, avec l'exemple de la pendaison du marquis en place de Grève. *Éloigne-toi des occasions de malheur,* lui soufflait une petite voix intime. Alors, après avoir consulté Marianne, Martin s'était décidé à quitter le restaurant. À regret, car il avait appris à aimer cuisiner.

Martin avait retrouvé Richard Mique devant chez lui, dès le lendemain. Mique, mains croisées dans le dos, surveillait des ouvriers qui achevaient de graver sur le fronton, au-dessus de la porte cochère de son hôtel, les mots *Liberté* et *Égalité* en lettres capitales. Martin eut l'impression de le retrouver tel que dans le théâtre de la reine, à Versailles. Même regard las, vaguement fataliste. « Une idée de mon fils, avait-il murmuré en réponse à la question muette de son protégé. Enfin, je n'ai rien contre, moi-même », puis, passant à son sujet : « Tu as bien fait de ne pas attendre, citoyen, j'ai une idée pour toi. » Et il avait proposé à Martin un emploi chez l'Architecte. « Je ne peux pas dire qu'il est un ami, mais nous sommes confrères, nous nous sommes croisés dans les cours du même maître, M. Blondel, et nous nous estimons. Il se tient à l'écart des affaires de ce monde. C'est un grand homme, un visionnaire, lui. » L'amertume du mot « lui » n'avait pas échappé au jeune homme.

Mique arrangea un rendez-vous et, quelques jours plus tard, il présentait Martin.

L'Architecte vivait seul au deuxième étage sur cour d'un immeuble de la rue des Fossés-Montmartre, près de la place des Victoires. Du même âge que Mique, sa maigreur maladive le faisait paraître plus vieux. Il sembla aux yeux de Martin une statuette de porcelaine animée. Une énergie résiduelle le tenait vif, mais on ressentait une grande fragilité, douloureuse à observer.

Cette fragilité conférait à ses moindres gestes une élégance aristocrate, affinée encore par une volonté de perfection qui pouvait se deviner dans l'organisation de son mobilier, la distribution des fauteuils et des chaises, la propreté des tapis, l'ordonnancement de la bibliothèque, la qualité et la tenue de ses vêtements. Les seules traces d'or dans l'environnement domestique du maître étaient les placages des cadres de rares dessins et peintures, et les moulures alambiquées autour d'une grande glace ; les seuls marbres présents étaient ceux qui habillaient une cheminée dans le salon. Le reste était élégant et simple, cossu mais sans ostentation. Un œil averti devinait partout une économie sans avarice, dictée par la sagesse : l'Architecte ne s'encombrait pas. Il invita les visiteurs à s'asseoir, sans cérémonie. Richard Mique n'était guère plus à l'aise que son protégé. Il gigotait sur sa chaise, parlait trop vite et nerveusement, ses grosses fesses faisaient soupirer le velours d'Utrecht de son assise. L'Architecte l'écoutait avec bienveillance. Son regard était de cette nature quand il se posa sur Martin : « Jeune citoyen, vous sauriez donc faire la cuisine ? Et votre épouse vous rejoindrait ici, pour conserver tout cela propre, porter mon linge à laver ? Il faudrait aussi recevoir ou envoyer le courrier, faire les achats aux halles, vous acquitter de toutes sortes de petites missions que je vous demanderais. Vous logeriez dans deux pièces au-dessus que je vous montrerai, et vous garderiez l'appartement pendant mon absence. » Il se tourna vers Richard Mique : « Je suis très fatigué depuis quelque temps. Une faiblesse due à mon excessif attachement au travail, selon mon médecin. Cela s'aggrave. J'envisage de me reposer à la campagne, dans une propriété que j'ai à Fleury-sous-Meudon. Je n'ai pas encore décidé quand je partirai et j'ai pour habitude de ne rien décider dans la hâte. Il se peut, jeune Martin, que vous soyez alors seuls ici dans quelques mois, pour une durée indéfinie. Je veux être certain de retrouver mon logis en parfait état à mon retour, quelle que soit la longueur de mon séjour hors de Paris. Êtes-vous un homme de confiance, jeune Martin ? » Mique fut tenté de prendre la parole quand Martin répondit : « Je sais qu'on peut me faire confiance. » Phrase qui étonna l'Architecte, le fit sourire parce qu'elle lui paraissait profonde et étrange, sous son air de simplicité.

L'affaire conclue, Martin attendit un ou deux jours. Qu'ils soient installés, Marianne et lui, chez l'Architecte. Il avait prévu de s'efforcer d'expliquer son départ à son patron. Les marmitons avaient rangé leurs outils pour le lendemain, remisé les restes en cave, les tabliers étaient enroulés dans les besaces, le potager refroidissait, les plans de travail et le sol étaient lavés. Les braises agonisaient dans l'énorme cheminée, l'odeur des cendres refroidies montait tandis que s'abaissait celle des sucs échauffés. Le silence avait succédé à la frénésie coutumière. Martin était seul et attendait M. Beauvilliers. Il prenait le temps d'observer ce cadre qu'il ne reverrait plus. Il était moins triste qu'il aurait cru, plus détaché de ce qui, déjà, appartenait au passé. Enfin, M. Beauvilliers apparut. Il avait quitté l'habit et descendait aux cuisines jabot défait, chemise ouverte et gilet déboutonné, un verre à la main.

« Vous vouliez me voir ?

— Oui, monsieur. Parce que je pars. »

Beauvilliers approchait, son œil professionnel auscultait la salle pour s'assurer que tout était en ordre, Martin se demanda s'il avait bien entendu. M. Beauvilliers but une gorgée, mâcha le vin avec un air concentré, et posa son verre sur les tomettes du potager. « C'est M. Mique, n'est-ce pas ?

— C'est que j'ai trouvé une place pour ma petite et pour moi.

— Tu es un espion, Martin ?

— Moi ?

— Un jour, tu livreras ce que tu as entendu ici. Mes paroles ou celles de Cazotte.

— Non monsieur », répondit Martin. Il connut une sensation d'engourdissement, le ton avait changé, il remarqua alors l'irruption du tutoiement.

« Je ne cache rien, prononça Beauvilliers d'une manière presque menaçante. J'ai toujours défendu le roi et la reine. Tu ne pourrais guère en apprendre à nos nouveaux maîtres, je suppose. C'est bien. Quand pars-tu ?

— Demain. Si c'est possible.

— C'est évidemment possible, te crois-tu indispensable ?

— Non monsieur.

— Je présume que tu vas cuisiner pour ton employeur ?

— Oui monsieur.

— Certainement pas une grande maison, tu n'as pas le niveau… De qui s'agit-il ?

— Je ne sais pas si je peux le dire.

— Qu'importe ! Eh bien, Martin, je te félicite, c'est l'usage, et je te souhaite longue vie et un agréable séjour chez cet employeur inconnu. »

Beauvilliers leva son verre ironiquement. Martin hocha la tête, remercia. La voix de Beauvilliers accompagna ses derniers pas jusqu'au seuil : « Tu n'aurais jamais fait un grand cuisinier. Au mieux, un excellent second. C'est ta nature. Tu seras toujours le domestique d'un autre, le servant, l'assistant. Ne t'illusionne pas. Tu es un serf. D'autres crises ont eu lieu, d'autres frondes, des bouleversements dans lesquels les plus humbles ont cru renverser leurs maîtres. C'est un leurre. Aucune révolution n'est assez profonde pour inverser les rôles. »

14

L'Architecte est en train d'écrire. La blancheur de la feuille réverbère le jour, pose un masque de lumière sur son visage. Pâleur pathétique. Il lève à peine ses yeux cernés de violet quand Martin entre dans son bureau pour lui apporter son café. « Merci », dit-il en désignant un espace dégagé parmi les feuilles volantes couvertes d'écriture et les livres ouverts. Sur l'une des feuilles, entre des lignes raturées, une esquisse arrête le regard de Martin. L'Architecte a surpris son hésitation. « Le tombeau de Porsenna », dit-il. Martin est embarrassé, il opine et s'apprête à sortir, presque fuyant, gêné d'avoir osé se mêler d'affaires qui ne sont pas de sa condition. « Martin, tu es intéressé par le tombeau de Porsenna ? » Ce serait beaucoup dire, Martin est seulement intrigué par le dessin de l'étrange construction, comment exprimer cela ? « Je ne sais pas... » dit-il, reprenant son mouvement pour échapper. L'Architecte ne s'en tient pas là : « Reste un peu. Regarde. » De vifs traits de plume sont mêlés à l'écriture, ce sont des pensées dessinées, cela Martin le comprend dans l'instant, des croquis qui suivent le fil des idées, ébauchent des hypothèses, hypothèses rejetées, recommencées plus loin, ou reprises sur la précédente, repentirs superposés. Des pyramides se dressent sur un plateau, des coupoles les relient ; sur un autre dessin, les pyramides sont accolées et soutiennent une énorme sphère. « Porsenna était un roi d'Étrurie, son tombeau a disparu mais on le connaît par une description de Pline l'Ancien. Ses proportions dépassaient celles des pyramides géantes d'Égypte, si on l'en croit. » Il soulève la feuille où les esquisses sont multipliées, affectant de les trouver négligeables : « Simple exercice de l'esprit... » Martin opine, toujours mal à l'aise. « Est-ce que tu sais écrire ? » demande l'Architecte, suivant le cours d'une réflexion qui échappe à Martin. Martin a su, le manque d'exercice depuis tant de temps, en fait il n'est plus sûr, il résume son calcul : « J'écris mon nom. » L'Architecte se décide à saisir la tasse de café. Martin la remplit promptement, repose la cafetière de porcelaine. Il voudrait repartir mais le regard de l'Architecte, planté sur lui par-dessus le liseré à motif de bleuets et de coquelicots, au bord de la tasse, le retient. Il semble ruminer une idée. Martin évite de l'observer tandis qu'il boit à petites lampées prudentes. Il contemple les livres, s'attarde sur les gravures et les dessins, aux murs. « Excellent, ce café. Tu féliciteras Marianne. » Martin se sent autorisé à préciser : « Elle était marchande de café. » Et aussitôt, tous ces mots lui semblent un verbiage déplacé. L'Architecte se tourne vers le peu de jour qui descend dans la cour : « Déjà avril. Je devrais aller goûter cette bonne lumière dans ma campagne. Je suis fatigué, mon médecin a raison. Cependant, quitter la place tandis qu'il se passe tous ces bouleversements passionnants... Il faut être à Paris pour prendre la mesure de la Révolution, même si les provinces sont confrontées à des réactions déréglées tout aussi passionnantes. » Il y a manifestement un sous-entendu. Les yeux perçants traversent Martin, confus d'être à ce point lisible. « Tu es renseigné, je le sais, j'ai vu à la cuisine traîner *La Chronique de Paris*. Un fait est certain, tu sais lire et tu lis beaucoup. » L'Architecte dépose la tasse vide sur le plateau. Martin le saisit gauchement, la porcelaine tinte. « Tu vas t'exercer à l'écriture, tant que je suis là, sous mon contrôle. Quand je serai en villégiature, il faut que tu puisses me renseigner, m'avertir d'un accident ou solliciter une décision. » Martin comprend, sous l'ordre, ce qu'il y a de gentillesse. « Tu es jeune, ta vie va te porter au-delà de ces troubles et te permettre d'assister à ce qu'ils vont engendrer. Hélas, mon vieux corps ne me laissera pas ce loisir. » Martin ne sait que dire, il s'inquiète de ce que son sourire puisse paraître narquois ou méprisant. Préfère se retourner promptement et sortir.

L'Architecte vivait seul depuis toujours, il recevait peu, hors quelques amis fidèles, dont un certain M. Durand qui lui vouait une véritable adoration. Martin et Marianne avaient remarqué ce jeune homme parce que l'Architecte avait avec lui l'attitude d'un père, l'embrassait, s'inquiétait, se tenait informé de sa famille, de ses projets, donnait des conseils. Ils discutaient longtemps dans le salon, riaient parfois. Entendre le rire de l'Architecte était agréable. Marianne et Martin, s'ils se trouvaient face à face à ce moment-là, occupés à une tâche quelconque, joignaient leurs regards, souriaient. Une onde de tendresse les réchauffait.

Ce qu'ils entendaient lors de rares mondanités et ce que M. Mique leur avait confié leur avait permis de comprendre que, depuis quelques années, l'Architecte négligeait les commandes de particuliers qui avaient fait sa réputation mais l'ennuyaient, et s'arrangeait pour les confier à ses élèves. Il avait démissionné d'une charge de Contrôleur des bâtiments de l'École Royale pour se consacrer désormais aux grandes commandes publiques et à l'écriture d'un essai sur l'art, une œuvre définitive qui requérait toute son énergie. Les deux axes de travail n'étaient pas incompatibles, au contraire : ses projets de monuments publics constituaient les illustrations de ses théories. L'Architecte avait été un élève brillant, tellement qu'il fut professeur à dix-neuf ans et que ses cours étaient suivis par un grand nombre d'élèves. Exceptionnellement doué pour le dessin, il aurait pu être peintre. Son père architecte n'avait d'abord pas rejeté cette inclination, puisqu'il lui fit donner des cours chez des peintres fameux avant de le destiner, à son propre exemple, à l'art de l'architecture.

Ce jour-là, Martin portait de l'eau au cabinet de toilette, quand un bruit mat traversa le mur. Martin crut que l'Architecte était tombé, à cause d'un accès de faiblesse que sa santé fragile pouvait toujours laisser craindre. Il se précipita. L'Architecte était debout, le plateau de la table de travail était vide et tous les papiers, livres et dessins, jonchaient le sol. Le visage bouleversé de l'Architecte, sa main fébrile levée pour masquer son trouble… Martin comprit instantanément ce qui venait de se passer. Il s'agenouilla et ramassa les feuilles. L'Architecte s'affala dans son fauteuil. « Laisse », murmura-t-il, la voix nouée. Martin ne savait pas consoler, ne savait pas compatir. À quatre pattes sur le tapis, il voyait les pieds de l'Architecte, bas déchaussés. Ce détail l'effraya comme si cette négligence devait être le signe d'un abandon de la raison. Il porta les feuillets rassemblés sur le bureau, fit de même pour les livres et put enfin saisir un grand dessin, le soulever délicatement par les coins supérieurs et le déposer avec le même soin sous le regard de son auteur qui l'avait laissé opérer sans réagir. La première fois que Martin voyait le rendu d'un projet de son patron. C'était un dessin de bibliothèque démesurée. L'Architecte considéra son travail avec l'expression lasse et étonnée de qui voit revenir devant lui un fâcheux qu'il vient de congédier. Il était d'une pâleur inquiétante, muscles du visage atones. Fit un geste de la main qui signifiait *Ôte ça de ma vue*. Comme Martin hésitait, l'Architecte désigna un grand classeur. « Dans le tiroir *Bibliothèque Royale*, Martin. » Mais les étiquettes étaient écrites en italique avec force fioritures, illisibles pour lui. L'Architecte soupira, Martin crut entendre *Ça ne fait rien*, et se retournant, le découvrit coude sur ses papiers, main ouverte tenant le front, paupières baissées. « Monsieur ? » L'Architecte ne répondit pas, se leva et rejoignit Martin devant le grand meuble. D'un ongle, il tapota un cartouche en laiton dans lequel était glissée une étiquette manuscrite. « Bibliothèque Royale », répéta-t-il, puis il ouvrit le grand tiroir où étaient remisés plusieurs dessins. Tandis qu'il posait la perspective sur les autres et qu'il la recouvrait d'une pelure d'oignon protectrice, l'Architecte expliquait : « Je n'ai jamais eu la liberté des peintres et des littérateurs. Hélas, j'ai parfois la pénible impression que mon art est une cage dont la grille est forgée par les autres. Mon imagination est limitée par la débilité de l'imagination de mes commanditaires. Tu ne croirais pas, Martin, le manque d'audace, la médiocrité des esprits... » Il parlait, muscles maxillaires saillants, Martin ne saisissait pas tous les mots, il l'observait, l'Architecte s'échauffait, reprenait contenance et vie, « ... le manque de vision, le manque d'argent. Suis-je encore assez naïf, à mon âge, pour espérer que les temps nouveaux vont permettre ce à quoi la vieille société avait renoncé : un autre vocabulaire, un art inspiré de la nature et qui s'attache à la perfection... »

Il s'interrompit, peut-être réalisant qu'il s'adressait à un domestique. « Je voudrais manger. Prépare-moi de la viande rouge, du vin, de quoi me remettre sur pied. J'ai du travail. »

L'Architecte lui a ouvert sa bibliothèque. Martin y a fait quelques emprunts, plus ou moins heureux. Homère, l'Arioste, le Tasse, Milton, Fielding, Racine, Corneille, La Fontaine, Montesquieu, Voltaire, Rousseau, Helvétius, Boccace et d'autres, pas entièrement, par morceaux choisis que l'Architecte s'est amusé à lui exposer. Martin ne s'étonne plus que l'Architecte se préoccupe de l'éduquer ainsi, depuis sa confidence, un jour que le jeune homme peinait sur les premières pages du livre le plus célèbre de Fénelon : « Calypso entend le jeune Télémaque, elle est surprise par l'éloquence de cet innocent qui n'a jamais connu son père. As-tu remarqué que Mentor se garde de parler, pendant cette rencontre ? Il abandonne au jeune garçon la charge d'exprimer sa quête. J'en déduis que l'éloquence rend solitaire autant que la réserve. Ton mutisme est une force, alors qu'elle te paraissait naguère une infirmité, tu as compris cela n'est-ce pas ? » Martin opina immédiatement, s'interrogeant aussitôt sur ce rapide acquiescement, devina que la réponse attendait là, parce que la question de l'Architecte énonçait une vérité qu'il connaissait en la négligeant. Il considéra Martin qui se tenait coi, et revint au livre. « Fénelon avait écrit ce récit quand il était précepteur de jeunes têtes couronnées. Ses *Aventures de Télémaque* ont une fonction d'enseignement. Je ne suis pas Mentor, il s'en faut, je ne suis pas en charge de t'apprendre la vie en l'absence de ton père. Je ne peux que compléter ce que tu sais déjà. Ce modeste apport pourrait cependant offusquer les anciens nobles que j'ai fréquentés et c'est en quoi je leur serai toujours distinct. Quant à moi, sais-tu que j'aime cela : donner à voir, à comprendre. Il en aurait été de même si mon père m'avait laissé à mon désir d'être peintre. Je peindrais et j'enseignerais l'art de la peinture. C'était peut-être mon destin. Qui peut le dire ? » Martin n'aurait certainement pas pu l'aider sur ce point et l'Architecte sourit à la vanité de son monologue. « Pour autant, je ne veux pas t'infliger ma méthode et faire de toi l'objet d'une étude sur la meilleure façon d'enseigner. Il ne s'agit pas de ça. Tu le comprends ? » Martin prononça un oui incertain qui sembla satisfaire son précepteur autoproclamé. « Mon père a influé sur ma vie, il m'a créé deux fois si l'on veut. Tu pourrais, au vu de ton expérience d'orphelin, m'assurer que c'est une chance et je ne saurais rien argumenter contre cela. D'ailleurs, je dois estimer que les choix de mon père ont été heureux puisque la science picturale me permet aujourd'hui de magnifier mes projets par des images qui ont l'aspect de la vérité. Est-ce un bien ? C'est possible. Si je n'avais fait que peindre, j'aurais sans doute été un médiocre faiseur de batailles ou de corbeilles de fruits, de paysages ou de campagne, que sais-je ? Je suis architecte. Et cet art vaut tous les autres, je le sais à présent. Parfois, les choix que l'on fait pour vous sont plus clairvoyants que les vôtres. »

15

L'Architecte était rentré après une de ses rares promenades matinales. Avril finissant promettait un mois de mai agréable. Il avait plu pendant la nuit, la température était fraîche, le soleil avait ressuyé les nuées au-dessus de Paris, un temps parfait pour marcher, respirer un air changé. Martin l'avait accompagné sur les quais, le long des échoppes, puis l'avait quitté pour se rendre au quai de la Vallée, où se trouve un marché de lièvres et de pigeons, puis à la halle. Il était tard, les paysans qu'il connaissait risquaient d'être repartis, il serait difficile de trouver chez les regrattiers d'aussi beaux légumes ou fruits que les leurs. Aussi Martin avait-il pressé le pas, abandonnant l'Architecte à son chemin. Au cours de son retour solitaire jusqu'à la place des Victoires, l'Architecte avait acheté un gros registre relié en maroquin du Levant et doré sur tranche. Revenu dans l'appartement, tandis que Marianne lui préparait une bassine d'eau soufrée pour soulager ses pieds, il parcourait les pages avec des cris de surprise, des éclats de rire secs.

Il lui échappait de temps en temps des jurons et parfois, il ne pouvait se retenir de partager ses découvertes avec Marianne. Il lisait un passage et s'excitait : « Ça va plaire à ton Martin... »

Quand Martin revint chargé de provisions, Marianne lui prit les paniers des mains : « Monsieur est comme un enfant, il trépigne de te lire un livre qu'il a acheté. Va vite. » L'Architecte accueillit Martin dans le bureau, ce lieu de leurs confidences désormais, en lâchant un « Ah » impatient. « Assieds-toi, Martin, assieds-toi... » Le registre rouge était ouvert devant lui, l'Architecte avait glissé plusieurs morceaux de papier entre les pages. « Un collectif de bienfaiteurs a entrepris une enquête sur les charges et pensions – prises par la Cour sur le Trésor de l'État, naturellement. Travail admirable. Et l'on me disputait mes devis ! Quand je pense que j'ai renoncé à une charge qui m'assurait deux mille quatre cents livres de rente ! Ceux qui ont produit ce recensement implacable des excès de la monarchie sont des patriotes, je te le dis. On ne peut se faire une idée générale du comique des cadeaux de la monarchie sans se pencher sur ce volume. Il était temps, Martin, il était temps qu'un vent balaie cette boue. Tiens, écoute. Dès les premières pages, on découvre qu'un prince allemand – un prince allemand ! – bénéficiait de quatre pensions, quatre, Martin ! La première, pour ses services comme colonel ; la deuxième, pour ses services comme colonel ; la troisième, pour ses services comme colonel ; et la quatrième, devine ? pour ses services comme colonel. Oui ! Cumul stupéfiant qui devrait s'annuler, mais s'additionne. Total des pensions du prince allemand : quarante mille quarante-huit livres. Tu n'as jamais rêvé pareille somme, n'est-ce pas ? Un autre : M. Claverie de Bamire, bénéficiait – *bénéficie* veux-je dire, mais l'Assemblée va mettre bon ordre à cette gabegie –, il bénéficie donc également de quatre pensions, comme notre prince quatre fois colonel. La première et la deuxième parce qu'il était en même temps secrétaire-interprète de deux régiments étrangers qui étaient en garnison, l'un au levant, l'autre au couchant. Je me demande bien comment il parvenait à satisfaire ces deux obligations simultanées. La troisième, parce qu'il était commis au bureau de la guerre ; la quatrième, parce qu'il *a été* commis au bureau de la guerre. Total : vingt-trois mille quatre cent soixante-neuf livres. » L'Architecte sautait avec jubilation d'un repère à l'autre. Sa verve faisait plaisir à voir. La marche matinale et la lecture du livre avivaient ses joues. « Mme Isarn à présent : vingt-quatre mille neuf cent quatre-vingts livres, *pour favoriser son mariage, et en considération de ses services*. Elle était donc si vilaine qu'il fallait une aide de l'État pour convaincre un galant ? Et ses *services*, on n'ose imaginer... Il y a mieux : M. Andouillé, premier chirurgien du roi, appointé soixante-deux mille livres, recevait en sus une pension de neuf mille neuf cents livres. Pour quelle grande cause ? Imagine qu'il a suffi de nommer ce monsieur « Grand Maître de la barberie », on dirait le titre d'un Turc, pour lui permettre de recevoir une taxe prélevée sur tous les mentons qui se font raser dans le royaume. C'est excellent. Je voudrais, moi, qu'on me pensionne pour chaque pierre posée d'ici à Perpignan. On ne finit pas de parcourir ces lignes sans se trouver chaque fois plus étonné par ce qu'elles décrivent de bassesses et d'entregent. Ainsi les raisons qui ont permis à M. Blanchet de se voir donner quatre mille sept cent vingt-sept livres… *en considération de ses services passés*, cela, admettons, un homme certainement admirable, mais la même somme, accroche-toi, je répète, de quatre mille sept cent vingt-sept livres, additionnée à la première… en considération de ses services *futurs*. N'est-ce pas merveilleux ? Selon la même logique, je crois, on donnait à Mme la marquise de Flavacourt de Mailly quatorze mille six cent cinquante-une livres en trois pensions. La première, *par continuation*, la deuxième, pour la bonne raison notée ici et qui est résumée par l'expression : *sans motif* – ah ! –, la troisième, *pour appointements conservés*. M. Hamelin, vingt et un mille livres, *en considération de la modicité de sa charge de receveur général des finances*. De la modicité ! Martin, des fortunés inconséquents, qui se barbouillent de luxe, se gavent et se gavent et ne rêvent rien, n'ont aucune âme à présenter à Dieu… Et j'aime beaucoup l'exemple de cette dame près d'Avranches, qui a douze cents livres de pension pour avoir reçu nombre de fois à sa table un colonel. Quel motif ! Je vais donc, moi, recevoir des militaires plutôt que mes élèves, qu'on finance mes agapes ! Mais mon préféré est celui-là (il se précipite sur un marqueur), modeste il est vrai, une pension de quatre mille livres seulement, respire fort, reste assis, quatre mille livres... *à la personne qu'épousera Mme de Baschi*. De quoi donner du cœur à qui en manquerait. Sache, Martin, que Mme de Baschi a déjà servi, elle est la maîtresse de Monsieur. Tu pourrais te ranger parmi les impétrants, hein, si Marianne n'est pas opposée à te partager. Ah, les brigands, les voleurs, les gredins ! » Il referma le livre violemment. « Je pars à la campagne, Martin. Je sens les accès de ces corruptions dans les parfums viciés de Paris. On étouffe ici. Je reviendrai quand le ménage sera fait. Je dois me reposer. J'envoie une lettre à Fleury, je vais y annoncer mon arrivée dans dix jours. Commencez à préparer mes bagages. Demande à Marianne de venir. Attends ! » Martin s'était levé pour exécuter l'ordre, l'Architecte lui désigna la chaise où il s'était assis pour qu'il l'écoute encore. Il semblait reprendre haleine après son monologue. « Je m'épanche, je m'épanche... Tu as ce caractère surprenant, que ta retenue oblige à deviner tes qualités, fait supposer que tu en as de nombreuses, dont celle d'une intelligence qui fait de toi le meilleur réceptacle de la parole. Cela a quelque chose de magique, te faire ainsi le crédit de vertus dont tu n'as pas à faire la démonstration. Est-ce qu'on se trompe sur toi ? » Martin répondit, comme souvent : « Je ne sais pas. » L'Architecte le considéra, tout en caressant la couverture de maroquin rouge « Tu ne sais pas… Tu es bien le seul. Tout le monde semble très bien savoir ce qu'il faut penser des hommes et des mots, ces jours. Tout le monde. Est-ce que ça signifie *le peuple*, "tout le monde" ? *Le peuple*. Le peuple semble savoir. Le peuple dicte sa volonté. Il s'est invité dans les assemblées, crie par les fenêtres, on ne parle que de lui. Mieux : on parle en son nom. Sais-tu qu'il y a des émeutes à Châteauroux, à Vannes, à Nîmes, à Lyon ? Qui sont les émeutiers ? Selon quelle volonté unanime se révoltent-ils ? Les excitants religieux y ont leur place, des catholiques refusent de considérer les protestants ou les juifs comme des citoyens. Et les autres ? La colère éclate aussi parce qu'on a encore négligé la misère, que les notables municipaux ont conservé l'octroi, au détriment des plus pauvres. Il y a des intérêts dont les tenants du pouvoir sont les premiers bénéficiaires. Ça lutte là-bas, je veux dire à l'Assemblée, ça regimbe. Les esprits s'échauffent. D'aucuns estiment que le pouvoir doit être donné au peuple, ce qui est compris par les autres comme une promesse de chaos. Et le peuple, pendant ce temps… Que dirais-tu du peuple, Martin ? Le distingues-tu entre les mouvements de la foule ? Qui est-il ? » Ce n'était pas une véritable question, l'Architecte devança la réponse de Martin qui n'aurait su être que *Je ne sais pas*, son regard était sur lui, le traversait, flottait sur les rais du jour, voguait loin sur les toits, la Seine, le pays, l'espace monumental pour lequel il avait la conviction d'œuvrer. « L'an dernier, à peu près à cette époque, ou était-ce plus tôt, qu'importe, les barrières de Paris ont brûlé... sauf celles du duc d'Orléans. Des émeutiers ont saccagé la maison de Réveillon... les poches des meneurs contenaient des louis empaquetés. Plus tôt encore, les Grenoblois ont jeté des tuiles sur la troupe, mais c'était pour défendre les notables de leur parlement. L'automne dernier, les paysans en meute attaquaient leurs seigneurs. Qui est le peuple ? Les ouvriers des manufactures du faubourg Saint-Antoine, les miséreux de Saint-Marcel, les femmes allées à Versailles, les harangueurs du Palais-Royal, les paysans, la foule qui cherchait de la poudre à la Bastille, la commune de Paris, les députés qui parlent au nom du Tiers, ceux qui ont peur pour leur argent, ceux qui ont peur pour leur vie ? Des sociétés, des motifs, des craintes et des espoirs différents. Pour tout cela, les chroniqueurs à venir diront *c'est le peuple*, mais qui est le peuple ? » Martin fit un mouvement, l'Architecte leva un regard surpris. « Le peuple, dit Martin, c'est le nombre. Et le nombre avait faim. »

16

Ils étaient revenus de Fleury-sous-Meudon le lendemain de l'installation de l'Architecte dans sa villégiature. Il avait eu besoin d'eux pour embarquer ses bagages et tout régler sur place, où la domesticité se résumait à une femme du voisinage, recommandée par le curé car elle était veuve et nécessiteuse. Elle avait la quarantaine usée et l'intelligence émoussée par une vie de violences paternelles d'abord, puis conjugales. Pendant que Marianne avait rangé le linge dans les armoires, renouvelé la literie et fait évaporer une cassolette d'eau de mille fleurs pour assainir l'atmosphère confinée de la maison, Martin avait préparé le souper et, pour le lendemain, un repas à réchauffer, bien dans le goût de Monsieur, potage aux petits oignons, filet de perdrix, lentilles. Ils avaient donné les dernières consignes à la dame et avaient laissé l'Architecte assis au soleil sur la terrasse côté jardin, une couverture sur les cuisses. Martin avait disposé de quoi écrire sur une tablette près de lui et Marianne lui avait servi un chocolat chaud. L'Architecte les avait remerciés. Comme ils prenaient congé, il avait retenu le garçon : « Sers-toi dans la bibliothèque, Martin, lis, lis. Certains auteurs sont mes socles. Je serais curieux de savoir quels seront les tiens. Et mes dessins, je sais que tu aimes les regarder, fais-le, je t'y enjoins, autant que tu voudras. » Martin le remercia d'un sourire. Ils lui souhaitèrent un bon séjour, de bien se reposer. L'Architecte fit un geste pour montrer la perspective courte du jardin, le pré et les cerisiers, le morne bucolique qui s'en dégageait, dit qu'il profiterait de la nature alentour pour augmenter le nombre et la longueur de ses promenades. Il émit un soupir qui contredisait la brève évocation de ce projet. Paris lui manquait déjà, il serait de retour bientôt, leur préciserait la date par une lettre apportée par coursier. En attendant, qu'ils s'occupent bien de son logis.

Le retour du jeune couple à Paris, dans un carrabas surpeuplé et fétide, pendant des heures, puis à pied dans les rues sur plus d'une lieue, avait été fatigant. La vue de l'immeuble, rue des Fossés-Montmartre, leur avait semblé un soulagement, comme devait sembler leur nid aux hirondelles qui sillonnaient le ciel. Marianne et Martin passèrent par l'appartement de l'Architecte, vérifier que rien de fâcheux ne s'était produit pendant leur absence. Avant de monter à l'exiguïté de leur étage, ils inaugurèrent cette nouvelle vie en s'ébattant sur le tapis du salon. Rassasiés d'amour, ils eurent faim, s'installèrent princièrement dans la salle à manger et y festoyèrent en échangeant des rires idiots. Ils reprirent goût aussitôt au contact du tapis qui leur sembla encore plus moelleux cette fois. Assoupis l'un contre l'autre, nus dans un rayon de jour, leurs pensées suivaient la chute interminable des particules de poussière dans le soleil. Marianne fit remarquer qu'ils avaient de la chance et Martin acquiesça à cette vérité, tandis qu'il remontait le fil de ces derniers mois et tentait de mesurer combien ils l'avaient transformé.

Désormais libres le soir, Martin et Marianne vont régulièrement au cabaret le plus proche de la rue des Mauvaises-Paroles. La mère Forins les rejoint. Le père Forins s'invite en fin de journée. S'il n'est pas trop souffreteux, il consent à quitter l'établi, s'amuser un brin, se laisse aller à débiter d'anciennes frasques qui font hausser les épaules de sa femme – comme si son vieux avait été un jour capable du moindre éclat ! Il raconte quand même à Martin, public tout neuf, des histoires écoutées à demi, Martin ne saisit que des bribes au milieu du brouhaha monté des tables, la mère Forins et Marianne discutent de leur côté sans égards pour la vieille fable ressassée. Le père boit une chope et répète une énième fois ses aventures du temps qu'il était boueur, « comme ça que j'ai chopé la mitte, que je tousse tant et plus », quand à lui seul il évacuait toutes les gadoues des faubourgs pour l'épandre dans les champs des environs, du temps qu'il devait nettoyer la rue que ces messieurs faisaient ensevelir sous le fumier, non seulement devant la porte cochère de leur hôtel, mais dans toute la rue, « une épaisseur que t'en avais jusqu'à mi-jambe, et sais-tu pourquoi ? Parce que ces gens de qualité étaient souffrants, le bruit des carrosses les fatiguait. Oui, ils voulaient autant de silence chez eux que dehors, et l'épaisseur du fumier était pour amortir la frappe des roues sur le pavé. Voilà. Pense que les attelages là-dedans, lancés vite, faisaient des giclées jusqu'aux fenêtres ! Et s'il se mettait à pleuvoir, je te laisse rêver le décor... Alors, quand ça pestait de trop, la police nous envoyait nettoyer ». Et ce n'était pas le pire, il lui était arrivé de trouver des morceaux d'hommes dans les fossés d'aisances qu'il *vuidangeait*, des têtes et des viscères, jetées là par des apprentis chirurgiens. Après son récit, le père salue la compagnie, se lève et s'en retourne, sa mauvaise santé ne lui permet pas de s'attarder. Mère et fille le saluent à peine et reviennent à leur conversation. La mère Forins est vaillante, chaleureuse, grossière et amicale, elle persifle, elle commente les rumeurs du quartier. Martin observe les abîmes qui séparent les natures de la fille et de la mère. S'il n'y avait quelques écarts de langage empruntés à sa mère, Marianne pourrait être une princesse avec ses gestes et son verbe découpé net ; elle ne se distinguerait pas des grâces couvertes d'étoffes précieuses et de guipures qu'il a connues. Pourvu qu'elle soit habillée selon leur mode et la peau mieux préservée du soleil, elle n'aurait pas fait tache parmi ces dames. Marianne, qui est l'opposée de sa gaillarde de mère sous cet aspect, lui ressemble par contre dans la tonicité et l'effronterie ; elle n'a pas peur de grand monde, Martin lui a vu bousculer un aristo qui avait salement regardé la cocarde tricolore accrochée à son bonnet. Il apprend que la femme Forins était de celles qui montèrent à Versailles et envahirent le palais, l'an dernier. Pas qu'elle crevait de faim comme les autres, mais prise par l'élan, entourée de la colère de ses frangines des rues… Et Marianne ce jour-là ? Marianne travaillait. Il préfère. Il sait que des gardes ont eu la tête tranchée, il n'aurait pas aimé mêler sa chère amour à ces images. La mère Forins a-t-elle manié le sabre ? Elle s'en vanterait, comme elle est partie, avec ses poings de soudard qui heurtent la table toutes les deux syllabes. Martin l'imagine dans des années, vieille matrone au côté de son homme. Tous deux derrière leur chope vidée. Lui, ressassant le temps terrible des boueurs ; elle, dans ses rêves de gloire barbare, racontant ce jour qu'elle avait détronqué un garde à Versailles et qu'elle t'avait empoigné la famille régnante pour te la foutre au fond d'un carrosse et la ramener à Paris. Oui, mon p'tit ! Comme ça !

Ils font certaines sorties en amoureux. Avec les beaux jours, ils allongent la promenade jusqu'au quartier du Gros-Caillou, où des guinguettes au bord de la rivière de Seine proposent des matelotes savoureuses pour un louis, ce qui est cher. Martin préfère les anguilles bon marché, les goujons frétillants et les carpes préparés avec science par les mariniers, le soir sur les berges. Marianne soupçonne son Martin d'être un peu pingre. Elle ne s'inquiète pas de ce travers, car c'est bien le seul qu'elle lui connaît. Pour le reste, il est un homme tendre et elle n'en voit pas d'autre exemple. Ils trouvent aussi refuge dans une taverne près du Théâtre-Français, vers la place de l'Odéon, dont la rue bénéficie de trottoirs, une nouveauté inspirée de Londres. Un endroit chaleureux, plaisant, où les cochers boivent et discutent, jouent au billard, en attendant que les aboyeurs, à la porte des spectacles, appellent les équipages d'un tel ou d'un tel. Marianne est entraînée dans la vie nocturne de Paris ; elle n'a guère eu jusque-là l'occasion de s'y adonner. Les journées, en l'absence de l'Architecte, sont nettement allégées. Les matinées offrent des langueurs qui réparent les retards de sommeil. Marianne aimerait aller au Palais-Royal où tout est spectacle et d'où est parti le grand mouvement du peuple vers la Liberté, mais Martin rechigne. Il serait gêné d'être entouré en sa compagnie de la population des marcheuses. Il redoute aussi de croiser M. Beauvilliers, M. Cazotte ou un des nostalgiques d'un régime monarchique sans partage. Elle insiste, dit qu'elle en a vu d'autres, que des poniffes, des boucaneuses, elle en connaît. Martin lui suggère alors un spectacle donné par des « petits comédiens ». Des enfants en costumes d'adultes, imitant les rôles d'un grand opéra, faisant des gestes et ouvrant la bouche, tandis que d'authentiques chanteurs entonnent les arias en coulisses. La conjonction parfaite des deux produit un effet à la fois comique et étrange. Les décors sont soignés, la musique bien jouée. C'est unique, paraît-il. Marianne veut bien. Mais sur place, elle renonce aux petits comédiens pour leur préférer le Cabinet de Curtius, un musée de cire où sont représentées en costume les célébrités du moment. Elle veut voir Marie-Antoinette. Dans la cohue qui s'y presse, un homme décoré au bras de sa maîtresse force le passage et, rencontrant l'inertie de la foule, vocifère, comment ose-t-on le laisser en queue de file ? La jeunesse présente ne l'entend pas ainsi, des garçons lui disent son fait. Il s'emporte, les traite de tapedurs, menace de sa canne, ce qui déclenche des rigolades, on le houspille, on le bouscule, il appelle à la garde, un, puis deux Suisses interviennent, le spectacle est dehors, ça vire à l'échauffourée, Martin et Marianne participent à la mécanique du nombre, ils sont de la poussée générale qui refoule les gardes, l'un d'eux a sorti son sabre mais la densité qui l'encercle interdit tout mouvement, ça n'impressionne personne, on rit de plus belle, les gardes se retrouvent cul par-dessus tête, le vétéran agrippe sa maîtresse et bat en retraite, veste déchirée, tout ce monde se réfugie dans un escalier et il faut le recours de la garde de Paris pour disperser l'attroupement. Les jeunes s'égaillent comme une volée de moineaux. Marianne et Martin fuient comme les autres, souffle menacé par le fou rire. Ils ne sont finalement pas entrés dans la galerie de cire et qu'importe, sont hilares longtemps, jusqu'au prochain cabaret où ils pouffent encore en trinquant, dès que l'image des Suisses en débandade, du militaire souffleté, et de la bonne humeur générale de la foule leur revient.

17

Marianne est essoufflée, elle a grimpé les étages aussi vite que possible. « Viens voir. » Elle entraîne Martin vers une des fenêtres qui donnent sur la rue. Martin l'a vue entrer, poitrine soulevée par l'effort de la respiration, boucles collées au front, il l'a trouvée excitante soudain, aurait aimé, là… Elle ouvre la croisée, il la rejoint, se presse contre elle, contre sa nuque parfumée en se disant que peut-être, s'il caresse ses hanches, ses bras dénudés… À l'ouverture de la rue, à l'amorce du carrefour, dans l'espace ouvert abreuvé de lumière, des hommes ont arraché les pavés. « Ils vont planter un arbre de la Liberté ! » Un attroupement se forme autour du petit chantier. Une femme apporte du vin pour encourager les volontaires qui creusent un trou à présent. On approche un jeune peuplier, de la hauteur d'un homme. L'arbre est planté, arrimé, arrosé, on verse à boire, on trinque, on applaudit. Marianne et Martin battent des mains à leur tour. Marianne avance son buste par la fenêtre : « Vive la liberté ! » et son cri est repris de loin en loin, dans toute la rue il jaillit des fenêtres, des enfants accourent, des jeunes gens surgissent des maisons. *La liberté*, premier droit naturel et imprescriptible de l'Homme, parce qu'il n'y a plus de lettres de cachet, par lesquelles l'un ou l'autre roi, bon ou mauvais, vous embastillait sur une dénonciation, une réputation, un mot malheureux ; plus de droits d'aînesse ou de masculinité, les filles et les cadets ne seront plus les perdants de la loterie de la vie ; les grades militaires ne seront plus réservés aux seuls nobles ; on ne vous saisira plus dans la rue arbitrairement, on ne surgira plus chez vous parce que vous avez déplu, on ne lira plus votre courrier, on parlera dans les cafés comme on l'entend sans craindre les espions, on interpellera les élus, les édiles, on les moquera, on balaiera les barrières dressées entre les corporations, les ordres, les rangs, les traditions, on s'habillera comme on l'entend, on choisira ses dieux et ses amis, on écrira les livres qu'on voudra, on ne se cachera plus pour imprimer, les juifs, les protestants, les Noirs affranchis et les mulâtres seront reconnus dans leurs pleins droits politiques, la Nation a déclaré la paix aux autres peuples, plus de guerre, jamais... Ce joli mois de mai 1790, on respire un air de bonheur. Impatiente, frémissante, Marianne prend la main de Martin. Ils dévalent en riant les escaliers et rejoignent le joyeux rassemblement où une ronde est improvisée. Voici Martin entre deux filles, donnant la main, levant le pied en cadence, tout heureux de son généreux ridicule, le voici qui reprend

« Frères courons aux armes » sur l'air d'*Il pleut bergère*, tourne autour de l'arbre encore frêle, carrousel de couleurs, compagnie des enfants qui se mêlent à la danse et chantent le refrain. Martin qui danse, la main de Marianne dans la sienne, le contact électrique de la sueur et des rires, ce monde est parfait, se dit Martin, le soleil au-dessus d'eux tresse une couronne de lumière, tout resplendit. Martin se demande ce qu'en penserait l'Architecte. Peut-être regretterait-il de ne pas être dans Paris, aujourd'hui, il aimerait cet arbre, Martin en a vu beaucoup dans ses dessins, signes oblongs, verticales alignées sur des parapets, l'Architecte aimerait la majesté prometteuse d'un peuplier, peut-être pas la voie défoncée et l'anarchie d'une ronde qui entonne à présent *Ah, ça ira, ça ira*, mais, certainement, il verrait d'un bon œil l'irruption d'un arbre frémissant de jeunesse au milieu des pavés. Le lendemain, Marianne et lui installent sur le balcon de l'appartement de l'Architecte un arbre en pot, agrémenté de cocardes tricolores. « Sûr que ça lui plaira », affirme Marianne, en imaginant le retour du maître des lieux. Martin ne contrarie pas sa chérie, d'autant plus qu'elle l'embrasse, enlève son bonnet et défait le fichu de linon qui couvre sa gorge.

« Encore ? » Marianne est plantée sur le seuil du bureau, poings sur les hanches, dans une imitation de sa mère, accent du faubourg en prime : « Hé, capon ? C'est pas de c'te manière qu'on affure son jaffe ! » Martin sourit. « Je vais t'aider », concède-t-il, il s'apprête à ranger le dessin qu'il a étalé sur la table de l'Architecte, comme il fait parfois, de plus en plus souvent depuis que leur patron est parti à la campagne. Marianne contourne le bureau et pose une main sur l'épaule de Martin, geste d'apaisement, on a le temps, elle aussi aime bien les dessins de l'Architecte. Elle n'a simplement pas la patience de rester béatement devant, ne connaît pas la fascination qu'ils exercent sur son compagnon. « Qu'est-ce que c'est ? » La légende est de cette écriture excessivement bouclée, ourlée de pleins et déliés, pénible à déchiffrer. L'Architecte l'a accoutumé à lire ses recommandations manuscrites, et lui a enseigné, de même, à écrire les lettrines alambiquées. Il est en mesure à présent de lire ses lettres et de lui répondre. Martin a réussi à décrypter : *Cénotaphe,* mot incompréhensible, suivi d'un nom inconnu. Il ne répond pas à Marianne. Elle pèse sur son épaule pour l'inviter à se rasseoir « Tu m'aideras à sortir les tapis sur le balcon dans un moment. Rien ne presse. »

Martin remercie d'un baiser sur la main de Marianne. Il revient à l'examen du dessin. C'est le premier d'une série qui décrit des aspects du même projet. Il y a une vue de l'extérieur et des vues en coupe illustrant des mises en scène différentes du bâtiment. Chaque vue, traitée en noir et blanc avec des effets d'ombres et de lumières réalistes, est spectaculaire ; Martin ne saurait les hiérarchiser en fonction de ce critère, tous les dessins sont également impressionnants. Celui que Martin a sous les yeux est peut-être son préféré. Surtout, le maître lui en a parlé, un jour qu'il le regardait. La vue extérieure représente, sous des cieux crépusculaires, un monument dont les proportions défient ce qui est pensable, ce que Martin peut concevoir en tout cas. Il comprend qu'à côté de cela, les immensités de Versailles seraient écrasées. Le bâtiment est constitué d'une sphère gigantesque enchâssée dans une imbrication de parapets courbes, crénelés d'arbres plantés tellement serrés, qu'ils imitent un rythme de grille. Au milieu du plus haut parapet, un feu tache de blanc le centre exact de la sphère, et le chapelet de fumée qu'il produit déchire le parfait alignement végétal, au-dessus de lui. Au pied de la boule démesurée, dans l'axe, une ouverture demi-circulaire fait un arc sombre, servi par un grand escalier central. Martin ne se lasse pas de détailler les petits personnages sur les marches indiscernables. Des silhouettes qui griffent la blancheur de l'énorme escalier devant le bâtiment, dont les degrés portent le regard jusqu'à l'arche de la porte. À peine des insectes, des signatures d'humains. Pourtant, Martin, à s'abîmer dans la contemplation du dessin, à se laisser envahir par le vertige, a parfois l'illusion de les entendre, de saisir des bribes de leurs conversations qu'il imagine trop élevées pour lui, inaccessibles. À son grand étonnement, le dessin immobile se met à raconter l'histoire de ces visiteurs, la majesté du monument amorce une fable, quelque chose d'aussi vaste que les légendes du Christ qu'on lui enseignait naguère. Quelque chose qui le dépasse, comme le dépassent les dimensions du globe, sorte de Lune descendue sur la Terre, qui développe ses courbes loin au-dessus des minuscules créatures à ses pieds. Amusé par la fascination du garçon, l'Architecte avait expliqué son intérêt pour les sphères, « les corps circulaires sont d'abord agréables par la douceur de leurs contours, ils développent au regard la plus grande surface, ce qui rend un monument conçu à partir de sphères, ample et majestueux. Je privilégie les formes simples. Les cercles, les triangles, les carrés forment le vocabulaire de mes phrases architecturales. Un bâtiment qui parvient à donner, par l'équilibre et la symétrie de géométries basiques, une image de rigueur et de perfection, marque l'esprit par sa force et, surtout, donne à lire son organisation et sa fonction ».

Comment ces fourmis pourraient-elles faire plus que rêver pareil délire ? Qui pourrait réaliser un tel édifice ? L'Architecte ne semblait pas ému par les proportions stupéfiantes de son projet. « Tout cela se fera, avait-il affirmé. Des esprits médiocres verront dans mes projets de pures spéculations, quand ils constituent la grammaire du futur que je veux laisser en héritage. Les aspirations du peuple méritent la résonance d'espaces à sa mesure. Des poitrines de colosses où sa clameur est reçue tout entière. Je dis *sa clameur*, entends aussi *sa pensée*. Je songe en ce moment au concours de l'Académie pour l'an prochain. Le sujet pourrait être un Palais municipal, un bâtiment pour l'Assemblée, un Palais de Justice... Autant de lieux où la parole du peuple devrait être entendue, où il s'agirait que le peuple s'invite. Tu ne crois pas ? » Martin se souvient de cet échange. Les lèvres de Marianne effleurent sa joue, à ce contact, le souvenir s'évanouit. Elle considère le dessin en soupirant : « Tout de même, Monsieur aime s'alambiquer l'esprit. »

Marianne ouvre la porte de l'appartement de l'Architecte. Apparaît un homme, cheveux grisonnants qui dépassent d'un chapeau cylindrique, figure ronde et ventre idem, bras appuyé sur une canne de jonc à la mode, frac doublé de soie bleue, culotte de casimir enfoncée dans les bottes salies par la marche. Un *aristocruche* ? pense d'abord Marianne. Pas vraiment ; il ne serait pas en bleu mais en deuil, il ne ferait pas mine de saisir le bord de son chapeau pour saluer et ne l'appellerait pas « citoyenne » sans marquer l'ironie. « Martin est là ? » demande-t-il, et justement, Martin apparaît, voit l'homme sur le palier et s'exclame : « M. Mique ! » Il le présente à Marianne. Elle ne l'avait jamais vu, l'accueille avec chaleur, s'empresse : « Ô monsieur, excusez-moi, on vous doit tant mon Martin et moi... Entrez, entrez, mais M. Boullée n'est pas là vous savez, il est à la campagne. » Martin a surpris l'expression de Mique, il devine : le visiteur est là justement pour profiter de l'absence de l'Architecte. « Eh bien, vous m'obligeriez en me permettant de me poser un moment, je suis venu à pied depuis chez moi. Et je voudrais m'entretenir avec Martin. »

Ils s'installent dans le salon qui sent la cire renouvelée, l'intérieur aéré assaini par la lumière du jour. Les cris des martinets égrènent leurs pointes vives depuis la rue. Mique observe ce garçon avec des sentiments partagés, entre un brin d'indignation atténué de beaucoup d'amitié, à le voir assis dans le fauteuil de son maître comme s'il était le sien, offrant civilement une liqueur en bourgeois qui sait recevoir, s'enquérant de sa santé. « Tu deviendrais presque loquace ! Je te remercie, ma santé est excellente. L'âge tente de saper mes forces, mais les fondations sont solides, je ne suis pas inquiet. Mes soucis sont d'un autre ordre, mais je ne veux pas t'ennuyer… » C'est surtout compliqué, pense Mique, et puis ça ne regarde personne, il ne va tout de même pas expliquer à Martin la délirante histoire de celui qui prétendait être son frère. Histoire dont il espérait être débarrassé depuis que l'escroc était mort à Bicêtre. Et voilà que la fille de ce fou, convaincue par l'entêtement de son père, menace de le mener au procès à son tour ! Cela n'en finira donc jamais ! Mique n'a pas conscience de l'évolution de son protégé. Il supposerait sinon que Martin, en lecteur des annales et des gazettes, a connaissance des mauvais articles qui font écho aux déboires de Richard Mique. Les chroniqueurs ont pris pitié du misérable Mougenot, mort en prison sans renier sa version, clamant jusqu'à son dernier souffle qu'il était le frère du ci-devant architecte de la reine. Une telle constance fait vaciller les convictions. On présente Mique comme une belle ordure, bien dans l'esprit du règne, méprisant et hautain, assez cruel pour laisser mourir son frère en prison plutôt que de partager sa fortune. Mique a beau maintenir que son vrai frère, cet imbécile d'aventurier, est mort en mer contre l'Anglais, rien n'y fait, la presse et l'opinion prennent le parti de la pauvre fille et du fantôme de son père. « Comment se porte M. Boullée ? » dit Mique. La question ne leurre pas Martin : « Il se repose. » Mique se trouble, il improvise un discours sur son espoir de le revoir vite et en bonne santé, le sourire de Martin s'étire en une moue ironique, il est évident qu'un autre sujet occupe les pensées du visiteur. Richard Mique se racle la gorge, rougit légèrement, se lance : « Martin, sais-tu où M. Boullée range ses études ? » Martin arrondit son regard. Il a peur de comprendre, laisse poursuivre. « C'est de la simple curiosité, je veux t'en convaincre, un hommage. Je ne résiste pas à l'envie de considérer son travail, en privilégié. » Martin se crispe, le sourire qu'il tend à Mique se tord de façon désagréable. Mique inspire avec force, il pense que son petit protégé lui doit ce minuscule service, qu'il fait bien des manières : « Nous avons imaginé des projets pour Versailles, lui et moi. J'aimerais voir ses esquisses, même un court instant. Personne n'en saura rien.

— Il faut lui écrire, dit Martin, soudain froid.

— Il ne voudra pas. C'est naturel. Il se méfiera. Mais toi, Martin, tu sais bien que je ne te demanderais rien de malhonnête, n'est-ce pas ? »

Les accusations de la presse font leur méchant travail dans les pensées de Martin. Il se sent floué. Il voit s'éclairer toute une stratégie, un plan mûrit longuement : « C'est pour ça que vous m'avez présenté à Monsieur ?

— Non, allons, Martin. Je t'assure... L'idée m'en est venue plus tard. Aujourd'hui, pour dire la vérité.

— Écrivez à M. Boullée, il me fera savoir.

— Martin...

— Je ne peux rien de plus. Vous devriez partir maintenant. »

On le congédie. Mique étouffe. Une humiliation pour une autre, les deux vexations sont debout, se font face, l'enfant et le protecteur, le jeune homme et le vieux maître, Mique est indigné que son jeune protégé, pour qui il a tant fait, le soupçonne d'avoir calculé pareille manœuvre. Il n'en revient pas, ce devait être si simple, il a répété la scène pendant le trajet, s'est convaincu que son petit Martin ne saurait lui refuser un service aussi nul, pour qui se prend-il ? « Tu me déçois, tu as changé, tu me dois tout. » Martin est moins assuré que le croit Mique, il flanche, il a des remords, il est tenté de céder, voudrait plier, dire c'est vrai, qu'importe, allons voir, je sais où sont les dessins, un moment seulement... les mots tournent dans sa tête, ils sont séduisants avec leur goût d'accalmie, de dette enfin payée. « Monsieur. Il faut me comprendre... » ces mots, tous ces mots, ces paroles imprévues, qu'il ne veut pas prononcer, qui lui font de la peine, qui dévient le cours des choses, durcissent sous sa langue, que Mique reçoit comme une gifle. « Tu crois que j'ai besoin des leçons d'un autre architecte ? Tu n'as pas pris la pleine mesure de qui je suis, par ma foi ! » En Mique, à l'intime, vibre plus de désespoir que de colère, sa phrase soulève un sabbat moqueur dans ses propres pensées : *Qui tu es ? Mon pauvre Mique, tu n'es plus rien, tu es de l'ancien temps, tes colonnes et tes arches ont un relent de copies d'antique*. Il le sait bien, en éprouve des palpitations, en fait des cauchemars depuis des années, bien avant l'exil parisien de ses maîtres, l'aventure est achevée ou presque, il est au bord du gouffre. Et maintenant, ce camouflet, pour une requête si anodine. « Je ne dirai pas que vous êtes passé », conclut Martin pour le rassurer. Mique est d'autant plus furieux que c'est exactement ce qu'il espère, que l'Architecte ignore sa démarche. Mique se dirige vers la sortie. « J'écrirai à M. Boullée », dit-il pour tenter de sauver les apparences. Martin veut la paix aussi : « Je suis sûr qu'il voudra bien. »

18

On leur parle d'un cabaret à bière, rue Basse-du-Rempart, derrière L'Ambigü-Comique, là où les travaux du boulevard ont élevé la chaussée au niveau des premières fenêtres des maisons. C'est un peu loin, mais par la rue des Petits-Champs, puis la rue des Capucines, le trajet ne dépasse pas la demi-heure. Le lieu est saturé, les clients se resserrent pour les accueillir sur leur banc, à une table qui n'est pas éclairée. Grands seigneurs, Marianne et Martin demandent une lumière et un pot et, comme Marianne a faim, des échaudés. Marianne sourit au souvenir qui resurgit alors. Leur premier moment libre pour tous les deux, une table, les yeux dans les yeux, dans un cabaret comme celui-là, et des gâteaux craquants. Dans le fond de la salle, sous une fenêtre, un homme lit les nouvelles, les décrets de l'Assemblée. On hoche gravement la tête, on écoute en jouant au cochonnet, avec ce gros dé à douze faces qui fait un bruit de caillou en roulant, on relève le nez quand une annonce interpelle plus qu'une autre, les commentaires suivent. Martin a cru reconnaître le lecteur, il a attendu pour être parfaitement sûr. Blaise, le ratier du hameau. Par sa voix, on apprend, dans l'indifférence, que Paris est désormais divisé en quarante-huit sections, et dans l'exultation, que les biens du clergé sont vendus, qu'ils sont devenus des biens nationaux. Car ce sont des biens usurpés, payés depuis des décennies par la sueur du peuple, qu'ils soient rendus au peuple ! La nouvelle – plutôt sa confirmation, car les débats sont suivis depuis long – est saluée par des cris de joie, des débuts d'hymnes patriotes. Chaque jour, dans tous ses aspects, la société est bouleversée. C'est un étonnement pour ceux qui voient cela depuis la rue, tous ceux qui ne pouvaient imaginer que des socles aussi immuables que le clergé, la noblesse et la royauté pouvaient le moins du monde plier sous la volonté du nombre. C'est un étonnement et une révélation. On peut donc repenser ce qui semblait éternel, on peut donc reconsidérer la vie. Le peuple se découvre une puissance de démiurge. Un homme se dresse dans la salle : « Et qui pourra payer ? » Il y a un silence. L'homme reprend, clairement : « Qui peut s'acheter les terrains d'un prieuré ? Vous ? Qui est assez fortuné ? » On s'en fout, lui dit un auditeur, tant que ces ventes renflouent les caisses de la Nation. Une rumeur unanime appuie ses dires. Blaise ne peut se retenir d'abonder : « Il a raison, vous savez. C'est le même mauvais coup que la décision de la Constituante l'an dernier. Le même mur financier qui distingue ceux qui peuvent être élus à la législative, et les autres. Un marc d'argent, vous vous souvenez ? Pensez à cela : un marc d'argent, c'est cinquante et un jours de salaire. Encore faut-il trouver un emploi ! » Ses mots sidèrent l'assistance et il reprend sa lecture, avec un calme qui semble contredire la fébrilité de sa déclaration.

Marianne et Martin sont là le lendemain, à la même heure. Ils se tablent en recul, loin du lecteur. Blaise a attendu que l'affluence soit suffisante. Il déploie son journal et commence. La voix de Blaise, exactement telle que dans le souvenir de Martin. Les intonations que le ratier employait pour amplifier un mot, le rythme de son souffle pour soutenir les effets du littérateur. « Il lit bien, à mon goût », dit Marianne. Martin opine. Le jeune couple boit et écoute les annonces et les discours qu'elles provoquent. Marianne adore cette ambiance. C'est agréable, et plus que cela : la cohésion du groupe, sa chaleur, le mélange d'hommes et de femmes, la quantité de rubans tricolores autour des bonnets et des chapeaux, les toasts portés « à la majesté du peuple » repris en chœur, les lendemains qu'on pressent, la parole qui roule sans entraves... elle se sent en famille. Elle observe Martin, son expression, son regard, le sourire dont elle sait la moindre nuance, se dit qu'il est heureux, lui aussi, et en éprouve un inexplicable soulagement.

Les jours passent. Juin avive les couleurs de la capitale, les rues s'assainissent, la misère contre les murs n'est plus accablée de froid et de pluie, les nuits sont plus animées. La lumière entre dans le cabaret, réchauffe les ombres, les portes sont ouvertes en grand et on perçoit la voix de Blaise depuis le boulevard, entre deux passages de voitures. Blaise et Martin, bien sûr, se sont reconnus. Ils se sont donné l'accolade, geste étrange qu'ils ne s'expliquent pas, étaient-ils à ce point heureux de se revoir ? Martin a présenté le ratier à Marianne et Blaise a pris la liberté de préciser leurs liens. Le temps du hameau, « on se lisait déjà des livres », dit Blaise, et Marianne sourit : « Il a gardé cette habitude. » Blaise revient à Martin et à leurs connaissances communes : « Les Bussard vont bien. J'ai des nouvelles par notre cabaretier de Versailles. Ils continuent de jouer dans leur décor, comme devant. C'est le petit Antoine qui te remplace. Ils vivent loin de tout ça… » Blaise veut dire *loin de la vérité*, Martin acquiesce, et Blaise conclut : « Allons, c'est un métier comme un autre ! »

Quand ils entrent à présent, le ratier les suit des yeux, sourire complice. Après sa séance, il les retrouve pour boire ensemble. Marianne aime entendre parler d'un Martin qu'elle n'a jamais connu. Ils évoquent le présent, le passé. Parlent aussi d'avenir, parce que ce temps est celui où demain ressemble à une naissance. Blaise travaille dans le journal *L'Ami du peuple* qui reparaît à présent, il connaît Marat, ce qui provoque l'admiration du jeune couple. Blaise promet de leur présenter le fameux directeur de son journal. « Marat annonce une nouvelle publication : *Le Junius français*. J'espère veiller à l'imprimerie de celui-là aussi ». Les méandres de son monologue l'entraînent vers leurs souvenirs partagés : « Tu te souviens, Martin, quand je croyais avoir signé la mort du dauphin ? » Marianne lève un sourcil incrédule, Blaise explique son goût pour les choses mystérieuses, les diableries et les sorts. Marianne a appris à connaître Blaise, elle n'hésite plus à le bousculer : « Marat connaît tes penchants ? Ça ne doit pas lui plaire beaucoup. Où places-tu la Raison ? N'est-elle pas au-dessus de ces superstitions ?

— Je ne saurais te contredire, citoyenne. Marat a écrit un livre sur la physique du feu, c'est un esprit scientifique. Mais la science n'apporte pas toutes les réponses, Marianne. Il faut bien trouver des mots pour ce qui manque, des raisons pour ce qui advient sans logique. J'ai constaté des tours du destin si surprenants que la raison s'y perd. Si tu voyais, comme moi, l'extraordinaire résistance des convulsionnaires, tu douterais de la fermeté de tes idées.

— Les convulsionnaires ? Je croyais que c'était une secte interdite ?

— Non pas. On nous demande d'être discrets, voilà tout.

— Tu es des leurs ? »

Blaise a une expression étrange, presque coquette, comme s'il avouait qu'il se parfume.

« Oui. Disons que je suis à leur service.

— Autrement dit ?

— J'en crucifie un de temps en temps.

— Quoi ? disent Marianne et Martin en chœur.

— C'est sans risque, je vous rassure. Hideux, mais sans risque. »

Puis Blaise balaie ses propos d'une moue indescriptible et revient à son idée.

« Je visite régulièrement un cartomancien fameux dont les prophéties sont formidables. Formidables car elles se vérifient ! Il demeure des mystères, je vous le dis. Et je suis bien certain qu'en son for intérieur, le citoyen Marat en redoute le caractère.

— Je pensais que le peuple avait abandonné ces fables, dit Marianne. Hors celle de Dieu, bien sûr.

— Celle de Dieu a été dévoyée. On la fera vivre avec plus d'honnêteté un jour, mais c'est un autre débat. Tu ne crois pas au diable, Marianne ?

— Pas plus qu'à la virginité de ma mère. »

Ils s'esclaffent. Blaise s'en tient là et avale son gobelet d'un trait.

Le mois de juin roule vers sa fin, les cocardes aux balcons fleurissent. Portées par la voix de Blaise, les annonces s'enchaînent, le droit de décider de la paix et de la guerre relève de la Nation, on remet au goût du jour les ateliers de charité, il y a des insurrections contre-révolutionnaires à la Martinique, à Nîmes où des catholiques massacrent des protestants, et à Avignon. Puis les révolutionnaires l'emportent à Nîmes, grâce aux paysans, et à Avignon, qui demande d'entrer dans le giron de la France, comme Montmartre à la capitale. Saluée par de grands cris, l'abolition de la noblesse héréditaire est prononcée. Désormais, plus de titres, armoiries, livrées... entre Français, il n'existera plus aucune distinction due à la naissance. On se congratule, Marianne et Martin sont soulevés de joie. Et aussi on débat sur le vote des femmes. On annonce des fêtes de la Fédération à Strasbourg et à Besançon, puis à Rouen et à Lyon. On approche de celle qu'on organise à Paris, et qui restera pour la postérité, on le pressent, la cérémonie de la grande communion de la Nation avec son roi. Blaise n'y sera pas. Le ratier a expliqué à ses deux tourtereaux tout à leur enthousiasme que *L'Ami du peuple* vitupère contre cette union factice, cette foutue fête qui n'est qu'un leurre, une fantaisie pour aveugler les naïfs. Marat n'en finit pas de trier, de distinguer les vrais amis de la liberté de ceux qu'il faut exclure. Selon lui, la vraie révolution est encore à venir. Celle-ci, qu'on croit déjà achevée, n'en est que l'ébauche, imaginée par des nantis incapables de la rêver plus accomplie, c'est-à-dire accomplie pour tous, ce qui fait réfléchir le couple mais ne l'empêche pas de se sentir à l'unisson du mouvement qu'on perçoit partout, dans les rues, les places et les cabarets. Tout cela est en marche, comment peut-on trouver bon de se tenir à l'écart ?

19

Martin adore le vertige que lui procurent les dessins de l'Architecte. Celui de la Bibliothèque Royale, qu'il avait ramassé par terre un jour, est un prodige qu'il ne parvient pas à s'expliquer. Quel artifice permet ainsi de donner l'impression de l'immensité, sur une feuille plane ? Depuis que l'Architecte est parti, Martin profite de ses moments d'oisiveté pour entrer dans le bureau aussi discrètement que si le maître était présent, sortir délicatement un dessin du meuble de classement, et le contempler longuement, avec concentration, à s'y perdre. Les perspectives ouvertes sous son regard sont autant de questions posées à sa réflexion. Il le sent. Regrette bien que l'Architecte ne soit pas là pour l'éclairer, profite de la sensation de bercement qui le gagne quand il est plongé dans son examen.

Il y a ces dessins de cimetières, de chapelles, de monuments funéraires, ces *cénotaphes*, mot dont il connaît le sens à présent, qui désigne un tombeau sans corps, un monument qui perpétue le souvenir d'un être d'exception, un défunt, héros de la pensée ou de la guerre. L'Architecte semble revenir obstinément à la mort. Pas la sienne ; il vise plus haut, plus grand, toujours, il n'entreprend rien qui ne serait pas universel. Un art funéraire aux dimensions de la condition humaine. Il avait montré à Martin des dessins de tours énormes, de pyramides faites de pierres innombrables, avec des foules qui s'empressent autour de la fumée des sacrifices. Puis il avait sorti, pour les leur comparer, d'autres dessins, où des murailles semblaient des ancres inversées, socles enracinés, pointes vers le ciel. Notamment une *Entrée de cimetière* et un projet de monument funéraire « caractérisant le genre d'une architecture ensevelie », disait la légende. L'*Entrée de cimetière* faisait un triangle épais percé au sol d'une arche également triangulaire. Le bâtiment était représenté en contre-jour, barrant le crépuscule de sa masse compacte et sombre. Le projet « d'architecture ensevelie » semblait un négatif de gravure, une inversion de la première, son triangle immense était blanc sous un ciel nébuleux et recevait une averse de rayons de lumière. « Temples de la mort, votre aspect doit glacer le cœur ! Artiste, fuis la lumière des cieux ! Descends dans les tombeaux pour y tracer tes idées à la lueur pâle et mourante des lampes sépulcrales », avait déclamé l'Architecte en lisant une feuille où il avait griffonné ces mots. Il avait regardé Martin pour guetter l'effet de sa prose sur un premier auditeur. Déçu de ne pas lire une sorte d'effroi respectueux sur son visage, il avait rangé son papier en toussant. « Vois-tu, ces entrées de cimetières n'ont pas pour but de magnifier la mort. Il s'agit de donner aux grands hommes, Voltaire, Newton ou Rousseau, comme chacun voudra, une postérité éternelle. Il faut, pour les confier à l'éternité, des monuments qui conserveront pendant dix siècles leur majesté. J'étudie depuis longtemps une architecture des ombres et j'hésite entre deux forces contradictoires. L'une est l'élan de Babel : une élévation qui inspire le visiteur, ce sont des fanaux, des phares, des tours, des pyramides d'une telle taille que les montagnes les jalouseraient. L'autre force est la puissance préfigurée des ruines, leur socle enseveli au point de se confondre avec les roches. Ce sont ces angles très ouverts, massifs, solennels, manifestement indestructibles. J'hésite parce qu'il est toujours possible d'abattre la force érigée de Babel, quand il faut beaucoup d'opiniâtreté pour déraciner des fondations géantes. Les temps nouveaux fourmillent de héros en germe, il faudra des traces de leur passage ; dire aux générations : "tels furent nos rêves" et les contraindre à s'y attarder et à mesurer leurs vies et leurs vertus à celles de leurs prédécesseurs. Dans cet examen, ils apprécieront l'effort à fournir et la direction à prendre. Édifier par l'édifice, tu comprends ? » Martin comprenait. Quelque chose le gênait cependant, qu'il n'avait su formuler. C'était l'idée que la vertu était placée sous l'autorité des morts, désignés comme modèles indépassables. Il ne connaissait aucun vivant qui ferait un mort exemplaire. Martin se dit qu'il ne fréquentait pas les bonnes personnes. Nulle part au hameau, ni chez Beauvilliers, ni rue du Pied-de-Bœuf, on ne trouverait de penseurs qui inspireraient au citoyen Étienne-Louis Boullée, architecte visionnaire, un monument éternel. Dans quel terreau les faisait-on pousser ?

L'appartement de l'Architecte est relativement modeste. Sans doute plus modeste que celui de son confrère Mique, mais il s'en satisfait. Marianne et Martin descendent de leur chambre de bonne par un escalier de service qui donne accès direct à son logis. Ils ouvrent les fenêtres et tirent les tentures damassées, font entrer en grand l'air et le soleil. Cuisine, salon, salle à manger sortent un à un de leur engourdissement nocturne, l'enfilade de pièces qui s'achève par le bureau et la bibliothèque attenante renaît. Quand l'Architecte était ici et qu'il dormait, ils n'ouvraient d'abord que la cuisine, Martin préparait le repas frugal que le maître prenait au sortir de sa chambre. Une chambre équipée d'un cabinet de toilette. Marianne n'a jamais connu un tel luxe et Martin ne songe pas aux lointains fastes versaillais. Cet embourgeoisement relatif n'est pas exactement le leur, mais ils savent le savourer comme un répit. Pendant les températures incertaines du printemps, ils avaient chaud. Pour eux qui ont connu des froids terribles, c'est une sensation qui offre un regain, adoucit la vie. Ici, tout est feutré, calme et propre. Quand l'Architecte était présent, il n'était guère bruyant, d'ailleurs, sans colère, sans caprices, expliquant ce qu'il désirait, le demandant avec douceur, remerciant. Payant bien. Depuis son départ, leur traitement de gardiens leur parvient sans faillir, chaque semaine. Certains jours, ils se prennent à espérer son retour. C'est un homme comme ils n'en ont jamais connu.

De la fenêtre de son salon, Richard Mique découvre Martin, debout de l'autre côté de la rue. Le jeune homme attend. Il est appuyé au mur, mains dans les poches, pipe à la bouche, élève le regard sur l'étage où la silhouette vient d'apparaître. Mique devine. Il écrit vite des messages aux invités qui devaient le visiter ce jour, qu'ils veuillent bien excuser sa défection impromptue, confie les lettres à son coursier, s'habille rapidement et sort.

20

« Il a décidé la suppression des petits appartements sur la cour de marbre, cela, comme moi. Il y a une rotonde ensuite... et des escaliers... » Mique accompagne la progression d'un promeneur imaginaire sur le plan étalé devant lui. Il acquiesce à toutes les résolutions prises par l'Architecte pour la transformation de Versailles. « La distribution commence ainsi... Je reconnais les recommandations de notre maître, Blondel. Tu vois, il donne au visiteur l'illusion d'une marche libre quand il l'entraîne selon sa volonté. Et maintenant... (son doigt guide les yeux de Martin à travers la surcharge de traits rouges apportés sur un fond de plan gravé, et qui désignent des cloisons nouvelles et des ouvertures, des ailes ajoutées à l'existant) la galerie des Glaces saisit le spectateur avec d'autant plus de force, qu'elle lui semble d'abord une pièce de plus. Alors, il la découvre dans toute sa majesté... » Il décrit cela voix haute, pour accueillir Martin, complice désormais, dans la scène. « Tout cela date de plus de dix ans maintenant. Un concours lancé par le roi, à sa manière, entre des architectes choisis par lui et d'Angiviller. J'étais du nombre, bien sûr. Tout ce que nous avons imaginé, Boullée et moi, restera un rêve. Il n'y aura jamais de nouveau château de Versailles, c'est une évidence aujourd'hui. Tu as bien compris que je n'espionne pas ; je ne veux qu'admirer. » Mique poursuit par une vue générale du même projet, un très grand format jeté comme une couverture sur le plan de travail : « C'est une élévation de la façade principale. Je présume que ces grandes masses horizontales doivent te paraître assez monotones. Pourtant… » Martin ne cille pas. Le dessin technique ne le trouble pas comme les grandes visions crépusculaires de l'Architecte. « Il supprime les ailes de Le Vau. Je n'avais pas osé… Crée une vaste colonnade au centre. Il en avait proprement fini avec Vitruve ; notre ami a mieux compris que moi l'enseignement le plus récent de Viel de Saint-Maux. Et ce détail : cette manière de diadème qui couronne discrètement la partie centrale, s'élève par degrés pour supporter un grand groupe statuaire. Cela souligne la symétrie… Il développe en façade un entablement sur lequel sont alignées des statues, qui rythment, une musique pour l'esprit. Hors cela, des façades dépouillées. À sa façon. Vois comme tout cela est commode à l'œil du visiteur. Son regard embrasse d'un coup un espace parfaitement lisible. Oui… La simplicité et la monumentalité qui lui sont chères. » Il se redresse, un peu étourdi. Soupire.

Prend conscience de l'endroit où il se trouve. Sans doute, Étienne-Louis Boullée ne dessine pas ici, c'est trop étroit. Il doit travailler à son académie, près de ses élèves. Ici, il écrit, mûrit des projets, lit et médite. Mique ne s'étonne pas de découvrir les portraits accrochés au-dessus du bureau. Newton et Copernic. Le vertige, le génie, l'immortalité des lois de la science. « Je comprends les sentiments de M. Boullée pour la Révolution. Ces temps nouveaux veulent un architecte à leurs mesures, qui sache imaginer des temples à leur gloire. M. Boullée est celui qu'il faut. » Mique reste longtemps à examiner le projet de son confrère. Enfin, Martin peut ranger les dessins et rejoindre Mique dans le vestibule, où il est déjà prêt à partir. « Mon cher Martin, je ne voulais pas te mettre dans l'embarras. Je suis heureux que tu sois revenu sur tes premiers sentiments. Je ne reparaîtrai pas, et personne ne saura jamais rien de ma visite ni de ce que j'ai vu. » Il lui serre la main « Mon fils me conseille de m'éloigner de Paris. Croirais-tu qu'il veut devenir un de ces enragés ? Mon Dieu ! Je voudrais qu'il s'engage ainsi pour seulement me protéger ! Je crois plutôt qu'il est sincèrement excité par les nouvelles idées. Je vais peut-être l'écouter, séjourner chez mon gendre à Saint-Malo en attendant que les esprits se calment. » Mique cherche son chapeau, s'aperçoit qu'il l'a déjà sur la tête, il laisse échapper un petit cri étonné, plein de maladresse, serre à nouveau la main de Martin. « Je te remercie. J'étais excessivement blessé. Maintenant, tout est bien.

Adieu, Martin. Reste à l'écart, prends soin de ta Marianne. Le reste est bon pour les agités. »

La porte claque. Marianne apparaît. Elle a trouvé à s'occuper jusque-là pour ne pas déranger. Elle approche de Martin tandis que les pas de Mique décroissent dans l'escalier. L'expression de Martin tournée vers elle, Marianne l'analyse parfaitement : *Est-ce que j'ai eu raison ?* se demande-t-il.

« Est-ce qu'il t'a demandé pourquoi tu étais revenu sur ta décision ?

— Non.

— Pourquoi es-tu revenu sur ta décision ?

— Je le lui devais, et puis...

— Et puis ?

— ... il est déjà mort. »

Martin fréquente assidûment les livres à présent. Plus seulement les chroniques de journaux qui relaient sa pensée, mais les longs textes aux contours gourmés, aux thèmes ambitieux. Il lui faut beaucoup de temps pour en venir à bout, il bataille. Marianne se moque gentiment, blottie contre lui, le soir. Il a conservé l'habitude de porter les mots des autres par la voix, pour bien en savourer les inflexions. Elle écoute, s'endort parfois, bercée par la lecture. Martin sent sur sa poitrine la tête de Marianne qui pèse, son souffle apaisé. Il poursuit la lecture *mezzo voce*. Ce soir, il a décidé de tenir sa promesse. Il tente de comprendre le préambule du livre offert par Marie Bussard, dans une autre vie. L'Architecte l'avait parcouru et le lui avait rendu avec un sourire d'ironie : « On te prie ici de croire que l'homme est dans son corps matériel pour le punir de fautes originelles, destin auquel rien ne le condamne que lui-même, car il aurait par son âme la capacité de s'élever vers un état de grandeur. Comme de coutume, allais-je dire… On assène à chaque ligne l'illusion d'une perfection qui ne devrait rien aux sens. On devrait tout attendre du divin. Selon moi, la perfection n'est pas détachée de ce que peut notre Nature. Tiens, fais-en l'usage que tu voudras. Quand tu auras fini, nous reviendrons à Rousseau. La religion nous a convaincus, par des générations d'idées martelées, que nous étions essentiellement mauvais et qu'il fallait nous punir dès la naissance. Rousseau nous a imaginés moins absolus dans notre nature. Bons ou mauvais, incertains, c'est la société qui choisit pour nous. Je ne sais pas si l'Homme est bon. Je sais, moi, que je ne suis pas méchant et que le bien des autres m'importe. Notre Révolution tente de donner les outils du bonheur. C'est inédit. Cela passe par l'égalité. Je ne suis pas dupe : beaucoup écoutent ce discours avec un air patient, en clavecinant sur la table. Ils attendent le moment où l'on cessera de rêver. »

Fort de ce conseil, Martin tente de décrypter l'avant-propos de *Tableau naturel des rapports qui existent entre Dieu, l'Homme et l'Univers*, le livre offert par Mme Bussard. Il comprend à peu près que les résultats matériels de la Nature physique sont le produit de puissances supérieures à ces résultats. L'auteur assure que c'est *une idée à la fois simple et vaste*... Martin repose le livre, soupire. Il pense au corps de Marianne contre lui. Il perd le fil, se concentre. Les astres ne cèdent pas à la gravité générale qui devrait... Elle a ce creux, là, cette fossette unique dans la cambrure tellement émouvante. C'est qu'il existe une loi supérieure à celle des astres, une puissance dont... Elle respire, les muscles roulent sous l'épiderme, font un remuement alangui. Au contact, c'est chaud. Lui doit avoir les mains froides, la peau tressaille à son contact. Il tente de relier les chapitres suivants, véritable panoplie mythologique, avec le visage sévère de M. Cazotte et ses paroles inquiétantes. M. Mique avait laissé entendre que le martinisme avait pu perturber l'esprit du vieillard. Martin suppose qu'il faut être bien fragile en effet pour que l'idée de principes supérieurs qui échappent à l'entendement apporte un trouble plus grand que la simple et vieille idée de Dieu, parfaitement identique. Il abandonne le précieux objet, le fait doucement tomber sur le sol, se demande si la reine l'a appelé Martin à cause de cette mode théosophique, conclut qu'il est trop tard pour s'en inquiéter. L'étrange pensée qu'il lui doit au moins son nom le traverse, avec à sa suite une farandole d'énigmes qui font de la reine celle qui l'a accouché en quelque sorte, l'a nommé sans le baptiser, l'a baptisé en effaçant son véritable nom, l'a inventé en le perdant... Il souffle la bougie de suif. Puis il quitte la position assise pour s'allonger tout à fait, rejoindre le corps nu qui l'attend, sous les bonnes épaisseurs de lin et de duvet. Ses mains sur Marianne comme un appel. Elle émet en réponse un murmure, un gémissement entre plainte et gourmandise.

21

Les journées se passent ainsi. L'entretien de l'appartement, le passage au bureau de poste, un tour au marché, une promenade au Pont-Neuf, une visite aux parents Forins et au chantier de démolition de la Bastille. L'absence de l'Architecte leur laisse la bride sur le cou, ils sont jeunes, peut-être légèrement inconscients, veulent profiter de leur temps et de leur argent. Par désœuvrement, ils essaient une fois un cabaret aux franges du faubourg Saint-Marcel. Le sorbet qu'on y sert irrite les viscères, ils ne le boivent qu'à petites lampées, la clientèle est maussade, picole pour s'anesthésier, se morfond, s'excite brusquement et jette des mots incohérents avant de s'effondrer sur les tables. Marianne est ennuyée ; elle voulait un endroit spécial ce soir. Tant pis, elle suppose que son annonce va illuminer le lieu. « Martin... » commence Marianne, quand un rabatteux, un voleur nocturne, dans un état qui ne lui permettra manifestement pas de travailler, aborde la jeune femme. C'est un énorme méchant, débraillé en sueur, édenté, qui vient grasseyer à la joue de Marianne, en titubant : « On va rrrivaucher, on va rrrivaucher, hein ? » Martin se sent bien menu face à cette outre pleine. Embarrassé par la table il tend un bras pour s'interposer, que la brute écarte d'un geste. Le rabatteux se penche, se colle maintenant la figure contre les seins de la jeune femme. Marianne le repousse, le type mécontent la fait basculer en arrière d'une bourrade, elle a un cri de surprise en tombant de sa chaise. Martin empoigne une cruche et la fait exploser contre la mâchoire du costaud qui perd l'équilibre, tourne un instant sur lui-même, bras écartés et ivres, crache une dent et s'affale par terre, sur Marianne qui se redressait. L'homme n'est pas assommé, il s'ébroue, se retourne, se voit en position, il se met à rire, écrase la fille sous son énorme poids, les clients autour sont saisis de la même hilarité, voyez le tableau, le gamin qui veut protéger sa petite et pousse le ribaud entre ses jambes. Martin a encore dans la paume la poignée du pot avec les angles saillants de la terre cuite brisée, il se précipite sur l'homme, lance un coup assassin sur le crâne, de toutes ses forces, ça fait un choc net, un craquement qui fait crier quelqu'un dans l'assistance. Marianne multiplie la force de ses ruades et de ses coups, renverse l'ivrogne d'un appui de ses jambes libérées, le voici étendu sur le dos, Martin se jette de tout son poids, ses genoux enfoncent la poitrine de l'autre qui suffoque et il balance des coups nerveux et rapides de son poing armé, l'homme réplique malgré l'étourdissement, mais Martin est dans une telle colère qu'il ne sent pas les coups, son poing franchit la barrière des gestes soûls qui tentent de protéger et les angles coupants taillent, arrachent des lambeaux de peau et de muscles, Marianne est debout maintenant, furieuse, elle donne des coups de pied, de toute sa vigueur envoie ses pointes de souliers dans les côtes, dans la tête, entre les cuisses, elle insulte l'écorché, elle encourage Martin. Autour d'eux, un silence sidéré a suivi la rigolade, on s'anime enfin, on réalise, des mains agrippent Martin. On le repousse, on le jette loin, il se retrouve cul par terre, Marianne le rejoint. Quelqu'un lance : « Vous feriez mieux de pas rester là. Filez ! » Ils se retrouvent dehors. Que s'est-il passé ? Martin n'ose pas regarder sa main qui enfle. Il prend conscience à présent des coups portés par son adversaire, à l'épaule, aux côtes, à la mâchoire, des ondes douloureuses s'additionnent et punissent le moindre geste, la respiration même. Marianne veut l'épauler, ne sait comment se tenir contre lui. Ils amorcent un bout de nuit, cabotent nauséeux et bancroches au milieu de la pénombre.

Ils sont lavés, changés, ne parviennent pas à décider d'aller se coucher, les nerfs les contiennent, les suspendent hors du contact des choses et du temps. Martin grimace. Des pulsations montent de la main, gagnent les tempes, semblent occuper tout l'espace de leur chambre minuscule. Marianne a enveloppé la main de bandages. C'était serré, elle a défait les longueurs de charpie. Ils ne savent que faire, Martin sent une fièvre l'envahir, lente et molle, l'investir, l'abattre soudain. Ils se regardent. On a fait ça ? À deux, parce que Marianne y est allée avec énergie, qu'elle aurait pu tenir les restes de pot et s'en servir avec autant de haine. Elle ne peut rien dire, scrute son amour, son monstrueux amour, et se reconnaît dans sa violence. C'est une sacrée révélation. Ils se couchent, honteux, accolés, inséparables, ne s'endorment pas. Martin tout à sa douleur qui électrise doigts, bras, échine ; Marianne plongée dans la répétition de ce moment, de ce moment où elle voyait Martin démolir la gueule d'un type à terre et qu'elle encourageait son combattant. Elle tremble. Finit par dire ce qu'elle s'apprêtait à lui apprendre tout à l'heure, juste avant que l'autre survienne, cela ne devrait pas être maintenant, après ce qui vient de se passer, le moment n'est pas idéal, elle dit tout de même, parce que c'est sûr depuis quelque temps : « Martin ? Tu sais, je suis grosse. »

22

C'est une fourmilière, un grouillement surgi de la poussière de juillet, une concentration humaine comme on n'en a jamais vu. Combien sont-ils ? trente, cinquante, soixante mille ? Indénombrable aux yeux des arrivants qui affluent sans cesse, grossissent la multitude bigarrée qui s'active, inépuisable. « Le peuple que cherchait M. Boullée », se dit Martin, souffle coupé. Le spectacle est si stupéfiant, si exaltant, que Marianne se met à battre des mains. Avec eux, dans le même élan, des flots humains se déversent par colonnes ininterrompues dans l'espace immense du Champ-de-Mars. Pas de sentinelles ni de gardes-chiourmes, pas de bousculade, pas d'injures ni de confusion, on s'organise, on s'entraide, on s'arrange. On chante le carillon national, on se donne de l'élan. Ça ira, ça ira, ça ira ! Avec encore les paroles pacifiques du chansonnier de rue, Ladré, « le vrai catéchisme nous instruira et l'affreux fanatisme s'éteindra », il n'est pas encore l'heure de pendre les aristocrates à la lanterne. Hommes, femmes, enfants, vieillards, bien-portants ou invalides, des familles entières, des citoyens de toutes conditions, du collégien au pensionnaire, du moine au député, du fort de la halle au perruquier, du militaire au démolisseur de la Bastille, villageois accourus sur des dizaines de lieues, leurs maires au premier rang, écharpe en bandoulière, voisins venus porter de l'eau ou du vin, du plus humble à la coquette encore encombrée de ses bijoux, par groupes improvisés ou par corporations sous le signal d'une bannière, charbonniers, bouchers, colporteurs, imprimeurs précédés d'une oriflamme où l'on peut lire *Premier drapeau de la liberté*, tous sont là, creusent, piochent et brouettent, acheminent, évacuent ou élèvent des monceaux de terre. C'est la grande parade spontanée que le peuple offre à voir au peuple. À coups de dizaines de milliers de bras, le chantier est vite avancé, une montagne serait avalée d'une bouchée, tout sera prêt dans une semaine, c'est juré, pour qu'ait lieu la grande fête de la Fédération le 14, imaginée à Paris à l'imitation des nombreuses fêtes fédératives qui sont nées spontanément partout en province depuis l'automne dernier.

Les ouvriers embauchés pour préparer le terrain, mal payés, ont abandonné la partie. La fête était menacée. Immédiatement, la nouvelle a circulé, affiches, journaux et bouche à oreille, par les rues et les marchés, et sans ordre, sans concertation, les volontaires sont venus sur le Champ-de-Mars. Des dizaines de milliers. Ils veulent, ils désirent passionnément le premier grand rassemblement des Français autour de leur roi, la première épiphanie d'une nation, visible à elle-même, charriée depuis toutes les régions par le même flot irrépressible, une nation unie par une idée, se reconnaissant en elle, un bloc, une puissance qu'aucune volonté ne saurait défaire désormais.

Marianne et Martin ont traversé la Seine par le pont Royal, pelle sur l'épaule, ont rejoint des groupes qui se formaient le long du quai de la Grenouillère, un défilé épaissi par l'affluence d'autres colonnes venues du faubourg Saint-Germain, du quartier du Gros-Caillou ou de la campagne toute proche. Une cohue de plus en plus gaie et nombreuse les a entourés jusqu'au Champ-de-Mars.

Ils pénètrent l'espace remué de multitude. Ils se dirigent parmi la foule là où on réclame des bras. Enfin, ils sont à pied d'œuvre. Martin observe sa Marianne, essaie de déceler dans ce corps la métamorphose opérée, l'avenir patient qui mûrit entre ses flancs. Elle, inchangée, vigoureuse, belle, bûcheuse, coup de pelle, han, coup de pelle… Son visage en sueur se lève sur lui. Ils échangent un sourire. Complices à vie. Deux heures sont peut-être passées quand une rumeur se répand, puis des appels et des cris montent du chantier : le roi est là. Il est venu rendre visite aux volontaires. Il est venu les encourager par sa présence. Les corps se redressent, les bustes se tournent, les regards s'orientent vers le bord de l'énorme excavation, du côté de l'école militaire. Marianne se cambre, abrite ses yeux du plat de la main « Où est-il ? » Martin continue de pelleter, il reste courbé vers le sol. Marianne grimpe sur un talus, tend le bras : « Le dabuche, mes seigneurs ! » Martin la rejoint pour voir et là, éclate de rire. Un bref surgissement, vite éteint, toute son hilarité contenue dans une exclamation. Ce qui a provoqué le rire de Martin, c'est l'incongruité de ce roi progressant entre deux rangées de volontaires qui ont spontanément levé leurs pelles. La haie d'honneur, improvisée avec un zèle empressé, forme un tableau à la fois pathétique et réjouissant. Tout ce qui reste de ce pouvoir, pense Martin. Marianne est gagnée par la même impression d'assister à une comédie d'autant plus plaisante que chacun des acteurs met le plus grand sérieux dans son rôle. Le roi salue sa garde dépenaillée avec une dignité comique. Jaillissent de temps à autre des « Vive le roi » que l'intéressé fait mine de savourer. Il approche, le grotesque alignement s'organise en troupe, des hommes, outil à l'épaule, lui font à présent une garde spéciale qui marche à ses côtés, torses bombés. Le cortège arrive sur le lieu où travaillent Marianne et Martin. Et Martin lit sur les traits du roi une peur et un embarras. Il comprend que son irruption sur le chantier ne doit rien à l'envie de goûter la fraternité populaire, la mauvaise grâce se lit à la commissure tremblante de ses lèvres. On lui a dit de se montrer, il a fallu le convaincre. Il est là, accordant de petites inclinaisons de nuque, son pas précautionneux guidé par un courtisan : « Cette pierre, Votre Majesté… Prenez garde à la tranchée, Votre Majesté… » Martin ressent une bouffée d'attendrissement désolé pour cette antique figure qui essaie de s'accrocher à une autorité dont le socle doit lui paraître, jour après jour, plus dégradé. Monarque salué par des soldats armés de pelles et de pioches, il faudrait qu'il soit bien innocent pour ne pas réaliser dans quelle insignifiance il est désormais remisé.

D'ailleurs, très vite, on l'oublie, on a de l'ouvrage, la fête à venir a plus de consistance, sa perspective est plus nette que le souvenir du roi, disparu dans la poussière.

Il est sept heures du matin ce 14 juillet 1790, le ciel menace, les fédérés marchent vers le lieu de la fête. Ils sont cinquante mille, formant le cortège qui part du site de la Bastille. Cinquante mille volontaires de tous âges, en tenue qu'ils ont tout ou partie payée de leurs deniers, plastron blanc, habit bleu indigo et poignets rouge garance, bicorne noir pour la plupart, avec ou sans armes, et encore, des armes de tous genres, de l'escopette du siècle dernier au pistolet dans la ceinture. Une troupe dépareillée qui ferait ricaner les armées entretenues par les princes d'Europe. Ils sont venus de toute la France et parfois de Belgique, de Savoie ou de Prusse, du plus proche au plus lointain surgissement que la Révolution a causé, on parle même d'un Turc. Ceux que Marianne et Martin ont hébergé, deux frères nommés Pierre et François Jigue, arrivés de Garonne la sur-veille, avaient voyagé pendant seize jours en turgotine. Ils avaient été choisis pour représenter chacun quatre cents gardes de leur district, on s'était cotisé pour payer leur trajet et ils avaient trouvé sur le chemin assez de familles de citoyens pour les héberger à chaque étape. La veille de la grande fête, serrés avec leurs hôtes dans le petit appartement sous les combles, les deux frères avaient raconté leur émerveillement d'avoir visité ce matin le site sacré de la Bastille, leur émotion de se tenir là où l'Histoire avait commencé. La veille, ils avaient suivi (pas chanté, ils avaient tous deux des voix à se tordre et n'entendaient rien au latin) un Te Deum à Notre-Dame, en présence du roi, qu'ils voyaient pour la première fois comme la majorité des fédérés. Il y avait même eu un spectacle, une représentation de la prise de la Bastille, avec force population et artifices pétaradants, comme s'ils y étaient. Ils ne cessaient de revenir au grandiose de ces machineries, surtout à la beauté des femmes qu'ils y virent. Des apparitions. De quoi alimenter les veillées, dès leur retour au village et jusqu'au trépas.

Après trois heures d'affluence et d'organisation sous les bannières de chaque département, le cortège s'ébranle enfin. Il lui faut encore le même temps pour défiler dans les rues avant d'entrer dans l'immense cirque du Champ-de-Mars, sous les ovations. L'orage a éclaté. Parmi les centaines de milliers de spectateurs qui s'agglutinent sur les énormes gradins, Marianne et Martin n'ont pas pris la précaution de se munir d'un parapluie, d'ailleurs ils n'en ont jamais eu, ils sont trempés, la pluie persiste, les soldats en contrebas arrivés en colonnes toujours plus massives pataugent dans la boue, tout cela n'a pas d'importance, il fait jour et clair et chaud dans tous les cœurs. Tout est serment et allégresse. La Fayette prête serment, son cheval prête serment, les deux cents musiciens prêtent serment, le roi prête serment, la reine prête serment, le dauphin prête serment, les cinquante mille fédérés prêtent serment, les trois cent mille spectateurs prêtent serment, Paris, la France, le ciel soulagé d'averse, tout prête serment, Martin et Marianne prêtent serment, écoutent les mots du serment, ils seront fidèles à la Nation, à la Loi et au Roi et aussi – ont-ils bien entendu avant de clamer à gorge déployée *Nous le jurons* ? – ils protégeront la propriété, la libre circulation des subsistances, la perception des impôts, enfin ce sont des détails au milieu de la liesse, on retient surtout qu'il faudra demeurer réunis aux autres Français par les liens indissolubles de la fraternité. C'est un serment sacré, c'est dit, c'est garanti, on n'y reviendra jamais, s'il faut pour s'y conformer, s'habiller comme on peut de bleu, de blanc et de rouge, porter une pique à défaut d'arme à feu, aller se battre avec cet outil inefficace et encombrant, on s'y conformera, s'il faut quitter son logis, son patron perplexe, sa femme et son aîné, le petit Richard Sourire, on les quittera sans sourciller, encouragé par sa Marianne qui n'entend pas qu'un patriote se dérobe ainsi à son devoir, s'il faut aller s'opposer aux catholiques d'Uzès, on ira, et en chantant, arrêter une émeute au faubourg Saint-Antoine ou interdire une pétition ici même, au Champ-de-Mars, empêcher le roi de partir pour Saint-Cloud, on y sera, fermement, entièrement, fidèlement, et on obéira encore s'il faut se battre pour la Révolution jusqu'en Belgique, puis à Valmy et à Jemmapes, vaincre, s'étourdir, et même s'il faut porter la mort en Vendée. On le fera. La joie du serment sera loin alors, un écho qui a perdu son timbre. Comme un sourire d'enfant accroché à une face de soldat qui en a tant vu.

TROISIÈME PARTIE

La Grande Sauvage

1

Joseph Lequinio s'était installé à l'hôtel de ville de Fontenay-le-Peuple, dans une pièce dont on lui avait laissé l'usage. Sa mission s'achevait, son départ était imminent. Il vit entrer celui qu'il attendait. « Entre, citoyen. » Lequinio désigna une chaise devant la table qui lui servait d'écritoire et de bureau. Sur cette table, par terre, et aussi dans un coffre ouvert où il commençait à les ranger, étaient empilés des paquets ficelés, cachetés, agrémentés d'un billet manuscrit où figuraient un nom de lieu ou de commandant, et des dates. Les rapports et les témoignages que Lequinio avait commandés aux patriotes de la région, aux élus, aux officiers, sur ce qui se passait ici, en Vendée, s'étaient rapidement accumulés. L'empressement de chacun à dénoncer l'horreur était éloquent. Lequinio était loin d'être un tendre, il condamnait à mort sans états d'âme et parfois en nombre, tuait lui-même au besoin, mais l'ampleur du drame, la cruauté des faits qui lui avaient été rapportés, dépassaient l'entendement. L'absurdité totale de ces crimes, surtout. Il était venu pour mesurer et pour comprendre, déterminer une logique au milieu de ce chaos, une logique, c'est-à-dire une responsabilité. Pour l'athée rationnel qu'il se prétendait être, comprendre était la priorité et la finalité de toute chose.

Le soldat s'était bruyamment affalé sur la chaise, corps relâché, désinvolture provocante. Il avait appuyé négligemment son fusil hors de portée, contre le chambranle de la porte d'entrée, puis il avait déposé autour de lui des sacs obèses qui avaient donné un son de mortier sur le carrelage. À présent, il fixait le rapporteur avec une sorte de moue ironique, peut-être méprisante. Lequinio rendit ce regard par une égale fixité, croyant qu'il s'agissait de relever un défi puéril. Le jeune homme arborait un sourire incongru, qui mettait mal à l'aise. Lequinio se souvint que l'adjudant-major le lui avait désigné comme « Martin Sourire ». Certains volontaires au début de l'élan révolutionnaire choisissaient parfois de ces ridicules sobriquets. Il avait connu ainsi des *La Fayette* ou des *Égalité*, des *Brutus* ou *L'Amour*. Ces noms se transmettaient d'un soldat à l'autre, d'un défunt à la recrue qui prenait sa place. Commode pour l'encadrement qui n'avait pas ainsi à retenir un nouveau patronyme.

« "Sourire", ce n'est pas ton véritable nom ?

— C'est mon nom. »

Lequinio émit un grognement, il n'était pas d'humeur. Il évacua cette introduction malheureuse, on y reviendrait, s'enquit du passé de son témoin.

« On m'a dit que tu étais à Valmy, citoyen ?

— Oui.

— Je te félicite. Tu es un patriote. Et Jemmapes…

— Oui.

— Tu es un volontaire ou un requis ?

— Volontaire. Garde national à Paris, jusqu'en 91. Et puis je suis entré dans l'armée. J'étais aux Pays-Bas autrichiens avec Rochambeau, à Valmy avec Dumouriez. Je suis rentré à Paris en 92. »

Lequinio considéra l'homme, l'un des dix mille volontaires qui furent détachés de la Garde nationale pour constituer le noyau de l'armée révolutionnaire.

« Et tu te retrouves ici ?

— Oui.

— Toujours volontaire ?

— Oui. »

Martin avait cru répondre instantanément, mais Lequinio avait remarqué une brève hésitation.

« Tu as une famille ? Considérant cela et avec tes faits d'armes, tu aurais pu être exempté.

— J'ai une femme et deux enfants. Je voulais partir.

— Bien. Citoyen Sourire, tu es de la colonne Huché, c'est cela ?

— J'ai été aussi sous les ordres de Grignon et de Caffin… »

Lequinio ne fut pas surpris par ce déplacement ; les effectifs des colonnes étaient très fluctuants.

« Je suis envoyé par le Comité de salut public, pour enquêter sur la guerre et la façon dont elle est menée. Comme tu vois, j'ai recueilli un grand nombre de témoignages. Des élus patriotes et des officiers. Je voudrais encore avoir le témoignage de soldats. On m'a dit que tu savais écrire.

— C'est faux.

— C'est faux ?

— Oui.

— Tu te moques de moi ? Ton adjudant m'a certifié que tu savais écrire.

— Mon nom seulement. »

Lequinio exprima son agacement par un soupir qui se mua en souffle bruyant. Il posa avec humeur une feuille vierge devant lui, approcha son encrier. « Je me disais bien… » grogna-t-il. Il examina la plume et vit qu'elle était émoussée et déchirée, il entreprit de retourner son fatras de papiers pour en trouver une autre ou, au moins, son petit couteau. « J'avais espéré le rapport d'un homme de troupe, rédigé de sa main. C'eût été d'une valeur saisissante. Qu'importe, je vais écrire moi-même sous ta dictée. Tu me donnes le récit de la campagne des sections dont tu as fait partie depuis ton arrivée dans la région… Où est ce foutu couteau ? Citoyen, tu as sûrement un couteau sur toi, ou ta baïonnette ? » Martin fit une grimace qui pouvait signifier qu'il ne voyait pas le rapport entre une baïonnette et une plume d'oie. Lequinio avait du mal à souffrir pareille insolence. « Je n'ai pas de couteau, et j'ai cassé ma baïonnette », consentit Martin. Lequinio débusqua un porte-mine et son morceau de graphite émoussé, rond comme un doigt, impossible de dessiner autre chose que des croix grossières avec ça.

Il ferma les paupières en soupirant encore fortement. Il résista à l'idée de héler quelqu'un dans le couloir pour demander une plume neuve ou une foutue lame affûtée pour tailler la sienne. Jugeant tout cela suffisamment grotesque, il se laissa choir dans son fauteuil. « Poursuivons. Citoyen *Sourire*, je t'écoute. Ton témoignage n'entrera pas dans mon rapport officiel, mais il me permettra au moins d'éclairer certains points, de vérifier des faits. J'ai assez de lettres pour accabler celui que j'estime responsable de ce qui se passe ici. » Il prit un temps. « Tu comprends ce que je veux dire par *ce qui se passe ici* ? »

Le visage de Martin devint autre, soudain. Lequinio nota la transformation. Il l'avait déjà remarquée sur d'autres visages. Quelque part sous cette peau, sous ces muscles, dans cette âme, des visions se frayaient un chemin, des souvenirs sapaient le laborieux ouvrage de l'apparence. « Oui », dit Martin, et le mot avait été comme délivré de sa poitrine. Lequinio regretta décidément de ne rien pouvoir noter. « Citoyen, penses-tu que *ce qui se passe ici* est juste ? » Il n'y eut pas de réponse. Le regard du jeune homme restait fixé sur lui. Lequinio vit cette fois qu'il ne s'agissait pas d'un défi. C'était un regard effaré par l'incompréhension de ses propres mystères. Ce regard-là aussi, il le connaissait bien. « Citoyen, qu'on te les ait demandés ou pas, penses-tu que tu as commis des actes injustes ? » Martin toussa, ses pupilles descendirent pour trouver appui sur ses mains épaisses avant de revenir à l'enquêteur. « Oui », prononça-t-il enfin, avec un tremblement.

2

Martin était revenu trois fois auprès de Marianne au cours des quatre années de son service. Des épisodes brefs, flous comme des rêves suscités par les cahots de la route, et les prolongeant en quelque sorte. Il avait bénéficié de congés provisoires pour la naissance de leur petit Richard en janvier 1991, pour un moment de rétablissement en septembre 1992 (rétablissement accéléré par l'heureuse nouvelle de l'abolition de la royauté qui le remit assez en forme pour engendrer leur second fils, Étienne). Cette fois c'est avec son congé absolu en bonne et due forme, plié dans la cartouchière, qu'il entrait dans Paris. C'était une fin d'après-midi d'avril 1794, soit le 26 germinal an II de la République, un jour nommé *Lilas*.

Il avait traversé la rue au milieu des enfants réunis en bas de l'immeuble, autour d'une marelle. Les gamins s'étaient figés en voyant cet homme en uniforme, barbu et sombre, lourdement chargé, pousser la porte et grimper l'escalier jusqu'aux combles. La porte franchie, il vit pour la première fois le petit Étienne, endormi dans le lit de son frère aîné. Martin réalisa qu'il était sans doute passé devant son fils Richard dans la rue, sans le distinguer des enfants qui jouaient ensemble. Depuis quelque temps, tout ce qui n'était pas lui était sans consistance, et lui-même, souvent, avait la sensation de glisser en fantôme dans un paysage plat. Il manquait au monde une dimension. Marianne était sûrement à l'étage en dessous, en train de préparer le souper de l'Architecte. Martin comptait désespérément sur la peau de Marianne, sur le parfum, la voix, la force de Marianne, pour reprendre contact avec cette profondeur perdue qu'il ne savait nommer. Il se pencha sur le poupon et son souffle tranquille. La petite tête et les mains émergeaient des linges propres et de bonne qualité où Martin reconnut leurs initiales brodées avec art par Marianne, deux « M » entrelacés. Il fut happé par le visage de son cadet, infiniment paisible, hors d'atteinte, étranger. Cette innocence imperturbable lui fit mal. Une pointe cruelle fouailla son ventre. Il ferma les yeux pour écarter des fantômes et se redressa sans bruit. Avec les mêmes précautions, il glissa ses bagages sous le lit conjugal et sortit en fermant la porte avec la clé qui ne l'avait pas quitté pendant toutes ses campagnes.

Pour une raison obscure, il avait renoncé à emprunter l'escalier de service, et il se trouvait à présent, frappant à la porte du maître, comme un simple visiteur. Il y avait une odeur de cuisine sur le palier. Un parfum de fruits en train de caraméliser, mêlé aux effluves de pommes de terre cuites qu'on écrase. Il avait découvert l'usage de cette grosse racine sur le trajet vers les Pays-Bas, deux ans plus tôt. Les paysans la donnaient aux cochons. Eux, les va-nu-pieds de l'armée, avaient eu assez faim pour disputer leur nourriture aux bêtes. À droite de la porte, contre un angle, il discerna un gros pot remisé dans l'ombre. Il reconnut celui qu'ils avaient installé, Marianne et lui, sur le balcon. Les vestiges de l'arbre de la Liberté étaient ancrés dans un bloc de poussière durcie, son squelette réduit dessinait une fêlure noire contre le mur. Ses membrures sèches avaient été rognées par les enfants qui, sûrement, s'amusaient à en casser les extrémités à chacun de leurs passages. Marianne ouvrit la porte. Son regard s'éclaira, comme il l'avait imaginé. Il fut dans les bras de Marianne, des bras puissants d'amour, de manque. Elle gémissait ; lui était abîmé dans l'ivresse de son odeur, de la présence vraie de son corps. Les tremblements qui les reliaient n'en finissaient pas. Enfin, ils parvinrent à se détacher. Regard à regard. Des lieues et des ans repris sur la vie, déchirure recousue. Une étrangeté aussi, dont on repousse l'examen. « J'ai reçu ta lettre (Martin sait écrire, bien sûr), je t'espérais tous les jours, dit Marianne en s'essuyant les yeux. Viens. » Il la suivit dans le vestibule où rien de notable n'avait changé. La voix de l'Architecte était telle qu'en son souvenir ; il voulait savoir qui était ce visiteur : « Marianne ? » Marianne avança vers le salon : « C'est mon Martin. Il est là, Monsieur. » Il y eut une exclamation, un dérangement de meuble qui racle le parquet, et l'Architecte parut : « Voilà le héros de ce jour, revenu définitivement. Tant mieux, tant mieux. » Il n'avait pas changé non plus depuis le dernier congé de Martin. Un peu plus tassé, un peu plus pâle. À peine. Son bonheur était sincère, il serra la main de Martin en répétant : « Revenu définitivement. » Il poussait de petits éclats rieurs, sans logique avec ses propos, « Martin, aha ! », par lesquels il prolongeait sa surprise, son exultation. Ensuite, tout se calma et le silence s'installa avec eux trois, debout dans le salon. L'Architecte aurait voulu ouvrir une bouteille et puis, considérant le couple devant lui, Marianne se tordant les mains, Martin se balançant d'un pied sur l'autre, il se confondit en excuses : « Marianne, tu peux me laisser, je saurai manger ma soupe tout seul. Monte avec ton citoyen chez vous, vous avez à vous dire des choses. Laissez-moi tous les deux, allons ! »

Richard était devenu un petit être, tenant sur ses jambes, alignant des mots. Quand Marianne était allée le chercher pour lui présenter son père, Martin ne s'était pas précipité pour l'embrasser, il avait été arrêté par la vision de l'affreuse déformation du bras droit. « Voilà », avait dit Marianne, comme si la blessure attestait une histoire fameuse. Devant la surprise de Martin, elle comprit que son époux n'avait pas reçu la lettre par laquelle elle lui annonçait l'accident. « Il s'est fait mordre par un chien errant. » Le bras du petit était curieusement courbe et chétif, atrophié, le muscle était bosselé, la peau s'était reconstituée dans les creux, cela formait des cratères festonnés de plis radiants. Pendait, au bout de cette monstruosité, une main flasque. Plus que mordu : mâché, concassé, broyé. « Il a eu mal longtemps ; j'ai cru le perdre », conclut sobrement Marianne en lui caressant la tête. Elle ajouta, pour atténuer l'inquiétude de Martin : « Il est habile de son bras gauche. Il pourra travailler. »

Les deux petits avaient mangé. Repus, ils dormaient côte à côte. L'obscurité gagnait dans la pièce où il faisait trop chaud. Depuis le lit conjugal, Martin les observait. Malgré la détente du corps qu'avait apportée l'amour, il ne parvenait pas à retrouver le lien qu'il savait devoir exister entre lui et les enfants. Le corps de Marianne contre lui, lourd du même abandon, lui causait des mouvements encombrés. Il se dégagea, ce qui la réveilla. Elle s'étira et l'agrippa, se rapprocha de lui d'autorité. « Tu as maigri. Je vais te remplumer, tu verras, je vais m'occuper de mon homme. » Elle avait déjà dit cela quand ils mangeaient tout à l'heure. Martin n'aimait pas son insistance à le considérer comme un oisillon à engraisser. « Je suis fière de toi », souffla-t-elle. Martin ne put rien dire, quelque chose s'engourdissait au fond de lui. Elle soupira. « J'ai fait attention aux sous que tu m'as envoyés, et je te remercie pour les certificats, la commune a bien versé son dû, j'ai pu aider ma mère qui est trop brisée maintenant pour continuer son métier. Elle a repris l'étamage du père et ça ne va guère. Les temps sont difficiles. Même pour Monsieur. » Martin aurait aimé qu'elle cesse d'appeler le citoyen Boullée de cette façon. Les vieilles manières avaient la vie dure. « Je suis contente que tu sois revenu. Je n'ai manqué de rien grâce à toi et à Monsieur, mais tout de même, c'est difficile. » Martin rejeta les draps et sortit de la couche. Intriguée, Marianne le vit disparaître sous le lit et tirer quelque chose à lui. Il reparut, soulevant trois grosses sacoches du meilleur cuir cousu fin et serré, et les posa devant elle. Les sacoches s'enfoncèrent dans le matelas en provoquant un souffle d'air. Il détacha les boucles métalliques de deux d'entre elles sans soulever leur rabat, ramena la troisième sur les deux premières. Tandis qu'il défaisait les boucles de celle-ci, Marianne remarqua son sourire plus appuyé, elle en ressentit la contagion et sourit à son tour. Il sortit une liasse de mouchoirs fins, brodés de dentelles. « Ils sont parfumés », dit-il en les lui tendant. Marianne les reçut au creux des mains comme une eucharistie et les porta à son visage. « Oh ? » fit-elle, presque riant, surprise de l'odeur délicate et fleurie qui se dégageait du tissu, tandis que Martin extirpait un morceau de lin *réparent*, toile solide et grossière qu'il déroula pour révéler un objet en ivoire délicatement sculpté, un peu plus long qu'une main. En le saisissant, Marianne en devina la nature et défit un petit crochet de métal. C'était un éventail. Sa surface déployée présentait une montgolfière en couleurs. Elle s'éventa en caricaturant la distinction des dames qui en avaient l'usage. Martin lui présenta ensuite une boîte oblongue, marquetée de volutes de nacre et décorée de miniatures peintes. Marianne alluma une bougie et l'approcha pour admirer la finesse du dessin. C'étaient des scènes de petits nobles de l'ancien temps jouant dans un parc, hommes et femmes costumés de jaune et de rose. Dans la boîte, de magnifiques ciseaux aux lames gravées avec des poignées de nacre, des aiguilles de toutes les tailles, des dés à coudre dorés. Puis Martin sortit un très joli cheval sculpté et peint. Il était de belle taille, un objet de qualité. « Pour Richard. Je n'ai rien pour Étienne, mais on achètera un autre jouet. On aura de quoi. » Marianne crut qu'il voulait parler des 500 livres de gratification prévues par la Convention pour ses campagnes, ou de sa retraite de soldat, puisqu'il avait passé assez d'années sous les drapeaux, et il lui parut bien optimiste alors, mais Martin éloigna la sacoche où il avait puisé ces petits trésors, pour permettre à Marianne de découvrir le contenu des deux autres. Il y avait dans chacune des liasses de papiers et des sacs de toile noués. Il empoigna une liasse et la présenta à la lumière. « Des assignats, souffla Marianne, ennuyée. Tu sais, tu n'en obtiendras peut-être pas la moitié de la valeur écrite... » Martin souleva un des sacs et attendit que Marianne répète son geste de communiante pour le laisser choir sur ses mains ouvertes. Elle fut projetée vers l'avant et échappa une exclamation. Le sac était incroyablement lourd. Elle s'empressa de dénouer la ficelle qui le fermait, tandis que Martin accumulait les autres sacs contre elle avec une satisfaction évidente. « Des écus d'argent et des louis d'or. Cinquante mille livres. Sans compter les assignats », dit-il, savourant l'étonnement de Marianne. Les lunules en torrent coulaient du sac dans toute une variété de patine et de brillance, des plus émoussées aux pièces rutilantes et neuves. Marianne en contenait le déversement d'une main fébrile, rassemblait cette manne pour la retourner dans le sac. Ce faisant, elle ne pouvait se retenir de jeter un œil par-dessus l'épaule en direction de la porte. « D'où ça vient, toute cette vaisselle ? dit-elle, reprenant dans l'émotion le vocabulaire imagé de sa mère.

« La picore... » murmura Martin. Marianne n'avait pas écouté la réponse, il poursuivit : « On reste là tant que le citoyen Boullée te paie. Demain, je vais voir pour un travail de cuisinier. » Marianne leva un regard surpris. Il reprit le sac et l'enfourna avec les autres dans la sacoche « J'irai au Palais-Égalité. » Il pensait précisément au Café des Aveugles, devenu quartier général des sans-culottes et qui avait pour devise : *Ici, on s'honore du titre de citoyen, on se tutoie et l'on fume*. Marianne fut étonnée par la connaissance qu'avait Martin de tels détails parisiens, depuis le loin de sa guerre, quand elle-même, sur place, en ignorait tout. Martin replaça son butin sous le lit. « Faudra acheter une bauge pour fermer ça. »

3

L'ambiance au Palais-Égalité n'était pas si éloignée de celle du ci-devant Palais-Royal que Martin avait connu. Jeux, promenades, marcheuses en goguette, couples repus, attroupements aux spectacles, rien ne semblait avoir changé. Martin avait fait chou blanc au Café des Aveugles, où il avait pourtant été bien reçu, une fois donnés ses états de service. On appréciait ici la présence d'un volontaire en pantalon et carmagnole, vétéran de la Vendée renommée « Vengé ». Le soulèvement de la région avait été ressenti comme un coup de poignard dans le dos de la jeune République, au moment où l'armée révolutionnaire était aux prises avec les Prussiens sur le Rhin, les Piémontais dans les Alpes, les Espagnols dans les Pyrénées, les Anglais et les Autrichiens au nord, les pires heures pour le gouvernement. On lui offrit à boire, on l'assura qu'on trouverait une solution, qu'il laisse son adresse. Martin ne se donna pas cette peine ; il sortit en annonçant qu'il reviendrait, et s'en fut traîner sa mauvaise humeur au hasard.

Il renonça à rendre visite aux anciens de la rue du Pied-de-Bœuf. Il avait appris l'exécution de Lamour. Cela s'était passé quelques années plus tôt, alors qu'il entrait dans la Garde nationale. Il n'en avait rien su à cette époque. Arrêtée une fois de trop par un policier puritain, Lamour avait clamé que, sous la monarchie, il était plus facile d'œuvrer en paix. Après la décapitation de sa consœur, Margot était partie, elle avait suivi un régiment dans le Sud et on n'avait pas de nouvelles. Sans les deux filles, la rue ne serait plus la même.

Il croisa de petits groupes qui accéléraient le pas en direction de la place de la Révolution. Ils étaient en retard pour la série d'exécutions du jour. Robespierre faisait le ménage autour de lui. Il liquidait les hébertistes à sa gauche, les dantonistes et les indulgents à sa droite. On ne savait trop, vu de la rue, quelles raisons essentielles exigeaient de telles dépenses de sang. Les girondins étaient hors d'état de nuire y compris en province, les Prussiens refoulés et la Vendée rebelle en voie d'être écrasée. Malgré tout, il devait subsister des ennemis de la Révolution, puisqu'on envoyait à l'échafaud tant de condamnés. La maigre et sévère Louison, perchée sur sa plate-forme, travaillait sans relâche. Le bourreau Samson affûtait le fer plusieurs fois par jour pour conserver le coupant net de sa machine. Les corps mutilés s'entassaient dans les fosses communes aux Errancis ou à Picpus. Ça ne faisait guère sourciller Martin. La guillotine était une manière sobre et civilisée de régler les problèmes. Il avait vu des manières plus compliquées et plus sauvages, en Vendée. C'est d'ailleurs là-bas qu'il avait appris la mort de la ci-devant reine de France. Journaux d'abord, articles complétés de rumeurs, enfin témoins directs, grâce à ses anciens camarades de la Garde nationale restés à Paris, aujourd'hui requis pour veiller à ce que le prix maximum du pain fût respecté. Tous étaient unanimes : la garce avait été stupéfiante de dignité devant la mort. Pas un mot, pas une hésitation, elle était allée d'un bon pas se coucher sous la lame oblique. Martin tentait de relier cette femme racontée par d'autres avec ses souvenirs.

Sa voix, comment était sa voix quand elle se penchait sur lui en désignant une statue qu'on déplaçait, un arbre abattu, un autre, énorme, qu'on installait, des milliers de fleurs qui roulaient en écume à ses pieds ? Ce fantôme paré de vapeurs brodées, ce cou délicat, émergeant d'une rocaille de dentelles, ce parfum quand il l'entourait de ses bras, tout petit, serrait de toutes ses forces, sensation de se perdre dans un nuage, ce regard rieur ou sévère selon les heures, la rotation têtue du manège, la reine, à cheval sur un paon fantastique, rouge et or, la reine toute solitude, distance, éclats de rire, sa façon d'embrasser ses petits, les fleurs piquées dans ses cheveux. Des visions plaquées sur l'écran du jour, fantasmagories de lanterne magique. Les leurres de l'enfance. Que s'était-il passé ? Qui était-elle ? Surtout, où avait-elle trouvé ce courage ? Elle était donc montée bravement à l'échafaud, épatant la foule, réduisant les tricoteuses au silence. La gamine écervelée lors de son arrivée en France était devenue reine aux marches de la mort. Martin fut moins surpris que d'autres de l'attitude de l'Autrichienne. Personne ne se dit comme lui que, tous les fastes consommés, une fois bien étourdie d'ultimes prières, il lui avait importé d'aller rejoindre son époux, ses enfants morts, notamment son cher fils. Pour autant, qu'on coupe une reine en deux n'allait pas émouvoir la populace. « Après ? » disait-on, comme on dira « Et alors ? » un jour. Des femmes, et de beaucoup plus jeunes, on en avait exécuté pour moins que ça, pour moins que la haine populaire, la trahison et la dilapidation des biens de la Nation. Les rois avaient habitué le peuple aux atrocités les plus réfléchies, depuis des siècles. Sans parler qu'une égratignure de roi faite au canif vous envoie illico en enfer, avec soufre sur les plaies et écartèlement, la justice royale avait de ses raffinements à côté desquels, ma foi, la guillotine était charitable. Pour son édification, le public était invité au spectacle des chaînes de galériens, colonnes de dos voûtés, roulement d'entraves au sol, faces accablées, voyez ce qu'il en coûte de vouloir améliorer l'ordinaire par des moyens de pauvres, goûtez le son des chaînes et la sueur âcre des condamnés ! ; à regarder pendre des filles de dix-sept ans pour un vol de serviette, des garçons de seize pour un vol de farine, en brûler vives du même âge pour calomnie, couper une main et la brûler pour avoir attenté à

Le dernier Roi a payé pour les autres!

la vie de son conjoint, arracher la langue pour un blasphème, pendre des enfants de moins de quatorze ans par les aisselles, torturer au-dessus de cet âge, marquer au fer, dénuder et exhiber avant d'étrangler ou de battre au sang, une justice bien rodée, des dizaines et des dizaines de brûlés, de roués et de pendus depuis l'avènement de feu Louis Capet, ce bon roi Louis et sa piété bonhomme, tout surpris de l'ingratitude de ses sujets et que son sang bleu fût considéré de même nature que le rouge, aussi qualifié pour être répandu. Et toutes ces souffrances, quand on ne réalisait pas après coup que les aveux faits sous la torture avaient condamné des innocents, enfin ce n'est rien, inutile d'y revenir, la foule avait eu son spectacle. Alors, détronquer une reine... Cela n'émut pas non plus au-delà des frontières, pas beaucoup, pas même dans la famille dont elle était issue. Malgré tous ses efforts pour complaire à sa mère puis à son frère, la petite Antonia n'avait pas été à la hauteur. Il n'y eut qu'Axel de Fersen pour s'activer une dernière fois et Mme de Polignac pour en crever de chagrin. Après ?

Le souvenir de la reine ramena Martin à sa vie au domaine, et à Armand, une des figures marquantes de son enfance. Souvenir plus présent que d'autres car il l'avait revu, dans des circonstances imprévisibles. Il était alors sous les ordres de Dumouriez. L'armée des Ardennes s'était portée au nord pour couper les arrières de Brunswick, qui venait d'emporter Verdun et avançait sur Paris à travers les collines boisées de l'Argonne. Les soldats n'étaient pas stratèges, chacun son rang, mais autour de la marmite, à l'occasion d'un bivouac, on discutait, on examinait la situation. Les Prussiens ne pouvaient pas laisser une armée ennemie derrière eux quand ils seraient à vue de Paris, très loin de leurs bases logistiques. La manœuvre de Dumouriez allait obliger Brunswick à se détourner de la capitale pour l'affronter. Dans cette plaine au sol crayeux ponctué de sapinières, il semblait que l'Histoire coagulait. Le destin ne les avait-il pas amenés ici pour fermer une boucle amorcée avec la fuite de la famille royale ? Certains firent le lien de leur présence avec celle du ci-devant Louis XVI, qui avait traversé le même paysage, un an auparavant.

Deux jours avant la bataille, les hommes de Dumouriez connurent l'intense satisfaction d'être rejoints par des troupes amies. Les 17 bataillons d'infanterie et 30 escadrons de Kellermann faisaient avec eux la jonction près de Sainte-Menehould. Les divisions réparties, Martin se trouvait le jour de la bataille sous le commandement de Stengel, dépêché pour soutenir le flanc droit de Kellermann. Une nappe fluctuante de brouillard avait relayé la bruine nocturne. Les hommes aux uniformes dépareillés toussaient et reniflaient. Martin était trempé, ses souliers se déformaient dans la terre combinée de caillasse, malaxée par la troupe. Il tenait un fusil, un Charleville tout neuf. On avait enfin réussi à lui fournir une arme plus efficace que sa pique. Les semaines d'entraînement à Valenciennes avaient permis de le distinguer comme un excellent tireur, quelqu'un de rapide, qui savait utiliser le terrain pour se cacher. On pressentait en lui un futur voltigeur, un de ces embrouilleurs de campagnes qui vous énervent l'ennemi, éliminent nuitamment un poste de guet, font des expéditions, repèrent, tuent, démoralisent. Pour l'heure, Martin était dans le rang. Il patientait avec les autres. Sur leur gauche, quand la brume s'effilochait, que la lumière perçait nette jusqu'au sol, il voyait les hommes de Kellermann, guère mieux accoutrés, prolonger leurs rangs disparates sur un léger relief. Le tertre où patientaient les bataillons était dominé par un moulin à vent, monolithe aux parois sombres et mouillées, qui faisait un signal nu, isolé dans le paysage. Derrière les fantassins, au plus haut de la crête, Kellermann avait aligné une série impressionnante de canons en batterie, dont on n'ignorait pas que les artilleurs étaient du meilleur métier, formés à l'école spéciale de Châlons-sur-Marne. On ne discernait pas le camp d'en face à cause du brouillard – nul doute que les Prussiens avaient également disposé leur artillerie – mais ce déploiement puissant affirmait les cœurs. D'autant que Dumouriez occupait la plaine derrière Valmy et avait encore assez d'hommes pour faire réserve sur les hauteurs du mont d'Ivron et assurer le flanc gauche de Kellermann. La brume s'éleva plus nettement avant de se reformer. L'éclaircie avait été suffisante pour permettre aux deux parties de faire crier la poudre. Les gueules du côté français rugirent brusquement, chapelet de foudres. Instinctivement, les soldats en contrebas rentrèrent la tête, les boulets passaient loin au-dessus d'eux, trouaient l'air en hurlant pour aller percuter des lignes mouvantes, organisées dans la plaine. D'un relief en face, des éclairs et des panaches montèrent en réponse. Le bruit des détonations leur parvint en même temps que des boulets sifflaient, une courte et terrible gamme de l'enfer, boulets explosifs qui jettent leurs éclats à cent pas ou simples boules de fer qui traversent un crâne, un torse, une cuisse, frappent encore le sol à la vitesse d'un météore et, quand le terrain est sec, rebondissent dix fois, cassent des jambes dix fois.

Martin savait que, sur le flanc gauche de Kellermann, le combat avait été engagé, charges de cavaleries, fusillades, avancées et retraites, mais vu de son côté, Valmy avait consisté en un long martèlement, des heures et des heures de canonnades, soutenues vaille que vaille, malgré les camarades emportés. Pas un pas en arrière, dents serrées, regards fixés sur la plaine maigre devant lui, soldats mâchoires verrouillées sur l'envie d'en découdre à la baïonnette, patience, patience, muscles durcis, corps tendus vers le moment où les canons cesseraient de s'insulter et où ceux d'en face oseraient avancer. Parce qu'à cet instant, la qualité particulière des soldats de la liberté se révélerait. Tous les officiers s'enivraient de cette mystique de la colère : à quoi bon les stratégies aristocrates, le vrai patriote ne raffine pas, il accourt, cogne, se repaît du corps-à-corps et du meurtre à la baïonnette ou à la pique. La furie française, la fougue, l'impétuosité dans l'attaque, c'était leur vertu, paraît-il. Le soldat Martin et ses camarades partageaient cette opinion, ils aimaient se représenter, déguenillés et innombrables, masse déferlante, irrépressible. En face, on n'était pas loin d'y croire aussi, et cela pesait. Certaines batailles se gagnent aussi sur des représentations.

Des heures, des heures à subir sans broncher un orage d'obus qui percutent le sol détrempé et s'y enfoncent. Pas son baptême du feu, mais une sacrée épreuve pour les nerfs. Martin revoyait l'énorme explosion, par un boulet, des caissons d'artillerie sur la crête, non loin du moulin, provoquant un moment de panique, nombre de blessures et une brève confusion pendant laquelle des fantassins commencèrent à se replier. Martin aperçut alors Kellermann, monté sur son deuxième cheval de la journée, s'imposer, réorganiser son monde, reformer les rangs. Et puis il y eut la première charge, en fin de matinée. Les Prussiens d'abord déployés à flanc de collines, flot de baïonnettes parfaitement affûtées, scintillantes, créant par leur nombre un effet de cascade argentée, puis regroupés en colonnes, avançant depuis le plateau de la Lune au milieu d'un reste de brume enflée des fumées du combat et celles, plus loin, qui signalaient le village incendié de Somme-Bionne. Les Prussiens visiblement surpris de trouver devant eux, au lieu d'une piétaille en déroute comme leurs alliés émigrés l'avaient assuré, des rangs serrés, intacts, et même des colonnes formées rapidement, qui avancent sur eux, des bataillons intrépides, encouragés par les harangues de Kellermann, caracolant au côté de ses hommes.

Martin avait été de ceux-là. Il se souvint de ses cris, de sa joie féroce à crier des *Vive la Nation* à s'en brûler la poitrine. Tant de rage dans ce peu de mots, c'était à son goût. Et des milliers de gorges pareilles tonnèrent dans l'espace, firent trembler le sol, dira-t-on. On se moquera d'une pareille prétention, mais Martin aurait juré que, oui, leurs voix avaient remué la terre ce jour-là. Une telle puissance que la mitraille n'aurait pas eu plus d'effet. Ils virent les Prussiens douter, ralentir, suspendre l'attaque. Se replier sous les quolibets. Exclamations déjà couvertes par les détonations de l'artillerie que Kellermann fit donner encore, infatigablement. En fin de journée, l'ennemi tenta une nouvelle fois d'emporter la décision, reforma ses colonnes et chargea, dans l'espoir que quatre ou cinq nouvelles heures de bombardements et des milliers de boulets supplémentaires avaient eu raison de la vigueur de ses adversaires, mais ils étaient toujours là, cuirassés d'enthousiasme, indestructibles. Cette fois, les Prussiens renoncèrent. Ils étaient malades, épuisés depuis des semaines par la dysenterie, assoiffés, affamés, et puis il y avait une autre guerre, en Pologne, où les précieux soldats seraient plus utiles que dans cette aventure française. Le soir tombait sur le champ de bataille. Une pluie fine vint laver le sang sur les uniformes. Et donc, Martin découvrit Armand.

Tandis qu'avec d'autres il aidait à dénombrer les morts et les blessés, il saisit un cadavre par les jambes, un autre homme se chargeait du torse, ils se trouvèrent face à face et se reconnurent. Leur différence d'âge n'était plus si manifeste. Ils étaient, le cadavre patient au bout de leurs bras, deux vieux enfants muets, bouche close sur un antagonisme désarmé, deux soldats assourdis par la bataille qui disposaient ainsi d'un moyen nouveau pour ne pas s'entendre. Ils charrièrent quelques défunts, retournèrent des moribonds, découvrirent des vivants, finirent dans l'effort par s'échanger quelques mots, techniques d'abord, puis plus anodins, enfin tout à fait personnels. La pluie redoubla, augmenta la pénombre du soir, enfla en un gros orage qui les contraignit à s'abriter.

Martin apprit qu'Armand s'appelait en réalité François-Michel, qu'il était un fils Gagné, d'un couple de vignerons décédé. Pourquoi la reine avait-elle changé son prénom, nié son patronyme ? Martin n'en avait pas, c'est entendu, mais François-Michel ? Pourquoi *Armand* et pas *François-Michel* ? La reine disposait du monde comme les fées de Perrault pliaient à leurs caprices le destin des orphelines. Elle se serait certainement vue davantage en marraine qu'en princesse. D'un coup de baguette magique, elle avait remplacé son palais par un décor de village, ses courtisans obséquieux par des amis rieurs, transformé son mari en berger, François-Michel en Armand, Marie-Philippine en Ernestine, produit des Zoé, des Jean Amilcar, des Martin...

Ils ne tentèrent pas de partager leurs pensées sur leur expérience. Non qu'ils fussent démunis de mots pour l'exprimer, mais ils avaient l'intuition qu'elle leur était commune et que chacun ne saurait dire que mal ce que l'autre ressentait avec justesse. L'élan qui les porta sur le même champ de bataille était né de raisons semblables. Là, ils vivaient leur choix, pensaient-ils. Ils n'étaient plus Armand ou Martin, ils avaient reconquis la place dont on les avait extraits, jadis, qu'ils ne s'étaient jamais consolés d'avoir perdue.

Au cours des combats, ils se revirent sporadiquement. Ils n'étaient pas dans les mêmes armées et il leur fallait un hasard pour se croiser. Ce hasard permit à Martin, au soir de la bataille de Jemmapes, de retourner un cadavre, sur un doute se saisir de sa gourde et débarbouiller le visage maquillé de suie et de croûtes de sang pour l'identifier, et donner au quartier-maître le véritable nom de l'infortuné : « François-Michel Gagné. »

4

Les pas de Martin l'avaient rapproché de la rue des Fossés-Montmartre. Il ralentit, hésita, soudain vidé de l'envie de revoir Marianne et les enfants. Sans se résoudre à rien, il ruminait l'idée de baguenauder jusqu'au soir, passer un temps au cabaret à jouer, boire et fumer, tenter de retrouver d'anciens soldats aussi désœuvrés que lui, visiter une fille au Palais-Égalité, rentrer dans la nuit la plus avancée, essayer de dormir. Une journée serait passée. Pour la suivante, il verrait bien. Il ne savait trop quel mûrissement se formait en lui qui le laissait comme ça, indécis et mauvais. Durant sa dernière campagne, son caractère avait pris une dureté, une impatience contre tout et tous, impatience détestable car sans objet, une envie furieuse de donner du pied dans tout ce qu'il croisait. Il ressentait et simultanément rejetait le désir de connaître les causes de ce changement, l'attribuait – en ayant conscience de se mentir – à son âge et à l'idée qu'il lui fallait entreprendre vite quelque chose. Cependant, une peur irrationnelle le retenait d'agir, ou était-ce un découragement par anticipation ? Tout cela était confus, malcommode, il ne comprenait plus rien. Les paroles de Marianne, depuis son retour, lui paraissaient ineptes et déplacées. La vision de son aîné au bras mutilé lui retournait le ventre au point qu'il sentait parfois monter une pulsion infanticide. Mieux valait rester dehors.

Il était encore tôt, il vit la porte de l'immeuble vomir une bande d'enfants. Ce surgissement lui causa une sorte de panique qui lui fit rebrousser chemin brusquement. Il allait d'un pas rapide, fuyait n'importe où, quand une silhouette l'arrêta. C'était le citoyen Boullée, habillé pour la promenade. « Mon cher Martin ! » L'Architecte corrigea son ton jovial quand il décela l'air contrarié du jeune homme. « Citoyen, voudrais-tu m'accompagner ? dit-il alors doucement. Je vais marcher un peu. » Martin accepta la proposition de l'Architecte dans l'espoir de se distraire de sa mauvaise humeur, et aussi parce que, devant le vieux maître qui souriait au monde, il se souvint qu'il avait aimé l'écouter. Au fond, peut-être que l'Architecte livrerait, au détour d'une phrase, une pensée qui éclaircirait la sienne.

Ils marchèrent un moment sans dire un mot. Martin mutique de nature, l'Architecte tout à l'économie de son souffle. Tous les deux, pensifs. Quand l'Architecte allait sans but, une marche en automate le menait inévitablement au Pont-Neuf. « Est-ce que tu sais jouer au billard, Martin ? » Martin avait fait naguère une ou deux parties avec des cochers qui attendaient leur client, vers le Théâtre-Français. Il acquiesça. « Parfait, parfait », dit l'Architecte. Ils empruntèrent le pont, toujours animé, encombré de marchands et de saltimbanques. Deux ans plus tôt, la statue d'Henri IV avait été démontée pour fabriquer des canons. Il fallait bien armer les troupes de la Révolution. L'esplanade, débarrassée du monument, était occupée à présent par un café entouré d'un décor de jardin, Le Pâris, où l'on servait des boissons et des glaces autour du jeu. À l'intérieur, les billards étaient tous pris. Ils se résolurent à attendre leur tour en s'attablant. Martin demanda une bouteille. L'Architecte suivit l'exemple de son invité avec une certaine bénévolence. « Mon médecin me conseille le vin rouge pour raffermir le sang. Je n'y crois guère, je pense qu'il cherche à me complaire pour que je lui garde mon estime. » Martin observait les joueurs. Ils tournaient autour des rectangles de toile bleue, suivaient le parcours des boules d'ivoire avec concentration, s'invectivaient en plaisantant, s'encourageaient, plastronnaient, se défiaient. Certains s'éloignaient pour boire et revenaient en s'essuyant les lèvres d'un revers de manche, sans doute l'encanaillement maximum que l'Architecte pouvait s'autoriser. Étienne-Louis Boullée avait un sourire triste. Il proposa une prise à Martin qui, en réponse, montra sa pipe et l'alluma. « Je ne discerne plus avec précision l'enchaînement des faits et des causes, commença l'Architecte. Je crois être en accord avec mon temps, pourtant j'ai l'impression que quelques mois ont suffi pour recouvrir mes dessins de poussière. C'est une désolation de comprendre que mes projets les plus audacieux sont désormais caducs. On les oubliera. Peut-être est-ce mon âge ou la tournure spéciale des événements… » Martin tourna vers lui un regard conciliant, douceur née d'une surprise intime : il avait devant lui un vieillard. L'Architecte lut son attitude chaleureuse et lui en fut infiniment reconnaissant. Il était toujours attendri par cette amitié patiente que les années n'avaient pas atténuée. « Je n'ai aucune vérité qui puisse valoir longtemps en ces jours. Il s'en faut. Chaque matin me voit plus incertain. Souventefois même, incrédule. Tu comprends cela ? » Martin acquiesça ; rien n'était plus à sa portée que le sentiment envahissant de l'incertitude. Même, c'était le seul qui lui fût intelligible.

« Je saurais cristalliser dans la pierre le futur que je devine, je pourrais le faire surgir du néant », dit l'Architecte en tendant son gobelet, geste modeste qui atténuait sa soudaine emphase. Martin lui versa une rasade pour l'encourager à poursuivre. Plongé dans ses réflexions, l'Architecte laissa le gobelet sur la table, il le faisait tourner entre ses doigts. « C'est en cela que l'architecture est supérieure à la poésie ou aux autres formes d'art, car elle est capable de mettre en œuvre la nature elle-même. Grâce à cet outil prodigieux, j'ai imaginé pour le futur des monuments à sa mesure. L'élan donné par la Révolution nous a inspirés, je dis *nous* car je ne suis pas le seul. Hélas, je réalise aujourd'hui que toute l'ambition de l'Homme s'abîme, se réduit à sa cupidité et à sa procréation. » Il émit un ricanement amer. « Y a-t-il une architecture pour cela ? L'Homme a un cœur plus vaste que la ridicule envergure de ses bras, il se promet des envols, il s'exalte, avant de se résoudre à ajouter un pas au précédent. Ses espoirs connaissent des amoindrissements... Non que ce soit désespérant, à la réflexion, car de cela, je sais que naissent les équilibres de demain. Mettons que l'élan est nécessaire, autant qu'est inévitable la faiblesse du geste qu'il entraîne. Un geste qui se mesure à l'aune de ses capacités. Mes visions sont pour l'heure des gestes *démesurés*. Bien qu'imitées de la nature, elles *ne sont pas* la nature. La nature ne connaît pas la réduction de ses ambitions, elle.

« J'ai réalisé une grande projection de cité idéale, Martin. Une cité digne du monde qui germe. Et c'est aussi l'aboutissement d'une boucle née dans les temps les plus reculés. Une manière de renouer avec une architecture primitive qui fut la source des nôtres. Ainsi était la Tour de Babel, ainsi étaient les pyramides égyptiennes, tous gestes pénétrés du caractère des formes d'origine. La Tour de Babel était l'essor impulsé par la fougue d'une Humanité neuve ; les pyramides égyptiennes équilibraient ces vertiges vitalistes par l'apaisement de leur monumentalité funéraire. Élan vital et éternité assoupie, réconciliés par-delà les ères de l'histoire humaine. Un projet dépassé aujourd'hui. Sais-tu pourquoi ma cité idéale est dépassée, Martin ? À cause de ce simple mot, justement : “idéale”. À la fin des fins, oui, je crois que c'est cela.

« J'avais dessiné le projet d'un Palais municipal, inscrit dans cette cité parfaite. Le Palais municipal aurait été une salle circulaire, un espace où le peuple trouverait sa place naturelle. Le mode circulaire est selon moi le mode démocratique, c'est ce que le roi Arthur avait imaginé pour que ses chevaliers fassent mieux que rêver l'égalité, l'éprouvent autour d'une table ronde… Je gage, citoyen Sourire, qu'il n'y aura jamais d'assemblée délibérante circulaire. » Sur ces mots, il saisit le gobelet d'un geste vif et but une gorgée avec une brusquerie étonnante. « Que se serait-il passé si les États Généraux avaient été confinés dans le secret du château de Versailles, plutôt qu'aux Menus Plaisirs, ou dans la salle du Jeu de paume, des lieux où le peuple s'est invité, par les fenêtres si besoin, que se serait-il passé si les débats s'étaient déroulés sans publicité, je veux dire, sans public ? Sache-le : l'idéal aurait été durablement tenu à l'écart. Les députations des différents ordres se seraient arrangées. On aurait abouti à des accords entre possédants et le roi serait encore là, les pensions versées, les charges aux mains d'une élite. La réduction des gestes dont je parlais. Mais le peuple s'est invité et a imposé son pauvre idéal : de quoi se nourrir, vivre en paix, travailler et faire connaître ses improbations. Un idéal de serf ou peu s'en faut, j'en conviens, un projet pour les chiens. Le peuple ne rêvait guère plus haut. Pour ne l'avoir pas compris, pour avoir d'abord tenté de maintenir l'existant au mieux de leurs intérêts en sacrifiant un peu mais sans rien changer d'essentiel, nos élus ont laissé fermenter une nouvelle insurrection. Une insurrection qui ne se contenterait cette fois plus de gestes mesurés : une égalité effective, un véritable accès aux fonctions les plus hautes depuis les marches les plus basses, la possibilité de s'allier dans les fabriques pour renchérir son travail, la possibilité d'être élu sans condition financière. L'idéal populaire a brusquement pris des couleurs ! Quand nos bourgeois ont compris qu'ils ne s'en tireraient pas avec de belles déclarations, ils se sont retournés contre ceux qui leur avaient permis d'accéder au pouvoir, un pouvoir qu'ils n'avaient jamais prévu de partager avec la plèbe. Que tout reste en place, quitte à fusiller la foule ! Où étais-tu, Martin, Martin Sourire garde national, le 17 juillet 1791 ? » Martin ne se troubla pas. « J'y étais », répondit-il, car il avait saisi le sous-entendu de l'Architecte. « Tu étais parmi les bourgeois et tu as tiré sur le peuple… » Boullée semblait soudain accablé de tristesse. Il but à nouveau, une longue lampée, ses yeux brillaient. Martin cracha une bouffée blanche, avec un calme et une indifférence qui trahissaient l'état de ses convictions. Les serments et les ordres avaient perdu leur cohérence depuis bien longtemps, pour lui. L'Architecte poursuivit, assez reconnaissant au jeune homme qu'il ne relève pas son accusation et ne s'en offusque pas, car la fusillade du Champ-de-Mars était une digression dans son propos : « Je suis un homme modéré, Martin.

Même si ce terme doit faire horreur au sans-culotte que tu affectes d'être devenu, mais c'est ainsi. J'ai été enthousiasmé, le mot n'est pas trop fort, par l'ampleur et la noblesse de l'élan initial. L'idéal a été galvaudé, pillé, mis à terre pour de basses considérations de boutiquiers, par des députés intéressés ou corrompus. Une insurrection nouvelle a cru régénérer cet élan et le diriger, pour la première fois, vers ceux qui méritaient d'en bénéficier. Tout était possible, de nouveau. Alors, que s'est-il passé ? Pourquoi est-ce que cette Révolution-là, née des esprits les plus purs, n'a pas abouti ? » Comme il ne semblait pas que Martin allait répondre, l'Architecte le fit pour lui. « *Je ne sais pas* », dit-il en parodiant la voix de Martin sur cette réplique dont il lui attribuait l'usage exclusif, avant de reprendre : « Malgré tout, de cet idéal, restent les vestiges, et peut-être sont-ils suffisants ? J'avais oublié que l'idéal connaît aussi un accomplissement dans la majesté des ruines et l'ensevelissement. J'avais oublié cela, qui m'obsède pourtant. La gravité des horizontales, plutôt que l'élan vertical. Une noble pétrification. La mort et son solennel cortège. La mort des grands héros, les ténèbres exemplaires, les ténèbres… » Il fut dans ses pensées un moment. L'idée de la mort prit le pas sur les ambitions de son art et il s'anima : « Voici que la guillotine fonctionne jusqu'à six heures par jour. Nous approchons les deux mille condamnations. Et ton protecteur, mon estimé confrère, Richard Mique, est en prison. » La phrase porta. Martin sentit un froid le pénétrer. « M. Mique ? »

L'Architecte hocha la tête : « La fille de ce Mougenot, le fameux faux frère, a repris le procès, sa plainte a été relayée par *Les Révolutions de Paris* et ainsi offerte à l'appréciation de ses deux cent mille lecteurs. *L'Ami du peuple* y a ajouté un couplet, lui aussi. L'opinion publique est excitée contre lui. Les juges l'ont trouvé sans cœur et de mauvaise foi ; ils l'ont condamné. Cette histoire devrait être finie, mais on lui veut du mal. Il incarne désormais le caractère du courtisan mûrissant des intrigues de palais, vampire de l'Ancien Régime, engraissé des dilapidations du Trésor national, enivré de son opulence. J'en connais d'autres qui n'auraient pas moins à se reprocher, mais ceux-là ont des amis. Une vindicte se concentre sur l'infortuné Mique. Je te le dis, j'ai peur pour lui. »

Une table de billard venait de se libérer, mais ils ne bronchèrent ni l'un ni l'autre. Martin remplit les gobelets. L'Architecte dodelinait, à l'écoute de ses méditations. Elles lui devinrent assez lisibles pour qu'il entreprenne de les énoncer à haute voix. Il le fit d'un air distrait, comme si Martin n'était pas là. « Ils ont fait de l'Homme le réceptacle de l'idéal dont ils avaient dépouillé le ciel. Je n'ai rien contre cela. Il fallait en découdre avec l'idée d'un Dieu monnayé par son clergé. Mais il n'y a d'idéal ni dans le ciel, ni dans l'Homme. Il n'y en a pas plus dans la nature rêvée par M. Rousseau, et encore moins dans les objets dont l'Homme fait commerce, qui l'enrichissent parfois au point qu'il les vénère. Il n'y a d'idéal nulle part. Nous avons cru qu'en œuvrant ensemble, l'humanité dépasserait l'entreprise des hommes. Nous avons cru en un homme plus grand que l'Homme, nous avons cru à l'élan de Babel. C'est maintenant que je comprends pourquoi le seul monument élevé à cet idéal n'est ni une grande tour ni une puissante sphère de pierre, mais un creuset d'espérance, l'espace vide du Champ-de-Mars. »

5

« Vous vous appelez comment ?

— Martin.

— Comme moi. »

Il avait fait la queue dans la rue, dans la cour puis dans l'escalier, était enfin parvenu dans une pièce bondée et sale, où les gens patientaient comme ils pouvaient, serrés sur une banquette ou debout appuyés aux murs. Deux jeunes hommes circulaient entre cette salle et la pièce contiguë, fermée par un rideau de velours rouge élimé, tout aussi poisseux que le reste. Les assistants organisaient les entrées et sorties, calmaient les esprits échauffés par l'attente et l'énormité de l'affluence. Ils parlaient à voix basse, souriaient quand on les appelait avec brusquerie. Leur pondération apaisait les plus excités. Blaise, qu'il avait retrouvé au hasard de ses tournées dans les cabarets, l'avait prévenu en lui conseillant cette visite ; l'appartement du cartomancien ne désemplissait pas. C'était le devin le plus réputé de Paris et peut-être du monde. Il était venu d'Italie pour offrir ses services à la

France. Offrir n'était pas exactement le terme approprié, puisqu'il n'acceptait de se prononcer sur le destin d'un visiteur qu'à partir de cent sous. Le prix fort assurait une voyance de qualité. Blaise avait pu l'apprécier déjà : « Il est des plus précis, des plus sérieux. Il a vu mon avenir, je vais vivre encore longtemps, bientôt je serai riche, mais il faudra que je parte pour cela. Loin : il a vu une mer que je dois traverser. Sa prophétie doit se réaliser dans l'année. Je me renseigne sur l'Amérique, parce que je crois que c'est là-bas que mon destin m'attend. » Martin avait moqué ces enfantillages. Cependant, après quelques jours, il s'était décidé. Secrètement, il s'était rendu rue d'Anjou et s'était inséré le plus discrètement possible dans la file d'attente. D'abord mal à l'aise et honteux, Martin se rasséréna en considérant autour de lui les visages de vieux et de jeunes, hommes et femmes de toutes conditions, concentrés sur eux-mêmes, patients, vaguement tristes, surtout sans trace de gêne ou de timidité. Après tout, il n'espérait qu'éclaircir les pensées qui le travaillaient depuis son retour et, aussi, résoudre quelques questions.

C'est ainsi qu'il s'était trouvé installé dans un fauteuil face à un devin disgracieux et sale, cul-de-jatte, l'air mauvais, qui avait renvoyé avant lui une jeune femme en pleurs, impitoyablement, avec ce conseil : « Reprenez vos dix sous, allez trouver les tireurs de cartes du Pont-Neuf ! » Ce fut au tour de Martin. Le devin était à une table, avec ses tarots, et une carte géographique dépliée devant lui. De sa position, les légendes étant minuscules, Martin ne pouvait deviner de quel territoire il s'agissait. Le devin parlait avec un accent italien, sans regarder son interlocuteur. Ils échangèrent donc brièvement sur leurs deux prénoms identiques, avant que le devin ne passe aux choses sérieuses.

« Posez votre argent et dites-moi ce que vous voulez. »

Comme Martin avait pu l'entendre en patientant, car le rideau étouffait mal les confidences qui précédaient, le devin employait ordinairement ce ton brutal. C'était sa manière, cela devait plaire, se dit Martin, fataliste, il était à la fois convaincu de la bêtise de sa démarche et incapable d'y résister.

« D'abord, je voudrais connaître mon vrai nom. Et d'où je viens. »

Le cartomancien l'écoutait, les yeux baissés, mains posées à plat sur les tarots.

« Vous êtes un orphelin déposé à l'Hôtel-Dieu ?

— Pas exactement. On m'a dit que j'étais orphelin, mais en vérité, je ne peux en être sûr. On m'a enlevé, petit enfant, et je ne sais pas mon vrai nom. »

Martin se découvrait anormalement bavard, il mit cela sur l'ambiance particulière des lieux, et se dit qu'une certaine magie opérait déjà. L'espoir enfla sa poitrine.

« Des brigands vous ont enlevé ?

— En quelque sorte. »

Le devin caressait le plan de ses deux paumes, appuyait par endroits pour en aplanir les plis.

« Vous n'êtes pas de ce pays, affirma-t-il.

— Je pense que si. On m'a enlevé pas loin de Paris, à quelques heures de Versailles. »

Cette fois, le cul-de-jatte ouvrit les yeux d'un air contrarié pour considérer son client. Il ne dit rien mais Martin eut l'impression d'entendre *Tu vas pas m'apprendre mon métier, si ?*, puis l'impression s'estompa et le cartomancien distribua les tarots. « Soit, il faut que je fasse parler les cartes ». Les cartes étaient aussi crasseuses que l'appartement et les ongles du prophète. Il inspira lentement, les images rebondissaient sous ses doigts, il prenait le temps, sans doute parce que Martin avait fait glisser un louis d'or sur la table. Il murmurait, Martin tendait l'oreille. Le devin écarta plusieurs figures, en rapprocha d'autres, les regarda comme s'il les découvrait. Son front plissé donnait à voir un effort de concentration intense. « Hmm, hmmm », continuait-il. Martin se retenait de soupirer.

« Vous connaîtrez votre nom bientôt.

— Vous ne pouvez pas me le dire, là ?

— Non, mais je vois une révélation importante pour vous. Imminente. Plus tôt que vous ne pensez.

— Mon nom ? Ma famille ? »

Le devin fit une moue, il dodelinait : « Sans doute, sans doute. Ne soyez pas si impatient. Le destin n'aime pas qu'on le bouscule. Les vérités se révèlent en leur temps, je n'en décide pas moi-même, comprenez cela. Cependant, je vois que cette révélation très proche est liée à l'énigme de votre nom.

— On m'a dit que j'avais des frères et des sœurs…

— Oui, je vois cela, dit le devin en tapotant une carte au hasard. Vous les retrouverez. Ils sont vivants, un de vos frères est un savant, une de vos sœurs est mariée avec un Espagnol très riche, et ils partageront avec vous leur fortune. Votre avenir est enviable. »

Martin ferma les paupières et soupira. Mâchoires serrées, il fit reculer son fauteuil, se redressa brusquement. « Mon argent. » Le devin cilla : « Comment ? » Martin dégagea de sa ceinture sa vieille baïonnette. D'un geste vif, il plaqua la lame contre la gorge du cul-de-jatte. « Mon louis, charlatan », dit Martin avec une grande douceur. Le devin jetait des regards désespérés vers le rideau, un de ses assistants allait entrer, la pression de la lame se fit plus forte, il sentit le fil affûté entrer dans la peau. « Je te déconseille d'appeler à l'aide, rends-moi mon argent. » Les doigts fébriles trouvèrent à l'aveugle une poche de gilet et le devin jeta la pièce sur la table avec un air écœuré. Martin s'en empara sans un mot et sortit.

6

Martin n'avait pas fait de reproches à Blaise. Il avait admis être allé voir le fameux cartomancien et laissé sous-entendre que la visite s'était bien déroulée. Son ami avait pris cet air satisfait qu'il avait jadis, quand ses histoires fascinaient le jeune vacher, au hameau. Blaise se croyait un certain ascendant sur le jeune homme ; il lui aurait été douloureux de découvrir que Martin l'utilisait et le méprisait pour cela. Grâce à Blaise, il pouvait participer discrètement au supplice organisé de jeunes femmes dans des caves ou des salons. Supplice réclamé par les victimes. C'était pour Martin autant d'apnées profondes dans ses rêveries malades. Les raisons qui lui faisaient apprécier ces rituels lui étaient obscures. Il ne s'en inquiétait plus ; considérait qu'en lui tout était désormais ténèbres indicibles.

Après la mort de Marat, Blaise avait prudemment quitté l'imprimerie du *Junius français* et avait ouvert une boutique de serrurier, parce que cette corporation était épargnée par la conscription, les serruriers étant ceux qui réparent et montent des armes. Il poursuivait sa guerre aux rats, à la demande. Il continuait également son office dans les soirées convulsionnaires. La secte des convulsionnaires était une dégradation exaltée des rigueurs jansénistes dont les cortèges de flagellants, quarante ans plus tôt, avaient horrifié les gens instruits, voltairiens ou encyclopédistes divers, épouvantés par le fanatisme sanguinaire des officiants. Le spectacle des sévices qu'ils s'infligeaient devant un public toujours plus nombreux avait causé la commotion mortelle d'un jeune poète trop émotif, et l'Ancien Régime l'avait interdite. D'autant que les convulsionnaires ne cachaient pas leur opposition au pape, s'étaient même donné un pontife particulier. La Révolution installée composait avec ces illuminés puisque bon nombre de prêtres conventionnels étaient issus de leurs rangs. Pour Blaise qui se préoccupait de son avenir en ces temps incertains, la tolérance des autorités était une garantie supplémentaire de tranquillité.

Les convulsionnaires pratiquaient dans le secret des maisons des plus fortunés de leurs adeptes, et Blaise y entraînait Martin régulièrement, depuis qu'ils s'étaient retrouvés, peu après son retour. Blaise participait activement, trouvant là l'occasion de palper de la chair vierge et rose à bon compte, mais il était attentif surtout aux prophéties que les suppliciées débitaient dans leur extase ; Martin le dépassait par l'assiduité et le zèle. Il était rapidement passé du rôle de spectateur à celui de secouriste. Il officiait de tout son cœur, sévissait franchement, s'exténuait dans l'exercice, et on lui trouvait des qualités de résistance qui le faisaient adorer des dames. Il y avait des hommes aussi. C'étaient chez eux qu'on trouvait les passionnés de crucifixion. Certains s'y adonnaient plusieurs fois par mois. On appréciait chez Martin sa façon de positionner les clous précisément et de les enfoncer avec sûreté, d'un coup. Quant aux femmes, il s'agissait d'abord de contenir leurs convulsions, d'agripper les bras et les jambes, de les soulager quand elles réclamaient le secours des officiants. Il fallait parfois trois ou quatre gaillards solides pour satisfaire les plus agitées. Elles se contorsionnaient, hurlaient, suppliaient qu'on leur arrache les membres, qu'on les frappe, dans le désir qu'elles avaient de vivre les souffrances de l'Église vraie. Blaise avait expliqué à Martin que la frénésie des convulsionnaires s'était accentuée depuis qu'un nouveau prophète leur était né : Élie, enfant sacré qui avait annoncé de ses cris incessants le massacre des affidés du pape, dans les prisons, en septembre 1792. Les sévices demandés par les adeptes s'aggravaient, le fouet et les coups de poing étaient devenus de simples préludes avant des atteintes plus sévères, et le nombre de crucifixions augmentait.

Sur une estrade, dans la pénombre ocellée des éclats de torches, une femme haletante arrachait ses vêtements, son corps se tendait en arc, se soulevait de façon surhumaine et ses jambes battaient l'air avec violence. Une religieuse tentait de la maintenir et n'y parvenait pas. La convulsionnaire hurla qu'on la réconforte, appela le secours des hommes présents : « Votre force mes frères, venez avec votre force ! » hurla-t-elle avant de se répandre en borborygmes incompréhensibles. L'assemblée rangée immobile autour d'elle, contenue et murmurante jusqu'alors, creva comme une outre. Blaise fut un des premiers à se précipiter parce qu'il aimait saisir au plus haut des cuisses, place convoitée. Les secouristes ne serraient jamais assez fort, ne tiraient jamais assez loin sur les membres et les articulations, les suppliciées les encourageaient à ne pas compter leurs efforts. L'enthousiasme leur donnait une force inouïe et l'on avait beau embrasser, bloquer, nouer ses muscles autour des membres et du torse, les sursauts épouvantables redoublaient, la rage de la convulsionnaire décuplait, elle réclamait les coups qui seuls pourraient l'apaiser. Martin approchait, il frappait au poing pour commencer, sur la poitrine, au ventre et au visage, tandis que la jeune femme criait : « Plus fort ! » Martin augmentait la puissance de ses coups, encouragé par des « oui » prolongés, extatiques, et les cris des spectateurs s'additionnaient à ceux de la fanatique. Elle n'avait pas l'air de souffrir, souriait sous la torture, s'agitait encore, ce n'était pas suffisant. « Enterrez-moi ! » Les spectateurs échangeaient des regards ; on envisageait l'appel avec sérieux, cependant, il était encore tôt. Il fallait tenter de la calmer avec de nouveaux sévices. On tendit à Martin une carde de perruquier avec laquelle il entreprit de labourer soigneusement tout le corps, avec méthode, sans urgence. Il enfonça les petites griffes métalliques à la naissance du cou puis les fit descendre sur les seins que la religieuse avait fait apparaître en déchirant prestement le haut du corsage ; de sanglantes traînées s'allongèrent sur la peau blanche, la jeune femme soupirait, réclamait, « plus fort ! » hurlait-elle, et elle se cambrait, muscles tétanisés, elle ouvrait la bouche sur de longs râles de ravissement, on n'en viendrait pas à bout comme ça, il fallait passer à la bûche. Le propriétaire des lieux, une des hautes figures de la secte, crucifié récidiviste qui, quelques jours après son supplice, reprenait avec sérénité son métier d'avocat, avait préparé l'attirail. Comme Martin manipulait patiemment les outils, dos tourné à sa victime, remuant exprès les chaînes qu'il utiliserait plus tard, elle exigeait que le châtiment s'accélère, elle suppliait son bourreau de ne pas la laisser ainsi, pantelante, en sueur. L'assemblée la rassurait, tentait de l'aider à supporter cette attente intolérable.

Enfin, elle souriait, excessivement heureuse de voir Martin au-dessus d'elle, une bûche à la main. Il la frappa d'abord avec prudence, le bois faisait de petits chocs sourds qui soulevaient des cris de contentement, du public et de la patiente, puis il pratiqua son secours de toutes ses forces avec les chaînes. On s'écarta. Le corps de la jeune femme était une chair vive et bleuie par endroits, elle recevait chaque coup en soupirant, puis elle voulut qu'on passe aux choses sérieuses, réclama encore qu'on l'enterre, on la rassura, si c'était nécessaire pourquoi pas, mais Martin avait encore de la ressource. Il saisit une épée qu'il présenta à la suppliciée. Au comble du bonheur, elle se dégagea et, prenant la lame entre ses mains tremblantes, la couvrit de baisers comme une relique, demanda qu'on ne l'épargne pas, elle devait souffrir pour l'Église, au point identique et ultime que l'Église janséniste souffrait sous la férule papale. Martin y alla de taille et d'estoc et fit d'assez jolis dégâts, bien que l'arme ait été émoussée, par prévention. Pour Martin, le temps s'était suspendu, tant que ses muscles ne s'engourdissaient pas, il continuait. Il comptait pour lui de bien faire, de se donner de la peine, d'accomplir une tâche ancienne, un rocher à remonter pour l'éternité, un tonneau à remplir, quelque problème inépuisable dont il voulait clore l'inquiétante obstination. Une nausée le submergea enfin, il pâlissait, des images plus folles encore dansaient autour de lui ; il mit ses dernières forces dans les coups, ce qui augmenta le ravissement de la suppliciée, sans toutefois la combler. Épuisé, Martin abandonna. L'assemblée le remercia de ses efforts puis on décida d'accéder au désir de la jeune femme. Il se fit un cortège nocturne jusqu'au mont Valérien où elle fut lapidée et enterrée vivante, sous ses propres encouragements.

7

Le Tribunal révolutionnaire avait un rapport assez étrange avec les notions de preuve et de culpabilité. Peu importait que l'accusé fût innocent, il devait surtout être convaincant – et avait intérêt à l'être. L'erreur de Richard Mique était de penser qu'il lui suffisait de produire les documents qui l'innocentaient pour que, dans un état de droit, les juges s'inclinent et le renvoient chez lui. Son fils, arrêté peu avant lui à Versailles, s'était naïvement rangé à cette opinion et avait transmis les pièces censées le protéger. Il y avait un malentendu. Martin en mesurait l'ampleur davantage que le pauvre Richard Mique, métamorphosé par plus de huit mois de prison. Martin ne l'avait reconnu qu'à l'appel de son nom, quand il s'était avancé pour se présenter et se placer à côté de son fils, Simon. Richard Mique était un vieillard amaigri qui se déplaçait en butant contre les meubles, ivre d'avoir été longtemps incarcéré, écrasé de peur, le crâne dégarni couronné de longs cheveux blancs en bataille. Sa chemise était froissée et sale, sa veste maculée. Il était livide. Son regard s'était promené sur ses juges, sur l'assistance sans voir Martin, puis sur la salle, avec le sérieux d'un philosophe qui chercherait une trace de raison, une preuve que surnage quelque chose de tangible au-dessus du cauchemar. Puis son regard s'était résigné. Il venait de comprendre que la raison avait déserté les lieux. Du moins avait-elle laissé la place à une certaine logique. Les supposées fautes de Mique n'étaient pas toutes traitées avec la même sévérité, leur hiérarchie était confuse. L'un des jurés, un certain Châtelet, peintre médiocre qui avait travaillé sous les ordres de Mique à Versailles et qui aurait aimé parvenir au score remarquable de 80 000 têtes, rappelait que l'architecte de l'infâme Marie-Antoinette dont il avait été le protégé avait pour gendre Perruchot, maire de Saint-Malo, exécuté un mois auparavant, qu'il avait conspiré dans sa prison contre la Révolution, qu'il s'était très mal comporté en refusant d'accéder aux légitimes espoirs de l'infortuné Mougenot, mort à cause de lui à Bicêtre (le président du tribunal, M. Dumas, dit *le Rouge* à cause de la couleur de ses cheveux, opina tristement : chacun se souvenait de cette affaire), qu'il avait fait élever des défenses au Palais des Tuileries pour gêner l'assaut des fédérés et du peuple, le 10 août (le juge haussa les épaules : *Oui, ça, c'est entendu, mais enfin, il faisait son travail pour une autorité légitime en son temps...*), qu'il était riche ou en tout cas l'avait été, méprisant comme tous les riches, très apprécié de l'Autrichienne (*Tu l'as dit, Châtelet, marchons, marchons, nous avons cinquante-sept cas aujourd'hui*), que son appartement parisien était un repaire de conspirateurs, et surtout, surtout, qu'il avait tenu une correspondance codée avec son fils, Simon. Codée, c'est bien le signe d'une sournoise manœuvre, quelle qu'elle soit. Son fils, inquiétant personnage qui vivait en cagou et qui, s'il n'avait rien fait contre la liberté, en tout cas, n'avait rien fait pour elle ! Simon levait encore des sourcils indignés, tandis que son père était figé dans une attitude absente, il ne se faisait plus d'illusions. Sur son tabouret, au milieu de l'assistance remuante, Martin n'en avait guère non plus.

Mique, il le savait, aurait pu contester chaque accusation. Le travail pour la reine ? et vous, mon cher Châtelet... ; le gendre Perruchot ? patriote de la première heure, mort d'avoir été autoritaire, d'avoir eu 15 000 livres de rente, des amis parmi les riches, et alors, en quoi cela le concernait-il, lui ? ; les travaux de maçonnerie aux Tuileries ? de simples aménagements ; les réunions de comploteurs ? fausse accusation du gendre de Mougenot ; la correspondance codée ? un simple moyen d'évoquer en famille les exigences de la fille Mougenot et ses conséquences, rien de politique. Le procès était empoisonné par l'affaire du faux frère, par la campagne de presse contre l'architecte de la reine et par l'image que l'opinion s'en était faite. Tout était dit. Le président conclut par son jugement. Simon Mique, malgré sa carte de sans-culotte versaillais n° 464 et sa contribution financière à l'expédition de Vendée, apprit sa condamnation à mort. Incrédule, il n'osait regarder son père tandis qu'une voix expliquait qu'ils s'étaient tous les deux rendus les ennemis du peuple en conspirant contre sa liberté et sa sûreté, qu'ils souhaitaient le rétablissement de la royauté, etc. Ils apprirent simultanément qu'ils étaient listés comme « ex-nobles » et seraient exécutés ce même jour, 19 messidor an II, dans l'après-midi, place du Trône-Renversé.

Martin avait retiré son bonnet. Mique et son fils furent ramenés, on les fit passer entre les rangs et les murmures, tandis qu'un nouveau cas était présenté au tribunal. L'architecte vit le jeune homme et eut une expression étonnée, une lueur dans les yeux au milieu d'une face hagarde. « Bonjour Martin, ça va ? » dit-il d'un air somnambule avant de disparaître. Martin tentait de comprendre l'effondrement qui se produisait en lui. C'était l'articulation pénible de pensées qui affluaient en nombre confus, alors qu'elles n'étaient pas forcément liées, à cet instant, au regard de l'architecte. Il ne parvenait à rien débrouiller. Il n'eut pas la force de céder à la colère qui l'aurait poussé dehors ; resta assis là, écoutant sans la suivre la litanie des condamnations. Ou des relaxes, car il y en eut ce jour-là : vingt-deux. Martin ne se rendit pas place du Trône-Renversé. Sa belle-mère, la veuve Forins, avait dit qu'elle y serait et qu'elle lui raconterait. Marianne avait refusé la proposition de sa mère d'emmener le petit Richard assister aux exécutions. Martin rentra chez lui.

Marianne était affairée. Le lendemain était un décadi, jour de congé, elle mettait les bouchées doubles pour que le primidi ne se transforme pas en corvée de rattrapage. L'Architecte avait demandé à Martin de le prévenir, pour le procès de Mique. Marianne avait mis l'appartement sens dessus dessous pour nettoyer à fond, aérer, ressuyer les murs au sec de l'été. L'Architecte ne parvenait pas à travailler avec ce chambardement à côté du bureau ; il était sorti en bougonnant. Martin pensa qu'il devait être retourné au Pâris. Il ne s'imaginait pas le cherchant entre les joueurs pour lui annoncer que Richard Mique allait mourir. Parce que cela aurait été obscène ? Pour conserver une solennité, une gravité due à l'amitié, au respect ? Ce n'était pas sûr. La mort de son ancien protecteur n'avait ni plus ni moins de sens que les autres, elle n'était ni plus ni moins indécente, inutile ou nécessaire que n'importe laquelle de celles qu'il avait vues ou données. Les râles des mourants formaient en lui un sabbat dans quoi les voix se fondaient sans qu'aucune ne se distingue, et aucun sexe, aucun âge. Cela créait une rumeur, elle enflait et faiblissait dans sa mémoire, ressac perpétuel, obsédant. Il fallait la grâce d'un cheval qui se cabre, d'un coup de rouge, d'un orage ou de la veine comique d'un saltimbanque et, pendant quelques secondes ou une heure, la chorale endiablée s'éteignait, la lumière ciselait à nouveau des vérités au hasard des rues, le vent qui soulevait la poussière avait une saveur. Il était alors vivant au monde. Hors ces brefs répits, il n'était qu'une chair agitée de souvenirs. Martin discernait de moins en moins les accents du présent parmi les ressassements du passé. Il s'accommodait de la fusion maussade des deux en un quotidien qui permet de manger et de dormir, de continuer à vivre.

En fin de journée, il revint d'un cabaret non loin et frappa à la porte de l'appartement, certain d'y trouver le propriétaire. Marianne lui ouvrit, jaugea le degré d'ivresse de son mari par la faiblesse de l'éclat de ses yeux. « Monsieur est de retour », dit-elle simplement. Il entra. L'Architecte était en compagnie de son plus fidèle disciple, M. Durand. Quand parut Martin, l'Architecte s'avança : « Mon ami est venu me prévenir. J'ai trouvé, grâce à lui, le courage d'assister aux derniers instants du pauvre M. Mique. Nous revenons juste de l'exécution. Il a eu beaucoup de courage. Enfin, je crois qu'il n'était pas exactement présent quand son tour est venu, il avait le regard abîmé dans un vertige. Tout s'est passé très vite. » Martin opina, salua et ressortit. Il lui semblait qu'il n'avait pas fini sa bouteille, au cabaret.

Et quand Marianne, ce soir-là, lui parla de M. Mique, il s'aperçut qu'il avait suffi de quelques heures pour l'oublier. Simplement, l'oublier. Comment était-ce possible ? Il vit sa veste pendue à la patère, derrière leur porte. La veste qu'il avait portée au tribunal. Le souvenir de Mique, il l'avait quitté en entrant et l'avait laissé avec son habit, accroché là. Il comprit simultanément que le reste, tout le reste, le sabbat macabre, eh bien, sans doute, était remisé quelque part aussi, pour ne pas l'encombrer le soir. Dans son coffre avec les sacs d'argent, dans la boîte à couture, dans le petit cheval décoré, qui sait ? Ces réflexions qui cherchaient un chemin vers le jour avaient momentanément altéré le sourire de Martin, l'avaient métamorphosé en ce rictus que Marianne n'aimait pas. Elle glissa la paume de sa main sur son visage : « Martin, mon Martin, dis-moi si tu es en colère. Dis-moi. » Il n'était pas en colère. Était-il en colère ? Il dit : « Je ne suis pas en colère » tout en interrogeant le sens de ce mot, et il fut effrayé – mais vraiment, il connut un instant de panique – de trouver un précipice devant ses pensées. Ce mot avait perdu son sens et – ce qui augmenta sa frayeur – d'autres à sa suite semblaient se jeter dans le gouffre ouvert de sa pensée, avec une espèce de joie dans la perdition. Il répéta *Je ne suis pas en colère* avec une voix d'enfant, un grincement apeuré détaché de lui, si étrange que Marianne en eut un frisson : « Martin ? dit-elle, inquiète, dis-moi ce qui ne va pas. » Martin planta ses yeux dans les siens, prononça avec naturel : « Ça va, je vais bien. On va manger, non ? » tandis qu'une autre voix, brusque, accidentée, pleine de caillots et de glaires, de cris et de tourbe et de racines déchirées et de ciel ravagé de feu, d'odeur de poudre et de stupeur, hurlait en lui : « Si tu savais, Marianne, si tu savais…

8

… Si tu savais, Marianne, combien j'ai envie de te tuer, là, de tuer cette erreur de Richard avec son bras d'épouvante avec sa mine béate et tranquille de petit souffre-douleur que je me sens une fièvre de lui éclater la tête contre le mur dès que je le vois, si tu savais ce que je pourrais vous faire souffrir, vous faire, si tu savais d'où je viens, ce que j'ai fait, moi Martin, ton Martin, Martin Sourire, si tu savais. Mais tu sais, au fond, tu aurais dû savoir. Ce qu'on m'a demandé de faire, je savais bien avant de mettre le pied en Vendée, je savais bien, que ce serait pire que le Champ-de-Mars, bien pire, qu'après les dispersions de foules et les batailles lointaines, on n'allait pas laisser refroidir nos fusils trop longtemps, faut pas dire qu'on savait pas, on écoutait des ordres, même à distance, même de Paris, les harangues, je me souviens, ça avait d'abord été "les femmes, les enfants et les vieillards seront conduits dans l'intérieur, il sera pourvu à leur subsistance et à leur sécurité avec tous les égards dus à l'humanité", ça c'était la loi, mais aussi, comme les patriotes de là-bas s'étaient pris raclée sur raclée, submergés par le nombre, que Paris enrageait, qu'il fallait en finir, nos chefs ont surtout entendu le cri de Barère : "Détruisez la Vendée", il gueulait, juché à la tribune, devant la Convention fascinée, "Détruisez la Vendée" et tous les problèmes seront réglés, c'étaient que des mots, hein, une de ces envolées qui font trembler les poitrines à la tribune, ils étaient comme ça, les orateurs, ils balançaient des sermons d'estrade, qui marquent les esprits, ils avaient tous écrit des poèmes ou des pièces de théâtre alors ils savaient la force du verbe, ça fait son effet, ça stimule comme un hymne qu'on chante, "Marchons, qu'un sang impur..., le sublime orgueil de les venger ou de les suivre", etc., on applaudit, on a du cœur à l'ouvrage, on se sent pousser des furies volcaniques, on s'obsède comme il faut, le mot de "brigand" embrasse dans l'urgence tous les suspects, les voltigeurs aussi bien que les enfants, le mot de "repaire" devient flou, on se met à en reconnaître dans l'innocence des maisons et des églises, et "l'intérieur" où devaient se déplacer les populations, "désireuses de s'éloigner du théâtre de la guerre" comme disaient les arrêtés publiés au son de la caisse, personne n'aurait su dire où c'était, l'intérieur : Nantes, Ancenis, Angers, Saumur, Tours ? Là où on reprochera ensuite aux migrants poussés par la guerre de s'être fondus aux "mitoyens", ceux qui jouent sur les deux tableaux pour être saufs, tout était méfiance, tout était danger, c'était avant que le même Barère réalise ce que ses propres mots avaient engendré de misère et de folie, et qu'il trouve "barbare et exagérée" l'exécution de ses propres décrets, qu'il reproche à Turreau d'avoir incendié "des villages paisibles et patriotes au lieu de traquer des insurgés", c'était pendant que des officiers comme Prévignaud, Bard, Cortez, Duquesnoy ou Dusirat réclamaient qu'on arrête ce désastre, avant qu'un représentant n'écrive au Comité de salut public en déplorant "le cœur serré" ce que nous, "les hommes affreux", avions répandu indistinctement de flamme et de famine, avant que Lequinio enfin ne vienne s'alarmer des horreurs que nous avions commises, qu'il exige des rapports, qu'il m'interroge et que je lui raconte, à lui, face à face seuls dans cette pièce, que je puisse lui raconter ce que je pourrais jamais te dire, Marianne, ou bien il faudrait que tu repenses toute notre Révolution et la belle humeur de danser autour de l'arbre de la Liberté, tu te souviens ? C'était avant les autres rapports dont j'ai entendu parler depuis, avant la proposition d'amnistie des Vendéens, avant que ce fou de Turreau ne donne l'ordre de cesser les incendies des maisons et métairies, que la pire des crapules, mon général, Huché, soit arrêté, que son adjoint, convaincu de massacres, viols et pillages, soit fusillé. Tout ça, trop tard, depuis longtemps. C'était trop tard, le mal était fait, ça oui, trop tard : on avait embrasé le pays, fait repartir l'incendie de la guerre, et toujours, alors que j'étais venu te retrouver pour le reste

Guerre de mon Grd Père Eugène —
1914 -

de ma vie, ma Marianne, mon congé en main, ça continuait, ça empirait, mes camarades n'en finissaient pas de porter le fer et le feu en Vendée. Est-ce que tu comprends, Marianne, que c'est la suite du défilé, tout ça ? La suite du Champ-de-Mars le jour de la fête, et l'autre jour en miroir : celui de la fusillade, quand j'ai braqué le canon de mon fusil, aligné comme les autres gardes, quand j'ai obéi, que j'ai visé la foule, il aurait pu y avoir Blaise, il y était sûrement, et tu aurais pu y être, toi, et j'aurais pu y être en d'autres temps, tu comprends que c'est la suite de la rafale de ce jour-là, la Vendée ? Moi je savais bien à travers les ordres ce que ça allait donner, faut pas croire, quand on te dit : *soldat !* quand on te gueule dessus et qu'on t'enivre pour te donner de l'allant, soldat, vous prenez le grain et tout ce qui se mange en plus du fourrage pour les bestiaux, vous tuez et vous brûlez le reste, quand tu es soldat, que tu t'es battu pendant des années, que tu connais le son des balles qui percutent la foule, que tu as traversé le pays en améliorant la marmite avec ce que tu trouves sur le chemin, et le chemin d'une armée, c'est pas une petite route, c'est large, ça fait une ampleur de lieues qui débordent dans les champs, et dans les fermes autour sur des boisselées et des boisselées, alors on sait, si on te dit tuez et brûlez, tu sais, c'est l'heure du carnage et des loups, faut pas dire qu'on ignore comment vont les choses quand tu laisses les soldats à leurs envies, et c'est pas les lois qu'on nous ressortait pour arrêter nos bras, comme quoi un soldat coupable de pillage et de viol serait condamné à mort, qui peuvent l'empêcher. Parce qu'un élan est pris, qui n'a plus rien à voir avec la loi. C'est ça que tu voulais ? Qu'est-ce que tu crois, quand tu m'as dit mon patriote je suis fière de toi, faut y aller, faut défendre la République, quand Blaise m'a dit faut y aller, faut sauver la Révolution, *mais moi je peux pas*, il a dit, Blaise, *on garde à Paris les imprimeurs*, faut des imprimeurs pour continuer de nourrir l'amour sacré de la patrie, toi vas-y ! quand ton père, ta mère, quand tout le monde m'a envoyé défiler, s'est cotisé pour me payer des souliers et des guêtres et un bicorne et un pistolet, que le recruteur a vérifié si je faisais bien mes cinq pieds six pouces et si j'avais d'assez bonnes dents pour déchirer les cartouches, c'est ça que tu m'as demandé, Marianne, tu savais pas ? Viens pas me sourire au nez maintenant, me demander si je suis en colère, j'ai fait ce que. Ce que, hein ? Vous tous, là ! Vous tous, qui avez cru, qui m'avez fait croire. J'y suis allé. Semer la mort. La mort, pour nous soldats, c'est plus rien, la famine on connaît, la souffrance, le mal, qu'est-ce que ça fait ? On connaît, on prend et on donne de tout ça, sans compter, de la mort et de la souffrance, ils savent bien, les chefs, quand ils donnent un ordre comme ça, qu'on va pas mollir, que ça ajoute une épaisseur de plus à la cuirasse déjà bien épaissie de la guerre, qu'on va tuer comme on tire à l'exercice, comme on disperse la populace, tu veux de la mort tu veux des flammes, tu veux l'enfer ? Tiens, je vais t'en brasser, t'en enrager t'en enfourner tant que tu veux ; alors les cris et les larmes des autres, les prières des femmes et les pleurs des petits, qu'est-ce que tu crois, on s'en fout ça glisse dessus, c'est pour la juste cause de la patrie, on perce des corps qui prient, un soupir, amen, on se dit c'est fini pour ceux-là et voilà, c'est fini, on veut juste plus entendre un cri parce qu'on a autre chose à faire. Et certains cris, des fois, si tu laisses, c'est plus la distance de la fusillade, le grondement de la guerre, pas la rumeur d'un rassemblement qu'on cisaille au plomb et qui s'égaille comme une volée de moineaux, rien à voir, ça fait des cris qui durent et durent et te mâchent la tête. On préfère bourrer du fer là-dedans, crois-moi, pour que ça s'arrête. Les joues et les yeux et leur eau versée, tous ces tremblements alors que toi tu es la justice droite et pure, qu'est-ce qu'on y peut, on tape dessus, on s'enfonce, on enfonce de tout ce qu'on a dans ces bêtes effarées, qui te demandent même plus pitié quand elles ont compris, trop occupées à joindre les mains plutôt qu'à griffer, ont bien raison, parce que nous griffer, se battre, tenter d'échapper, ça excite la cruauté, tandis que la prière à genoux ça fait rire, ça fait rire, faut voir tout l'attirail qui encombrait leurs églises, tous leurs ravissements, les exaltés de Dieu, les femmes aussi bien que les hommes prêts à mourir pour ça, prêts à se vautrer dans le vertige du sacrifice en pleurant de joie, de vrais amoureux de la mort, je crois que c'est leur mépris pour leur propre vie qui nous a aidés à dispenser le meurtre avec tant de générosité, fallait voir, complètement gavés de croyances depuis des générations, ils avaient vu une statue de Vierge hocher la tête et l'avaient entendue leur dire d'aller se battre, mais bordel de foutre : de quelle voix parlent les bouches de plâtre ? Dans un vilain ramier caché dans un autel et envolé devant eux, ils avaient vu l'Esprit saint, parfaitement ! et à genoux tout le monde, Hosanna ! la sainte guerre ! Quel genre de bougre il faut être pour s'ébaubir à une pareille pantomime, que même les naïfs qui croient ferme aux géants de dix pieds de la foire Saint-Germain refuseraient de payer ! Allez vous faire massacrer, on leur disait, c'est pour la bonne joie du Seigneur qui vous regarde, Il va goûter le parfum de vos tripes, le fumet de vos chairs grillées, Il vous bénit, et si vous pouviez souffrir, en plus, que ça produise de bons martyrs pour la légende, alors ce serait mieux, et vos enfants pareil, vaut mieux qu'ils meurent que d'être baptisés par des conventionnels ; l'entêtement des curés à montrer cette voie, cette seule voie pour leurs uailles, promesse de vie éternelle, ça les inspiit, ça nous inspirait aussi, à notre manière rce que. Suffisait de demander, on était là ur leur rendre ce service, alors les fanatisés prière à genoux, tu penses ce que ça te fait ! Ça faisait rire. La vie éternelle... À croire 'ils étaient pas fatigués de celle-là, pourtant jà bien assez longue, bien assez crevante, bien ssez mauvaise. La vie éternelle ; éternelle, tant que ça ? À vos souhaits. Comment on fait ? tu as juste à tirer la chevelure à toi, à relever le menton et à passer la baïonnette sous la gorge, vite, sec, crac, ça gicle, l'odeur du sang te monte aux yeux d'un coup, ton vieux ou ta gamine sont plus qu'une poupée qui tombe et te laisse avec une poignée de cheveux dans la main, ton vieux ou ta gamine t'échappent par le poids, un poids nouveau, très lourd, qui n'était pas là avant, parce que d'un coup, la chair prend la densité de la terre, c'est fini, après tu passes aux enfants qui supportent pas de voir ça qui crient ou gémissent pénible, à gnouler des pleurs de petite bode, des fois s'encourent, se cachent et tu te mets à les courser, à t'amuser de leur cachette, petit, viens-là, gamin ? gamin t'es où, viens gamin, viens, viens mon petit Richard que j'en finisse, que je te guérisse de cette putain de morsure qui t'a bouffé la moitié du souvenir que j'ai, de toi… Ou bien on fusille, si les munitions abondent. Le plus souvent, c'est la lame. J'ai vu des choses pires, des que tu ne croirais pas, je peux pas y penser, ça, je peux pas, ça revient, je le sens, je les revois, j'entends ce cris, des poings contre la porte… si tu savai ma Marianne, si tu savais, je pourrais jamais dire, jamais, impossible, impensable. Avec ordres pareils, avec surtout les chefs qu'on av fallait voir, se servaient pareil ou davanta plus complètement soûls que leurs troup lisaient avec peine le papier envoyé par Turre et sortaient d'une beuverie, l'œil encore no d'alcool, pour nous secouer et profér l'expédition du jour : c'est là-bas, Yzernay, Les Échaubrognes, la forêt de Vezins, qu'importe, on bat la générale et allez, brûlez et tuez ! pour des soldats c'est changer de l'ordinaire, faut pas croire, hors les bonnes batailles rangées, on s'ennuie, on fait que s'ennuyer, le pillage c'est juste de quoi s'échauffer entre deux bonnes foutues batailles, et y en a eu, là-bas, de ces bonnes foutues batailles, c'étaient des gaillards en face, on s'est pris des roustes, j'en ai perdu des camarades, ils en ont égorgé aussi, nos bons marchetons d'en face, bien salement, comme nous, quand ils nous tombaient dessus après qu'on avait massacré une métairie ou un village. Rien à dire, c'est justice. J'ai vu, et ce que j'ai pas vu, on m'a raconté. Les batailles, ça, je pourrais te raconter, pas qu'on a toujours été glorieux, fanatiques contre fanatiques, un équilibre qui se fait comme ça, un accord entre les soldats, s'il est plus fou que moi, je laisse la place, si je suis plus enragé que lui ce jour-là, c'est lui qui fout le camp, une complicité, quoi ; on s'écharpe, bien d'accord soit pour mourir soit pour tuer, on s'en fout complètement de l'un ou l'autre choix quand le sang et les nerfs sont portés à ébullition par le vin et la haine. Je pourrais te raconter Cholet le 17 octobre, ça je pourrais, c'était avant les colonnes, avant le grand carnaval macabre des colonnes, quand on a été rejoints par les Mayençais, les héros de la Révolution, appelés comme ça parce qu'ils avaient tenu Mayence, des milliers d'hommes redoutables, invaincus. Les fiers va-nu-pieds de

Kléber, qu'on disait les meilleurs de tous et qui se sont quand même pris des fessées magistrales par les Vendéens, ça je pourrais te raconter comment on est entrés dans Cholet désert ce jour-là, en octobre 1793, comment l'armée des brigands avec à leur tête les Stofflet, La Rochejacquelein, Royron, d'Elbée, Lescure et je les connais pas tous, du monde et du beau monde accouru en masse vers la ville, des hommes sur des kilomètres à travers la campagne qui marchaient sur nous en chantant *Vexilla Regis*, une grande bataille, comment ça s'est terminé à s'étriper dans la nuit, corps contre corps, dards contre baïonnettes, *Rembarre, Rembarre !* contre *Nation ! Révolution !* à la lumière des coups de feu, on crevait des fantômes vomis par la nuit. Je te cacherai pas que j'ai eu peur. Et nos Mayençais, victorieux pourtant cette fois, mais amers de toutes les défaites infligées jusque-là par des paysans qui se battaient puis retournaient à pas lents vers leurs labours, nourris de pain noir à peine, des solides, alors nos Mayençais, ces salauds, ces héros patriotes, de quelle manière ils se sont vengés trois mois plus tard ! Quand Le Mans a été repris aux Vendéens. J'y étais pas. En décembre, j'étais dans les troupes qui occupaient Cholet. Le Mans, on m'a raconté. Les égorgés, les fusillés, les torrents de sang dans les ruelles, comme j'en ai vu tant de fois des deux côtés. Mais il paraît que. Je crois que c'est vrai, vu ce qu'on a été capables de faire, tous, et moi. Sur les religieuses, les femmes du

tuait ce qui se trouvait, on fusillait des fois dix, quinze femmes restées qu'un voisin nous avait dit *c'est des brigands*, ou ça dépendait, on tuait pas toujours, et pas toujours les brigands, des patriotes aussi, ou cinq ou six hommes par ici, qu'on avait confondus avec d'autres à cause de leurs noms, ou vingt-cinq jeunes égorgés parce qu'ils étaient sur une liste, on apprenait après qu'ils devaient partir pour l'armée, des patriotes, pour ce que ça foutait... Parce qu'il y en avait des patriotes, beaucoup, des municipalités qui s'empressaient, nous fournissaient le pain par centaines de livres, le vin et le coucher sans renâcler. Tous ceux à qui la République avait conseillé de déserter ces terres qu'on allait jeter dans la marmite du carnage, tous ceux-là qui avaient refusé de partir, qui se croyaient du bon côté... Sauf que, misère, y avait plus de bon côté, Grignon nous le répétait : "Il n'y a que des brigands dans la Vendée" ; pour nous convaincre il assénait à la moindre pause : "Je veux tous les exterminer." La Vendée c'était un espace vide combien de fois plus vaste que le Champ-de-Mars, tu vois mon cher vieux Boullée, un autre espace vide ; tu appellerais ça un mausolée, un infini tombeau. Il t'aurait pas plu ce tombeau-là, trop de désordre. Et cet espace-là, pour qu'il soit vide, fallait exterminer la vermine qui s'y ancrait. Après, comment faire le tri ? Une écharpe tricolore ne suffit pas. Ni la bonne mine, l'accueil chaleureux, la livraison des vivres et du pain... On en a vu des maires, s'avancer vers nous pour prévenir, donner une liste des “grands coupables”, en espérant épargner les autres. Nos chefs leur lançaient les listes à la figure, et faisaient leur choix eux-mêmes. On égorgeait, on violait… Qui croit pouvoir négocier avec la mort ? Il aurait fallu une alliance dans le goût de Blaise, au moins. Une prière au diable. Guerre acharnée, où on était à dévorer nos propres frères, parce qu'on voulait en finir une fois pour toutes, parce que tout se confondait, parce que la population était pourrie de l'intérieur, sûrement, enfin c'est comme ça que nos chefs pensaient. Des fois, tu trouvais deux, trois vieux terrifiés avec une ou deux filles girondes, ils nous tendaient des assignats pour espérer notre clémence. Moi ça me convenait, mais les copains : des nèfles ! voulaient de l'or, et en vérité à force de torture ils en trouvaient, et moi j'étais Gros-Jean comme devant avec mes papiers, je finissais par faire comme les autres, de l'or, des louis, de quoi au moins revenir en seigneur au bercail, assurer l'avenir de ma famille, sinon pourquoi tout ce sang, tout ce mal, on savait qu'il y en avait, il y en avait dans chaque ferme, dans chaque bourg, alors on prenait, on essayait d'être les premiers puisqu'on était deux ou trois cents, fallait faire vite, et s'il y avait pas assez, on tuait tout le monde, on mettait les filles et les femmes *en réquisition* et on se vautrait dedans, dans le brûlant dévasté de ces. Marianne… Même les vieilles on les mettait en réquisition, pour voir, pour effrayer les plus jeunes, faire sentir l'enfer à celles qui allaient suivre, qu'on obligeait à regarder cette épouvante. Le reste, c'était tout massacré, plutôt dehors où on travaille plus à l'aise, cette gigue insane des innocents qui essaient de t'échapper, se mettent à courir, s'empêtrent et tombent, continuent à quatre pattes en hurlant alors qu'il n'y a aucune issue, on taillait là-dedans, ça jetait des torrents de sang vif, pas tout de suite, parce que le sabre fait d'abord dans la chair un drôle de partage incolore, et puis le sang d'un coup afflue, généreux, pressé, tout ce rouge à verse, bu par la paillasse qui faisait un tapis dans la cour, des genêts mis là pour s'imbiber de fumure, à grassouiller, à se pétrir au passage des sabots, pour de l'engrais plus tard. La récolte a dû être bonne, foutu engrais cette année-là ! On tuait pas les gars, des fois, ni les femmes robustes, fallait des bras pour tirer les charrettes où charger le grain et après, si on avait pu obtenir assez de charrettes, dégager le butin, l'envoyer à l'arrière. Assez de charrettes, des grands-pas ou des petits-pas comme ils disent là-bas, assez parce que le grain, l'orge, l'avoine, le seigle, le millet, le blé noir, les pommes de terre, et encore les choux et les navets pour les bestiaux, des quantités, il y avait ! on trouvait de ces quantités, de rêve ! dire qu'à Paris j'avais vu des disettes, là, je ne sais comment te dire, des greniers pleins. Pire que le garde-manger de Beauvilliers. Et la farine des moulins ! Quand j'étais arrivé dans le pays, rejoindre l'armée de l'Ouest, c'était la mauvaise saison et les moulins à vent ne marchaient plus, et puis il paraît que ça servait pour porter les messages aux brigands selon la position des ailes, alors on les a brûlés ; les moulins à eau étaient restés à tourner, l'hiver, tous les grains à moudre étaient acheminés là. Quand on arrivait, tout le monde s'était ensauvé, meuniers et boulangers, mis en panique en nous voyant de loin, les meules encore en branle, l'air embrouillé de poussière, la craule plongée dans les pochées encore pleines, tout à nous, on se gavait, et le reste était à envoyer nourrir les bourgadins patriotes et les soldats, tellement qu'il fallait des convois de plus de cent charretées des fois. Cent charretées, tu me croirais ? Des gars encadraient le convoi et les abatteurs bûcheronnaient à côté, portaient le bois en faisceau contre le torchis des maisons et brûlaient tout. Le lendemain, on allait dans un village, on rassemblait ce qui se trouvait, on vidait les maisons. Puis on boutait le feu. Si les chefs étaient pas là pour nous exciter, si tout le monde était parti sans emporter les vivres, faut pas croire, on prenait sans faire d'histoires, on était fatigués de tuer des fois, on laissait des maisons au loin sans les visiter. Certains villages rusaient, ils incendiaient une vieille cabane ou une remise, un reste de moulin ruiné, pour faire croire qu'une de nos colonnes était passée, on faisait mine d'être trompés, pas bêtes à ce point : on connaissait les itinéraires des autres, mais voilà, on laissait faire, des journées sans donner la mort, c'était un répit pour nous, faut pas croire, même si le plus souvent on arrangeait des battues impossibles à éviter, les gens fuyaient une troupe pour tomber sur une autre.

Tant de morts, pour ces paysans du bocage, le regard planté dans la glaise, qui étaient restés comme à l'écart du monde, ne savaient rien de Paris ou de Versailles, sortaient deux fois l'an pour des foires à quelques lieues de leurs fermes et ne savaient même pas dire la direction d'Angers, ces naïfs qui ne connaissaient au début que les batailles contre nous quand ils avaient pris la faux et la tournaient en un semblant de pique, qu'ils allaient pour une journée ou deux percer du Bleu avant de retourner à leurs semailles, pour eux qui n'avaient vécu qu'une série de retraites et de charges, c'était tout neuf les colonnes infernales, cette tourmente jetée sur leurs toits en grande sauvage, cette mort sans merci surgie et plaquée sur leurs épaules en permanence comme une grêle sans répit, une plaie de la Bible, un fléau, ça faisait des empilements de corps de chaque côté du chemin, dans les fossés et parmi les ruines, ou pourrissant au milieu des haies renversées ou des grands genêts, des cadavres à chaque pas, dans les prés, dans les ajoncs, des monceaux, des tas, avec des nuées de mouches à peine dérangées par la troupe. On croit qu'on s'habitue, je vois bien que ça me raccroche, que je peux pas laisser ça à la porte. Sauf si je reviens à de bons souvenirs. Y en a pas eu beaucoup. Une fois, on avait été envoyé cent cinquante hommes sur la route de Saint-Laurent, avec ordre d'évacuer et de brûler les métairies qu'on trouvait. Et il fallait aussi réquisitionner les bœufs et les vaches éparpillés dans les prés.

Suis allé de mon côté, c'était interdit à cause qu'un homme seul s'il tombe sur des paysans à l'affût, c'est terminé, mais je voulais chercher les bêtes à ma façon, comme du temps de Versailles. J'ai vu des vaches qui broutaient, elles me regardaient sans frayeur. Plus loin, à la lisière d'un bois, une fille cachée dans les fourrés a fait du bruit, je l'ai vue courir à toutes jambes, bas blancs, mante noire, bonnet tombé derrière elle, j'entendais son souffle secoué de peur. J'aurais dû tirer. J'ai laissé, elle était loin, je l'aurais manquée, puis j'avais besoin de silence. J'ai appelé les bêtes. Doucement, comme je sais faire. Depuis que nos colonnes étaient entrées dans le bocage, les bêtes détalaient ou plus souvent elles restaient sans bouger et sans mugir. Des statues dans un parc. Elles ressentaient comme leurs maîtres l'épouvante de tomber entre nos mains. On faisait un tel carnage que même les bestiaux nous redoutaient. Là, parce que j'ai ce don avec les bêtes, elles attendaient. Elles faisaient pas de cas des toits en train de brûler, la fumée qui commençait à sentir d'ici. J'ai tendu la main, elles sont venues la renifler, tout calme, je leur disais des gentillesses, elles m'écoutaient. Je les ai rassemblées en les appelant. Elles étaient propres et bien nourries, et ça m'a plu. Me suis vu en train de les panser comme je faisais, j'ai caressé les cornes de la plus belle, ces yeux doux qu'elles ont en te regardant, leurs cils maternels, ça m'a fait plaisir. On a discuté un moment et puis je leur ai ouvert le chemin, elles m'ont suivi, innocentes de la guerre. Pour le reste, tout s'est reproduit comme à l'habitude, on a brûlé les métairies et le lendemain on a recommencé, on a rejoint les pionniers qui bûcheronnaient pour récupérer de quoi incendier et on est repartis. Caffin nous a envoyés évacuer les métairies entre Maulévrier et Les Échaubrognes, avec devoir de rejoindre le bourg d'Yzernay où on nous avait dit que les métairies étaient très riches. Tout ça prenait du temps. Il faut penser au temps que ça demandait, au temps qu'on avait, aussi, pendant ces journées de janvier tellement courtes. Impossible de s'aventurer dans le bocage et les chemins creux la nuit, à cause des embuscades. On se trouvait des fois trois cents serrés dans une église, affamés, gelés, mangés de gale et de poux. La moitié de nos colonnes était chaussée de sabots requis, de bandages et de bouts de cuir lacés, beaucoup n'avaient que des piques. À peine debout au lever du jour, à peine débarrassés du givre qui faisait craquer nos couvertures, on partait le ventre creux, on entrait dans une ferme, fallait gueuler, secouer, tuer si ça se trouvait comme ça, rapporter ce qu'on pouvait de vivres, et le bois pour incendier, le temps qu'on fasse tout ce chemin et qu'on fasse tout ce travail, c'était déjà nuit et fallait installer le bivouac avec des tours de garde si on n'avait pas eu le temps de rentrer au camp. Autour, tout était hostile, pas hostile de trop, je veux dire hostile comme dans un pays qu'on assassine au fer et à la flamme. La nuit, pas loin des forêts navrées de froid, on entendait des loups. Un solitaire d'abord faisait grimper son cri long et haut, et la meute derrière l'appuyait avec des glapissements, ensemble ils dégorgeaient une prière pour du sang dans la neige, à l'aube. Je ne sais s'ils avaient peur de nous ou s'ils nous accueillaient comme frères, pourvoyeurs de charognes à disputer aux corbeaux. Des orages de corbeaux nous collaient aux semelles, ils faisaient une nuée grasse qui pleuvait sur les charniers. La première fois qu'on a entendu les loups, on a cru à une ruse des gens du pays, qui s'alertent comme ça, qui se font des tocsins vu qu'il n'y a plus de cloches, soit qu'on les ait démontées, soit qu'ils les aient enterrées pour qu'on les trouve pas. Des fois on trouvait une cloche, c'était trop frais retourné, pas assez loin du village, pas assez profond, alors là... fallait pas tricher, fallait ni promettre ni rien. On voulait savoir qui avait démonté, transporté la cloche, enfoui ce précieux bronze, une opération comme ça, faut être nombreux, tout le monde connaît les coupables. Si personne se désignait, on fusillait. Et les femmes... C'est pas un certificat de civisme qui pouvait les sauver, ça non. J'en ai vu une se faire repasser par vingt gars, sa mère décapitée, et il se peut bien que j'étais dans les vingt, ou que j'étais celui qui a donné le coup de grâce. Ça se peut. Marianne. Tout se peut. Ton Martin, si tu savais... Pareil quand un piquet de cavaliers allait débusquer des brigands qu'on nous avait signalés, et qu'ils trouvaient un campement abandonné, avec un père et un fils patriotes massacrés, attachés ensemble et qu'on devinait, par la dimension du camp, par le nombre de barriques dans quoi ils écrasaient la farine, et les forges, les descentes de chenaux dont ils faisaient des balles, que les brigands étaient assez nombreux pour nous fondre dessus quand on serait sur la route, la moitié d'entre nous sans armes. L'ennemi savait où et comment on manœuvrait. Que les messages passent par les enfants, les ailes des moulins, les imitations de chat-huant, les brigands savaient tout. Ça voulait dire que toute la population était complice, que les gens nous guettaient et prévenaient de nos positions et de notre route. Alors, on a reçu l'ordre de tuer tout ce qu'on rencontrait, femmes, vieillards et enfants compris. De toute façon, une fois les mères égorgées, qu'est-ce que tu veux faire des petits à la mamelle ? Tu me vois pas transpercer un enfant, ma Marianne, tu imagines pas, hein ? On était en terre ennemie. On prenait les devants. Dans les parages, on a marché souvent sans voir de vivants. Un jour, on entend battre la charge. Ça montait dans l'air blanc avant de se taire. On était menacés. Le lendemain, Caffin a battu la générale et on a marché sur la forêt de Vezins, où sûrement ils étaient. Au passage, on a éclairé tout Yzernay à la torche. Un brasier qui chauffait les joues à une lieue. Pas un habitant. Un détachement est parti pour incendier aussi Maulévrier. Les maisons qui restaient. Sauf l'église, où on remisait du fourrage. Turreau, notre général en chef, répétait à longueur de lettres qu'âge et sexe, rien ne devait être respecté. Nos adjudants faisaient suivre la consigne, facile à retenir : "Mes camarades, disaient Grignon ou Caffin, ceux que j'ai servis, nous entrons dans le pays insurgé. Livrez aux flammes tout ce qui sera susceptible d'être brûlé, passez au fil de la baïonnette tout ce que vous rencontrerez d'habitants sur votre passage ; je sais qu'il peut y avoir quelques patriotes dans ce pays, c'est égal, nous devons tout sacrifier." Restait plus grand-chose à sacrifier. Quelques vieux et des femmes, des enfants. Trop peu de monde, on supposait que le plus gros était parti se cacher dans la grande forêt de Vezins. On tournait autour depuis un moment. Les gars se promettaient d'en finir là-dedans, parce qu'il en sortait des troupes pour nous attaquer, en nombre redoutable. Par exemple, un soir, on était un détachement à arroser nos gosiers irrités par la suie, chez un patriote. Les brigands nous ont encerclés, très nombreux, ça tonnait de tous côtés, on était foutus. Sur un commandement, pendant le cessez-le-feu, on entend des femmes dehors qui nous crient de nous rendre. Les hommes acceptent et sortent dans la nuit. Pas moi. Je me suis ensauvé de justesse par-derrière, avec d'autres, cinq à se retrouver tapis entre les genêts, quand la fusillade nous a appris que Stofflet en avait fini avec les grâces de la chevalerie, du temps que d'Elbée ou Beauchamps blessé épargnaient leurs prisonniers. Soixante gars tombés là. Je vais pas les pleurer, pas plus que les gars m'auraient pleuré. On pleurait plus, pour rien ni pour personne. À Cholet à nouveau investi par l'armée de Stofflet, Moulin, un général de chez nous, s'était suicidé, net. Un bon bougre de moins, avait dit Huché. Cholet aux mains de Stofflet, pendant une heure. Oui. Une heure seulement parce que les Bleus se sont repris et ont reconquis la place, mais ça a été un rappel sanglant : on avait une nouvelle armée sur le dos, grosse de tous ceux que notre férocité avait fait fuir. Vu qu'on tuait sans distinguer, patriotes ou pas, les habitants n'avaient plus le choix, ils étaient bien obligés de trouver asile auprès des insurgés. C'est ce que j'ai dit à Lequinio. J'ai pas bien su la logique de nos chefs, mais fallait pas être très malin pour comprendre ce que ça donnerait, à force. Je sais pas comment ils ont vu les choses, quel avenir ils voulaient pour ce territoire. Ils devaient avoir une idée de la Vendée comme une grande table nue devant nos troupes alignées, et qu'il suffisait d'avancer d'ouest en est, de tuer et de brûler tout ce qui fait obstacle, pour obtenir un plan net une fois arrivés à l'autre bout, juste à donner un coup de torchon et on n'en parle plus. Peut-être dépeupler pour repeupler avec du sang neuf, du sang patriote, je ne sais pas. Une idée vue comme ça depuis Paris d'abord, mais aussi entretenue par des représentants sur place, des Hentz ou Francastel, j'ai lu dans les journaux qu'ils traitaient Lequinio de menteur ou de naïf, protégeaient Turreau, disaient, c'était à mon retour en germinal, qu'on avait presque fini le travail, que c'était dommage de s'arrêter, qu'il ne devait pas rester plus de dix mille brigands à éliminer. J'ai bu pour dissoudre ma colère, venue en les lisant. Ils voulaient quoi : étendre la plaie, exciter davantage les haines contre nous ? Heureusement qu'on revient sur cette folie, on commence à réaliser qu'il faut arrêter ces massacres imbéciles, qui ne faisaient qu'attiser la colère de la population contre la République. Nous sommes aujourd'hui en septembre, je veux dire début vendémiaire, an III, Turreau, Huché, Carpentier, Grignon, Carrier, Hentz et Francastel, ces deux-là qui protestaient haut et fort que Lequinio s'était fait empaumer par les scélérats de la région, eux qui, venus sur place à sa suite, avaient soutenu Huché en affirmant : "l'incendie et le massacre doivent faire de tout le pays insurgé un désert", tous sont en prison, et Robespierre est mort. J'en ai témoigné devant Lequinio : l'armée renouvelée de Stofflet, c'était le fruit de leur aveuglement à tous, c'était notre création. Le rejeton de nos infernales colonnes. Ce sera bientôt du passé. Des temps qui seront nulle part en dehors de moi, une guerre que je vais continuer de vivre. Tout seul, ou bien. Marianne, je crois que je vais t'entraîner dans cette bataille sans fin. Je vois bien, je sais pour ma misère que je me bats contre tout depuis mon retour, que tes bras m'étouffent, je ne sais plus qui tu es, ça n'en finit pas, tout me gifle et m'insupporte, j'en suis crevé, les nuits me rejouent la guerre souillée qu'on a faite, je me lève mal, épuisé et furieux. Je ne sais plus combien j'ai tué de gens. Pas moins de femmes que d'hommes au combat, possible. On voulait en finir. Je voulais rentrer. En finir et rentrer. En attendant, Stofflet avait abandonné Cholet, et Grignon n'allait pas en rester là. Fallait définitivement qu'on se débarrasse de cette armée. On a abordé la forêt où on pensait qu'était leur camp. On y était cette fois, bien décidés à pas rester en lisière. Des gars ont vu des brigands les narguer ; ils ont foncé. Du côté où j'étais, quand on est rentrés dans la forêt, on a entendu des *Vive le roi, Vive la religion !* Ces benêts ont cru qu'on était les soldats de Stofflet, rentrés victorieux. Comme ça on a su, en même temps, qu'on trouverait peu d'hommes en armes, et qu'on était bien aux abords de son camp. On a avancé, fouillé des cabanes de-ci de-là, et trouvé surtout des vieux et des femmes avec des petits, ça courait dans tous les sens, on a égorgé autant qu'on pouvait, plusieurs heures. C'était trop grand, trop long, on était dispersés, la journée finissait, ça devenait dangereux, alors on a rebroussé chemin pour mieux revenir trois jours plus tard. Là, n'avons lardé qu'une cinquantaine de misérables tombés entre nos mains. La forêt était silencieuse. Ils avaient dû partir, même si on se demandait par quels chemins. Ou alors, ils étaient plus profond dans les bois, faudrait plus de monde. Se cacher au creux de la forêt, je sais que c'est possible, masquer les passages, agrouer les braises, je l'ai assez fait. Enfin, Grignon a rassemblé deux mille hommes, et en route pour la forêt encore une fois. Et là, on trouve Stofflet. Un fort parti. Armes égales je dirais. On s'est battus la journée. Tirs éparpillés, on s'intimide, quelques morts, j'ai vu pire. Tous fatigués, des armées qui. Je ne sais pas. Rien à voir avec les boulets prussiens ou la bataille de Cholet en octobre. Je suis même pas sûr qu'on se soit insultés. Tout le monde en avait assez, faut croire. Nos chefs soupçonnaient parfois, et pas toujours à tort, qu'on perdait exprès, parce que perdre, c'était retourner au camp et repos, tandis que gagner, c'était poursuivre les brigands en déroute à travers des lieues de pays meurtrier à marcher dans la boue pendant des jours. Stofflet a fini par battre en retraite. J'ai pas compris, parce que là, il nous laissait le champ libre. Ou il a cru, peut-être, que la forêt était trop grande pour nous. Aussi, j'y repense : Grignon a trouvé un patriote qui voulait bien nous guider. Enfin, disons qu'on a su le convaincre, et puis il demandait 150 francs. Grignon lui a promis. Je connaissais le général, à la place du paysan j'aurais pas juré qu'il tiendrait parole, Grignon. C'était une belle ordure, ou un monsieur très droit, comme on veut, un qui a fait fusiller ses beaux-parents sans sourciller, cette sorte d'homme. Mais faut pas croire, on était tous plus ou moins devenus comme ça, comme à nager au fond d'une mare de boue qui nous masquait la vie et ses esprits, je ne saurais te dire, plus rien n'avait de sens. Aucune vie, aucune amitié, aucune loyauté. Pourtant, on a sauvé des gens, des fois, sur une fatigue, une lumière, sur un souvenir de ce que sont l'amour ou les rires d'un enfant. Ça m'est arrivé, j'ai

de feuilles, des tables et des tas de charpie pour panser les blessés, des baquets d'eau, de quoi chauffer, une cantine. Et les blessés allongés là, pas tant de soldats que je pensais, des villageois, des paysans, tous âges et tous sexes, des gens qui nous avaient échappé lors d'un premier passage, alors voilà, faut pas croire, on réchappe pas deux fois à nos sabres, on a tout massacré, comme d'habitude, finir ce qui avait été commencé dans leurs maisons, leurs métairies, les festins sanglants à quoi ils avaient cru survivre, achever leur agonie entamée plus tôt, les clouer dans leur litière, remettre le temps en marche. Les tapis de feuilles et l'humus aspergés de sang, une orgie pour les loups. On a continué de fouiller le bois les jours suivants. Pas de Stofflet, à croire que le sort de son hôpital lui importait pas, ou qu'il s'agissait d'un campement secondaire. On s'est regroupés dans un village en menant avec nous une charrette pleine de filles. Ce qu'elles sont devenues, je ne sais pas. Au jour le jour, après, j'ai bûcheronné un peu, j'avais laissé les tueries, j'ai changé de colonne, j'attendais mon congé absolu, en tant que père de famille j'y avais droit, ce serait bientôt fini pour moi, j'étais lourd de mes pillages, ça suffisait, je ne dormais plus, la nuit je sentais l'effet dans mon bras de la chair qui s'enfonce sous la lame, j'entendais des cris qui n'existaient pas. J'étais pas le seul à me réveiller en sueur, cœur affolé, malgré l'abrutissement de la fatigue. Et comme ça, comme j'ai expliqué à Lequinio, malheureux de moi, je me suis retrouvé avec

Huché. Au moment où quelqu'un a décidé de ne plus se contenter de massacrer le bocage et une partie de la plaine, mais de descendre au sud du Lay, là où tout était calme dès octobre, et plus au sud encore jusqu'à Luçon où les gens étaient patriotes, avaient eux-mêmes repoussé les brigands, là où on était sûrs de trouver asile depuis le début de la campagne. Eh bien, il a fallu qu'on y travaille l'incendie, qu'on porte la mort là-bas aussi. Et pour faire ça, ils ont choisi le plus pur, le plus soûl, le plus dégénéré. Si tu savais, Marianne, si je pouvais te dire, mais je peux pas. Je croyais qu'on avait charrié l'enfer sous la stupeur du ciel, semé assez de souffrances et de peine pour que la terre en soit révulsée. Je connaissais pas Huché. C'est là que ça a vraiment commencé, l'enfer. Je pourrais jamais te dire, jamais. Te faire le portrait de Huché, ça je pourrais, oui, un jour je te dirai, en espérant que toute la vilenie du reste ne se chie pas derrière, sinon Huché je pourrais te dire, et même te faire rire en te racontant ce général de brigade, fort chargé de cuisine, soûl du matin au soir, incapable de la moindre idée claire dès le midi, engorgé de vin fumeur à la tombée du jour, à peine propre à se tenir à cheval, qui de sa selle était à gueuler après tout le monde, à insulter ou frapper ses hommes à la moindre lenteur ou la moindre pitié, même à insulter ses égaux ou des plus gradés que lui, il y en a eu des plaintes à son propos, de tous bords, mais les représentants Hentz et Francastel l'ont protégé. De leur avis, on était trop tendres, trop feignants, on retenait nos coups. Pourtant ils étaient venus sur place, ils nous avaient suivis, avaient vu nos manières, eh bien ça ne leur suffisait pas. Des rebelles comme Stofflet étaient toujours là pour montrer que tout répit était une défaite. Une attaque, une ville assiégée, une escouade assassinée, ça alimentait leur discours : quinze jours de massacres et c'en sera fini, qu'est-ce qu'on attend, pourquoi est-ce qu'on embarrasse Huché avec des réserves, pourquoi retenir son bras à cause de timidités suspectes ? Et ils voyaient tous les modérés, les raisonneurs, les officiers moins sanguinaires ou les municipalités effarées qui demandaient merci, comme des lâches qui ne voulaient pas faire l'ultime sacrifice, ce sacrifice grâce à quoi on allait achever le travail une fois pour toutes. En vérité, comme nous j'imagine, tout le monde avait hâte d'en finir avec cette guerre-là. J'ai idée que personne n'a vraiment compris cette insurrection, c'était trop loin de Paris, j'en sais davantage maintenant, par les explications de Blaise ou d'autres plus fins que lui, par le regard de Boullée, par les journaux que Marianne m'a gardés à lire au retour et le livre de Lequinio, j'ai compris que personne n'a rien compris, même du côté des émigrés, les nobles exilés qui observaient la situation de l'autre côté des frontières, c'était d'abord l'ignorance complète, ils croyaient, eux, que les paysans étaient menés par un nommé Gaston, ils avaient l'impression que c'était une jacquerie de plus, ils s'y sont intéressés quand le mouvement a commencé à prendre force, que la République a envoyé cent mille hommes là-dedans, et encore : ils n'ont pas entraîné le moindre Anglais ou le moindre Prussien dans l'aventure. Je crois que tout le monde se foutait pas mal des Vendéens, royalistes compris. Côté Bleus, on faisait si peu de cas de cette insurrection au début, qu'on avait envoyé un nommé Santerre. Son seul fait d'armes avait été de faire battre le tambour pour étouffer la voix de Louis Capet, quand le ci-devant roi des Français avait voulu parler au peuple, au pied de l'échafaud, tu vois la qualité des militaires qu'on jetait dans cette guerre. Les hommes de Santerre étaient entraînés pour marcher au pas dans des habits propres ; ils étaient au mieux dans les parades. Ça nous a fait une jolie hécatombe de Bleus, ma foi, tous ces volontaires sans expérience. Santerre était reparti, dégoûté de la mauvaise volonté de ces paysans à se laisser massacrer, disait qu'il fallait user de fumées soporifiques et de poison pour exterminer les brigands. Une idée de ratier, non ? Blaise aurait approuvé. Au début, c'était étonnement et agacement, on a dit en haut lieu, allez me raser ça et revenez, une affaire de dix jours. Et dix jours n'ont pas suffi, ni deux mois, et même ça s'envenimait. J'ai compris des choses plus tard. Turreau était harcelé de lettres du Comité qui s'étonnait que ce ne soit pas fini, qu'il y ait toujours des combats, des groupes nombreux, des nids de résistance qui nous tenaient en respect, et c'est devenu bientôt des armées entières, capables de prendre une ville.

C'était insupportable, ce soulèvement : des rustres ! pourquoi ça traînait comme ça ? Je pense aussi qu'on ne comprenait pas ce qu'ils voulaient, ces paysans. Que les prêtres qui les avaient abusés pendant des générations aient encore leur soutien alors qu'ils pouvaient enfin s'en débarrasser, personne a compris cet entêtement, les Vendéens se détournaient des curés conventionnels pour suivre en secret les messes données par les réfractaires, alors qu'on leur donnait la liberté, enfin ! Pour imposer la raison, on a d'abord assigné les curés à résidence, à Angers. Puis on a envoyé les réfractaires aeurer plus loin, on les a déportés en Espagne, sauf les trop vieux et les infirmes, en se disant qu'après, les choses rentreraient dans l'ordre, mais je t'en fous, ça a augmenté la furie des gens d'ici. On n'a rien compris. On n'a pas compris que des privilégiés entretenaient la révolte, surtout on n'avait pas compris que Rousseau, Voltaire, Diderot, que tu m'as fait lire, que tu m'as expliqués, qui te paraissaient l'évidence, mon cher Boullée, vu que toute l'Europe en était bouleversée depuis trente ans, ils n'en savaient rien de rien, pas une ligne n'était passée derrière les haies du bocage. Alors, devant tant d'abrutissement, et vu qu'on n'en venait pas à bout, on a missionné Turreau, Turreau a créé les colonnes et a ôté sa muselière à Huché.

Est-ce que j'étais là pour ça, qu'est-ce que je voulais, qu'est-ce que j'étais venu faire ici, qu'est-ce que j'étais devenu ? Je nous revois encore, moi et un autre soldat. Debout dans la nuit, deux effarés à nos pieds, qu'on coupait en morceaux, qui n'en finissaient pas de mourir. On était là comme à essarter des broussailles, pareil, mais les lames cognaient contre des os et des muscles, après avoir déchiré leur peu de blouse, nos sabres n'entamaient pas plus d'un pouce de chair au début, et puis au fil des coups, faisaient de sales entailles dans les pauvres bougres, d'abord des hurlements, puis des cris moins forts et enfin des râles qui s'éteignaient, en même temps que montait la fatigue. J'ai vomi, ça a surgi comme ça avec la fatigue, j'en avais assez de voir ces deux paysans débités en pièces, toujours en vie, en vie toujours, haletant, bouche ouverte sur une douleur telle qu'elle ne se crie plus. Avec mon gars, on s'est arrêtés, essoufflés et perdus, on s'est regardés les yeux écarquillés, à se rappeler les ordres de Huché, à se dire, malgré la peur qu'on avait de lui, qu'on n'en pouvait plus. J'ai rengainé, suis retourné voir notre commandant. Le foutu gros ivrogne était devant la cheminée, jambes écartées, bras sur les accoudoirs du fauteuil où il était à moitié ronflant, il a levé un œil mort sur moi quand je lui ai dit que c'était atroce, trop long, qu'on n'en pouvait plus que ça dure comme ça, qu'on n'en pouvait plus, j'ai été bavard tu sais, Marianne, pour une fois, non tu ne sais pas, j'ai dit ce que j'avais à dire, tout, avec autant de mots que possible pour qu'il comprenne, je lui ai demandé si on pouvait par pitié en finir d'un coup de pistolet dans la tête, alors Huché a gueulé : "Gardez-vous bien !

enfoncez-leur vos sabres jusqu'à la garde dans le corps, taillez et retaillez !" et il me faisait les gestes, il branlait ses lèvres mouillées de vin en imitant le bras qui hache l'air, "taillez, retaillez", il appuyait les mots dans la secousse, ses joues violacées ballottées de chair molle, taillez, lardez-moi ça. Il voulait que ça dure, justement. Je ne sais ce que je croyais en venant quérir sa pitié. Quand on était arrivés à Mortagne en fin de journée, j'étais avec lui, une dizaine d'hommes à entrer comme on faisait, sans égards, avec l'air buté qu'on imagine aux sauvages d'Amérique, dans la grande maison du maire, un nommé Boutillier. Boutillier était venu au-devant de la troupe, comme j'en ai vu tant, l'écharpe en travers du buste. Il avait commencé à expliquer qu'ici, il y avait déjà une garnison et qu'on ne comptait que des patriotes. Le genre de prétention qui faisait grogner Huché, lui inspirait un surcroît de méfiance et de zèle. Puis le maire avait dit qu'il serait honoré de recevoir notre chef dans sa maison, qu'il avait une des dernières chambres intactes de la ville. Huché était trop soûl pour descendre de cheval, il avait désigné deux hommes pour "ficeler ce bougre". Ensuite, on a été une escouade à suivre notre général chez le maire. Mortagne avait déjà souffert des combats, maisons brûlées, criblées, chaumes anéantis, entre le passage des Vendéens et le passage de colonnes avant la nôtre, celle de Boucret par exemple, un de la nature de Huché, il ne restait plus grand-chose de préservé. Duquesnoy aussi avait traversé Mortagne, sans méchanceté, lui, comme il faisait. Huché le trouvait naïf et indulgent. Dans la maison, on était donc entrés en brutes, sans annonce, les bottes crottées, en bousculant les meubles, il y avait les officiers républicains de la garnison, ils se sont redressés, pas pour saluer, on voyait qu'ils se tenaient à distance. J'ai compris qu'ils voulaient marquer leur différence avec notre chef, tout le monde détestait Huché, tout le monde se méfiait de ses accès de démence. Sur le trajet depuis Cholet, Huché était tombé de cheval à cause de l'ivresse, quatre, six fois, on comptait plus. Il aurait pas été sain de lui faire remarquer. Il affirmait porter le vin en Allemand, nous on le voyait descendre les tenantes de rouge du matin et s'en ressentir comme n'importe qui. Il avait la face tout éraflée, des bleus, des bosses et des croûtes de sang des cheveux au menton. La mère de Boutillier s'est avancée. Est-ce qu'elle avait peur, elle ? La vieille s'était approchée de notre fou qui tenait à peine droit, elle avait dû voir que son fils, le maire, n'était pas avec nous, elle était sur ses gardes, maligne, elle savait qu'il fallait jouer fin, elle avait salué Huché, qui commençait à râler : "Tout le monde a l'air bien tranquille ici. Vous ne savez donc pas que je puis vous faire tous brûler dans vos masures ?" Il aimait ça, éructer comme un porc, inspirer la panique, voir naître l'épouvante, c'est ça qui le faisait jouir ou alors ça dissipait un peu de son brouillard. La vieille avait tremblé en demandant quel mal ils avaient fait, Huché avait juste répondu qu'elle avait l'air d'une nonne habillée comme ça de noir entièrement, et la vieille avait dit qu'elle gardait le veuvage depuis des années, ce pourquoi elle était habillée de noir et qu'elle avait eu douze enfants et alors elle avait remarqué le visage du général, à cause des chutes de cheval, "Vous êtes blessé, elle a dit, conciliante, il faudrait vous faire tirer du sang", j'avais tressailli, ma pauvre vieille, avec un fou pareil, pas lancer comme ça le mot sang, qui lui réveille toutes les envies de crimes que le vin a endormies. "Qu'entendez-vous par me tirer du sang ?" il a dit d'un coup, en fureur, la veuve s'est tassée, les officiers derrière, j'ai bien vu, s'étaient tous raidis. "Apprenez que c'est moi qui en tire aux autres. Je suis boucher, boucher de chair humaine." Heureusement, il avait tant bu qu'il a poussé la vieille et s'est vautré sur le fauteuil en réclamant une bouteille. Et c'est à ce boucher de chair humaine que j'allais demander la charité d'un coup de pistolet pour en finir avec les deux paysans, un père et un fils, qu'on lui avait présentés et qu'il avait condamnés à mort pourvu qu'on ne les fusille pas, qu'on les larde longtemps. Il était seul quand je suis arrivé, sauf un gamin de douze, treize ans qu'il avait pris à son service. Il avait fait fusiller son père le matin même, et il gardait le petit avec lui en alternant brutalités et caresses. Le garçon était debout dans la pénombre, loin de la cheminée dans l'espoir de se faire oublier. Il me regardait. Lui, à ce moment-là, je crois bien que si on lui avait demandé qui il était, il n'aurait su dire. On était tous des autres, des reflets pas plus, ressemblants mais dépouillés de leur chair. Hors ces deux-là et moi, donc, plus personne dans le salon, les officiers ne voulaient pas rester avec cet individu, j'aurais pu tuer Huché, mais je ne serais plus là, le gamin aurait été exécuté, ou la ville aurait été vraiment rasée cette fois, en représailles. Huché m'a donc renvoyé à ma tâche. J'ai été un autre moi aussi, en Vendée, Marianne, j'ai été un autre, je ne sais comment te dire mieux. Même, pendant un temps, quand je suis rentré chez nous, je voyais plus les images, je me souvenais plus, j'étais le ventre empoigné de colère mais je savais plus pour quoi ni contre qui tourner cette colère. Quand je frappais les convulsionnaires, à passer mes envies de meurtre sur les frères et les sœurs, je refouillais incessamment ce tumulte. C'est revenu après des mois. J'étais un autre. Je sais pas qui se trouvait là, à Mortagne, devant le porche d'une église, cette nuit-là, à donner ces coups de sabre, longtemps, longtemps, en prenant garde qu'aucun ne soit mortel. Et les enfants, tu me dirais, et les nourrissons que j'ai embrochés ? la baïonnette entrait dans des langes et sans bruit, s'alentissait alors et puis sur une pression plus forte, vite, allait transpercer ensuite la femme qui se trouvait dessous, qui aspirait une grande goulée d'air, ouvrait les yeux ronds sur une douleur de foudre et puis c'était fini. Je l'ai fait, ça. Pas promené avec un bébé au bout de ma pique. Au moins, j'ai pas fait ça. Au moins. Mais j'ai lardé ces paysans jusqu'à en être épuisé. Peut-être que j'étais bien moi, ce soir-là, peut-être que c'est là que je me suis rendu compte, enfin, que je me suis demandé ce que je venais faire ici. J'avais déjà fait ma demande pour partir. J'ai failli déserter, je t'ai pas dit, Marianne, tu aurais pas été fière de moi, hein ? J'ai failli tout laisser là. Pourquoi je suis resté ? Pourquoi j'étais là, devant ce porche, à couper des hommes en morceaux ? Je suis revenu vers l'église rapporter les ordres du général. Mon collègue, sa main tremblait, son bras tremblait, ça se voyait à la pointe de la lame qui faisait comme une herbe dans le vent. Les deux condamnés, à ses pieds, risquaient pas de s'enfuir, c'étaient deux tas noirs avec des sursauts de nerfs, il faisait trop sombre pour voir le rouge du sang, c'est l'odeur qui alertait, et l'odeur de merde et de pisse avec, c'est comme ça, ça sort de nous, poussé liquide par la peur de mourir, misère animale. Depuis, quand je m'accroupis au-dessus du passage des autres, je sens notre crasse d'hommes et je repense aux deux tas noirs secoués de douleurs, je les revois chaque fois. Et le reste aussi, tout ce qui. Tout ce. Alors, on a repris l'ouvrage, l'enfer a recommencé, pour nous quatre, les deux loques ramassées sur le parvis et nous, avec nos fers qui maintenant visaient plutôt les têtes, la place faisait silence autour de notre travail, les maisons renvoyaient chaque coup et répétaient qu'on était bien en train de faire ça, que c'était bien nous, que c'était bien moi, Martin, moi qui. Le fer émoussé entrait moins, ripait sur l'os à nu, nos bras fatiguaient, on n'avait plus de force, nos pieds glissaient sur la poisse du sang, j'entendais le bruit de flaque sous la semelle, mon sabre accrochait l'éclair rouge d'une torche et s'abattait dans l'ombre. Dessous, ça ne remuait plus, on continuait aveuglés. On s'est arrêtés enfin. Enfin. J'ai cligné des yeux, mes paupières et mes cils dégouttaient de sang, mes sourcils et mes cheveux aussi, on en était masqués, couverts, vêtus, repeints tous les deux. On s'est épaulés comme soûls, jusqu'au campement. On est allés se coucher comme ça, on s'est réveillés encroûtés de la tête aux pieds, un officier nous a engueulés qu'on était sales, et un gars lui a dit de fermer sa gueule. Les jours suivants j'attendais mon congé, je marchais et je suivais, je voyais tout comme une scène, pourquoi pas avant, je me suis dit pourquoi pas quand j'embrochais des femmes, que je transperçais des enfants, quand je violais des filles, pourquoi c'est venu seulement là, cette vérité de moi, quand je m'essoufflais à sabrer mes deux pauvres bougres, je ne sais pas. Huché a pris la route de La Gaubretière ou un nom comme ça, enfin un de ces villages où une colonne était passée trois semaines plus tôt. On lui avait dit qu'il n'y avait plus âme qui vive et ça, ça excitait toujours Huché ce genre d'annonce, il rotait, il regardait qui lui avait dit ça, qui avait osé l'avertir que telle expédition était inutile, un qui risquait la mort pour avoir osé, et Huché envoyait toute la compagnie fouiller le moindre fourré dans le pays. Comme ça, je suivais sans plus vouloir rien, en secouant un peu un bosquet pour faire du bruit. On a débusqué plusieurs centaines de personnes, hommes et femmes, Huché s'esclaffait : "Voyez, hein ? Il en reste toujours !" Tout a été passé par le fer. Il y avait une vieille noblesse, une dame Le Bault de quelque chose, Huché détestait ça, il les regardait comme des morpions. Les gars la tenaient solidement, comme on fait pour des hommes mûrs et solides, doigts enfoncés dans les bras qu'on tord en faisant mal. De sa selle, il crachait : "Dis : Vive la République !" La vieille je sais même pas si elle comprenait ce que disait Huché, il a répété : "Tu vas dire Vive la République, vieille truie ! Allez, bougre de putain, dis Vive la République !" La vieille a fait non, alors Huché a ordonné qu'on lui coupe la tête, ça a été fait au sabre, devant lui, et la tête a été jetée dans un bassin, et on a jeté le reste du corps avec les domestiques, dans les flammes de la maison de la vieille, avec une autre femme du même âge, de même condition, décapitée pareil. Et les domestiques non plus, des vrais chiens fidèles, n'avaient pas voulu crier Vive la République, Huché les menaçait, et l'un après l'autre, comme ils refusaient, l'un après l'autre, on leur a coupé les oreilles, l'un après l'autre, *Vous voulez pas ? Vive la République, bordel, toujours pas ? Allez, crevez-moi ces foutres, crevez-leur les yeux*, alors on leur a crevé les yeux, et puis on leur a arraché la langue, dans cet ordre je crois avant de les finir, il fallait des outils pour faire ça, pour les yeux on avait ce qu'il faut mais, pour la langue, faut de bonnes tenailles, faut les chercher, les trouver, essayer ce qui va le mieux, ça prend du temps. Ça faisait un bruit, cet arrachement de chair venu du fond de la gorge. Je peux pas dire que ça m'ait renversé, moi, je regardais sans comprendre ce théâtre infernal, qu'est-ce que les gens veulent prouver, je ne sais pas. Une fois balancés dans le brasier, ils ne sont plus les gens qui tenaient tête, ils sont devenus autre chose, c'est un peu magique, ces corps qui étaient des hommes ou des femmes avant qu'ils tournent en cadavres. C'est autre chose, ce qu'on soulève et à la une à la deux qu'on balance au milieu des flammes, pas tant un cadavre paresseux que l'objet d'une tâche comme une autre, planter la tente ou préparer la soupe. À force. Il y a eu un bourg où on a déniché d'autres noblesses, hommes et femmes, un *de La Boucherie*, sa femme et sa fille. De La Boucherie, ça faisait rire Huché ce nom-là, lui qui se déclarait boucher, lui qui avait, paraît-il, un dessous de selle en peau humaine tannée, et justement, il a eu une idée, il les a fait pendre comme des carcasses à des crochets de boucherie, par le menton, vivants, et on a mis le feu à la maison. Je dis "on" c'était nous tous, je m'arrangeais pour ne plus rien faire de cruel à ce moment-là mais j'ai rien empêché, j'ai laissé faire les crocs, les hurlements dans les flammes, les suppliques déformées par l'embarras du fer dans la mâchoire, ça fait des cris longs qui montent vers l'aigu de plus en plus, je suis vivant moi, moi l'autre, mon reflet qui ne sait plus où est sa chair, alors je dis "on", parce que j'y étais. Je ne sais combien "y étaient" comme moi, à La Gaubretière avec Huché ou aux villages des Lucs où Haxo et Cordelier ont massacré hommes, femmes et nourrissons, plus d'une centaine d'enfants de moins de sept ans paraît-il, parce qu'un autre chef de la rébellion avait été vu dans les parages. Les gens le protégeaient. Tout en nausée qu'on était, on avait reçu des exhortations à continuer, à faire plus vite, même. Je me souviens de Huché brandissant la lettre de Turreau qui transmettait les encouragements de la capitale. Il était fier, il avait toujours eu raison. On était sur la bonne voie, fallait pas mollir. On n'a pas molli. Faut pas croire ; tout dégoûtés qu'on était. Je ne sais pas quel est ce don qui permet de regarder le pire, d'opérer le pire avec le même œil morne que tu as quand tu scies du bois ou que tu remets des bûches dans le feu. Ceux qu'on tuait avaient pas l'air plus ennuyés que nous de leurs propres morts. Un moment de crainte, qui est dans l'habitude de toutes les créatures, et tout de suite la résignation, celle qu'on voit chez un lapin quand la buse l'a saisi, qu'il s'est débattu un peu et puis comprend et laisse faire. Un dégoût partagé, égal de part et d'autre. Je ne sais pas. C'est d'une physique trop soignée pour ma pauvre tête. Je vais le reste de mes jours mâcher cette énigme, il faudra bien. L'Architecte pourrait, lui, mais j'ose pas lui dire toutes ces horreurs ; ça lui ferait du mal. Il regarderait ses dessins et, comme moi de la vie, je crois qu'il ne saurait plus quoi en penser. Marianne, peut-être. Peut-être toi, Marianne, tu es mon seul espoir de comprendre pourquoi, là-bas, il n'y avait personne, rien que des cris, des inventions de la mort qui remplaçaient tout le reste. Des fantômes qui jouaient à faire croire. Je ne sais pas. J'étais au matin, le fantôme venu avec chaque nuit, la nuit me gardait drapé dans du froid et du sale, malade de moi, gêné de moi, assommé par les cris des tués je m'endormais, et je me levais, mes membres entraînés par une habitude et puis la journée amoncelait ses heures criminelles. Dans la nuit, j'entendais parfois, si j'étais trop près du général au hasard du bivouac, les gémissements du petit que Huché avait pris à son service, et qu'il gardait contre lui sous les couvertures, contre sa bedaine de vin. Il grognait son plaisir, secouait les plaintes du gamin qui s'éteignaient, écrasées. Au fil des jours, le gamin s'affaiblissait ; on faisait plus attention, Huché le bousculait, lui gueulait de faire plus vite, de pas lambiner à lui servir un gobelet ou lui apporter je ne sais quoi, le gamin ne mangeait plus, ne dormait plus, il n'était plus rien, on savait qu'il s'en sortirait pas, et lui aussi je suis sûr, n'était déjà plus avec nous, il attendait que son corps termine le chemin à la suite de ses pensées défuntées, d'ailleurs, il ne pleurait pas. Enfin, Huché a cuvé son vin tout seul une nuit, y a pas eu de gémissements, j'ai jamais revu le gamin, et n'ai rien su du trou ou du tas de fumure où on l'a jeté. Personne n'a rien dit.

On allait comme ça, entre deux nuits, décalotter les calotins, faire mordre la poussière aux coquins, les phrases que trouvait Huché quand il était inspiré, à marcher dans cet hiver qui nous enfonçait le chapeau dans les épaules, éparpillait nos balles dans le pays à cause de nos mains tremblantes, à reprendre les cris des loups et les cris des corbeaux, nos compagnons de mort et de froid. Je sais bien ce qu'on était, charognards semblables, animaux guère plus, enfin je crois que c'était nous, ce qui restait de nous. Il y avait bien une noble mission, à l'origine, là-bas, au premier de nos pas, il y avait une idée de grandeur et d'élévation quelque part à la source, mais la confier aux loups et aux corbeaux... ils font tout salement, dévorent les proies toutes vives, se foutent des plaintes des corps qu'ils déchirent, on se voyait à distance, hardes et hardes, on se reconnaissait, les loups nous auraient jamais attaqués par exemple, je crois qu'ils avaient appris nos uniformes, notre odeur, on devait leur paraître comme des alliés surgis de l'enfer, les bras chargés des cadeaux de la guerre, bien leur tour, on leur livrait les entrailles fumantes de leurs chasseurs, on était le Jugement dernier. Des saints pour les loups, nous étions, Marianne, pour les loups et pour les chiens orphelins retournés contre leurs maîtres, au bout de leur famine. Au souvenir, ça se confond, je vois nos bannières et j'entends nos tambours sous le soleil, les acclamations du peuple, les enfants joues roses et rondes, grimpés aux épaules des parents et nos pas soulevés par une grande joie. J'ai connu des batailles, celles que je peux te dire, Marianne, que je raconterai à nos enfants et peut-être aux enfants de nos enfants. Elles étaient peut-être plus nobles, je veux bien croire, elles étaient plus nobles. Même contre les brigands au début, je veux bien croire que c'était encore une guerre comme les autres. Les loups en nous étaient tapis et sages. Lesquels d'entre nous étaient plus loups que les autres, plus cannibales ? Des hommes chez nous ont appris la méthode d'Amey, à Montournais ou aux Epesses, en ont parlé à Huché, qui a trouvé l'idée excellente. J'étais là. Chien ou loup, plus chien que loup, je n'ai jamais été loup, ou alors quand je devais mordre. Corbeau ? J'ai été corbeau ? Peut-être bien. Corbeau. Mangeur de cadavres. Pas mangé de cadavre, non. Pas moi. On avait faim pourtant. Ventôse finissant givrait l'herbe. Il y avait un four à pain. Les loups avaient froid. Ont remis du bois dessous. J'ai vu ça. Des fours terriblement chauds. La gueule béante et noire des fours. J'ai vu ça. Marianne, vide-moi la tête. Combien on était à tourner autour de la grondante chaleur des fours, la poudre d'une giboulée disparue à vingt pas tant la fournaise était nourrie. Impossible de faire cuire du pain là-dedans, qu'est-ce que vous faites ? Qu'est-ce que vous faites ? Ils traînaient une femme par les cheveux, elle hurlait, se débattait comme un fauve, qu'est-ce que. Mais. Qu'est-ce que ? Où sont la farine et le levain ? Une femme criait, des cris affreux. Ça me bloque la respiration.

Marianne, je t'en prie. À combien ils s'y sont mis pour la soulever, tenir ses bras ses jambes qui rebiffent, elle criait non pas ça, ou c'est moi qui hurlais pas ça sans pouvoir jeter le hurlement hors de moi, je. J'ai vu. Ils ont. Combien ils étaient pour. Pour la maintenir comme ça et l'enfourner, l'enfourner, ils l'ont enfournée. Ils l'ont. Et elle se débattait, ils ont refermé à plusieurs en riant de leur bonne farce la porte la lourde plaque de métal qui a fait un bruit d'armure, on l'entendait se battre dedans, à coups de poing là derrière cogner la trappe de fonte, se battre dans sa nuit, taper de toutes ses forces et ça a de la force une femme qui refuse de mourir. Pas comme ça. Pas. Les briques du four bougeaient tellement elle cognait. Les briques du four sous la puissance de ses coups de vivante qui refuse. Pas comme ça. Ils ont rajouté du bois. Riant toujours. Je t'assure, ils riaient. Un feu tellement vif et clair, des flammes qui crachaient des escarbilles loin dans l'air, un feu de joie. Il y avait d'autres cris. Marianne, ma belle, jamais je pourrais te raconter ça, jamais. Des cris d'enfants. Il y avait des enfants, agenouillés pas loin, basques mouillées de giboulée. Je crois pas qu'ils priaient, sûrement on dira un jour "ils priaient" mais c'est pas vrai, je crois pas. Ils étaient deux ou. Je ne sais pas. Ils étaient quatre. Ils étaient que des cris, comment un enfant peut n'être qu'un cri, je ne sais pas, Marianne, tu vois Richard ? Tu te dis Richard est un cri, rien qu'un cri, rien d'autre, et ça te perce de part en part, ça te change entièrement, alors que derrière la porte du four ça se calme, plus de ruades, les petits là, serrant des crucifix sur la poitrine, ou des jouets, des objets de leur mère contre eux comme des crucifix ou je ne sais pas, serrant quelque chose qui les aide dans leurs cris, sont qu'un cri et on te dit, quelqu'un te dit amenez-les, quelqu'un te dit ça qui devrait te remplir d'effroi, devrait te réveiller, toi qui n'es plus qu'à quelques jours, ton congé arrive, tu le sais, deux ou trois jours tout au plus, tu seras bientôt chez toi, alors pourquoi, tu. Tu écoutes l'ordre, tu es un soldat, pitié, tu n'es qu'un soldat, ils sont qu'un cri, t'es qu'un soldat, pitié, pas ça, et tu avances, tu te vois avancer, tendre les bras, posément, tranquillement. Qui. Qui est en train de faire ça ? À qui sont ces mains ? Ils ont. Tu. J'ai empoigné le bras d'un des enfants, il s'agrippait à son jouet, un petit cheval en bois tellement joli, je lui ai arraché, j'ai arraché facile, jeté le cheval, et je l'ai soulevé, amenez-le, au four ! Quelqu'un a dit, je crois, a engueulé Huché que ça suffisait comme ça, que les enfants tout de même, et Huché leur a promis pareil s'ils la fermaient pas, et ils se sont tus, ont fermé leur gueule et ont laissé se poursuivre, ont pas arrêté mon bras, à moi. C'était moi. C'était moi, Marianne, ô pitié. Videz-moi la tête. Avec les autres gars, quatre enfants, quatre, je ne sais qui a ouvert le four, ouvert la gueule puante du four et je crois bien. Je crois bien, Marianne. Je crois bien que moi, un des enfants, celui que j'avais emporté. Moi, c'est moi. C'est moi qui l'ai soulevé, l'ai porté devant la grande morsure noire et fumante et puante où un corps de charbon se recroquevillait pour l'éternité, je crois bien que c'est moi qui. L'ai envoyé là-dedans, son dernier regard sur moi, pas ça, ses yeux ronds ouverts qui ne peuvent croire que ça va se terminer comme ça, que sa petite vie est déjà terminée, qu'on lui fait ça, que c'est moi, moi qui ai jeté son cri là au fond du ventre noir, nuit de fournaise, l'ai envoyé rejoindre sa mère et les ruades des autres. Moi qui ai refermé la porte sur eux. Ou si c'est pas moi, c'est pareil. Pitié, Marianne, pitié pour les loups. »

9

Il se faisait tard et Martin n'était pas rentré. C'était habituel. C'était triste. Marianne faisait les cent pas dans le minuscule appartement. Elle revint aux enfants. Richard ne dormait pas, il jouait avec le cheval de bois offert par son père, dont il ne se séparait jamais. Il lui sourit, elle lui caressa le front, reprit sa veille contre la fenêtre ouverte sur la nuit. Elle repensait à ce jour, quand elle avait interrogé Martin sur son départ de Versailles, qu'il lui avait répondu : « J'avais grandi. » Les mots l'avaient glacée. Dans cet aveu anodin, elle avait deviné un prolongement qui les concernait, eux. Elle se savait alors plus mature que lui et avait déduit que, s'il arrivait un jour à Martin de mûrir assez pour entreprendre une nouvelle étape, alors peut-être qu'il la quitterait. C'était il y a quatre ans, il avait grandi, se dit-elle, redoutant ses propres conclusions, grandi assez pour changer, pour modifier le cours de sa vie, qu'importent les autres et les conséquences. Désagréable souvenir, analyse détestable. Tout à l'heure, elle servait et desservait M. Boullée et tournait autour de lui, incapable de lui parler de ses inquiétudes. Monsieur et Martin s'aimaient beaucoup, elle le savait, ils s'estimaient. S'appréciaient d'une façon qui avait peu d'exemples entre deux personnes de conditions aussi éloignées. Sûrement, Monsieur serait de bon conseil. Peut-être que Martin lui avait parlé, à lui, tellement savant, peut-être qu'il s'était confié à lui, parce qu'il fallait être savant pour comprendre les choses tortueuses qui rendaient Martin si différent depuis son retour ? Cependant elle n'avait pas osé. Elle n'aurait pu s'ouvrir à lui de détails si étranges qu'elle éprouvait de la difficulté à se les formuler. Comment faire comprendre qu'elle ne reconnaissait plus son Martin ? Dans son ivresse presque permanente, sans violence mais désespérée, son indifférence aux choses, sa folie du jeu qui lui faisait dilapider leur trésor et dans sa fascination pour les mystères que Blaise et lui fréquentaient, dont elle savait peu de choses mais dont il revenait le regard fixe. Comment évoquer la rareté de leurs rapports et, quand c'était le cas, sa façon de faire l'amour sans amour, sa brutalité égoïste ? Comment exprimer l'affreuse sensation qui la gagnait quand Martin jouait avec Richard ? Cela surtout était indicible. Le regard du père sur le petit, sa manière dérangeante de le serrer contre lui jusqu'à ce que l'enfant crie, ou de lui arracher des mains le petit cheval puis de le lui rendre avant de recommencer, comme une mécanique lancée dans un mouvement perpétuel. Richard devenait fou devant le dérèglement d'un tel manège. Il se mettait à pleurer tandis qu'impitoyablement, Martin poursuivait son jeu maladif, silencieux, obstiné, parfois entrecoupé d'ordres dits avec une douceur écœurante, il faisait mine d'offrir, puis reprenait « donne-le-moi... prends... non laisse-le-moi... tiens... allons donne » ; cela se prolongeait de façon insupportable. Marianne s'arrangeait pour interrompre les manœuvres de Martin, sans qu'il y paraisse, en imaginant une occupation, un repas, une toilette. Elle s'arrangeait aussi pour ne plus les laisser en présence seuls tous les deux. Et ce qui l'épouvantait à présent, ce qui la tenait dans l'angoisse à toute heure du jour et de la nuit : comment décrire le sourire de Martin ? la tendre blessure qu'elle avait aimée était devenue une cicatrice disjointe, reprise d'une couture maladroite.

L'Architecte avait été pris d'un malaise au retour de sa promenade matinale. Il avait vomi, s'était vidé de toutes les manières et Marianne l'avait couché. Elle était ensuite allée réveiller Martin qui cuvait encore sa virée de la veille, qu'il était encore parti s'acagnarder avec ce mauvais sujet de Blaise. Elle l'avait impitoyablement sorti du lit, réprimant des envies d'injure, pour l'envoyer quérir le médecin de l'Architecte.

Le praticien était resté longtemps dans la chambre. Marianne et Martin s'occupaient sans s'éloigner de la porte, ne percevaient rien d'autre qu'une conversation interminable. Le médecin parti, l'Architecte les accueillit près de son lit avec soulagement. « Mes amis, j'ai bien cru qu'il me tuerait. Quelle purge ! » Inquiets, ils furent avec lui, Marianne essayant de comprendre ce qui se passait : « Vous avez besoin de quelque chose, Monsieur ? » Le bon sourire de l'Architecte était lézardé par la fatigue, mais son caractère demeurait constant : « Ma bonne Marianne, il est plus intéressé par les effets de la dissolution des facultés que par mon modeste cas. Laissons les prescriptions de mon fameux médecin et prépare-moi du vin chaud. » Comme Marianne sortait, l'Architecte expliqua à Martin, qu'il jugeait péremptoirement apte à comprendre : « Il paraît que toutes les facultés de médecine disparaissent et avec elles toutes les sociétés scientifiques. Un drame, je veux bien l'admettre, je tentais de le lui dire, de l'assurer de ma sympathie, mais pas aujourd'hui, demain, une autre fois, pour l'heure je suis malade. Il ne m'a épargné aucun détail tandis que je sentais faiblir mon pouls, en m'assénant que désormais le public est victime d'individus érigés en maîtres par leur seule opinion, qui distribuent des remèdes au hasard, et compromettent l'existence des citoyens. Et moi, lui ai-je dit enfin, mon existence ? Vous en occuperez-vous ? Il semble que je l'aie froissé. Il a consenti à m'examiner. Il a déduit de son inspection plus brève que son discours qu'il s'agissait soit d'un refroidissement, auquel cas il suffit que je me tienne au chaud et alité, soit d'une hydropisie ascite, auquel cas je ne devais m'inquiéter de rien et mourir dans deux jours. Je crois qu'il plaisantait. » Martin émergeait de son brouillard, l'affection qu'il avait pour Boullée sapait sa griserie dont les effets s'atténuaient franchement. Il ressentit comme d'habitude, dans ce mouvement où la réalité faisait saillie, un regain de morsure vénéneuse. Il repensa à Mique, la triste mort de Mique, la distingua alors nettement de celles qu'il avait connues et dont la multitude embrouillée et la succession lui étaient généralement indifférentes. Il n'aurait rien pu faire pour le cher Mique. L'Architecte déclara se sentir un peu mieux depuis que le médecin était sorti de la chambre. Il resterait couché pour se remettre. « Martin, comme je sais tes journées peu ou mal employées, voudrais-tu faire plaisir au vieillard tout alangouri que je suis devenu ? » Martin ne releva pas le reproche sans voile de l'Architecte, *journées peu ou mal employées*. Il n'avait pas tort. Il accepta. Il considérait avec plaisir la perspective de rester au chevet du vieil homme ; c'était une occasion de répit. Une journée sans déambulation nauséeuse, une journée sans hantise, quelques heures détachées du bloc de tristesse qui pesait sur lui désormais et menaçait de l'écraser s'il n'avait recours au vin ou au jeu, aux fariboles magiques débitées par Blaise ou aux étranges cérémonies dont il était devenu acteur. « Tu choisiras un livre dans la bibliothèque dont tu me feras la lecture. En attendant, je vais dormir un peu. »

10

L'espace était immense. Ses dimensions s'appréciaient par la petitesse des silhouettes, des groupes d'hommes en toge qui s'attardaient et palabraient dans la gigantesque bibliothèque. À gauche et à droite, sur quatre niveaux, les murs étaient tapissés de livres. Les horizontales s'amenuisaient vers le fond de la salle, estompé comme un lointain de paysage, là où les personnages semblaient des fourmis. Les lignes fuyantes des rayonnages étaient arrêtées par un retour où se répétait le même nombre de niveaux. Sur cette paroi qui fermait le rectangle de la salle, une porte était percée. Elle paraissait ridicule en proportion. Les étages de rayons qui encadraient la salle étaient surmontés de deux grandes colonnades qui se faisaient face. La double perspective de ces fûts innombrables soutenait une arche immense, décorée de caissons creux, qui faisait un ciel demi-cylindrique strié de motifs rendus indiscernables par la distance. La lumière tombait d'une longue verrière tout là-haut. Le jour apparaissait aussi, au fond de la salle, écran blanc limité par l'arc de la voûte à son extrémité. Toujours cet effet de vertige procuré par les dessins de l'Architecte. Martin était passé dans le bureau récupérer un livre. L'Architecte s'était assoupi et il avait profité de ce répit pour ouvrir le tiroir où dormait le projet de Bibliothèque Royale, le dessin qu'il avait un jour ramassé aux pieds de l'Architecte. Du temps passé. Autant de jours que de livres sur les rayons de cette bibliothèque ? Moins sans doute ; il y avait tant d'ouvrages figurés sur le dessin, comme une maçonnerie faite de brique, une succession pareille à celle des feuilles dans les arbres, des traits que fait l'herbe brin à brin, sur le velours d'un paysage. Des nombres si élevés que leur sens échappe. De telles accumulations étaient-elles possibles ? se demandait Martin. Il supposait que non, voyait dans cet excès la fièvre d'imagination qui séparait les projets de l'Architecte de la réalité du monde.

« Un jour, Phryné, sa concubine, lui demanda de lui offrir sa plus belle œuvre. Praxitèle accepta, sans pouvoir se résoudre toutefois à avouer quelle était son œuvre préférée. Sur ces entrefaites, une servante fit irruption en annonçant que l'atelier de son maître était en flammes et que presque toutes ses statues brûlaient. Praxitèle s'élança au-dehors en criant que sa vie entière serait réduite à néant si le feu avait détruit son *Satyre* et son *Amour*. Phryné alors le rassura : rien n'avait brûlé ; c'était une ruse pour savoir quelle était l'œuvre préférée de son maître. Et Phryné choisit la statue de l'Amour. » L'Architecte émit un ricanement. Martin leva les yeux des *Récits attiques* de Pausanias, pris au hasard dans la bibliothèque. « Quelle histoire invraisemblable... Les Grecs ont un goût pour ces contes naïfs. Que reste-t-il de Praxitèle ? Son *Cupidon*, son *Satyre*, sa fameuse *Aphrodite* de Cnyde, tellement admirés, ont disparu. Nous devons nous contenter d'un *Hermés* à Olympie, de copies d'*Aphrodite*... Que nous reste-t-il de Phidias, d'Appelle, de Scopas ou de Lysippe ? Peu de choses, hors des fables comme celle-ci. Cependant, ce qui nous est parvenu par-delà leur antiquité doit être considéré comme suffisant. Certains auteurs supposent que la perfection des arts chez les Grecs anciens était forcée d'être, comme la spontanéité dans le règne naturel ou la fatalité dans l'ordre moral. Qu'en penses-tu ? » Martin n'en pensait vraiment rien, il eut une moue désemparée en réponse. De toute manière, il n'était pas utile de débattre avec l'Architecte, qui aimait dérouler ses pensées. Si le citoyen architecte s'était trouvé alité en compagnie du petit Étienne, le cadet de Martin aurait indifféremment reçu le bénéfice de ses réflexions. « J'ignore ce qui restera de mon travail, et je serais bien incapable de réagir comme Praxitèle en désignant d'instinct mon œuvre essentielle. Peut-être mon essai sur l'art, oui... Ce qui devrait rester pour la postérité. Les anciens Romains nommaient ce principe le *fatum librorum*, quand ils l'appliquaient aux livres. Ils estimaient que les livres épargnés par les saccages de l'Histoire étaient ceux qui devaient nécessairement la traverser, que si nous lisons Homère, Virgile ou Pausanias aujourd'hui, c'est qu'ils méritaient d'être conservés. Il ne faudrait pas regretter les autres, tous inutiles. Je ne sais pas si tu entends ce qu'il faut de foi dans le destin pour se convaincre qu'il fait d'aussi admirables choix. Ce qui donne raison aux Romains est l'expérience par défaut : force est de constater que nous vivons et créons sans les œuvres manquantes. Ce sont des certitudes qui convenaient, je suppose, aux empereurs de ces temps. Je ne sais ce qu'elles valent aujourd'hui. La période que nous traversons – car rien n'est achevé, Martin, j'espère que tu en as conscience – est arrivée parce qu'il était inévitable que la Révolution survienne. Était-elle nécessaire ? Si j'étais un ancien Romain, je serais convaincu que oui. Peut-être que le véritable héritage des hommes est dans le souvenir d'œuvres détruites, une mémoire infléchie par les aléas du destin, une inquiétude. Nécessaire ou pas, l'inéluctable Révolution a produit ses effets et construira le monde de demain. Si un nouveau changement survient, rien ne sera tout à fait perdu de ces bouleversements. Tout nouvel arbre est né d'un ancêtre disparu, réduit à une souche corrompue. »

L'Architecte était perdu dans ses réflexions. Martin pensait au dessin de la Bibliothèque Royale, revu peu avant, dans le bureau. Cette monstrueuse accumulation de livres et les hommes en toge romaine qui circulaient dans leur voisinage. Il devina que le dessin parlait de transmission et d'héritage. Ce qui reste, ce qui est conservé pour l'avenir. Tant de livres… Comme il méditait sur cela, l'Architecte se redressa sur son lit et ferma les yeux, il se mit à prononcer une litanie, murmurée lèvres entrouvertes, un souffle à peine articulé qui disait : « Tout ce qui ne nous est pas parvenu, dont il faut accepter le deuil. La grande bibliothèque des rois d'Ugarit, disparue. Celle d'Assurbanipal qui peut-être alimenta les réflexions d'Esdras et inspira la rédaction de la Bible, disparue. Les quatre cent mille volumes de la bibliothèque des Ptolémée, à Alexandrie, disparus. La grande bibliothèque d'Atale, à Bergame, disparue. Les vastes bibliothèques publiques de l'encyclopédiste Varron, à Rome, disparues. Les vingt-neuf bibliothèques d'Hadrien, disparues. Les imposantes bibliothèques de Tacite, d'Agrippine, de Rufus, de Pline, disparues. La bibliothèque d'Apollon Palatin qui accueillait les discours de Caton, disparue. Le dépôt de livres du sultan samanide de Boukhara, incendié, dit-on, par celui qui s'en était nourri : Avicenne, disparu. La grande bibliothèque de Constantinople détruite par les iconoclastes, et celle de Cassiodore à Vivarium, disparues. Les grands ensembles d'Afrique du Nord, la bibliothèque Karaouine à Fez, où étaient conservés les *Prolégomènes* d'Ibn Khaldoun, disparus. Les riches fonds monastiques de Saint-Gall ou Corbie, disparus. Les trois mille volumes du mont Cassin, disparus. Les librairies de la Sainte-Chapelle de Louis IX, du Louvre de Charles V, disparues. Les centaines de milliers de codex mayas, brûlés. Tous ceux de l'histoire de la Chine avant lui, détruits par l'empereur Qin. La bibliothèque de Cluny, détruite et dispersée. La bibliothèque de Philippe II, celle de Magnusson, à Copenhague, et la Bibliothèque Royale, en Angleterre, incendiées. Ô, le mal que l'on fait, le mal que l'on veut sans cesse, au savoir ! Et l'humanité, hélas, l'humanité qui ne s'en trouve pas si mal, hausse les épaules et poursuit ses commerces et ses guerres. L'humanité infatigable. »

11

Martin avait gardé l'habitude de lire les journaux. Cependant, le rituel avait perdu, à l'instar du reste de sa vie, une certaine dimension. Sa lecture était un parcours morne au-dessus des lignes dont il retenait peu de choses. Il se tablait dans le premier cabaret de la journée, commandait une bouteille et étalait le journal devant lui. Une fois lecture et bouteille achevées dans cet établissement, il entrerait dans un second cabaret à cent mètres de là, en début d'après-midi, sans avoir mangé, et ainsi d'estaminet en café, jusqu'au soir. Il épuiserait ensuite le contenu de sa bourse à une table de jeu, dans la nuit. L'autre rituel était la venue de Blaise dans le premier établissement. Ils bavardaient ensemble, Blaise commandait un pichet de bière, l'éclusait en sa compagnie avant de rejoindre son échoppe de serrurerie. Ils se retrouveraient à nouveau le soir, dans le dernier cabaret de la tournée de Martin. Là, Blaise exhausserait des histoires de diables et de fantômes de son inépuisable réserve. Le reste de la soirée était laissé aux hasards des beuveries.

Son esprit encore point trop obscurci par le vin, Martin lisait sans rien ressentir la description des cérémonies qui s'étaient succédé, ces derniers jours, au Panthéon. On avait accueilli le corps de Marat par la grande porte de l'ex-église Sainte-Geneviève, désormais dédiée aux grands hommes de la patrie, tandis que les restes de Mirabeau, ce royaliste convaincu de corruption, quittait le monument par une petite porte latérale, honteusement. Ces grandes heures solennelles ne suscitaient aucune émotion dans le cœur de Martin. Il était remué par d'autres deuils. Entre deux gorgées piquantes, il ressassait les mots de Marianne quand il était parti ce matin. Il ne comprenait pas qu'elle eût encore tant de tendresse pour lui. Amour immérité, insupportable, comme lui étaient insupportables la douceur et les caresses de Richard.

C'étaient les sans-culottides, les six jours fériés qui complétaient cette année bissextile, et Marianne avait proposé de laisser les enfants à sa mère, une journée au moins. Ils seraient tous les deux, se promèneraient, se mêleraient à la fête, iraient au spectacle. L'Architecte avait encouragé ce projet, s'était permis de conseiller au jeune couple de visiter les collections du musée du Louvre, récemment ouvert. Marianne avait posé sur le lit un habit neuf qu'elle s'était donné beaucoup de peine à choisir et à retoucher aux mesures de Martin. Elle avait préparé aussi une jolie tenue pour elle. Elle l'avait appelé sur le pas de la porte : « Martin, attends. Tu devais rester avec moi, aujourd'hui, tu te souviens ? »

Il l'avait considérée, vu à quel point elle était belle, s'était détesté du peu d'amour qu'il lui offrait en retour, en avait conçu une colère inexprimable. Il avait fait un signe négatif et continué son mouvement. « Martin ! » Il avait suspendu ses pas dans l'escalier. « Qu'est-ce que je t'ai fait ? » C'était un cri terrible. Il s'était retourné pour dire qu'elle ne devait pas s'inquiéter, que c'était sa faute, à lui, qu'il ne comprenait plus rien, qu'il n'avait aucune réponse. Un jour ça irait, il le savait, un jour ça irait, sûrement, les images dans sa tête, son dégoût, tout disparaîtrait, alors il lui reviendrait. Mais il n'avait su prononcer le moindre début des syllabes nécessaires pour exprimer tout cela. Il n'avait pu adresser qu'un regard désolé à Marianne avant de fuir dans l'escalier, véritablement fuir, poursuivi par un nouvel appel : « Martin, Martin ! » Comment aurait-il pu y répondre ? Ce n'était même pas son nom.

Blaise était là. Il n'avait pas assisté au transfert du corps de Marat au Panthéon. On rendait un hommage quasi religieux à celui qu'on avait obligé à fuir à Londres, un temps, c'était à n'y rien comprendre. Martin l'écoutait à moitié, Blaise s'enhardissait à dire ce qu'il pensait vraiment de l'Ami du peuple. « Je l'ai aimé, tu le sais, le grand homme, je l'ai adoré, j'aurais donné ma vie pour lui quand d'autres le menaçaient, maintenant je vois ceux qui désiraient sa mort, d'autres qui voulaient l'envoyer à Charenton, énamourés, criant des louanges dans le cortège, on a même donné son nom à Montmartre. Mont-Marat !

Je ne sais plus de qui l'on parle, aujourd'hui. Je l'ai côtoyé, je peux te dire que ce n'était pas un saint, je veux dire, personne n'est pur, en vérité, et Marat moins qu'un autre. » Un peu effrayé par ses propres paroles, Blaise jeta des regards inquiets autour d'eux avant de reprendre *mezzo vocce* : « Je n'entends personne rappeler qu'il a travaillé pour le comte d'Artois, qu'il était furieux de la critique de Voltaire sur son livre, de l'indifférence de l'Académie des sciences. Je te le dis, c'était un aigri, un ambitieux plein d'amertume et de jalousie, et méchant, je l'ai vu... » Martin l'interrompit, d'autant plus menaçant que ses mots étaient dits avec douceur : « Tais-toi. Sous ses ordres, tu as imprimé les articles qui ont condamné Richard Mique, et ceux qui ont inspiré les massacres de septembre. » Comme Blaise, sidéré par une prise de parole de Martin aussi longue, n'ajoutait rien, Martin quitta la contemplation de son gobelet de vin pour le fixer intensément : « Bons ou mauvais, nous avons été portés vers le mal que nous ne voulions pas faire. » Il pensait aussi au mal qu'il faisait à Marianne et à ses enfants, ce que Blaise ne pouvait deviner. L'accusation de Martin fouillait en Blaise des degrés plus anciens, des moments qu'ils avaient partagés. « Je n'ai jamais fait de mal à personne. Ou bien, j'ai cru le faire une fois, en rejetant ma mort sur un autre. Et ce n'était qu'une superstition. C'est le mage de la rue d'Anjou qui me l'a dit. Grâce à lui, je sais que les rituels qu'on trouve dans le *Livre des bergers* sont faux. Il me l'a assuré ; je n'ai dérouté mon sort sur personne. » Martin était revenu à sa boisson et il semblait que c'était la seule conversation qu'il eût pu soutenir alors. « Et toi ? dit Blaise qui ébauchait une nouvelle idée selon laquelle ils étaient liés depuis longtemps et, donc, coupables tous deux de choses similaires. Quelle question tu voulais poser au diable, Martin, ce jour de notre cérémonie ? Quand tu t'es penché sur le seau d'eau, avant que tu te mettes à vomir de toutes tes tripes ? J'ai compris que tu n'avais rien à faire des malédictions d'Armand que je t'avais représentées, c'était autre chose. Tu avais bien une question ? » Martin haussa les épaules. Il avait assez parlé pour aujourd'hui. Pourquoi voulait-on toujours lui arracher des confidences, monter au jour des remuements qui n'étaient que des ombres ?

« Je voulais... » commença-t-il cependant. Blaise était en apnée. Martin n'ajouta rien. Il était soudain gagné par la sensation d'être de nouveau orphelin, cela tenait, il commençait à le deviner, au fait qu'il avait cru trouver une parente dans l'élan de la Révolution. Il percevait qu'un séisme ne fait pas une famille. Il pensa à sa propre famille, celle qu'il avait fondée, mâcha comme un gruau sordide l'idée du mal qu'il lui faisait. Il était épuisé. « Pourquoi est-ce que... » marmonna-t-il avant d'être interrompu par une image surgie brusquement. En lui, la phrase entière était : *Pourquoi est-ce que cette foutue reine m'a enlevé de la boue où j'aurais dû rester ?* Et il ne l'acheva pas parce que, soudain, un souvenir lui était apparu. Une remarque de la reine. Son précepteur le félicitait pour une ligne d'écriture bâton qu'il venait d'accomplir et lui conseillait de la sécher avec de la poudre de bois. La reine était entrée alors pour prendre des nouvelles de ses progrès. C'était l'époque où elle s'inquiétait encore de lui. L'époque où l'enfant qu'il était manifestait sa joie sincère de la voir. Elle était entrée et Martin avait écarté les bras pour demander un baiser. « Ô toi… avait-elle dit en approchant de lui son sillage de parfum, tu connais toujours ma faiblesse, tu sais bien tendre les bras… » et elle l'avait embrassé. C'était un doux souvenir, cette embrassade ; il lui revenait parfois, il en éprouvait une bouffée de bonheur et aimait faire renaître ce moment. Cependant, il ne s'était jamais arrêté sur ces mots qu'il avait oubliés. Fixé sur l'embrassade et le parfum, il avait négligé cette phrase séminale : *tu connais toujours ma faiblesse, tu sais bien tendre les bras*. C'est vrai, il était coutumier de ce geste, Colette se moquait de cette manie de petit ange insatiable. Et il lui sembla bien, il crut bien se souvenir, après tout il n'était pas si petit, quatre ou cinq ans, il arrive qu'on garde en mémoire de ces images, quand le carrosse était passé, s'était arrêté, il avait échappé aux mains de sa grand-mère, il avait fait un pas, deux pas, c'était difficile à dire, il se voyait à présent, se détachant de sa grand-mère, avançant, fasciné par les créatures féeriques qui le toisaient, et cette femme plus grande, plus éblouissante que les autres fées, qui le regarde, et lui, voilà que ça lui revenait, ce geste : il avait tendu les bras, l'avait par ce geste d'orphelin en quête d'amour, invitée à l'emmener. C'était lui. C'était lui, Martin, qui avait exhibé son désir d'être choisi. Il avait ouvert les bras, élargi son imparable sourire et la reine, forcément, l'avait remarqué et avait bien voulu de lui. Il avait signé lui-même l'acte de naissance de Martin Sourire.

12

La mère Forins était en train de houspiller un client qui contestait le fini d'un gobelet quand sa fille se présenta au seuil de la boutique. Les deux femmes se regardèrent et comprirent qu'il y avait un malentendu. « Martin est venu chercher les enfants », dit-elle et la réaction de sa fille lui causa une sorte d'effondrement. Elle revit l'air mauvais de son gendre, une heure auparavant, sa façon de saisir vivement la main de Richard, de lui coller de force son jouet dans les bras, de soulever Étienne et de ressortir sans un mot, marche oscillante, rapide, l'aîné essayant de suivre son pas, trottinant maladroit à son côté. Elle se mordit les lèvres. Marianne était figée, sans doute retournée par le même cataclysme intime. « Il t'a dit où il les emmenait ? » fit-elle en s'efforçant de rester calme. Sa mère lui dit que non. Les deux femmes avaient l'air tellement épouvanté que le client se tint coi. Marianne s'en retourna en jetant un salut. Elle sortit, écrasant de ses poings fermés sur la poitrine une hypothèse qui avait un accent de prière : « Il est peut-être rentré… » et cela voulait dire *pourvu, pourvu qu'il soit rentré, mon Dieu, que je le retrouve à la maison, jouant avec les enfants, en train de sourire, que tout soit comme avant…* Elle voulut marcher d'abord, contenir par la discipline de son pas l'angoisse qui la submergeait, elle repoussait certaines images, niait certaines vérités, une menace, elle ne voulait pas, impossible, et puis n'y tenant plus, elle força l'allure, accéléra, enfin se mit à courir, vite, vite, à perdre haleine, indifférente aux badauds étonnés, traversant les rues encombrées au risque de se faire renverser par le trafic intense à cette heure. Elle connaissait Martin, le jour basculait, cet amoindrissement de lumière amorçait la séquence de son ivresse la plus profonde, le pire moment, elle n'osait imaginer, des choses pareilles arrivent, on lui en a raconté, elle sait, le monde est comme ça. Elle fut enfin, asphyxiée, en bas de leur immeuble. Dans la rue, les enfants étaient agglutinés autour de leurs jeux comme d'habitude, elle dispersa leur groupe avec brutalité, constata bien sûr que ses enfants n'étaient pas là, demanda si. L'un d'eux croyait avoir vu Martin et les enfants se diriger vers le bas de la rue. Elle haletait, hésita. Tout de même, elle voulait s'assurer qu'il n'était pas rentré et grimpa les étages. Personne chez eux. Elle prit l'escalier de service et déboula comme une furie dans l'appartement de l'Architecte, le surprit endormi sur un livre, il sursauta, l'œil rond, n'eut pas le temps de lui demander ce qu'elle faisait là en ce jour de congé, elle ne s'excusa pas et fonça dehors, refermant la porte de l'appartement de l'Architecte avec une violence qui fit trembler l'air, redescendit, s'engagea dans la rue indiquée par le gamin, les jambes flageolantes. Marianne avait de l'endurance, pouvait aller à son rythme longtemps, travailler sans relâche sur des journées, mais la vitesse l'étouffait, elle se sentait battue, sciée, punie à chaque enjambée, elle tentait de maintenir son allure, voulait aller plus vite mais les muscles la trahissaient, chemin faisant elle réalisa que c'était la direction de la Seine, sentit un froid lui parcourir l'échine, une force inconnue la remit dans la course avec une énergie renouvelée, un ressort qu'elle ne se connaissait pas. Elle fut enfin à l'amorce du quai du Louvre, visage défait, exsangue, déchirée par l'idée insupportable de devoir visiter la Morne et découvrir les petits corps de ses enfants, bleus et froids, alignés parmi les noyés de la journée.

Tout un peuple s'agglomérait vers le Pont-Neuf, de la musique et des chants montaient au-dessus de la multitude rouge des bonnets, des danses plus ou moins organisées entraînaient des rondes couronnées de rubans et de cocardes, des carmagnoles hersées de piques à reflets d'or, des tambourins et des fifres antagonistes brouillaient les refrains et enveloppaient les rires et les éclats joyeux dans une même chorale. Elle se heurta au rempart de la foule, l'obstacle lui offrit un ralentissement bienvenu, elle avait la poitrine en feu, ses yeux affolés s'égaraient à énoncer tous les visages croisés, elle s'épuisait à refouler les tentatives d'embrassades grises, à répondre par des bourrades aux corps trop lents ou trop excités qui obstruaient le passage, et elle prit conscience qu'elle devait se calmer si elle voulait retrouver ses enfants. Vaille que vaille, elle parvint sur les côtés surélevés de la chaussée du pont. C'était encombré de saltimbanques, de musiciens, de montreurs de marionnettes et d'animaux, singes et ours, elle bousculait tout cela sans ménagement, qu'on dégage, Gare ! elle négligeait les cris à la Vertu, au Génie, au Travail, les Marseillaises et le fracas des tambours, elle se moquait des protestations et des grognements. Dans un élan, elle s'aida d'un montant de banne pour se hisser sur le garde-fou, ce n'était pas assez haut, elle grimpa encore sur les petits toits maçonnés qui couvraient les échoppes à présent, sur les balcons demi-circulaires du parapet. Il s'y trouvait des enfants, assis sur ces dômes, qui regardaient la fête en battant des mains. Ils s'étonnèrent de voir une grande personne se joindre à eux. De là, son regard embrassait la cohue, le vacarme, la frénésie multicolore de la fête qui avait envahi le pont et se répandait dans la ville à perte de vue, tout cela n'était qu'un écho au chahut de son cœur. Elle ne discernait rien.

Et puis.

N'était-ce pas lui, là-bas ? N'était-ce pas Martin qui tenait Richard debout sur le parapet ? Le petit désignant de son bras difforme un point en contrebas, un remous parmi les sursauts noirs du fleuve. Elle sentit en elle un mécanisme en défaut, une roue dentée quelque part manqua son engrenage, toute une vie d'entrailles qui tournait à vide, dans le silence, il y avait la foule inerte, les bigarrures figées et une langue mouillée et froide qui glissait le long de son échine, plus rien ne respirait, le ciel était une voûte de marbre, de la glace avait saisi les gestes et les cris, elle regardait Richard, chancelant sur le parapet, penché vers l'avant et puis, dans un mouvement, le bras de Martin l'entoura, le bras de Martin ramena le petit vers l'intérieur, le bras de Martin le sauva. Marianne sentit le mécanisme en elle réajuster ses rouages, recomposer sa marche, elle fut en un éclair sur le pont, fendit la foule animée de nouveau, la foule remise en route par la machine qui avait relancé son corps, elle y pénétrait à bout d'énergie et de nerfs pour rejoindre vite ses petits. Il fallut plusieurs éternités. Chaque pas était une interminable bataille. Et elle fut face à eux. Martin, tenant de la main gauche celle de Richard et portant sur les épaules le petit Étienne, tout émerveillé des mille charmes de la cohue à ses pieds. Étienne, faisant tourner au bout du poing un petit moulin de papier coloré, Richard, riant aux éclats, un cheval de bois serré contre lui. Marianne, le cœur en miettes, Marianne, ravagée et reconstruite simultanément, voyait s'avancer vers elle tout ce qui la tenait droite. Ils la virent. Martin s'immobilisa, scruta le regard de Marianne avec un sérieux coupable. Elle fit encore un pas, vit que Richard tenait un nouveau cheval de bois, somptueux, débordant de fanfreluches et brodé d'or. « J'ai perdu mon cheval », dit l'enfant sans cesser de sourire. Martin précisa : « Il l'a fait tomber par-dessus le pont. Je lui en ai racheté un. » Richard déclara qu'il le trouvait plus beau que l'autre, ce que Marianne, effondrée, agenouillée devant lui, ne put que confirmer d'un hochement de tête, la gorge nouée. « Viens ma Marianne, allons mes petits, dit Martin, je vais vous préparer à manger. » Ils allèrent à sa suite, au pas de la vie infirme qui ne sait que marcher.

ANNEXES

Repères chronologiques

PREMIÈRE PARTIE.
En ce pays-ci (1777-1789)

Enlèvement de Martin – 1777 (il a environ cinq ans)

La reine accouche de sa première fille, Marie-Thérèse-Charlotte – décembre 1778

« Martin fut alors confié à une dame de compagnie de moindre rang » – 1778

La reine accouche de son premier fils, Louis-Joseph-Xavier-François – octobre 1781

Commencement des travaux du hameau – 1783

Construction de la ferme étalée entre 1784 et 1786

La reine donne naissance à son second fils, Louis-Charles – mars 1785

Valy Bussard vient à Versailles – 14 juin 1785 ; sa famille le rejoint – décembre 1785

Le cardinal de Rohan est acquitté dans l'affaire du collier – 31 mai 1786

Louis XVI visite le port de Cherbourg – juin 1786

La reine accouche de son troisième enfant, sa seconde fille, Marie-Sophie-Hélène-Béatrice – juillet 1786

La laiterie de propreté de Trianon est équipée de porcelaine de la manufacture de la reine – novembre 1786

Assemblée de notables convoquée par le roi, proposée par Calonne – décembre 1786

Mort de Marie-Sophie-Hélène-Béatrice à onze mois – juin 1787

Réception des ambassadeurs de Tipoo Saïb – 10 août 1788

États Généraux salle des Menus Plaisirs – ouverture le 1er mai 1789

Mort du dauphin Louis-Joseph-Xavier-François – juin 1789

Prise de la Bastille – juillet 1789

La famille royale emmenée à Paris – 5 et 6 octobre 1789.

Martin sort de Versailles – novembre 1789

DEUXIÈME PARTIE.
Un air de bonheur (1789-1790)

Martin chez Beauvilliers – novembre 1789

Dénonciation de Necker par Marat – 18 janvier 1790

Arrestation de Marat (« bataille des Cordeliers ») – 22 janvier 1790

Exécution du marquis de Favras – 19 février 1790

Rencontre avec Étienne-Louis Boullée – fin mars-début avril 1790

Publication du « livre rouge » qui détaille les pensions de la Cour – avril 1790

Boullée part en villégiature – mai 1790

On commence à planter des arbres de la Liberté – mai 1790

Quand Mique rend une visite secrète dans l'appartement de Boullée, j'évoque la menace d'un nouveau procès avec la fille de son faux frère. C'est un anachronisme volontaire. En réalité, la fille de Mougenot se manifestera un an plus tard.

Boullée évoque des émeutes à Châteauroux, à Vannes, à Nîmes, à Lyon – avril et mai 1790

[Les nouvelles lues par Blaise, au cabaret : décret réglementant la vente des biens du clergé – 14 mai 1790 ; Paris est désormais divisé en quarante-huit sections – 21 mai 1790 ; Premier numéro du *Junius français* – 2 juin 1790 ; abolition de la noblesse héréditaire prononcée – 19 juin 1790 ; Avignon demande d'entrer dans le giron de la France – 26 juin 1790 ; fêtes de la Fédération à Strasbourg et à Besançon, puis à Rouen et à Lyon – juin 1790 ; texte favorable au vote des femmes, par Condorcet – 3 juillet 1790]

Travaux sur le Champ-de-Mars – juillet 1790

Fête de la Fédération – 14 juillet 1790

TROISIÈME PARTIE.
La Grande Sauvage (1791-1794)

[Évoqués plus tard dans le roman, mais situés en amont :

Congé provisoire de Martin. Naissance de Richard – janvier 1791

Fusillade du Champ-de-Mars – août 1791

L'Assemblée législative supprime les congrégations séculières (religieuses y compris enseignantes : universités, facultés, Sociétés médicales, etc.) et les confréries. La faculté de médecine est supprimée, mais celle-ci n'avait plus reçu de docteur depuis 1785, totalement dépassée par l'école de chirurgie (le médecin de Boullée l'évoque) – loi du 18 août 1792

Bataille de Valmy – 20 septembre 1792

Abolition de la royauté – 21 septembre 1792

Martin en congé à Paris – fin septembre 1792

Bataille de Jemmapes – 6 novembre 1792

Naissance du deuxième enfant, Étienne – juin 1793]

Un peu de contexte : En mars 1793, les Prussiens ont enfoncé les frontières, Dumouriez a trahi, la Vendée et la Bretagne se soulèvent. Robespierre est malade. Chute des girondins le 2 juin 1793. Les montagnards minoritaires, appuyés par les sans-culottes, fondent un régime d'exception pour dissuader le pays de se rallier aux girondins, qui veulent organiser la résistance en province (voir *Le Fleuve Guillotine*, roman d'Antoine de Meaux, concernant Lyon en août 1793). La Terreur est organisée par le Comité de salut public le 5 septembre 1793. La Terreur s'appuie sur le Tribunal révolutionnaire et sur la loi des suspects votée le 27 septembre (c'est au titre de la loi des suspects – « s'il n'avait rien fait contre la liberté, en tout cas, il n'avait rien fait pour elle » – que Simon, le fils de Richard Mique, est arrêté). 4 000 hommes de l'armée révolutionnaire sont désignés pour surveiller le respect de la loi sur le maximum. Les sociétés populaires reçoivent des pouvoirs de surveillance et de police. Le calendrier républicain est imposé.

Martin arrive en Vendée – octobre 1793 (le 15 octobre, l'armée de Luçon soutenue par les Mayençais de Kléber marche sur Cholet)

Mort de Marie-Antoinette – 16 octobre 1793

Bataille de Cholet – 17 octobre 1793

« Virée de Galerne » – octobre à décembre 1793 –, qui s'achève par la défaite des Vendéens à Savenay – 23 décembre 1793

Martin dans les colonnes infernales – février à avril 1794

Massacre dans la forêt de Vezins – 25-26 mars 1794

Lequinio interroge Martin – fin mars 1794

Le général Huché est arrêté le 9 avril 1794 par le Comité de surveillance de Luçon qui dénonce ses exactions. Le 11 avril, la commission militaire de

Fontenay-le-Comte, présidée par l'adjudant-général Cortez, condamne à mort et fait fusiller l'adjudant-général Goy-Martinière, bras droit zélé de Huché.

Retour de Martin définitivement démobilisé – fin avril 1794 (germinal an II), Richard a trois ans et Étienne a onze mois.

Martin et Boullée sur le Pont-Neuf – juin 1794

Guerre de la Vendée et des chouans, par Lequinio, paraît chez Pougin, imprimeur à Paris – 1er novembre 1794 (1er brumaire an II)

Contexte : 5 février 1794, Robespierre : « La Révolution est le despotisme de la liberté contre la tyrannie. » Les ennemis sont repoussés, les colonnes infernales massacrent en Vendée, mais Robespierre, tout à sa paranoïa, liquide ses ennemis : à gauche, les hébertistes, à droite, les dantonistes ou indulgents. Il fait élargir la notion de suspect, simplifie la procédure des tribunaux révolutionnaires. Il y a 2 000 exécutions au mois de juin 1794 à Paris.

Exécution de Richard Mique, 7 juillet 1794 (19 messidor an II)

Robespierre exécuté le 28 juillet 1794 (10 thermidor an II). Les thermidoriens font cesser la Terreur.

Marat au Panthéon, le 21 septembre 1794

Notes

Depuis les cahiers de doléances jusqu'aux témoignages contemporains en passant par la correspondance et la prolixité phénoménale de la presse d'époque, tout est à disposition pour nourrir une vision ambitieuse de la période révolutionnaire. Mais nous parlons alors d'une vie penchée sur les documents – l'affaire des historiens qui s'y consacrent. Comparativement, un auteur de roman « historique » se contente d'effleurer. Je le définirais comme un historien savamment imprudent. L'avènement de la Révolution est l'aboutissement d'une réalité complexe, inégale, parfois paradoxale sur l'ensemble du territoire, et fruit de mouvements là aussi complexes. Écrivain, sois indulgent avec toi-même, après tout, quel est ton problème : l'exactitude des costumes ou celle de ton personnage ? Comme l'espérait Flaubert, travaillant sur *Salammbô*, « pourvu que l'on ne puisse pas me prouver que j'ai dit des absurdités, c'est tout ce que je demande ». J'ai conscience que chaque étape de ma plongée dans une histoire aussi fourmillante est susceptible d'être contestée par des autorités de la discipline. On pourrait, à cet égard, protester que *La Vie volée...* n'aide guère un profane à se faire une idée claire de ce que fut la Révolution française, ses prémices et ses effets. Je ne suis pas pédagogue et suis certainement incapable de relever un tel défi. Je n'y songe même pas. La compréhension que mes personnages ont de la Révolution est à peu près celle que nous avons nous-mêmes des bouleversements critiques que nous traversons. Rien n'est simple et évident quand on vit de tels changements. La succession inépuisable des experts qui s'expriment aujourd'hui, leurs avis opposés et leur assurance, y compris dans le démenti qu'ils font de leur propre analyse avec le temps, aident à comprendre la perplexité et les atermoiements des Martin, Marianne et autres Blaise ou Mique. Étienne-Louis Boullée, seul, tente de synthétiser et de saisir ce à quoi il assiste.

Ma compagne (mon soutien, mon aide, ma douce) et moi avons lu un certain nombre d'historiens pour appréhender en globalité d'abord les bouleversements de l'époque. Je ne les citerai pas tous : *Histoire et Dictionnaire de la Révolution française*, Tulard, Fayard, Fierro, *La Révolution française*, Furet et Richet ; *Les Hommes de la liberté*, Claude Manceron ; une anthologie des textes de Mona Ozouf, la substantifique moelle des récits historiques d'Arthur Conte, d'Henri Guillemin, d'Arthur Chuquet, de Jules Michelet et de Hippolyte Taine ; les livres de Michel Winock, de René Rémond, de Jean-Paul Bertaud, d'Edmond Biré, de Jean-Clément Martin, les recueils de cahiers de doléances, les mémoires de contemporains ; les encyclopédies sur les costumes et l'histoire de la vie privée, l'hygiène, l'argent, de simples livres d'initiation, etc.

Puis je suis entré dans le détail…

Pour la première partie, le hameau, Versailles, etc.

Sur Marie-Antoinette, parmi l'énorme littérature qui s'intéresse à ce personnage passionnant : *La Reine Marie-Antoinette*, Pierre de Nolhac ; *Marie-Antoinette, l'impossible bonheur*, Philippe Huisman, Marguerite Jallut ; *Journal d'une reine*, Évelyne Lever ; bien sûr la correspondance de la reine, *Les Mémoires de Mme Campan* et celles du comte Alexandre de Tilly, etc.

Sur le parc de Versailles, les glacières, le trafic de glace, le domaine de Trianon, les étapes de la construction de la ferme et du hameau, le travail dans le domaine et pour les fêtes, et quelques éléments sur les Valy Bussard : l'excellente et précieuse revue *Versalia* (les n° 4 et 9 notamment) ; des données recueillies auprès d'un ami généalogiste et auprès de la médiathèque d'Amboise ; *Le Hameau de la reine*, Thierry Deslot ; *Le Petit Trianon, histoire et description*, Gustave Desjardins ; *Trianon, le domaine privé de Marie-Antoinette*, Christian Duvernois ; *Versailles*, par Jean-Marie Pérouse de Montclos, etc.

« On verra la reine [...] débourser un an de son traitement pour les parents des victimes d'une tragique bousculade » : référence à la célèbre tragédie qui se produisit le 30 mai 1770 place Louis-XV, à Paris. Un feu d'artifice donné en l'honneur du mariage des jeunes dauphins (Marie-Antoinette avait été mariée à l'âge de quatorze ans, à peine réglée, à un Louis du même âge), dégénéra en incendie et provoqua une panique dans la foule qui fit des centaines de morts. Le jeune époux participera également à l'aide aux victimes de ce drame qui bouleversa le couple.

Sur le « boutiquier patenté installé au pied de l'escalier des Princes », détail qui peut surprendre, on le trouve dans *La Reine Marie-Antoinette*, Pierre de Nolhac. Notons au passage que 10 000 personnes vivaient *en ce pays-ci*. Il y avait un millier de courtisans. Le reste constituait la domesticité. Le château comptait deux mille pièces en 1789 (1 252 avec cheminée, 600 sans cheminée, et 152 pour le couple royal et les princes).

De façon assez incompréhensible, aucun sculpteur n'a daigné se conformer à ma description du groupe statuaire sous lequel se blottit Martin, enfant. Il me semblait pourtant bien dans le goût du Roi-Soleil et j'étais confiant dans la puissance de l'imaginaire au point d'être sûr de le retrouver lors de vérifications sur les lieux. Il y a bien un groupe de bronze à peu près adéquat mais il est trop près du château. Certainement, il reste des endroits cachés et inaccessibles dans le parc, et je n'ai pas visité la réserve des sculptures menacées par la pollution. Rêvons d'une découverte et laissons cela.

Hors Martin, les enfants adoptés par la reine ne sont pas le fruit de mon imagination. On trouve assez de détails dans *Marie-Antoinette, l'impossible bonheur*, cité plus haut. Armand a existé. Il fut le plus célèbre de ces petits adoptés. On a un portrait de lui. Il avait été renversé par l'attelage de la reine qui l'emporta pour s'occuper de lui. Le petit François-Michel Gagné, devenu Armand, mourut à Jemmapes, comme je le raconte ici dans la troisième partie. Son frère devint violoncelliste du roi. Sa sœur hérita d'une somme de 3 000 livres léguée par la reine. Marie-Antoinette « adopta » également la fille d'une femme de chambre de Madame Royale, Marie-Philippine Lambriquet, qu'elle rebaptisa Ernestine. À la mort de la maman de la petite, Marie-Antoinette la fit installer chez Mme de Polignac, et Ernestine partagea désormais la vie de Madame Royale. Ernestine accompagna

« Mousseline » à Saint-Cloud et la suivit aux Tuileries. À sa libération, Marie-Thérèse-Charlotte ne put quitter la France avec sa sœur adoptive. Lorsqu'elle revint à Paris en 1814 elle voulut la retrouver, mais Ernestine était morte quelques mois plus tôt. Il y eut aussi Jeanne-Louise-Victoire, la fille d'un huissier de la chambre de Louis XVI, que Marie-Antoinette adopta quand elle devint orpheline. Rebaptisée Zoé, elle fut la compagne de jeux du dauphin (Louis-Charles et elle avaient le même âge) de 1790 à 1792. La reine avait également reçu en cadeau un petit Noir du Sénégal. Elle le fit baptiser, l'appela Jean-Amilcar. Après les journées d'octobre 1789, il fut placé dans une institution pour enfants. Elle paiera ses mensualités jusqu'au 10 août 1792 et s'occupera de la même façon de tous ses adoptés jusqu'à la fin.

Tous les détails concernant Richard Mique, l'architecte de la reine, son travail, ses projets et l'invraisemblable histoire de son faux frère, sont tirés du livre *Vie et destin de l'architecte de Marie-Antoinette* que lui a consacré Patrice Higonnet en 2013 chez Vendémiaire. L'auteur ne se contente pas de décrire avec précision le parcours de notre « Salieri de l'architecture », il en fait un portrait sensible qui a fortement inspiré le personnage du roman. Par ailleurs, l'auteur s'autorise avec bonheur un discours plus général sur la Révolution.

Notons à propos des « treize cents pots de céramique » qui ornent le hameau, qu'ils furent commandés par Mique à la manufacture lorraine de Saint-Clément, dont il était actionnaire, incidemment.

Le récit fantastique de Blaise est un décalque d'une des histoires qu'il pourrait avoir lues dans la Bibliothèque bleue, littérature de colportage qui connut son apogée au XVIIIe. Imprimée initialement à Troyes, la Bibliothèque bleue popularisa les histoires de Cartouche et de Robert le Diable et eut un tel succès que les Bibliothèques rose ou verte, nées au siècle suivant, y font explicitement référence. À ce sujet, l'importance de l'écrit dans cette société peut en partie expliquer la profondeur des bouleversements opérés et leur rapidité, une fois certain seuil critique dépassé. L'énorme production des différents imprimés – de la pornographie aux registres philosophiques les plus hauts – telle que suggérée dans la deuxième partie a suscité l'avènement de l'opinion publique. On peut juger indirectement de la démocratisation de la lecture par le phénomène des « Lettres de Jérusalem » (il n'est pas excessif d'y voir un sous-entendu antisémite), un type d'escroquerie qui réclame un rapport à l'écrit fréquent et relativement populaire. C'étaient des lettres déroulant des histoires invraisemblables, tragédies à pleurer, où l'on demandait de l'aide en faisant espérer au gogo de fortes sommes en récompense. L'ancêtre de nos spams, utilisant rigoureusement les mêmes ressorts.

Le rituel de Blaise pour faire parler le diable est décrit par Rétif de La Bretonne dans *Monsieur Nicolas*. On peut le suivre exactement, à ses risques et périls (il faut notamment tuer un chat noir, ce qui expose à des problèmes).

Quand Valy Bussard revient enchanté de la réception donnée en hommage aux trois ambassadeurs du nabab Tipoo, sultan de Bahadour, il faut y voir un peu de malice (de ma part). Le faste qui paraît si exceptionnel à Bussard est en fait une formule protocolaire réduite par le manque d'argent, en cet été 1788. La réception eut lieu dans le salon d'Hercule, plus petit et moins cher à décorer que la Grande Galerie, où se tenait d'habitude ce type de rencontres depuis le Roi-Soleil. Les ambassadeurs du sultan étaient venus solliciter l'aide de la France pour contrer l'Angleterre, qui commençait à se sentir un appétit pour les Indes (revue *Versalia* n° 9).

La fin de 1788 est terrible, l'hiver est meurtrier. L'expression « un peuple qui se meurt » est extraite d'une lettre du parlement de Rouen au roi. La disette est au point qu'en plusieurs endroits on va tolérer le braconnage, ce tabou absolu. Reprenons les documents que Taine (*Les Origines de la France*, volume II, p. 31) exhausse des Archives nationales : « À Conflans, Eragny, Neuville [...] hommes, femmes, enfants, [...] battent la plaine, tendent des collets [...] "le bruit s'est répandu que le gouvernement, instruit du tort que le gibier faisait aux cultivateurs, a permis de le détruire... Et véritablement les lièvres ravageaient à peu près le cinquième de la récolte". On arrête d'abord [...] ces nouveaux braconniers ; mais on les relâche "à cause des circonstances". »

Quand Martin s'en va, Marie Bussard lui offre un livre. C'est un beau cadeau ! Les livres reliés coûtent cher. Elle ne l'a probablement pas lu et sa présence chez les Bussard est plutôt curieuse. Selon moi, c'est un cadeau d'une dame de la Cour dont elle ne sait que faire. Il s'agit d'un livre sur le mouvement des martinistes, secte en vogue. Joseph de Maistre (1753-1821) décrit leur doctrine comme « un mélange de platonisme et de philosophie hermétique sur une base chrétienne ».

Pour la deuxième partie, Paris, le Palais-Royal, etc.

Ma source majeure, bien connue des historiens, est Louis-Sébastien Mercier. *Tableau de Paris*, publié en 1783, et *Nouveau Tableau de Paris*, qui couvre la période révolutionnaire. J'ai eu aussi recours à : *Miroir de l'ancien et du nouveau Paris, avec treize voyages en vélocifères dans ses environs. Ouvrage indispensable aux Étrangers et même aux Parisiens, et qui indique tout ce qu'il faut connaître et éviter dans cette capitale*, tome II, par L. Prudhomme, 1804 ; *Paris et Versailles, Journal anecdotique de 1762 à 1789*, C. Hippeau, 1869 ; *Vivre dans la rue à Paris au* XVIIIe *siècle*, Arlette Farge ; *La Vie quotidienne en France au temps de la Révolution*, Jean-Paul Bertaud ; etc.

L'enthousiasme populaire dans les premiers mois de la Révolution n'est pas une naïveté de ma part, les contemporains s'en émerveillent, français mais aussi étrangers, accueillis à bras ouverts. C'est le propre de ces moments exaltants. Les témoins de la Révolution cubaine ou du Printemps arabe relatent des élans tout à fait similaires.

Pour la description du Palais-Royal, futur Palais-Égalité, lieu de liberté et de libertinage qui joua un rôle si important lors du déclenchement de la Révolution française : Mercier s'y attarde dans son *Nouveau Tableau* ; il existe aussi un très détaillé *Tableau du nouveau Palais-Royal*, 1788, de Mayeur de Saint-Paul, ainsi que *Le Palais-Royal d'après des documents inédits, 1629-1900*, tome II, de Victor Champier & Roger Sandoz, 1900. Sur la prostitution vue par le petit bout de la lorgnette (tarifs, expressions, variété des demandes, j'y ai notamment trouvé la formule « manualisation aux fins de pollution »), vous pouvez vous régaler à la lecture de la *Liste de tous les prêtres trouvés en flagrant délit chez les filles publiques de Paris* (1790) ; sur les prostituées du Palais-Royal, lire *Le « Marché aux putains » : économies sexuelles et dynamiques spatiales du Palais-Royal dans le Paris révolutionnaire*, par Clyde Plumauzille.

Avant 1770, date de la création d'un premier restaurant digne de ce nom, on pouvait éventuellement manger dans les auberges, sans doute une cuisine domestique, sans recherche. Il n'existait, dans la capitale, que quelques hôtels avec table d'hôte qui, à peu d'exceptions près (comme la luxueuse Croix de Malte, rue des Boucheries), n'offraient que le strict nécessaire lors de repas donnés à heures fixes. Moins de vingt ans plus tard, Paris compte une centaine de restaurants dont beaucoup sont regroupés autour du Palais-Royal. Cafés, restaurants, tripots fleurissent sous les arcades du jardin et le long des galeries Montpensier, Valois et Beaujolais. Ils possèdent tous à l'étage ou à l'entresol des salons de jeu. Le Café de Chartres (futur Véfour, galerie de Beaujolais), y reçoit les Marat, Danton, Robespierre ou Saint-Just. C'est au Café de Foy (57-60, galerie Montpensier), seul établissement autorisé à servir en terrasse (et sans doute à cause de cela), que Camille Desmoulins grimpe sur une table et harangue la foule en juillet 1789. Non loin de là, le Café Corrazza (7-12, galerie Montpensier) est le restaurant-glacier favori des députés.

Beauvilliers fut, devant Méot et Véry, le restaurant le plus réputé de son temps. Sa renommée perdura au début du XIXe, puis sa cuisine passa de mode. On trouve une courte allusion à son histoire dans *Le Mangeur du XIXe siècle*, Jean-Paul Aron, 1973 ; et plus de détails dans la célèbre *Physiologie du goût* de Brillat-Savarin ainsi que dans le Larousse gastronomique. Le détail de Beauvilliers se présentant à ses clients en manchettes de dentelle et l'épée au côté est une observation d'un visiteur anglais, Sir Alton Weld, un témoin du XIXe siècle, c'est donc un possible anachronisme. La liste stupéfiante des plats proposés est une extraction (laborieusement) opérée dans le propre livre de Beauvilliers : *L'Art du cuisinier*. Il est postérieur de dix ans aux événements racontés dans le roman, mais j'ai supposé que le type de cuisine ainsi que son abondance n'avaient pas changé tellement, puisque les cartes du Beauvilliers et de tous ces fameux restaurants, en 1790, affichaient des centaines de plats. On notera l'absence de la pomme de terre, pourtant cultivée dès 1787 plaine des Sablons, à Neuilly, par Parmentier lui-même. Une réticence assez curieuse à l'utiliser comme légume a retardé sa consommation par les hommes. Mercier rend compte d'essais infructueux de panification faite à partir de farine de pomme de terre (« L'espoir en un pain de pommes de terre », disent en chœur Linguet et Mercier). On se refuse à la voir comme un aliment qu'il suffit de cuire. Elle est surtout destinée aux animaux. Il faut attendre un décret du 13 janvier 1794, qui demande à toutes les autorités constituées d'engager les cultivateurs à planter des pommes de terre, pour que l'usage commence à se répandre.

La description de la rue du Pied-de-Bœuf, réputée la plus puante de Paris, doit tout à celle de Mercier, dans le premier *Tableau de Paris*. Cette rue a disparu.

Pour le Pont-Neuf : *Les Coulisses du Pont-Neuf*, Laurent Petitguillaume et Isabelle Bourdet ; *L'Art de Paris*, Pérouse de Montclos ; et Mercier, toujours... qui évoque Louis Ange Pitou, chansonnier favorable à la reine (voir dictionnaire des personnalités, en fin d'ouvrage).

Les Annales patriotiques était un journal fondé par Louis-Sébastien Mercier, déjà célèbre à l'époque pour son *Tableau de Paris*. On y trouve l'anecdote du cartomancien cul-de-jatte (reprise dans le *Nouveau Tableau*, d'ailleurs) ; *Les Révolutions de Paris et de Brabant* est le titre du légendaire journal de Camille Desmoulins ; *L'Ami du peuple* est celui de Marat ; *La Chronique de Paris* est un journal modéré, plutôt girondin, fondé par – inspirez – Aubin Louis Éleuthérophile Millin de Grandmaison, un érudit, naturaliste et archéologue, fondateur de la Société linnéenne de Paris. Cette série de titres de journaux aux contenus opposés sous-entend que Martin cherche sa vérité. « Il se familiarise », dis-je quelque part.

La patache sur la Seine est un bureau sur un bateau qui fait payer l'arrivée des marchandises (même principe que les barrières aux entrées de Paris).

L'idée d'une communauté de pensée entre les encyclopédistes et le clergé, pour considérer que le nombre de jours fériés dans l'année est excessif (on voit la pérennité de ce discours), est inspirée par un texte de Mona Ozouf, dans lequel elle cite un « abbé Pierre » selon qui le travail, c'est « la mère de l'innocence ».

Le désintérêt des classes aisées pour les messes est le sujet d'un article de Mercier, dans le *Tableau de Paris*, où il évoque les messes musquées (c'est-à-dire des messes tardives pour les personnes parfumées, les gens de qualité).

Pour les exhalaisons méphitiques dans les églises, voir « Méphitisme » dans le glossaire.

Concernant l'architecte Étienne-Louis Boullée, il existe sur le site internet de la Bibliothèque nationale de France une restitution documentaire partielle d'une exposition qui lui fut consacrée. Étrangement méconnu du grand public, malgré de constantes publications et redécouvertes de son travail, cet artiste a influencé les architectes de la monumentalité fasciste (Speer et autres), mais aussi Le Corbusier (qui use d'ailleurs de mots similaires à ceux de Boullée pour parler de l'emploi des formes simples dans ses œuvres). Il est contemporain de Lequeu et Ledoux, plus souvent cités parce qu'ils ont eu la chance de construire (la saline d'Arc-et-Senans pour le second) ou de voir graver leur œuvre. Son intérêt pour ses élèves, son désir d'enseigner et son goût pour la peinture, les thèmes qui le mobilisaient, sa façon de délaisser les projets au profit de ses élèves pour se consacrer, lui, à son *Essai sur l'art*, en bref l'essentiel du portrait de mon Architecte (jusqu'au contenu de sa bibliothèque et les portraits qui veillaient dans son bureau) a été pris dans le livre très complet de Pérouse de Montclos, *Étienne-Louis Boullée, de l'architecture classique à l'architecture révolutionnaire.* Il date de 1969 ; le même auteur a publié des livres plus récents sur le même sujet. J'ai pris des éléments intéressants aussi dans les minutes d'un colloque récent consacré à *Claude-Nicolas Ledoux et le livre d'architecture en français – Étienne-Louis Boullée, l'utopie et la poésie de l'art*, Éditions du Patrimoine. Boullée est mort en 1799 (voir la notice biographique plus loin). Il ne reste que peu de choses de ses bâtiments et aucun de ses projets « visionnaires » ne vit le jour (en quoi, évidemment, il me séduit et me paraissait illustrer parfaitement la problématique plus générale de l'utopie et de la postérité d'une révolution). Les principaux dessins décrits par Martin sont le projet de Bibliothèque Royale et celui de *Cénotaphe de Newton* dont Peter Greenaway s'amuse à faire une version pâtissière pour une scène de son film, *Le Ventre de l'architecte*.

À propos des tape-durs, cités par un officier malmené : « On appela ainsi une compagnie de coupe-jarrets armés de bâtons noueux [...] Ils parcouraient sans cesse le Palais-Royal, insultant les passants et arrêtant ceux qui ne voulaient pas endurer leurs vexations. Janissaires du comité de sûreté générale, lorsque ce "comité avait besoin de quelques mouvements, de quelques troubles pour servir de prétexte à des mesures atroces", c'étaient les tape-durs qui étaient chargés de les faire naître » (Mercier).

Les événements énumérés à la fin de la deuxième partie sont des interventions de la Garde nationale auxquelles Martin a pu participer : « s'opposer aux catholiques d'Uzès », 23 novembre 1790 ; « arrêter une émeute au faubourg Saint-Antoine », 28 février 1791 ; « interdire au roi de partir pour Saint-Cloud », 18 avril 1791, (moment décisif où la Garde nationale refuse d'obéir à La Fayette). En 1791, 10 000 hommes sont détachés de la Garde nationale pour former le noyau de la nouvelle armée révolutionnaire. Le 17 juillet de cette même année, sur un ordre de La Fayette et/ou du maire de Paris, la Garde nationale tire sur la foule au Champ-de-Mars, des milliers de personnes venues signer une pétition (rédigée en hâte par le Club des Cordeliers, en remplacement de celle des jacobins, à laquelle ceux-là avaient finalement renoncé) demandant la destitution du roi. On parle de cinquante mille personnes venues sur les lieux. Bailly avait décrété la manifestation illégale. La Garde nationale venue la disperser se heurta à quelques éléments excités et, à la suite d'un ou plusieurs premiers coups de feu, la fusillade se déclencha dans des conditions mal expliquées. Il en résulta un bilan de trente ou quarante morts, une population qui se défie du pouvoir parlementaire désormais, et une haine contre La Fayette.

Dans son parcours, Martin passe de garde national à sans-culotte. C'est un basculement assez étrange, voire contradictoire. Les premiers étant l'émanation des prudences bourgeoises, les seconds, pas plus indigents que les premiers mais convaincus de l'esprit égalitaire, ont participé à la Terreur. J'y vois une illustration de sa confusion sur le monde et sur lui-même.

Pour la troisième partie,
les guerres de Vendée,
Paris sous la Terreur, etc.

Joseph Lequinio a produit un rapport circonstancié sur la dérive épouvantable des troupes républicaines en Vendée. Lorsque je travaillais sur le sujet, la notice Wikipédia que je consultai reprenait l'idée assez répandue selon laquelle le rapport Lequinio, commandé par le Comité de salut public en pluviôse an II (février 1794) et rédigé en ventôse (mars), avait été enterré par Robespierre. Il n'en est rien. Lequinio a d'abord fait un résumé de son travail devant ses commanditaires, et il a publié immédiatement un livre vendu en librairie (*Guerre de la Vendée et des chouans*, 1794) où l'on retrouvait l'intégralité des témoignages accablants qu'il avait recueillis avec son collègue Laignelot, additionnés de considérations personnelles. Rien de ses conclusions ne fut donc caché au public.

Concernant la bataille de Valmy, je me suis appuyé sur les descriptions de Jules Michelet et d'Arthur Chuquet, et de nombreux plans disponibles. Comme on sait, le jeune Goethe était présent, son récit se trouve dans sa *Campagne de France*. En manière d'hommage, je lui ai emprunté la magnifique image des colonnes portant des baïonnettes affûtées, ressemblant à une cascade argentée. Lire son témoignage est un antidote souverain contre la théorie d'une victoire achetée à Brunswick par la France (ou par Danton, ou par Dumouriez, selon la thèse complotiste qui aura votre faveur). À propos de la « mystique de la colère » évoquée dans le roman, citons Saint-Just : « La guerre de la liberté doit être faite avec colère » (1794).

Les convulsionnaires ont existé. Mercier évoque ces fanatiques et leurs cortèges dans Paris (« J'ai vu des convulsionnaires [au temps de Rousseau, Voltaire et d'Alembert] ils faisaient leurs contorsions, tandis que ces sages prenaient la plume »). On peut comparer leurs processions à celles des mystiques qui se flagellent encore aujourd'hui, un peu partout sur la planète. Les convulsionnaires se regroupaient au cimetière de Saint-Médard. Ils avaient un grand succès, l'affluence de curieux stimulait le commerce alentour. Ils prétendaient que leurs souffrances étaient imitées de celles que le pape avait infligées à l'Église (entendez la représentation pure de l'Église : le jansénisme), par sa bulle *Unigenitus*, au début du siècle, dans laquelle le pontife condamnait le jansénisme, dont l'œuvre convulsionnaire est dérivée. Après l'interdiction de leurs sévices en public, les adeptes continuèrent leurs rituels mystico-sado-masochistes dans le secret des maisons. La séance convulsionnaire du roman est inspirée du livre de J.-P. Chantin, *Le Jansénisme*, et d'autres extraits de témoignages qu'on trouve dans *Histoire des miraculés et des convulsionnaires de Saint-Médard* par P.-F. Mathieu, 1864, par exemple. Les agissements de ces illuminés n'étaient pas encouragés, mais les convulsionnaires étaient vus d'un bon œil par la Révolution, car ils la soutenaient. Les publications jansénistes – dont la plus célèbre fut *Les Nouvelles Ecclésiastiques*, hebdomadaire imprimé clandestinement (sous les montagnes de bois de la place de Grève, selon Mercier) – étaient déjà en lutte contre le pouvoir royal et le clergé (notamment jésuite) avant la Révolution. C'est dans les rangs jansénistes et convulsionnaires que se recrutèrent beaucoup de prêtres constitutionnels.

Sur la guerre de Vendée : beaucoup de notes prises au musée de Cholet et dans la région, et : *La Vie quotidienne des soldats de la Révolution*, Jean-Paul Bertaud ; *Blancs et Bleus dans la Vendée déchirée*, Jean-Clément Martin ; *Turreau et les colonnes infernales*, Élie Fournier (avec une préface de Pierre Chaunu) ; *Yzernay au cœur de l'histoire*, tome I, Georges Michel ; *Histoire de Chanteloup-les-Bois en Anjou*, et *Le Cimetière des martyrs d'Yzernay* d'André-Hubert Hérault ; *La Chouannerie et les Guerres de Vendée*, de Meyer-Sablé, *La Guerre de Vendée*, de Jean-Clément Martin, etc. Il existe une littérature locale très imprégnée de religion et d'esprit de revanche (*Revue du souvenir vendéen*, n° 1, 241, 257 ; *Les Insurgés de Dieu*, cardinal Poupard ; *Paysans vendéens*, comte de Chabot). La blessure est vive malgré les siècles et les cicatrices sont entretenues par certains.

La lecture d'historiens de la Révolution comme Michelet révèle tout de même un malaise sur lequel il faut s'attarder. Si aucun ne fait l'impasse sur les massacres de Vendée, l'histoire de la Révolution française la plus répandue ne s'y attarde pas assez. Au point qu'on peut légitimement soupçonner une volonté de cacher sous le tapis ce qui gênerait les historiens bienveillants à l'endroit du mouvement révolutionnaire. Pourtant, à la lecture des grands récits historiques, il m'est apparu que, malgré leur gravité et leur horreur, les guerres de Vendée posent surtout le problème de ne pas entrer dans l'arc de la geste révolutionnaire : elles ne ralentissent ni n'accélèrent le mouvement général. Elles restent (c'est douloureux à dire compte tenu des immenses souffrances infligées et du nombre de victimes) un épiphénomène de peu d'effets sur la trajectoire globale de la Révolution (ce qui n'aurait pas été le cas si le chef vendéen Cathelinau avait su convaincre ses hommes de marcher sur Paris), je suppose que s'y attarder contrarierait le « poli » d'une vaste fresque architecturée et universelle. Elles sont de ce point de vue une digression et c'est pour cela, à mon sens, qu'elles ont été relativement négligées. La polémique enclenchée par les recherches de Reynald Secher sur la notion de « mémoricide » a eu le mérite d'obliger les historiens à tenir compte de cette « digression », à lui faire plus de place dans le déroulement des faits. De quoi parlons-nous ? « La *Vendée militaire* comptait en 1793 [...] entre 765 300 et 775 800 habitants à la veille des troubles. Sur ce chiffre, le nombre de morts de 1793 et des années suivantes, par massacre et par épidémie "collatérale", est compris entre 156 000 et 195 000 » (d'après Emmanuel Leroy-Ladurie, *Vérités sur le génocide vendéen*).

Fontenay-le-Peuple : nom révolutionnaire de Fontenay-le-Comte.

« C'était avant que le même Barère réalise ce que ses propres mots avaient engendré de misère et de folie », nous dit Martin (bien renseigné). Je ne suis pas historien et ce n'est pas ici le lieu pour discuter de la pertinence du terme « génocide », parfois employé pour évoquer les grands massacres de Vendée. Mais l'honnêteté oblige à distinguer les ordres de la République et la frénésie meurtrière des soldats de Turreau. Qu'on oppose donc l'horreur des ordres de ce dernier : « Tous les brigands qui seront trouvés les armes à la main, ou convaincus de les avoir prises pour se révolter contre leur patrie, seront passés au fil de la baïonnette. On en agira de même avec les filles, femmes et enfants qui seront dans ce cas. Les personnes seulement suspectes ne seront pas plus épargnées, mais aucune exécution ne pourra se faire sans que le général l'ait préalablement ordonné » à la mise au point de Barère, découvrant la réalité des massacres perpétrés (le même qui appelait à détruire la Vendée, aux premières heures de l'insurrection) : « Le Comité de salut public se reposait sur les mesures à prendre à l'intérieur de la Vendée sur l'esprit et le texte des décrets qui ordonnent de détruire et d'incendier les repaires de brigands, et non pas les fermes ni les demeures des bons citoyens. Il espérait surtout que l'Armée de l'Ouest s'occuperait plutôt de détruire le noyau des rebelles que de sacrifier les habitations isolées et les bourgs et villages fidèles, et non dangereux. Mais, lorsque le Comité a voulu vérifier les faits et connaître quelle était l'exécution donnée à ces arrêtés, quel a été son étonnement de voir les forces morcelées dans la Vendée, des rassemblements de rebelles se former de nouveau, se grossir de tous les mécontents que la barbare et exagérée exécution des décrets avait faits de nouveau dans ce pays, qu'il ne fallait que désarmer, repeupler d'habitants fidèles et administrer avec l'énergie républicaine convenablement dirigée » (Bertrand Barère de Vieuzac à la Convention nationale, le 12 février 1794). On peut aussi rappeler l'article 9 de la loi de mars 1793, concernant la rébellion au recrutement (facteur important de la guerre de Vendée) : « Les commandants de la force publique feront incessamment publier une proclamation portant injonction à tous les rebelles de se séparer et de mettre bas les armes. Ceux qui auront obéi et seront rentrés dans le devoir, aux termes de la proclamation et dans le délai de 24 heures ne pourront être inquiétés ni recherchés. » On voit par là qu'il est nécessaire d'opérer une distinction, dans l'analyse des événements, entre les ordres de la République et la frénésie meurtrière des soldats de Turreau (principale cible des attaques de Lequinio, d'ailleurs).

L'extrême religiosité attachée à la Vendée trouve son origine dans l'influence d'un prédicateur, le père Louis-Marie Grignion de Montfort (1673-1716), qui a fanatisé la population et marqué durablement les esprits de la région.

La supercherie du pigeon caché dans l'autel est une audace de l'abbé Guillot de Folleville en juin 1793, découvert parmi des prisonniers, se disant évêque d'Agra, ce qui était faux.

L'épisode des fours à pain concerne la colonne dirigée par Amey, pas celle de Huché. Je me suis permis de lui attribuer cette monstruosité. Idem pour la selle en peau humaine : on sait qu'aux Ponts-de-Cé, une trentaine de prisonniers furent écorchés, leur peau tannée pour faire des sacs, voire des vêtements. On dit que le général Moulin, mort à Cholet, portait une culotte de peau humaine. J'ai commis cette « erreur » historique volontaire, pour ne pas éviter de rappeler l'ultime projection dans l'horreur des troupes républicaines en Vendée. Autre "licence romanesque" : les agissements de Huché rapportés par Martin ont eu lieu avant ceux de Grignon et Caffin.

Les certificats dont parle Marianne sont les Certificats d'existence et de civisme. À présenter à la commune pour obtenir une pension.

L'idée mise dans la bouche de Boullée, que le lieu de la Révolution, son monument, c'est le vide du Champ-de-Mars, est empruntée à Michelet, cité par Mona Ozouf.

Pour le texte de Pausanias lu par Martin, j'ai choisi la traduction de Jacques Lacarrière (in *Promenades dans la Grèce antique*). Boullée disposait bien des *Récits attiques* de Pausanias, mais évidemment pas dans cette version anachronique. On voudra bien considérer d'abord l'hommage.

Un détail surprenant, à propos de la manière de sécher les lettres destinées aux ministres : « Il est illicite de mettre sur l'écriture du sable fin ou de la poudre de métal ; il faut employer de la poudre de bois. Beaucoup de lettres sont restées sans réponse, uniquement parce qu'elles étaient imprégnées d'une poudre métallique » (Mercier).

La liesse au travers de laquelle Marianne cherche éperdument Martin et les enfants est celle des sans-culottides, qui désignent les cinq jours supplémentaires (six pour l'année 1794, bissextile), qui clôturaient l'année de douze mois de trente jours du calendrier républicain. Leur équivalent « grégorien » se trouve après la mi-septembre. Les sans-culottides étaient l'occasion de fêtes en l'honneur de la Vertu, du Génie, du Travail, de l'Opinion, des Récompenses, et de la Révolution pour le sixième jour, en cas d'année bissextile, donc. L'établissement du nouveau calendrier, qui entrait dans la logique du projet révolutionnaire – l'affirmation qu'on changeait d'époque, véritablement –, avait été confié à des scientifiques et des hommes de lettres. On sait que les noms évocateurs des mois sont dus à Fabre d'Églantine (floréal, messidor, ventôse, brumaire… je les ai toujours trouvés magnifiques). Le temps républicain débute le 22 septembre 1792, le 1er primidi de nivôse, un jour nommé *tourbe*.

Vocabulaire

La littérature du XVIIIe siècle français ne nous est pas si étrangère, sa belle langue est tout à fait lisible. Choderlos de Laclos ou Casanova, Sade, Mercier, de Maistre ou Linguet, et tant d'autres, ne présentent pas de grandes difficultés pour un lecteur moderne, mais ils ne nous sont guère utiles quand on se préoccupe de savoir comment on parlait dans la rue, comment un bourgeois s'adressait à un paysan, comment une prostituée hélait son client. La documentation abonde mais l'artifice d'une écriture soignée impose un effort de transcription. À l'opposé, s'inspirer de lettres de soldats à leur famille par exemple, lignes farcies de formules pittoresques et de fautes, énonciation quasi sans filtre du parler du petit peuple (quoique sachant écrire, ce qui signifie une éducation au contact des modes littéraires de ce temps, donc une pratique biaisée du parler d'époque), aurait semblé tout aussi factice. J'ai opté pour des compromis donnant un effet naturaliste, obtenu par des procédés tout à fait spécieux et fautifs. Aussi, c'est pour échapper au piège de la langue « à la manière de » que j'ai choisi pour décrire la guerre de Martin le procédé du monologue intérieur, une logorrhée intime, de facture moderne. Si j'avais dû vous laisser entendre son récit direct à Lequinio, c'est un long rapport fait dans la langue de l'époque qu'il m'aurait fallu écrire. Cela pose problème quand on écrit au XXIe siècle pour des lecteurs du XXIe siècle. Je pense que nous aurions, vous et moi, considéré cela comme une punition.

Les auteurs de l'époque m'ont offert nombre de termes, j'ai travaillé sur les dictionnaires de Trévoux de 1753 et 1771, celui de l'abbé Féraud de 1787, et sur un dictionnaire d'argot contemporain « comme il est en usage parmi les bons pauvres » établi par un auteur qui signa ce travail du magnifique pseudonyme de « Pillier de la Boutanche » ; il y a aussi quelques régionalismes vendéens qui sont tous empruntés ici à l'excellent livre de Georges Michel sur l'histoire d'Yzernay – leur présence dans les pensées de Martin doit faire admettre qu'il se les ait appropriés pendant son séjour ; j'ai beaucoup emprunté à Mercier, aux journaux, aux pamphlets, rien à Vadé (voir dictionnaire des personnalités, plus loin) dont la lecture m'a fait connaître un auteur passablement malin et méprisant pour le bas peuple dont il exagérait les fautes de langage et les distorsions comiques du vocabulaire (il m'a fait penser aux humoristes d'aujourd'hui qui tentent de contrefaire l'accent des cités). J'ai davantage emprunté à Rétif de la Bretonne (*Les Nuits de Paris*, *Monsieur Nicolas*...), qui se donnait la peine de tenter de reproduire parfois les accents ; on lui doit aussi des néologismes habiles que je n'ai malheureusement pas pu employer, comme « joncée » à propos d'une jeune femme : construit sur le latin *junceao virgo*, « menue et droite comme un jonc ». Joli, n'est-ce pas ?

ABATTURES : (terme de vénerie) broussailles, fougères, foulures que le cerf abat au bas de son ventre en passant.

ACAGNARDER (S') : s'acoquiner, mener une vie fainéante, libertine ou débauchée.

ADOUÉES : (terme de vénerie) perdrix pariées ou accouplées.

AEURER : prier. Considéré comme vieux (déjà) par Trévoux.

AFFURER SON JAFFE : gagner sa croûte (argot).

AGRIFFER : « s'attacher avec des griffes à quelque chose », et avec les mains, au sens figuré.

AGROUER LES BRAISES : les couvrir de cendres soigneusement pour faire redémarrer le feu le lendemain.

AITRES : pièces d'appartement, chambres et autres endroits d'une maison.

ALAMBIQUER (s'alambiquer l'esprit) : s'épuiser à force de réflexion.

ALANGOURI : affaibli par une grande maladie ou affliction.

AMIGNARDER : caresser avec tendresse une personne qu'on aime.

ANDOSSE : le dos, les épaules (argot).

ARCHES DE NOÉ : gargotes (ce mot existait, d'ailleurs, orthographié : « gargottes ») où l'on donnait à manger pour 22 sols pour les « personnes non fortunées » (Mercier).

ARPENT : « Mesure de la surface des terres. L'arpent de Paris a cent perches et la perche vingt-deux pieds, qui font deux-mille deux-cents pieds en quarré » (Trévoux, 1753). Vous voilà renseignés.

ASSABLER : s'enliser dans le sable, échouer.

AUMAILLES : bêtes domestiques, bêtes à cornes. « Cent bêtes aumailles » (Trévoux).

BANCROCHE : bancal.

BANNE (« une mercière à banne ») : mercière ambulante, transportant une banne, grand panier d'osier fendu.

BAUGE (OU BANGE) : coffre, coffre-fort, malle (argot)

BODE : veau femelle (régional – NB : un veau mâle est un « taure »).

BOURGADIN : habitant du bourg, citadin (régional).

CAGOU : homme qui vit d'une manière obscure et mesquine, qui ne veut voir ni fréquenter personne.

CAMAIL : habit d'Église avec capuchon, habit d'hiver « pour se garantir du froid ».

CAMBROUSE : servante, chambrière, femme de chambre (argot).

CAPON : écrivaillon, paperassier (argot).

CARRABAS : attelage de six chevaux « pour dix personnes entassées dans une sorte de cage sale et fétide » (Mercier).

CARROSSIER : cheval d'attelage de haute taille (Littré).

CASAQUIN : vêtement court, une veste courte par exemple, anciennement à « l'usage des hommes » dit Littré. C'est dans ce sens que l'emploie Rétif.

CHARGÉ DE CUISINE : qui a un gros ventre.

CHENÂTRE (on dit aussi « du chenu ») : du meilleur, de la plus grande qualité (argot).

CRAULE : casserole qui sert à prendre la farine dans les sacs. D'où *craulée* : mesure de ce que le meunier garde pour lui (régional).

CREUX : logis (argot).

DABUCHE : le roi (argot).

DARD : une faux (régional).

DÉHONTÉ : sans honte.

DÉTRONQUÉ : décapité. Construit sur le terme *détruncation*, utilisé par Mercier.

DOMINO : costume de bal masqué ou costumé, pris sur le modèle des robes à capuchon noir que les prêtres portaient l'hiver par-dessus leur surplis.

ÉCHAUDÉS : pour Littré, gâteaux dont la pâte est mise à bouillir dans l'eau vingt minutes. Le passage d'un texte de la Bibliothèque bleue en précise les ingrédients : œufs, beurre, sel. Dans *Les Nuits de Paris,* Rétif en commande systématiquement dans les cabarets où il se « table », selon son expression.

EMPOTAGE : l'ensemble des ingrédients que l'on met dans une braisière (ustensile, appelé aussi *daubière*) ; d'où *empoter* : action de mettre des substances diverses dans une marmite, dans un pot, dans une braisière. Ne pas soupçonner un quelconque rapport avec l'étymologie de « empoté », maladroit, qui viendrait d'une forme adjectivée de *pote,* désignant la main gauche, dans certain dialecte du XIe siècle.

ENTOUR, les ENTOURS : l'entourage. D'après Mercy, cité par Mona Ozouf.

ENTROLLER : porter, emporter (argot).

ESCOBARDER : n'est pas attesté dans les dictionnaires du XVIIIe, mais utilisé par Rétif, pour signifier « user de mots à double entente, de réticences, dans le dessein de tromper ». Formé sur Antonio Escobar y Mendoza, jésuite espagnol. Rétif dit également : « escobarderie » (d'après note de la Pléiade pour *Monsieur Nicolas*).

FORMIDABLE : quand Blaise parle des prophéties *formidables* de son cartomancien, il suit l'acception de l'époque : « qui est à craindre ». Homme formidable, armée formidable, danger formidable (Féraud, 1787).

FOUILLE-AU-POT : petit marmiton.

FOURREAU : robe d'enfant.

FUTAINE : « faire la futaine », vagabonder.

GARDE-PROYE : garde-robe, soulignant le rôle de cabinet d'aisances de cette pièce par l'usage du mot d'argot « proye », qui désigne le cul, l'anus. Chez Trévoux (1753), « cabinet » est synonyme de « garderobe » (ainsi orthographié) pour désigner « le lieu secret pour les nécessités de la nature », et le rédacteur illustre cet usage par le vers de Molière, dans *Le Misanthrope* : « Franchement il est bon à mettre au cabinet », attestant (mais les auteurs du dictionnaire ont-ils raison ?) une acception déjà ancienne du mot « cabinet » pour désigner autre chose que la pièce où l'on se retire pour travailler ou méditer, où l'on accumule éventuellement les curiosités glanées au cours des voyages. Pour certains, en effet, la réplique définitive d'Alceste signifie plutôt : « [votre poème] est bon à conserver au secret de votre cabinet d'étude ».

GENTOU : un Hindou (un habitant du Bengale).

HAHAS : « ouvertures faites au mur d'un jardin avec un fossé en dehors pour laisser la vue libre » (Littré).

HUAILLE : la populace qui hurle.

IMMORAL : mot qualifié de *nouveau* par Rétif en 1788 ; admis par l'Académie en 1798. Je ne l'ai effectivement pas trouvé dans les éditions de Trévoux que j'ai pu consulter.

IMPROBATION : désapprobation.

INDÉVOT : peu porté sur la chose religieuse.

INVIGILANCE : négligence, désinvolture, bienveillance coupable. « L'invigilance des policiers à leur égard » (Mercier).

LOUISON : un des surnoms de la guillotine, du nom du chirurgien Louis qui mit au point la fameuse machine avec l'aide d'un délicat fabricant de harpes allemand. Rappelons que la décapitation était sous l'Ancien Régime l'apanage des nobles. Les roturiers, eux, allaient se faire pendre, ce qui est plus long et souvent disgracieux. Le docteur Guillotin fit adopter par la Constituante une égalité de traitement pour « les délits du même genre » et il chargea Louis d'imaginer un appareil efficace, capable d'éviter les maladresses toujours pénibles de l'exécution à la hache.

MALINGREUX : faux mendiant, au XVIIe. L'acception hésite ensuite entre désigner une tromperie, ou l'authentique misère, la maigreur qui ne triche pas.

MARCHETONS : habitants de la région « des marches communes entre la Bretagne, l'Anjou et le Poitou » mises en place entre le XIe et le XIIIe siècle, singulièrement aisés alors qu'ils vivent dans un « environnement ingrat de landes et de marais ». L'histoire juridique particulière de ces territoires offre des avantages fiscaux à leurs habitants, jusqu'en 1789. Dans son livre *La Guerre de Vendée*, Jean-Clément Martin note, en se gardant bien toutefois d'expliquer par ce seul recoupement les raisons de l'insurrection, qu'il « n'est pas possible de ne pas remarquer que l'ancrage de la révolte vendéenne se fait précisément dans cette région des marches ».

MARCHEUSE : prostituée, au bas de l'échelle de la corporation.

MARMITE PERPÉTUELLE (la) : échoppe où les chapons au gros sel nagent dans le jus d'une énorme marmite pendue à une crémaillère. On choisit, on emporte.

MARQUANT : un maquereau, mais aussi un homme qui montre ostensiblement sa richesse (argot).

MÉPHITISME : « Vapeurs malfaisantes » (Littré). La nocivité des exhalaisons méphitiques est une préoccupation de l'homme de qualité, en ce XVIIIe siècle, si l'on s'en réfère à la récurrence de ce thème chez Mercier et ses contemporains. L'air vicié de la capitale, les miasmes des fosses d'aisances et des endroits où les chieurs se soulagent, les gaz inquiétants qu'on suppose s'élevant des cimetières et qui rendent suspectes les églises à cause de leur proximité avec les tombes ou parce qu'elles sont construites sur des cryptes : l'homme de la rue préfère la campagne ou, à tout le moins, les grands espaces dégagés où l'air circule. Ainsi, en 1788, on a détruit les maisons sur le Pont-au-Change et il semble à tous que l'air est plus pur en aval, y compris dans les rues avoisinantes. « Les travaux des Chymistes ont diminué les accidents occasionnés par la vuidange des fosses d'aisance, puits & puisards. On sait aujourd'hui ce qu'on avait si longtemps ignoré, ce qu'est l'air méphitique, & de quelle manière on peut combattre ses influences dangereuses & meurtrières. Les bienfaits de la Chymie deviennent chaque jour plus nombreux, & donnent des moyens qui intéressent essentiellement l'humanité » (Mercier).

MERCADIN : commerçant (argot).

MITRONNE : maquerelle.

MITTE : maladie des yeux provoquée par l'ammoniac qui s'exhale des fosses d'aisances.

MORBIFIQUE : morbide, maladif.

MORNE (la) : « C'est ce petit caveau où l'on dépose les corps morts, dont la justice se saisit, le tout pour qu'on puisse les reconnaître. La populace est avide de cet affreux spectacle ; c'est bien le plus révoltant que l'imagination puisse représenter » (Mercier).

MOUSSER : chier (argot).

PAIGRE : voleur (argot).

PAIN DE GONESSE : pain réputé de qualité depuis la fin du XVIIe, fabriqué par les boulangers de la commune de Gonesse.

PANIER : dans le passage concernant Mme de Valbelle « encombrée de cette sentinelle accrochée à son panier », le mot désigne un jupon garni de baleines, qui soutenait la robe des femmes (Littré).

PERRUQUE « À MARTEAUX » : en référence aux boucles marteaux, « longues boucles de cheveux roulées à l'extérieur en forme de tube ou de rouleau. La corporation des perruquiers date du règne de Louis XIV. » (musée Carnavalet).

PIAUX : lits (argot).

Pochée : grand sac de toile que l'on remplit de farine (régional).

Poniffe : femme de mauvaise vie, femme débauchée (argot).

Quartier : « x livres par quartier » ; paye pour un quart d'année, soit trois mois.

Quatre-de-chiffres : piège à souris.

Rabatteux : voleur, et plus précisément voleur de nuit (argot).

Recors (les) : les secours.

Regrattier : qui pratique la vente au détail de ce qu'il achetait en gros. « Faire *le regrat* n'est autre chose qu'acheter des denrées, pour les vendre en détail » (Lefèvre de la Planche, 1765).

Renfermeries : « Prisons imaginées pour débarrasser promptement les rues et les chemins des mendiants, afin que l'on ne voie plus la misère suppliante à côté du faste insolent » (Mercier).

Réparon ou lin réparent : toile grossière très résistante pour torchons et essuie-mains (régional).

Rivaucher : faire l'amour, vulgairement, synonyme de « baiser » (argot).

Rupin : gentilhomme, un individu élégant (argot).

Rusquin : écu, pièce d'argent (argot).

Saut-de-Loup : large fossé ayant la même fonction que le haha : limiter physiquement sans masquer la vue. De profonds sauts-de-loup entourent le domaine de la reine, à Versailles, et donnent le sentiment que le hameau n'est pas isolé du reste de la campagne.

Sauvageté : qualité d'un être revêche, résistant, sauvage.

Scioto (le) : opération lancée par une société de spéculateurs au début de la Révolution. La Compagnie du Scioto avait attiré 500 personnes en Amérique du Nord dans un territoire bordé à l'ouest par le Scioto et au sud par l'Ohio. Un prospectus diffusé à Paris en septembre 1789 avec une carte des lieux vantait le sol, le climat et les conditions financières. Ce fut un échec (d'après note de l'édition de la Pléiade pour *Monsieur Nicolas*).

SEILLE : seau.

SORBET : boisson (piquette) à base de sorbier.

SPARTIATE (à la) : porte fermée sommairement, juste au loquet.

SUPERFLUITÉS : choses superficielles (Mercier).

TEMPÉRAMENTEUSE : femme de caractère (néologisme de Rétif).

TENANTE : chopine ou bouteille de vin (argot).

TURGOTINE : voiture publique étroite, diligence des messageries royales, du nom du ministre des Finances Turgot, sous le ministère duquel elles furent établies. Il semble qu'on affectât de nommer ainsi également une tabatière plate, et le mot, par esprit de cruauté de la Cour, devint synonyme de « platitude ».

VAGUER : flâner.

VIN FUMEUR : pour approcher de l'expression « grand fumeur » : « Un grand fumeur se dit du vin et d'autres liqueurs qui envoient des fumées, des vapeurs à la tête. »

VUIDANGE : vidange (Mercier).

VULGIVAGUE : personne qui s'adonne à la prostitution (chez Mercier, Voltaire, etc.). Mercier évoque pour Paris le chiffre de 30 000 filles publiques et 10 000 entretenues (moins indécentes) qui passent en différentes mains d'année en année. Il ajoute que « la police va chercher des espionnes dans ce corps infâme ».

Personnalités

Antoine Beauvilliers (1754-1817) : grand cuisinier, il avait été officier de bouche du comte de Provence et attaché aux extraordinaires des maisons royales (les extraordinaires désignant les frais extraordinaires d'une maison, royale ou pas). S'il faut en croire Brillat-Savarin, « le Beauvilliers fut le restaurant le plus parfait, aussi bien pour la cuisine, pour les vins, pour le confort que pour l'affabilité ». Le Larousse gastronomique nomme son fameux restaurant La Taverne anglaise (on le trouve aussi sous l'appellation Taverne de Londres), mais selon *Le Nouveau Tableau du Palais-Royal*, de Mayeur de Saint-Paul en 1788, le Beauvilliers, galerie de Valois, « vient » de *la* Taverne anglaise qui « propose une carte de cent plats et une de quarante vins ». J'ai résolu ces contradictions dont je ne me dépêtrais pas en n'évoquant que le Beauvilliers. Antoine Beauvilliers a acquis son espace au Palais-Royal (n° 140 à 142 ; entre « Lettu » et « Quesnin ») le 12 juin 1788 pour 187 500 francs. Il payait 120 francs par an pour l'éclairage et le balayage plus un « cens » annuel de 20 sols par toise. Voilà pour les amoureux des chiffres. Son restaurant était réputé faire bon accueil aux réactionnaires, ce qui lui valut de devoir le fermer après les événements décrits dans le roman. Il le rouvrit à la fin du Directoire sans jamais retrouver le succès qu'il avait connu. Sa réputation cependant donna à son livre, *L'Art du cuisinier*, l'autorité d'un ouvrage de référence.

Étienne-Louis Boullée (1728-1799) : avec son contemporain Ledoux, on classe généralement Boullée parmi les architectes utopistes. Il ne reste pas de bâtiments intègres qui témoigneraient de son travail. Son génie s'est surtout exprimé dans les dessins de ses projets, toujours fascinants plus de deux siècles après qu'ils furent imaginés. Boullée est resté toute sa vie à Paris, il n'a pas fait le pèlerinage en Italie que tout artiste se devait d'accomplir, on ne l'a pas vu à Londres ou ailleurs. Un sédentaire forcené. C'est tout juste s'il s'éloignait de la capitale, voire de son quartier et, s'il a travaillé pour l'Allemagne et pour la Russie, ce fut sans sortir de son cabinet. Comme on le lit dans le roman, son père l'oriente vers l'architecture alors que le jeune Étienne-Louis est passionné de peinture. Il reçoit l'enseignement du peintre Pierre, puis de Lancret et de Colins. Revenu à l'architecture sous l'autorité paternelle, il a des élèves très tôt, connaît ses premiers succès avec un aménagement de l'église Saint-Roch (1752-1763) et le salon de M. Tourolle en 1762. Soutenu par la critique et sollicité par une clientèle privée, il réalise l'hôtel de Brunoy (détruit en 1930) dont la réussite accentue sa renommée, et imagine pour Nicolas Beaujon les décors intérieurs de l'hôtel d'Évreux, futur palais de l'Élysée. Cependant, les commandes privées sont frustrantes pour un génie si particulier. Il leur préfère les commandes publiques qui lui donnent l'occasion de produire de magnifiques dessins (aujourd'hui à la Bibliothèque nationale), qui sont autant d'illustrations des théories d'architecture de son fameux *Essai sur l'art*, resté inédit jusqu'au XXe siècle. Il entre à l'Académie royale d'architecture en 1762, il y est professeur en titre et organise les concours institutionnels que ses élèves emportent « d'autant plus facilement (écrit Pérouse de Montclos) que Boullée mettait à la disposition de ses protégés des "corrigés" ». Ce sont ces corrigés qui nous sont parvenus et fondent la postérité de sa réputation.

Charles-Guillaume-Ferdinand de Brunswick (1735-1806) : général et prince allemand. Grand voyageur, érudit, considéré par ses contemporains comme un remarquable homme de guerre notamment après que, général de l'armée allemande fédérale, il eut conduit une campagne exemplaire dans les Pays-Bas, fulgurante et économe du sang des soldats et des civils. La Prusse et l'Autriche lui confient le commandement de leurs troupes. En juillet 1792, il publie un manifeste auquel on donne son nom, par lequel il menace les Parisiens de représailles s'il était fait le moindre mal au roi de France, espérant ainsi terroriser la population. Le texte aura un effet exactement inverse et provoquera un puissant élan patriotique.

C'est peut-être à son caractère prudent que la Révolution doit la relative facilité de la victoire de Valmy. La bataille était mal engagée, ses troupes épuisées et malades, et les révolutionnaires beaucoup plus résistants et mieux organisés que ne l'avaient prévu les émigrés, qui avaient présenté la campagne de France comme une promenade. Brunswick donnera sa démission du commandement des troupes prussiennes en 1794, à cause de différends avec son collègue autrichien Wurmser. Ayant repris du service pour le roi de Prusse en 1806, il est blessé mortellement à la bataille d'Auerstaedt.

Valy Bussard : originaire de Suisse, fils d'un fermier, ancien directeur de la laiterie au château de Chanteloup pour le duc de Choiseul, il est entré au service de la reine en 1785. Il reste une étude à produire sur le cas de cet homme et de sa famille, embauchés pour animer et exploiter le domaine de la reine. Hors les conditions de son mariage en 1776 avec Marie Pinon, et le détail de sa progéniture, je n'ai trouvé que de rares évocations de son existence à Versailles, sinon au détour d'une phrase, d'une anecdote. Sa date de naissance nous est inconnue et l'on perd sa trace après juillet 1791, date à laquelle cessent les comptes de la ferme du hameau, rédigés par quartier. Vallier Bussard est peut-être arrivé à Chanteloup en 1772 en même temps que les vaches suisses. Une lettre de l'abbé Barthélemy (Lettre CCCXCII de la *Correspondance complète de Mme du Deffand avec la duchesse de Choiseul, l'abbé Barthélemy et M. Craufurt, publiée avec une introduction de M. le M*^is^ *de Sainte-Aulaire*, tome II ; Paris Calmann-Lévy, 1877, p. 255-256) indique que le troupeau était conduit par plusieurs personnes chantant des chansons suisses (1772 est l'année où Mme du Deffand, alors âgée de soixante-quinze ans, vient à Chanteloup pour visiter Mme de Choiseul). Les époux Bussard possédaient une closerie, décrite dans le roman, au Bas-Chandon à Saint-Denis-Hors, achetée en avril 1779 (la coïncidence des dates, quelques mois avant la naissance de leur aîné, me fait imaginer la volonté de s'installer plus au large en prévision de cet embryon de famille). À propos de la famille Bussard, les baptêmes des enfants ont tous eu lieu à la paroisse Saint-Denis-Hors (intégrée à la commune d'Amboise depuis 1946). Avant qu'on ne perde leurs traces, Marie et Valy Bussard avaient eu quatre enfants : Vallier Antoine, en 1779 ;

Nicolas-Vallier-Louis, en 1780 ; Geneviève, en 1782 et Béatrix-Eugénie-Françoise, en 1783. Valy Bussard vient s'installer à Versailles le 14 juin 1785 (il faut se souvenir que le duc de Choiseul est mort un mois auparavant) et se met à l'exploitation immédiatement (les comptes de la ferme par Bussard commencent le 1er juillet 1785), il fait venir sa femme et ses deux fils au mois de décembre (*quid* des filles ? dans le livre, je n'ai pas fait le détail : tout le monde arrive ensemble). Bussard est alors payé 1 500 livres par an. Qui sait ce qu'il advint de sa famille après 1791 ?

Jean-Alexandre Caffin (1751-1828) : nommé général de brigade (il avait été blessé à la bataille de Cholet en 1793), il prend le commandement de la troisième colonne infernale de Turreau. Maire de Doué-la-Fontaine en 1805. Révoqué sous la Restauration.

Jacques Cazotte (1719-1792) : célèbre pour son *Diable amoureux*, curieux roman, mélodrame original qui préfigure les atmosphères gothiques du siècle suivant, Cazotte avait travaillé dans l'administration de la marine, à la Martinique. De retour en France après 1760, il avait publié des poésies, des nouvelles, un opéra-comique. Ayant adhéré à la secte des martinistes vers 1775, il était devenu de plus en plus mystique. C'est sans doute ce qui lui vaut une réputation de médium et de prophète. Elle a trouvé son plus fameux exemple dans une lettre de Jean-François de La Harpe, racontant un dîner (« Il me semble que c'était hier, et c'était cependant au commencement de 1788. Nous étions à table chez un de nos confrères à l'Académie... ») au cours duquel Cazotte aurait prononcé l'avenir de chaque convive (et sous-entendu celui de Marie-Antoinette), c'est-à-dire leur mort prochaine sous les coups de la Révolution que ces beaux esprits appelaient de leurs vœux. Chaque prédiction se vérifia. Selon ce témoignage, l'oracle aurait conclu par sa propre condamnation. Cazotte voyait dans la Révolution une conspiration diabolique et fit part, par écrit, de projets d'évasion à la famille royale. Son pouvoir de divination n'alla pas jusqu'à lui faire craindre d'être démasqué. La correspondance saisie (publiée en 1798 sous le titre *Correspondance mystique*, titre qui dit bien le sérieux de ses projets) lui valut la prison puis, malgré un premier acquittement, son exécution. Il fut guillotiné le 25 septembre 1792. J'ai toujours aimé l'impression étrange que *Le Diable amoureux* laisse au lecteur, mais je ne crois pas une seconde à cette histoire de prophétie et, pour m'en moquer, j'avais d'abord imaginé intégrer ce cher Cazotte dans une scène de dîner où, interrogé par un voisin sur la météo du lendemain par exemple, il se serait exclamé : « Qu'est-ce que vous voulez que j'en sache ! » Ce qui me fait encore rire mais bon, on ne fait pas toujours ce qu'on veut. Par ailleurs, Beauvilliers lui donne le titre de maire de Pierry, ce que fut Cazotte en effet, au début de la Révolution.

Thomas de Mahy, marquis de Favras (1744-1790) : protégé du comte de Provence (Monsieur, frère du roi), ce marquis désargenté s'émeut de la situation de la famille royale après le 14 juillet 1789 et organise autour d'elle un corps d'un millier d'anciens gardes et officiers réformés. Il projette aussi un enlèvement du roi sans beaucoup de discrétion. La Fayette le fait surveiller et arrêter alors qu'il est mêlé par le comte de Provence à une affaire de prêt. Le frère du roi parvient à se dégager de ce mauvais pas et Favras se trouve seul face à la vindicte populaire, qui voit en lui un comploteur, potentiel assassin de La Fayette et de Bailly, et affameur de Paris, dont il aurait projeté le blocus. Il est un des premiers condamnés à mort de la Révolution.

Louis Grignon (1748-1825) : général de brigade en janvier 1794, il prend le commandement de deux colonnes infernales. L'épisode raconté par Martin est celui du massacre de la forêt de Vezins, perpétré sous ses ordres. On le décrit comme un tueur sadique, n'ayant pas hésité à tuer des membres de sa propre famille.

Jean-Baptiste-Michel-Antoine Huché (1749-1805) : on ne sera pas surpris d'apprendre, si on m'a bien lu, que ce simple soldat de l'Ancien Régime devenu général de division par la promotion rendue possible sous la Révolution a été démis de ses fonctions pour ivrognerie. C'est cependant le moindre défaut de cet individu dangereux, responsable notamment du massacre de La Gaubretière, quand il prit part aux colonnes infernales. Il avait été nommé pour remplacer le général Bard, qui refusait d'appliquer « les consignes d'extermination données à l'ensemble de l'armée » (Jean-Clément Martin, *La Guerre de Vendée*). Sa conduite lui valut d'être destitué et de passer un an en prison au fort de Ham entre 1794 et 1795. Libéré, il rejoint la 10e division militaire. En 1796, il prendra le commandement du département de l'Aude. Accusé de recevoir la nuit des « visites suspectes » (?), il est libéré pourtant et, le 9 novembre suivant, demande son placement en congé de réforme.

François-Étienne-Christophe Kellermann (1735-1820) : né strasbourgeois, Kellermann est, à dix-sept ans, cadet dans le régiment de Lowendal. Il traverse la guerre de Sept Ans et la termine avec le grade de capitaine. Sa carrière se poursuit au combat et il devient successivement colonel, maréchal de camp et enfin général en mars 1792, sous les ordres de Dumouriez. Les récits des témoins de Valmy le désignent comme le véritable héros de la bataille. Les soldats de la première ligne ont tenu face aux Prussiens grâce à l'exemple de son courage. Après Valmy, la carrière de Kellermann connaîtra de nombreux aléas. Relevé de son commandement pour n'avoir pas attaqué Trèves en 1792, envoyé à l'armée des Alpes, il assiège Lyon en 1793. On le suspecte de modération et il est destitué un mois après le siège, arrêté et emprisonné. On lui confie pourtant, en 1795 (il a donc soixante ans, alors), le commandement de l'armée des Alpes sous le Directoire, puis les troupes de réserve sous le Consulat et sous l'Empire. Napoléon le fera maréchal, sénateur et... duc de Valmy.

Joseph Lequinio (1755-1814) : athée convaincu, anticlérical passionné, Lequinio est le type du naïf enthousiaste à qui on confie le pouvoir de vie et de mort sur les autres, ne s'en étonne pas, commande sans nuances et exécute avec bonne conscience. Sa lucidité sur les exactions des colonnes infernales et sa condamnation des abus de Turreau ne doivent pas faire oublier que, bien qu'il défendît l'égalité totale des hommes et des femmes, les droits des paysans, l'abolition de la peine de mort, l'abrogation de l'esclavage des Noirs, la condamnation de la guerre et l'autorisation de se marier pour les prêtres, Lequinio est loin d'être un tendre.

Avocat et important propriétaire terrien, maire de la presqu'île de Rhuys en 1789 puis juge au tribunal de Vannes, Joseph Lequinio est élu l'année suivante à l'Assemblée législative. Envoyé de la Convention en août 1793 dans l'Oise et l'Aisne avec Sylvain-Phalier Lejeune, Joseph Lequinio ordonne l'arrestation de tous les nobles entre dix-sept et soixante ans pour les hommes, dix-sept et cinquante ans pour les femmes. Il se consacre à la déchristianisation de la Charente-Inférieure avec un tel zèle que le Comité de salut public se voit contraint de le réprimander. Il est envoyé à Fontenay-le-Comte en décembre 1793. Dès le lendemain de son arrivée, il met fin à une mutinerie dans les prisons en abattant lui-même un détenu. Aussitôt, il organise une commission militaire qui, jusqu'au 31 mars 1794, juge 332 prisonniers et en fait fusiller 192. Dénoncé par les habitants de Rochefort pour ses exactions, il se cache jusqu'à l'amnistie votée par la Convention le 26 octobre 1795. Son élection au Conseil des Cinq-Cents dans le département du Nord en 1798 est annulée et il vit de son salaire d'inspecteur forestier à Valenciennes. Quelque temps plus tard, il est expédié par Napoléon Bonaparte comme vice-consul à Newport, aux États-Unis, et ne revient qu'en 1806 pour s'occuper exclusivement d'agriculture (ce en quoi il retrouve ses amours premières, quand il éditait une feuille d'information pour les paysans, le *Journal des laboureurs*).

Jean-Paul Marat (1743-1793) : un visiteur privilégié de Versailles aurait pu remarquer, dans la bibliothèque aux reliures marquées du chiffre de la reine, un exemplaire de *Recherches sur le feu* d'un physicien nommé Marat, avec dédicace de l'auteur. Comme beaucoup d'acteurs futurs de la Révolution (voir *Les Onze*, de Pierre Michon), Marat a été un auteur malheureux. Son *Traité sur les principes de l'Homme* était passé presque inaperçu, sauf de Voltaire qui en avait fait une critique sévère. Docteur au terme d'études effectuées en Hollande, en Angleterre et en Écosse, il est médecin des gardes du corps du comte d'Artois tout en s'adonnant à sa passion pour la physique, avec l'ambition, dit Brissot, « d'humilier l'Académie des sciences ». Il envisage la Révolution comme l'occasion, selon son propre aveu, « de repousser [ses] oppresseurs (entendez : *l'Académie*) et de [se] mettre à [sa] place ». En 1789, il fait paraître son journal *L'Ami du peuple* dont il est, un temps en tout cas, le seul rédacteur : « C'est un aigri, [...] convaincu qu'il est un génie méconnu » (*Histoire et Dictionnaire de la Révolution française*) et à ce titre repousse les propositions de collaboration de Fréron et Camille Desmoulins. « Fanatique énergumène », selon le montagnard Levasseur, très populaire parmi le peuple, apologiste de la dictature, Marat ne cessera, par la voix de sa publication, de réclamer des exécutions. Ces tonitruants appels au meurtre lui valent de la prison et un premier exil à Londres dès novembre 1789. Un an plus tard, il réclame dix mille têtes (« peut-être en abattrez-vous cent mille et vous ferez bien ») et, après la fusillade du Champ-de-Mars, la pendaison de huit cents députés, il provoque aussi par ses campagnes de presse les massacres des prisons en septembre 1792. Son assassinat par Charlotte Corday a dû en faire soupirer plus d'un de soulagement. Panthéonisé en 1794, le corps de Marat sera expulsé des lieux un an plus tard pour être jeté à l'égout. Il reste que le personnage a été visionnaire, et s'est infatigablement placé du côté du peuple.

Richard Mique (1728-1794) : fils et petit-fils d'architectes (pas des moindres : son grand-père avait construit l'église primatiale de Nancy), ses racines lorraines et la prégnance de l'histoire polonaise à Nancy ont étrangement concouru à sa promotion. Prenant la relève du concepteur de la place Stanislas,

Emmanuel Héré, devenu sénile, Mique avait achevé avec succès les bâtiments de l'Intendance, laissés inachevés. Le père Bieganski, un prêtre polonais, confesseur de la reine de France (l'épouse de Louis XV, d'origine polonaise, Marie Leszczynska), adresse une lettre en 1766 à « M. Mique, premier architecte du roi de Pologne à Lunéville », pour lui demander de venir à Versailles. La reine était en effet princesse de Lorraine par son père, et souhaitait favoriser ses ressortissants. L'un de ses premiers chantiers au service de la reine, et le plus important de sa carrière, fut la construction d'un nouveau couvent à Versailles, en mars 1767. Le coûteux projet est menacé mais Madame Adélaïde (sixième enfant de la reine, et quatrième fille) convainc ses sœurs de le poursuivre. Désormais, Mique est protégé par Madame Adélaïde. Elle lui confie la réfection du château de Mesdames à Bellevue (construit à l'origine pour la Pompadour). Le jardin des princesses fut l'une de ses réussites. On y planta 42 375 arbres, dans un parc d'une « irrégularité extrêmement fantaisiste » avec potager, vallon, rivière, lac et une première « tour de Marlborough » dans un style médiéval « approximatif avec mélange de briques et de pierres [...] et des fenêtres à résille de plomb, détail emprunté aux villages anglais contemporains ». À la mort de Louis XV, Marie-Antoinette, qui n'aime ni l'architecte Gabriel ni ses disciples, jette son dévolu sur Mique. Il devient alors « intendant et contrôleur général des bâtiments et jardins de la reine » puis succède au vieux Gabriel en février 1775, au titre de « premier architecte des bâtiments du roi ». Mique travailla au château de Saint-Cloud qui fut, pendant longtemps, le second domaine de Marie-Antoinette (ce château occupé par les Prussiens en 1870 fut bombardé par l'armée française). « Salieri de l'architecture, Mique était, comme la reine, un marginal, un nouveau venu, un Lorrain », dit Patrice Higonnet, son biographe. Ajoutons à ce propos que « par les Lorraine, les Bourbons et les Orléans, Marie-Antoinette avait davantage d'ascendances françaises que son époux ». On doit encore à Mique l'hôtel des Premiers Architectes sur la place d'Armes à Versailles (où il habitera un temps) ; la chapelle des Carmélites à Saint-Denis (où s'était retirée Madame Louise pour expier les fautes de son père, Louis XV), le théâtre de Trianon, le temple de l'Amour, le kiosque du Belvédère, la rénovation du château de Saint-Cloud en 1785 (le roi prévoyait d'y séjourner pendant la refonte du palais de Versailles, prévue pour 1790), puis Compiègne, Fontainebleau et Rambouillet. Enfin, le hameau de la reine. On le voit, Richard Mique n'a pas démérité de son titre et de la confiance que lui accordèrent ses protectrices successives.

Louis-Ange Pitou (1767-1846) : journaliste au *Journal général de la Cour et de la ville*, Ange Pitou est un défenseur du marquis de Favras. Ses articles attirent l'attention de la reine qui l'invite aux Tuileries pour le remercier de sa fidélité à la monarchie. Elle lui offre alors son portrait en miniature et une somme d'argent. Ce geste de confiance et l'aura de la reine font de Louis-Ange Pitou un homme dévoué à sa cause (et peut-être un peu jaloux puisqu'il fustige le roi dans son pamphlet *Le Quatorze Juillet*, le qualifiant de « monarque faible et indigne de l'auguste épouse qui le reçoit dans son lit »). Il écrit inlassablement, dans nombre de journaux, dont celui de Rivarol. Ses opinions contre-révolutionnaires le contraignent à se cacher après le 10 août 1792. Il ne se contente pas de la plume et participe au combat royaliste en tant qu'agent de liaison avec les Vendéens et les Chouans.

Arrêté en juin 1793, il est acquitté par le Tribunal révolutionnaire. On sera surpris d'apprendre que, selon certaines sources, Pitou serait entré au journal *L'Ami du peuple* créé par Marat, où il aurait agi en véritable taupe introduite pour saper la publication, s'employant dans ses articles à discréditer les jacobins en exagérant leurs positions politiques (alors que ce journal est censé représenter leurs opinions). Il ne se contente pas d'écrire et chante dans les rues des refrains royalistes. Il échappe à une arrestation après l'insurrection royaliste du 13 vendémiaire an IV (5 octobre 1795) mais il est arrêté après le coup d'État du 18 fructidor an V (4 septembre 1797) : il est condamné au bagne et envoyé en Guyane. Après moult avaries et faux départs, il débarque à Cayenne après deux mois de voyage. Au cours de ses trois ans de déportation il écrit *Voyage à Cayenne, dans les deux Amériques et chez les anthropophages*. Revenu en France en 1801, Louis-Ange Pitou se retire de la vie politique.

NB : hors le contexte révolutionnaire, on ne peut rien reconnaître de la vie du vrai Ange Pitou dans le roman d'Alexandre Dumas, qui en fait un preneur de Bastille et un commandant de la Garde nationale.

Antoine-Joseph Santerre (1752-1809) : riche brasseur du faubourg Saint-Antoine, il se considérait comme le meilleur cavalier de Paris « après le duc d'Orléans ». Il jouissait d'une popularité qui lui avait valu le surnom de « Père du Faubourg ». Nommé commandant général de la Garde nationale le 10 août 1792, c'est lui qui accompagna Louis XVI à l'échafaud et, dit-on, fit donner le tambour pour étouffer les dernières paroles du monarque. Il voulut se couvrir de gloire militaire et demanda qu'on l'envoie en Vendée où il fut lamentable. Le Comité de salut public le rappela à Paris et le fit incarcérer. « Il sortit de prison ruiné et abandonné par sa femme » (*Histoire et Dictionnaire de la Révolution française*).

Jean-Nicolas Stofflet (1753-1796) : ancien soldat, simple garde-chasse du comte de Maulévrier devenu chef de guerre vendéen. Les circonstances autant que son ambition personnelle l'amènent à prendre part à l'insurrection vendéenne dont il sera l'un des principaux acteurs. Souvent en désaccord avec les autres généraux de l'armée catholique et royale de Vendée, il était peu apprécié de Mme de La Rochejaquelein (femme du jeune Henri, auquel il succède en tant que général en chef). Elle le décrit comme « un homme grand, rempli d'ambition, les soldats ne l'aimaient pas, le trouvant trop dur ». Il doit accepter un traité en 1795, qu'il viole peu après. Il est battu et fait prisonnier. Il meurt fusillé à Angers.

Louis-Marie Turreau de Garambouville, dit **Turreau** (1756-1816) : passé des gardes du corps du comte d'Artois à la Garde nationale, il commande celle de Conches, est nommé général de brigade en 1793 et sert d'abord dans les Pyrénées orientales. En novembre il remplace Marceau en tant que commandant en chef de l'armée de l'Ouest, s'empare de Noirmoutier puis organise les tristement célèbres colonnes infernales. Arrêté en septembre 1794, il est acquitté en décembre. On le retrouve à Mayence, en Italie, à l'île d'Elbe et aux États-Unis comme ministre de France. Il cessa ses fonctions en 1811 et prit sa retraite en 1815 après avoir effectué un nouveau service de deux ans (d'après *Histoire et Dictionnaire de la Révolution française*)

NB : ne pas confondre avec Louis Turreau de Linières, son cousin.

Jean-Joseph Vadé (1719-1757) : je l'évoque dans une scène de la première partie, où les dames de la Cour « répétaient avec force roulades d'accents les mots des poissardes lus chez Vadé ». Les contemporains de Jean-Joseph Vadé sont partagés à son propos. On le traite de polisson (notamment Voltaire qui, pas à un paradoxe près, utilise son nom comme pseudonyme) ou on le méprise, on le défend contre les beaux esprits, on s'amuse ou on s'indigne. C'est que cet auteur, qui a, comme tous les plumitifs de son temps, tenté d'abord de se faire un nom dans le drame sérieux et la tragédie, avait un talent réel pour brosser des tableaux vifs et justes, et une qualité d'observation de la vie du petit peuple. Sa renommée lui vint de ce qu'il créa un genre (et combien d'auteurs peuvent en dire autant) : le genre *poissard*, du nom des vendeuses de marée aux halles. Lire de lui : *Les Racoleurs*, *La Grenouillère*, *La Pipe cassée*... Son œuvre eut un énorme succès et ses textes furent souvent réédités, même après sa mort.

Remerciements à Pascale, ma douce,
à Daniel Arsand,
à Laurent Cachard,
à Jean-Pierre Chavassieux,
à Louis Chevaillier,
à David Ferlay,
à Bernard Girard,
à Jean-Baptiste Hamelin,
à André-Hubert Hérault,
à Françoise et Philippe Le Roux,
à Jean Mathieu,
à Jean-Patrick Péju et Michèle Goldstein-Narvaez,
à François Podetti,
à Morgane Thorel.

TABLE

13083

Composition
FACOMPO

Achevé d'imprimer en Slovaquie
par NOVOPRINT
le 14 août 2022

Dépôt légal : septembre 2022
EAN 9782290251515
OTP L21EPLN002962-435403

ÉDITIONS J'AI LU
82, rue Saint-Lazare, 75009 Paris

Diffusion France et étranger : Flammarion